百年乡愁

中国乡土小说经典大系

14

张丽军 主编

我的遥远的清平湾

——当代京津冀乡土小说

山东城市出版传媒集团·济南出版社

图书在版编目（CIP）数据

我的遥远的清平湾：当代京津冀乡土小说 / 张丽军
主编 . -- 济南：济南出版社，2023.6
（百年乡愁：中国乡土小说经典大系）
ISBN 978-7-5488-5730-3

Ⅰ. ①我… Ⅱ. ①张… Ⅲ. ①乡土小说 – 小说集 – 中国 – 当代 Ⅳ. ① I247.7

中国国家版本馆 CIP 数据核字 (2023) 第 107312 号

我的遥远的清平湾——当代京津冀乡土小说

WO DE YAOYUAN DE QINGPINGWAN

张丽军 / 主编

出 版 人	田俊林
责任编辑	苗静娴　　胡雨薇
装帧设计	郝雨笙　　张　倩
出版发行	济南出版社
地　　址	山东省济南市二环南路 1 号（250002）
编辑热线	0531-86131722
发行热线	0531-86116641　87036959　67817923
印　　刷	济南龙玺印刷有限公司
版　　次	2023 年 6 月第 1 版
印　　次	2023 年 7 月第 1 次印刷
成品尺寸	145 毫米 × 210 毫米　32 开
印　　张	12.25
字　　数	242 千
定　　价	58.00 元

（济南版图书，如有印装质量问题，请与出版社出版部联系调换。电话：0531-86131736）

编委会

总　序

记录百年中国乡愁　传承千年根性文化

　　面对急剧迅猛的乡土中国城市化、现代化、高科技化浪潮，我们惊讶地发现，曾被认为千年不变、"帝力于我何有哉"的中国乡村根性文化正面临着从根源深处的整体性危机。"谁人故乡不沦陷？"千百年来，孕育和滋养乡土中国文化、文明的乡村及其根性文化正以某种加速度的方式消逝，甚至被连根拔起。这不仅是乡土中国城市化、现代化的问题，而且是一个全球化、人类性的整体危机。早在 20 世纪 60 年代，法国社会学家孟德拉斯就提出，在工业文明入口处，数十亿农民向何处去的问题。而在 1948 年，中国学者费孝通就在《乡土重建》中提出传统的乡土社会所面临的现代性失血危机，进而提出了"乡土重建"的深邃思考。显然，在 21 世纪的今天，思考乡村、乡土、农业、农民乃至整体性人类向何处去的问题，显得无比重要而迫切。

　　作为一个从事乡土文学研究二十多年的研究者，我在苦苦思考：中国乡土文学向何处去？乡土中国社会向何处去？乡土中国农民向何处去？新时代乡村如何振兴？……苦苦思考之后，我突然意识到，既然看不清去处，何不回顾自己的来路？未来的道路，并不是冥思苦想来的，而是从过去的来路而来。历史的来路，决定了我们未来的去处，即未来的去处正蕴藏在历史来路之中。这让我重新思考百年中国乡土文学，重新回顾晚清以来中国仁人志士的文化选择和文学审美思考，乃至从更远的历史、文学中寻找智慧和启示。正是在这样一种文化思考中，我与济南出版社不谋而合，立志从众多乡土中国文学中选编一套"中国乡土小说经典大系"，来为21世纪的新一代中国青年提供一个关于百年乡土中国心灵史的文学路线图，慰藉那些因完整意义的乡土中国乡村消逝而无从获得纯粹乡土中国体验的21世纪中国读者。此外，从中汲取智慧和灵感推进新时代中国乡村振兴，也是本套丛书的应有之义。简单归纳之，《百年乡愁：中国乡土小说经典大系》（以下简称"大系"）具有以下特点：

　　一是强烈的经典意识。文学、文化的传承与经典的建构是由一个个经典化的环节与步骤完成的。从古代文学的"选本"，到20世纪中国新文学大系，在中国文学经典化中，"选本"文化起到了某种极为重要的，乃至核心的作用，为经典化提供了不同时代不断接续的核心动力源。本套"大系"选编了现当代文学史中具有重要影响的作家作品，力图使"大系"具有乡土中国现代化思想史的重要功能，展现中华民族的百年心灵史。

二是浓郁的地方气息。乡土文学是最接地气的文学，是"土气息、泥滋味"的文学，是由不同地域文化包孕、滋养的文学，又是最能显现和表达乡土中国各个地方独特文化的审美形态的文学。本套"大系"就是百年中国各地民俗文化最大、最美、最迷人的表达。齐鲁、燕赵、三秦、三晋、江南、东北、西北、岭南等不同地域的文化，在本套"大系"中得到了较完整的展现。从这个意义上而言，本套"大系"既是一部百年中国民俗文化史，也是一部最精彩的地方文化志。

三是典雅的审美意识。文学是审美的艺术。言之无文，行而不远。文学性、审美性是文学的自然属性。文学应该是美的，是诗，是生命舒展的自由吟唱。正是在这个审美维度上，我们来选编百年乡土中国小说，让读者、研究者在美的文字诗意流动中获得对千年中国乡村根性文化之美的感悟，从而思考人与自然、人与大地、人与世界的精神建构问题。因此，本套"大系"是"乡土中国最后的抒情诗"，是千年乡土中国根性文化的当代吟唱，是具有深厚乡土生命体验的文化乡愁。

乡愁是感伤的，是一种甜蜜优美的感伤。不是每个人都有乡愁的。乡愁是一种深厚的文化情怀，是对大地、故乡、世界的一种深刻的生命眷恋。而《百年乡愁：中国乡土小说经典大系》就是让我们这些具有乡土中国完整经验的最后一代人，以文化传承的方式，把这种纯粹、完整、具有审美意义的文化乡愁，传递给21世纪中国青年，乃至未来的中国青年。我们曾有过这样一种乡土生活，这样一种乡土中国乡村根性文化——这就是我们的文化根基、我们的精神基因，它蕴含未来的路径和种种可能性。

我们常言，越是民族的，就越是世界的。而我想说的是，越是地方的，越是中国的，也越是世界的。中华文化是一个整体，是由一个个具有地方文化特性的地域文化组成的，是千百年来文化交融凝聚而成的。地方性文化的丰富和多样，恰恰是中华文化的活力与魅力所在。《百年乡愁：中国乡土小说经典大系》就具有鲜明的、浓郁的地方性文化特征，不同地域的读者不仅可以从中读到自己家乡的影子，而且可以由一个个乡土文化而建立起丰富、感性、美美与共的中华文化世界。

本套"大系"适合研究乡土文学文化的学者、学生阅读，也适合对中华文化、地域文化感兴趣的读者阅读。事实上，这套"大系"对于世界各国读者而言，是理解和思考千年中国根性文化、百年中国社会变迁的最佳读本，是具有世界性意义、最接中国地气、最具中国民俗文化气息的文学读本。

是为序。

张丽军

2023 年 7 月 1 日凌晨于暨南园

导　读

新时期以来，"京津冀"一带小说创作群体别具特色，他们既赓续了"京派""荷花淀派"等的小说创作风格，同时又呈现出了新的时代文化特色。

刘绍棠是"荷花淀派"的重要代表作家，他的乡土文学创作受到作家孙犁和肖洛霍夫的影响，作品多以京东运河（北运河）一带农村生活为题材，格调清新淳朴，乡土色彩浓郁。《蒲柳人家》故事性强，情节曲折有致，富有传奇色彩，通过一个六岁儿童何满子的视角，生动地描述了一批中国农民栩栩如生的形象，展现了乡民们在运河滩这块有着光荣革命传统的土地上英勇斗争的事迹，具有鲜明的民族特色和地方特色。

张洁是一位创作周期长且颇具特色的作家，她也是当代文学史上唯一获得过两次"茅盾文学奖"的作家。她的短篇小说《从森林里来的孩子》呈现出的诗意境界，至今仍能打动我们。

史铁生是一位真正称得上用"生命"写作的作家，他的作品融思想性、艺术性和可读性于一体。《我的遥远的清平湾》《我与地坛》《命若琴弦》可以说家喻户晓。《我的遥远的清平湾》通过独具匠心的遣词造句，演绎了作者独特的内心感受，句式结构流畅自然、富有特色，意蕴悠远绵长。

朱晓平20世纪80年代以小说《桑树坪纪事》开始操持笔墨。《桑树坪纪事》以其1968—1969年在陕西边远农村插队的经历为故事背景，讲述了在黄土高原上一个贫瘠、闭塞、蛮荒的小村——桑树坪发生的十二个故事。通过知青的视角写农民生活，同时反映知青生活，描写了在极端贫困的生活中，人们所展示出的狭隘、自私、痛苦、抗争和希冀。

贾大山是一位有着洞察社会人生的深邃目光和独特视角的作家，他关注底层小人物的笑与泪、歌与哭。在现实主义文学层面的积极探索，使得贾大山在同类作家中独树一帜。他的短篇小说《取经》令人耳目一新，曾荣获全国首届短篇小说奖。他也凭借这篇小说，蜚声文坛。

关仁山的小说始终关注时代和现实，他说："靠鲜活的生活之流，书写农民的命运史，这是我心中一个永久的理想。"他的中篇力作《九月还乡》《破产》和《大雪无乡》发表后在文坛引发很大反响。本卷收录的《九月还乡》呈现了农村现实生活的矛盾冲突，书写了农村"新人"与农村社会的共同疼痛。

近年来创作了多部乡土佳作的河北作家付秀莹，其小说具有明显的"荷花淀派"代表作家孙犁的风格。小说有清新的意境和悠远的情思。她的《爱情到处流传》语言特色明显，主要描述了一些平淡而富有魅力的爱情故事。

徐则臣是目前最为年轻的茅盾文学奖获得者。他以其卓越的艺术悟性和艺术能力，在中国和世界的视野中探寻自己的文学之路，发育和积淀独特的艺术经验，被誉为"70后作家的光荣"。其作品被认为"标示出了一个人在青年时代可能达到的灵魂眼界"。《放牛记》是他早期的一部作品，用文学的方式书写了一个放牛娃的"光荣与梦想"。

石一枫是近年来颇具特色的"新京派"代表作家。他的作品《小李还乡》深度呈现了转型中国的时代症候，展现了一个作家对当下所处时代的严肃思考。

目录

蒲柳人家

/// 刘绍棠

一

七月天，中伏大晌午，热得像天上下火。何满子被爷爷拴在葡萄架的立柱上，系的是拴贼扣儿。

那一年是一九三六年。何满子六岁，剃个光葫芦头，天灵盖上留着个木梳背儿；一到立夏就光屁股，晒得两道眉毛只剩下淡淡的痕影，鼻梁子裂了皮，全身上下就像刚从烟囱里爬出来，连眼珠都比立夏之前乌黑。

奶奶叫东隔壁的望日莲姑姑给何满子做了一条大红兜肚，兜肚上还用五彩细线绣了一大堆花草。人配衣裳马配鞍，何满子穿上这条花红兜肚，一定会在小伙伴们中间出人头地。可是，何满子一天也不穿。

何满子整天在运河滩上野跑，头顶着毒热的阳光，身上再裹起兜肚，一不风凉，二又窝汗，穿不了一天，就得起大半身痱子。再有，全村跟他一般大的小姑娘，谁的兜肚也没有这么花儿草儿地鲜艳，他穿在身上，男不男，女不女，小姑娘们要用手指刮破脸蛋儿，臊得他得找个田鼠窝钻进去；小小子儿们也要敲起锣鼓似的叫他小丫头儿，管叫他一辈子抬不起头。

何满子不穿花红兜肚，奶奶气得咬牙切齿地骂他，手握擀面杖要梆他，还威吓要三天不给他饭吃。原来，这条兜肚大有讲究。何满子是个娇哥儿，奶奶老是怕阎王爷打发白无常把他勾走；听说阎王爷非常重男轻女，何满子穿上花红兜肚，男扮女装，阎王爷老眼昏花的看不真切，也就起不了勾魂索命的恶念。

何满子的奶奶，人人都管她叫一丈青大娘；大高个儿，一双大脚，青铜肤色，嗓门也亮堂，骂起人来，方圆二三十里，敢说找不出能够招架几个回合的敌手。一丈青大娘骂人，就像雨打芭蕉，长短句，四六体，鼓点似的骂一天，一气呵成，也不倒嗓子。她也能打架，动起手来，别看五六十岁了，三五个大小伙子不够她打一锅的。

她家坐落在北运河岸上，门口外就是大河。有一回，一只外江大帆船打门口路过，也正是歇晌时分。一丈青大娘站在篱笆外的伞柳荫下放鸭子，一见几个纤夫赤身露体，只系着一条围腰，裤子卷起来盘在头上，便断喝一声："站住！"这几个纤夫头顶着火盆子，拉了百八十里路，顶水又逆风，还没有歇脚打尖，个顶个窝着一肚子饿火。一丈青大娘的这一声断喝，他们只当耳旁风。一丈青大娘见他们头也不抬，理也不理，气更大了，又吆喝了一声："都给我穿上裤子！"有个年轻不知好歹的纤夫，白瞪了一丈青大娘一眼，没好气地说："一大把岁数儿，什么没见过；不爱看合上眼，掉过脸去。"一丈青大娘火了起来，挽了挽袖口，手腕子上露出两只叮叮当当响的黄铜镯子，一阵风冲下河坡，阻挡在这几个纤夫的面前，手戳着他们的鼻子说："不能叫你们腌臜了我们大姑娘小媳妇儿的眼睛！"那个不知好歹的年轻纤夫，是个生楞儿，用手一推一丈青大娘，说："好狗不挡道！"这一下可捅了马蜂窝。一丈青大娘勃然大怒，老大一个耳刮子抡圆了扇过去；那个年轻的纤夫就像风吹乍蓬，转了三转，拧了三圈儿，满脸开花，口鼻出血，一头栽倒在滚烫的沙滩上，紧一口慢一口倒气，高一声低一声呻吟。几个纤夫见他们的伙伴挨了打，呼哨而上；只听咯吧一声，一丈青大娘折断了一棵茶碗口粗细的河柳，带着呼呼风声挥舞起来，把这几个纤夫扫下河去，就像正月十五煮元宵，纷纷落水。一丈青大娘不依不饶，站在河边大骂不住声，还不许那几个纤夫爬上岸来；大帆船失去了纤力，掌舵的绽裂了虎口，也驾驭不住，在河上转开了磨。最后，还是船老板请出了摆渡船的柳罐斗，钉掌铺的吉老秤，老木匠郑端午，开小店的花鞋杜四，说和了两三个时辰，一丈青大娘才算开恩放行。

　　一丈青大娘有一双长满老茧的大手，种地、撑船、打鱼都是行家。她还会扎针、拔罐子、接生、接骨、看红伤。这个小村大人小孩有个头痛脑热，都来找她妙手回春；全村三十岁以下的人，都是她那一双粗大的手给接来了人间。

不过，别看一丈青大娘能镇八方，她可管不了何满子。何家世代单传，辈辈一棵苗，何满子的爷爷就是老生儿，他父亲也是在一丈青大娘将近四十岁时才落生的；偏是何满子不同凡响，是他母亲头一胎生下来的贵子。一丈青大娘一听见孙子呱呱坠地的啼声，喜泪如雨，又烧香又上供，又拜佛又许愿。洗三那天，亲手杀了一只羊和三只鸡，摆了个小宴；满月那天，更杀了一口猪和六只鸭，大宴乡亲。她又跑遍沿河几个村落，挨门挨户乞讨零碎布头儿，给何满子缝了一件五光十色的百家衣；百日那天，给何满子穿上，抱出来见客，博得一片彩声。到一周岁生日，还打造了一个分量不小的包铜镀金长命锁，金光闪闪，差一点儿把何满子勒断了气。

何满子是一丈青大娘的心尖子，肺叶子，眼珠子，命根子。这一来，一丈青大娘可就跟儿媳妇发生了尖锐的矛盾。

何满子的父亲，十三岁到通州城里一家书铺学徒，学的是石印。他学会一笔好字，也学会一笔好画，人又长得清秀，性情十分温顺，掌柜的很中意，就把女儿许配给他。何满子的爷爷虚荣心强，好攀高枝儿，眉开眼笑地答应了这门亲事。一丈青大娘却不大乐意，她不喜欢城里人，想给儿子找个农家或船家姑娘做妻子，能帮她干活儿，也能支撑门户。可是，她拗不过老头子，也怕伤了儿子的心，不乐意也只得同意了。何满子的母亲不能算是小姐出身，她家那个小书铺一年也只能赚个温饱；可是，她到底是文墨小康之家出身，虽没上过学，却也熏陶得一身书香，识文断字。她又长得好看，身子单薄，言谈举止非常斯文。在一丈青大娘的眼里，就是一朵中看而无用的纸花，心里不喜爱。何满子的母亲更看不上婆婆的粗野，在乡下又住不惯，一住娘家就不想回来。等生下了何满子，何满子的父亲就想在城里另立个家。一丈青大娘是个爱面子的人，分家丢脸，可是一家子鸡吵鹅斗，也惹人笑话；老人家左右为难，偷偷掉了好几回眼泪。但是，前思后想，千里搭长棚，没有不散的筵席，到了儿点了头。不过，却有个条件，那就是儿媳妇儿不能把何满子带走。孩子是娘身上掉下来的肉，何满子的母亲哭得死去活来。最后，还是请来摆渡船的柳罐斗，钉掌铺的吉老秤，老木匠郑端午，开小店的花鞋杜四，说和三天三夜，婆媳俩才算讲定：何满子上学之前留在奶奶身边；该上学了，再接到城里跟父母团聚。

何满子在奶奶身边长大，要天上的星星，奶奶也赶快搬梯子去摘。

长到四五岁，就像野鸟不入笼，一天不着家，整日在河滩野跑。奶奶八样不放心，怕让狗咬了，怕让鹰抓了，怕掉在土井子里，怕给拍花子的拐走。老人家提心吊胆，就像丢了魂儿，出来进去团团转，扯着一条亮堂嗓门儿，村前村后，河滩野地，喊哑了嗓子。何满子却隐匿在柳棵子地里，深藏到芦苇丛中，潜伏在青纱帐内的豆棵下，跟奶奶捉迷藏，暗暗发笑。等到天黑回家去，奶奶抄起顶门杠子，要敲碎何满子的光葫芦头；何满子一动不动，眼皮眨也不眨。奶奶只得把顶门杠子一扔，叫了声："小祖宗儿！"回到屋里给孙子做好吃的去了。不是煮鸡蛋，就是烙白面饼。

这一天，何满子的爷爷回来了。一丈青大娘跟老头子叨唠这个，嘟哝那个，老头子阴沉着脸，哼哼哈哈，一脑门子官司；一丈青大娘气不打一处来，跟老头子叫起了苦，顺口就给何满子告了状。爷爷是个风火性儿，一怒之下，就把何满子拴在了葡萄架的立柱上，系的是拴贼扣儿，跑不了更飞不了。而且，在他面前扔下一个纸盒，盒子里有一百个方块字码，还有一块石板和一支石笔，勒令他在这一个歇晌的工夫，把这一百个字写下来。

这倒难不住何满子。可是，他有生以来头一回失去自由，心里委屈而又憋闷，两眼直呆呆，双手懒洋洋，一点儿也没有写字的兴致。

二

何满子的爷爷，官讳已不可考。但是，如果提起他的外号，北运河两岸，古北口内外，在卖力气走江湖的人们中间，那可真是叫得山响。

他的外号叫何大学问。

何大学问人高马大，膀阔腰圆，面如重枣，浓眉朗目，一副关公相貌。年轻的时候，当过义和团，会耍大刀，拳脚上也有两下子。以后，他给地主家当赶车把式，会摆弄牲口，打一手好鞭花。他这个人好说大话，自吹站在通州东门外的北运河头，抽一个响脆的鞭花，借着水音，天津海河边上都震耳朵。他又好喝酒，脾气大，爱打抱不平，为朋友敢两肋插刀，所以在哪一个地主家都待不长。于是，他就改了行，给牲口贩子赶马；一年有七八个月出入古北口，往返于塞外和通州骡马大市之间，奔走在长城内外的古驿道上。几百匹野马，在他那一杆大鞭的管束下，乖乖地像一群温驯的绵羊。沿路的偷马贼，一听见他的鞭花在山谷间回响，急忙四散奔逃，躲他远远的。所以，他不但是赶马的，还是保镖的，牲口贩子都抢着雇他。这一来，他的架子大了，不三顾茅庐，他是不出山的；至于脚钱多少，倒在其次，要的就是刘皇叔那样的礼贤下士。

他这个人，不知道钱是好的，伙友们有谁家揭不开锅，沿路上遇见老、弱、病、残，伸手就掏荷包，抓多少就给多少，也不点数儿；所以出一趟口外挣来的脚钱，到不了家就花个精光。

在这个小村，数他走的地方多，见的世面广；他又好戴高帽儿，讲排场，摆阔气。出一趟口外，本来挣不了多少钱，而且到家之前已经花得不剩分文，但是回到村来，却要装得好像腰缠万贯；跟牲口贩子借一笔驴打滚儿，也要大摆酒筵，请他的知音相好们前来聚会，听他谈讲过五关，斩六将，云山雾罩。他这个人非常富有想象力，编起故事来，有枝有叶，有文有武，生动曲折，惊险红火。于是，人们一半是戏谑，一半是尊敬，就给他送了个何大学问的外号。

　　自从他被尊称为何大学问以后，他也真在学问上下起功夫来了。过去，他好听书，也会说书；在荣膺这个尊称之后，当真看起书来。他腰里常常揣着个北京老二酉堂出版的唱本，投宿住店，歇脚打尖，他就把唱本掏出来，咿咿哦哦地嘟囔。遇上生字儿，不耻下问，而且舍得掏学费；谁教他一字一句，他能请这位白吃一顿酒饭。既然人称大学问，那就要打扮得斯文模样儿，于是穿起了长衫，说话也咬文嚼字。人们看见，在长城内外崇山峻岭的古驿道上，这位身穿长衫的何大学问，骑一匹光背儿马，左肩挂一只书囊，右肩扛一杆一丈八尺的大鞭，那形象是既威风凛凛又滑稽可笑。而且，路遇文庙，他都要下马，作个大揖，上一股高香。本来，孔夫子门前早已冷落，小城镇的文庙十有八九坍塌破败，只剩下断壁残垣，埋没于蓬蒿荆棘之中，成为鸟兽栖聚之地；他这一作揖，一烧香，只吓得麻雀满天飞叫，野兔望影而逃。

　　夜深人静睡不着觉的时候，何大学问也常常感到阵阵悲凉。自家祖宗八辈儿，穷得房无一间，地无一垄，都是睁眼瞎。自个儿跳跶了大半辈子，已经年过花甲，不过挣下三间泥棚茅舍，八亩河滩洼地；虽然被人尊称大学问，可从没进过学堂一天，斗大的字认不得三筐，而且只会念不会写。儿子天生文质，也只念了三年私塾，就不得不到书铺学徒。看来，何家要出个真正大学问，只有指望孙子何满子了。可是，掂量一下自己这点儿财力，供他念完小学，已经是鼓着肚子充胖；而中学大学的门槛九丈九尺高，没有白花花的银洋砌台阶，怎么能高攀得上？自己已经老迈年高，砸碎了骨头也榨不出几两油来，难道孙儿到头来也要落得个赶马或是学徒的命运？

何满子也真是聪慧灵秀，脑瓜儿记性好，爱听故事，过耳不忘；好问个字儿，过目不忘。何大学问在孙子面前假充圣人，把他的那些唱本传授给孙子；何满子就像春蚕贪吃桑叶，一册唱本不够他几天念的。何大学问惊喜过望，就想求个名师指点。正巧他在赶马路上，在一座骡马大店里，遇见一位前清的老秀才，在这座骡马大店里当账房先生，写一手魏碑好字；店里生意冷清，掌柜的打算辞退这个穷儒，何大学问脑瓜子一热，就礼聘这位老秀才到他家教专馆，讲定教一个字给一个铜板。

老秀才来到何家，就在葡萄架下开讲。他高高在上，坐一张太师椅，手拿一杆斑竹白铜锅的长杆烟袋；何满子低首俯身，坐个蒲团儿，面前一张小饭桌，就像被老秀才踩在脚下。老秀才整天板着一张阴沉沉的长脸，何满子抬头一看，只觉得头上压着一朵乌云，叫人喘不过气。老秀才又酸气冲天，开口诗云子曰，闭口之乎者也，何满子只觉得枯燥乏味，更加闷闷不乐。他本是个整天跑野马的孩子，从早到晚关在家里，难受得屁股下如坐针毡，身上像芒刺在背。念着书，一听见篱笆外柳树梢上莺啼燕啭，就想噘着嘴唇学鸟叫，念书跑了调儿；一听见门外过往行船的纤歌声，心里就七上八下，想跑出去看一看，念书走了神儿。

老秀才的眼睛尖得像锥子，一见他的身子动了动，就伸出斑竹白铜锅的长杆烟袋，敲他的光葫芦头；每敲一下，就肿起一个枣子大的青包，何满子恨透了老秀才。一丈青大娘见孙子天天挨打，心疼得就像一块一块剜肉；只有何大学问认定不打不成才，非但不怪罪老秀才学规森严，而且还从旁给老秀才呐喊助威。何大学问每天招待老秀才三顿净米净面，外加一壶酒；这个局面，穷门小户怎能支撑得住？不到一个月，何大学问就闹了饥荒，拉下了斗大的亏空，只得又去赶马。

何大学问一走，何满子就像野马摘了笼头；天不亮，头顶着星星，脚蹚着露水，从家里溜出去，逃开了学。一丈青大娘早就腻歪了老秀才，先断了每天一壶酒，又撤了一天三顿净米净面。老秀才混不下去了，留下了几百个方块字码，索取了几百个铜板，愤愤而去。

这时，西隔壁那个在通州潞河中学念书的周檎，放暑假回来，何满子整天跟这位洋学生形影不离。何大学问赶马回来，一见老秀才走了，很觉得过意不去，埋怨一丈青大娘头发长，见识短；但是，一见何满子跟着周檎学会了一大堆字儿，还不花一文钱，又不禁转怒为喜了。

何大学问也不是不疼爱孙子。他每趟赶马回来，一心盼家，最大的盼头就是享受天伦之乐。他满脸胡楂，就像根根松针，最喜欢磨蹭孙子的脸蛋儿，逗得孙子吱儿喳乱叫，笑成一团儿，打成一团儿。而且，每趟回来，都要给孙子带回一梢马子吃食。

但是，这一趟回来，何大学问好像苍老了几岁，愁眉苦脸，垂头丧气，眉头子挽成了鸡蛋大的疙瘩。何满子吱吱喳喳欢迎爷爷，爷爷一点儿也不欢喜，没有抱他，也没有亲他，梢马子空空荡荡只有两层皮。

何满子对爷爷心怀不满，拿白眼珠儿翻瞪爷爷，闷坐在窗根下，小嘴噘得能挂个油瓶儿。

后来，他听见奶奶跟爷爷吵了起来：

"你一进家就丧门神似的，没一点儿喜色，要是你嫌弃我们娘儿俩，就留在口外守你那座娘娘庙，死外丧也没人去给你收尸！"

近一两年，何满子懂了点儿事儿，从大人们的只言片语里，影影绰绰听说爷爷在口外还有一个相好的女人，比奶奶年轻十多岁，住在帐篷里，是个放马的。奶奶跟爷爷吵架，一骂起那个放马的女人，爷爷就不敢跟奶奶对仗了。何满子却非常想跟爷爷出一趟口，到那位年轻奶奶的帐篷里住几天；他自信，那位口外的奶奶也会像家里的奶奶一般疼爱他。疼爱他的人越多越好。

"妈的，我差一点儿扔了这把老骨头，你还咒我！"这一回吵架，爷爷却不肯向奶奶低头服软儿，忍气吞声，"日本鬼子把咱们中国大卸八块啦！先在东三省立了个小宣统的满洲国，又在口外立了个德王的蒙疆政府，往后没有殷汝耕的公文护照，不许出口一步。这一趟，蒙疆军把我跟掌柜的扣住，硬说我们是共产党，不过是为了没收那几百匹马。掌柜的在牢房里上吊了，他们看我是个榨不出油水的穷光蛋，白吃他们的狱粮不上算，才把我放了。"

何满子听不大懂，可是他听说过殷汝耕这个名字。去年冬天，一个下大雪的日子，乡下哄传殷汝耕在通州坐了龙庭，另立国号，天怒人怨，大地穿白挂孝。寒假里周檎回来，大骂殷汝耕是儿皇帝，管殷汝耕叫石敬瑭，还给何满子讲了一段五代残唐的故事。

原来爷爷坐了牢，还险些扔了命，何满子心疼起爷爷来了。他正想进屋把爷爷哄得开了心，谁想爷爷竟把满腔怒火发泄到他身上，不但将他拴在葡萄架的立柱上，系的是拴贼扣儿，而且还硬逼他在石板上写一百个字。何满子一看见老秀才留下的这些手迹，就想起老秀才那一张阴沉沉的长脸和斑竹白铜锅的长杆烟袋，心里烦透了。

爷爷喝了一壶酒，四仰八叉躺在北房东屋土炕上，打着呼噜睡大觉，天塌了也惊不醒他；奶奶哭丧着脸，坐在外屋锅台上，拨动着一支牛拐骨捻麻绳，依然怒气不息。

现在，只有一个人能搭救何满子；但是，何满子望眼欲穿，这颗救命星却迟迟不从东边闪现出来。

三

何满子觉得，他这个家，像个鸟笼，他好比一只被关在笼子里的柳叶翠鸟；他又觉得，这个家像一只麦秆编成的蝈蝈篓儿，他好比被捉进篓里的小绿蝈蝈。

四面是柳枝篱笆，篱笆上爬满了豆角秧，豆角秧里还夹杂着喇叭花藤萝，像密封的四堵墙。墙里是一棵又一棵的杏树、桃树、山楂树、花红果子树，墙外是杨、柳、榆、槐、桑、枣、杜梨树，就好像给这四堵墙镶上两道铁框，打上两道紧箍。奶奶连巴掌大的地块也不空着，院子里还搭了几铺黄瓜架；而且不但占地，还要占天，累累连连的南瓜秧爬上了三间泥棚茅舍的屋顶，石磙子大的南瓜，横七竖八地躺在屋顶上，再长个儿，就该把屋顶压塌了。

天气越来越热，没有一丝风，小院子闷得像扣上了笼屉。虽然葡萄架绿荫如盖，何满子又赤条精光，可是还阵阵出汗；他看了看拴在脚踝上的绳索，解也解不开，挣也挣不脱，急得满头冒火星子，汗下如雨。

忽然，隔墙花影动，从东篱笆上的豆角秧和喇叭花藤萝里，露出一张俊俏的脸儿，轻轻地叫了一声："满子！"

何满子一抬头，原来是望日莲姑姑，救命星光临了。

"莲姑！"何满子一肚子委屈，好容易盼来了亲人，哇的一声哭了。

坐在外屋的一丈青大娘，听见哭声，扔下手里的牛拐骨，走了出来，问道："满子，怎么啦？"

何满子一听奶奶的口气，明明是带着心疼的意味，于是便演出了他的拿手好戏，扯着嗓子大哭起来。

篱墙外，一串脆笑，望日莲问道："干娘，满子犯了多大的家规，披枷戴锁的打算刺配沧州呀？"

何满子哭得一声更比一声高。

"那个老杀千刀的，撞了黑煞，一进门就瞧着我们娘儿俩扎眼；打算先勒死小的，再逼死老的，好接那个口外的野娘儿们来占窝儿！"

一丈青大娘破口大骂起何大学问。

北房东屋土炕上，发出一声虎啸，何大学问怒吼着冲出屋门。他光着膀子，赤着两脚，只穿一条肥大短裤，挓挲着根根松针似的胡楂，喊嚷道："不是你这个长舌头娘儿们挑三窝四，我就舍得拴起满子来啦？"

"是我叫你拴的呀？"一丈青大娘的嗓门儿，压倒了何满子的哭声和何大学问的吼声，"我不过是叫你吓唬吓唬他，谁想你却黑心下毒手！"

"我并没有真捆满子呀！"

"哎哟，拴贼的扣儿，勒得孩子快断了气儿！"一丈青大娘拍得巴掌山响。

"我割下你这个娘儿们的长舌头！"何大学问大步走到葡萄架下，伸出一个指头，抖搂了一下那圈套圈儿、环套环儿的绳索，哗啦散开，"瞧，这是真捆他吗？"

望日莲背着大筐跑进来，笑道："干爹，您可真会玩花活儿。"

"这叫兵不厌诈，空绳计！"何大学问得意地呵呵笑道，

"可这一来，我的花活儿露了馅儿，满子的贼胆子就更大了。"

"您还是进屋睡回笼觉去吧，满子陪我到河滩上打青柴。"望日莲说。

"等一等！"何大学问说，"让他奶奶给孩子做口吃的。"

"我不管！"一丈青大娘还在跟老头子赌气。

"不敢有劳王母娘娘的大驾！"何大学问叹了口气，"我给何家的这个小祖宗儿当大脚老妈子。"

"我不吃！"何满子一甩胳膊，"把挂在西屋墙上的那一串打鸟夹子给我拿来，我打鸟去。"

"得令！"何大学问高声答应，"瞧我孙子的孝心多大，给爷爷打野味，晚上下酒。"说罢，一溜小跑进屋去。

何满子从爷爷手里接过一大串打鸟夹子，牵着望日莲的手走出柴门，眼睫毛上还挂着泪珠儿，就噘起嘴唇学了一声布谷鸟叫："咕咕，咕咕！"

"你也是我的小祖宗儿。"望日莲说，"来，我背着你。"

望日莲找个土坡，半蹲下身子，大筐靠在土坡上，何满子坐进去，望日莲直起腰，背着他奔河边去了。

望日莲十九岁，奶名可怜儿，是何家东隔壁杜家的童养媳。十二年前，在摆渡口开小店的花鞋杜四，从一个逃荒的饥民手里买下来，领回家，给他那个当时已经十七岁的傻儿子当童养媳妇儿。这个傻儿子小名叫二和尚，长得丑陋，又缺心眼儿，就会在小店里扫马粪。花鞋杜四是这个小村有名的泥腿，他的老婆豆叶黄，又是这个小村独一无二的破鞋。豆叶黄长得有几分姿色，可是心肠歹毒，一张嘴就像蛇吐信子。可怜儿来到杜家，一年到头天蒙蒙亮就起，烧火、做饭、提水、喂猪、纺纱、织布、挖野菜、打青柴，夜晚在月光下，还要织席编篓子，一打盹儿就要挨豆叶黄的笤帚疙瘩，身上常被拧得青一块紫一块。

　　可怜儿十岁那年，张作霖的队伍跟吴佩孚的队伍隔着北运河开仗，炮火连天，一个炮弹炸了个大坑，把可怜儿倒栽葱埋了下去，花鞋杜四和豆叶黄也不扒她，慌慌张张跑反走了。一丈青大娘心肠软，冒着硝烟把可怜儿扒了出来，可怜儿昏迷不醒，一丈青大娘把她装进大筐，背在身上就跑。一块炮弹皮子划破了一丈青大娘的鬓角，她还是不忍心扔下这个苦孩子自个儿逃命。在青纱帐里躲藏了三天，仗打完了，回到村里，才知道二和尚被奉军抓了夫，下落不明。豆叶黄哭天叫地，一腔毒火扑到可怜儿身上，骂她是扫帚星，克夫命，又掐又咬，疼得可怜儿满地打滚儿。一丈青大娘忍无可忍，跳过篱笆，把可怜儿抢救出来。豆叶黄也不是好惹的，跟一丈青大娘对骂起来；一丈青大娘虽然口角锋利，可是豆叶黄的舌头带着毒刺儿，于是动口改了动手，把豆叶黄打得七窍出血，豆叶黄就爬到何家门口，躺下装死。花鞋杜四更不是省油的灯，手持一把宰猪的青条子赶来，要烧何家的房；一丈青大娘就拿起一把鱼叉，跟花鞋杜四交了手。正打得你死我活，难解难分，何大学问从口外赶马回来，抢起大鞭，一个鞭花抽过去，把花鞋杜四抽了个皮开肉绽，差一点儿腰断两截。

花鞋杜四岂能善罢甘休，他在官面上有路子，搬来了河防局的一个巡长，要把何大学问抓去坐牢。最后，还是有人出面说和，何大学问请了两桌酒席，答应给花鞋杜四和豆叶黄治疗养伤；但是，何大学问和一丈青大娘一定要认可怜儿当干闺女，花鞋杜四表示同意，不过将来可怜儿圆房，何大学问跟一丈青大娘得陪一笔嫁妆。两下立了文书，画了押，可怜儿当众给干爹和干娘叩了头。

一丈青大娘觉得干女儿的名字不吉利，就给她改名叫贵莲。贵莲虽然不再挨打，可是一年三百六十天，还是没有喘气的工夫。她到河滩上打青柴，何家西隔壁的周檎下了学也到河滩上打青柴，两人十分要好，常常嬉戏打闹，周檎就管她叫望日莲；她的命相本来不贵，反倒挺喜欢这个外号，一来二去就叫开了。

运河滩上遍地开放着五颜六色的野花，顶属死不了的花朵最小，只有蚕豆粒大，血红血红的，撒满在河边、路旁、柳荫下，不怕风吹雨打，不怕暴晒干旱。一连多少日子不下雨，土地龟裂，禾苗枯黄，可是小小的死不了花却更鲜红，更艳丽，叶子也更翠绿。望日莲就像那死不了花，在饥饿、虐待和劳苦中发育长大，模样儿越来越俊俏，身子越来越秀美。干爹和干娘疼她，一年也给她做一身新衣裳，她穿上新衣裳就更好看。

二和尚被奉军抓夫，一去没回头，何大学问和一丈青大娘就想给望日莲另找婆家。当面不便开口，就拜托摆渡船的柳罐斗，钉掌铺的吉老秤，老木匠郑端午，到杜家探探口气。谁想，三个人刚说明来意，豆叶黄便号啕大哭，夹枪使棒地甩了一大堆闲言碎语。花鞋杜四倒似乎通情达理，说他也不愿意耽误了儿媳的青春，只是儿子生死未卜，宁拆十座庙，不破一门婚，他主张请个算命先生，给望日莲打一打卦。也真凑巧，他的话刚落音，门外就响起算命先生的笛声，他就跑出去请了进来。当着众人的面，算命先生盘问了望日莲和二和尚的生辰八字，掐指算了又算，口中念念有词；然后断定，二和尚在外已经当了官，要像薛平贵那样，一十八载才能衣锦还乡。二和尚出去已经八年了，所以望日莲还得在寒窑苦守十个春秋，就会苦尽甘来，夫贵妻荣。

其实，花鞋杜四和豆叶黄各怀鬼胎，居心不良。花鞋杜四一肚子狗杂碎，他见望日莲出落得一朵鲜花似的，就起了乱伦的贼心。豆叶黄本来是个破鞋，花鞋杜四常年住在小店里，很少回家来睡，她就招野汉子；眼见自个儿年老色衰，缺乏吸引力，就想拿望日莲当招蜂引蝶的幌子。有一天夜晚，豆叶黄跟她的野汉子约定，半夜三更前来。正是暑伏时节，豆叶黄喊叫屋里闷热，打开前后门窗通风。半夜里，豆叶黄走出后门，叫她那个等候在篱笆根下的野汉子进去，她在外面把门。那野汉子像一只偷鸡的黄鼠狼，蹑手蹑脚而入。就在这时，前门又贼溜溜闪进一个黑影。月黑天，天阴得像锅底，两人谁也没看见谁，一齐扑向望日莲的小西屋。

望日莲人大心大，又见豆叶黄行为不正，花鞋杜四贼眉鼠眼，每晚临睡之前，都关严窗户，顶住房门，身旁左边一把镰刀，右边一把剪子。两个恶贼扑门，望日莲惊醒，从炕上跳起来，可是还没有等她动手，这两个恶贼先厮打起来。望日莲投出了镰刀和剪子，从窗口跳出去，大喊一丈青大娘救命。一丈青大娘闻声而至，掌起灯火，只见镰刀砍在花鞋杜四腿上，剪子扎在野汉子胳臂上，两个恶贼仍然死咬住不放，滚在一起厮打。

出了这件事，一丈青大娘不依不饶了。豆叶黄理屈词穷，只得应许望日莲白天给她家干活儿，晚上到一丈青大娘那里去睡。

何大学问出口赶马，望日莲就跟一丈青大娘和何满子同睡在一条小炕上；何大学问赶马回来，望日莲就跟何满子到西屋去睡。那时候何满子才三岁，每晚都睡在望日莲的怀抱里，已经三年了。

望日莲虽然摆脱了花鞋杜四和豆叶黄的暗算，可是摆不脱苦重的劳动，她还要一年到头、一天到晚地干活儿。而且，豆叶黄因为奸计未成，要出口气，更加重了望日莲的劳苦。望日莲从来没有歇过晌，大晌午头儿，便得去打青柴。

年轻的姑娘媳妇儿们下地，身边都带着个孩子，倒不是为护身，而是为防嫌。所以，望日莲晌午打青柴要带着何满子。

四

望日莲的大筐里背着何满子，沿着河岸走出村口，便是一片河滩。

这片河滩方圆七八里，一条条河汊纵横交错，一片片水洼星罗棋布，一道道沙冈连绵起伏。河汊里流水潺潺，春天只有脚面深，一进雨季，水深也只过膝，宽窄三五尺，也不搭桥，可以一跃而过；河汊两岸生长着浓荫蔽日的大树，枝枝丫丫搭满大大小小的鸟窝。水洼里丛生着芦苇、野麻和蒲草，三三五五的红翅膀蜻蜓，在苇尖、麻叶和草片上歇脚；而隐藏深处的红脖水鸡儿，只有蝴蝶大小，啼唱得婉转迷人，它的窝搭在擦着水皮儿的芦苇半腰上，一听见声响，就从窝里钻进水里，十分难捉。沙冈上散布着郁郁葱葱的柳棵子地，柳荫下沙白如雪，大热天躺在白沙上，身心都感到清凉。

何满子最喜欢到河滩上玩耍。光着屁股浸入河汊，捞虾米，掏螃蟹，摸小鱼儿；钻进苇塘里，搜寻红脖水鸡儿，驱赶红蜻蜓满天飞舞，更是有趣；但是，最好玩的还是在大树下、茂草中和柳棵子地里，埋下夹子和拍网打鸟。

一到河滩上，何满子就叫望日莲把他从大筐里卸下来，欢叫着蹚过一条条河汊，跑在前面，从一片片水洼的苇丛中钻进钻出，最后一口气跑上最高的那道沙冈。

望日莲也来到了高高的沙冈上，她坐下来喘了口气，就折了两大把柳枝，编成一个遮阳的柳圈儿；她连一顶破草帽也没有。柳圈儿编成了，她把那一条粗大油黑的辫子盘绕在头上，然后再戴上柳圈儿。这时，何满子一定要采几朵火红的、金黄的、洁白的、绛紫的、天蓝的野花，插在柳圈上，想把莲姑打扮得更好看。望日莲又脱下身上那打满补丁的蓝花土布小褂儿，扔给何满子，叮咛说："给我看着！你打鸟儿别像断线的风筝，有男人来，赶紧喊我。"

何满子见她的胸脯上还七缠八绕着一块长条子破布，便说："莲姑，把这条子破布扯下来，多凉快。"

"放屁！"望日莲脸一红，"姑娘家能脱光膀子吗？"

望日莲头戴着插满野花的柳圈儿，一手提着大筐，一手握着镰刀，钻进蓬蒿茂草丛中去了。何满子坐在柳棵子地里，抱着望日莲的蓝花土布小褂儿放哨。一会儿，他就感到寂寞了，越寂寞也就越感到发困。于是，他不耐烦了，揉了揉眼，摇了摇头，清醒过来，就扒了个沙坑，把蓝花土布小褂埋起来，提着一串打鸟夹子，走下沙冈。

何满子先到草棵里捉小虫，把小虫串在夹子的支棍上，一把一把地四处埋伏起来，每处都拔几棵草盖上，伪装一下。然后，就钻进茂草中，轻柔地吹着口哨，含一片草叶学鸟叫，引诱树上的和树丛里的鸟儿下树出窝，觅食上钩儿。何满子听见这里啪的一声，那里啪的一声，乐得直想翻个跟头打几个滚儿，那是打中了。但是，有时候也噗的一声，却是打空了。受了惊的鸟儿，吓得钻入没天云，受了挫伤的羽毛在风中飘散。

他听着打中鸟儿的声音，心里默默地数着数儿；要打到二三十只，才够他和望日莲烧吃一顿。

一想到莲姑每天都吃不饱，何满子的心里就一阵阵发酸。打青柴的时候，他常常看见望日莲饿得心里发慌，脸白得像一张白菜叶子，额角上冒出一层层的虚汗，就手打着颤儿摘取一颗一颗的地梨，填填肚子。何满子心疼望日莲，就到财主家的瓜田里去偷瓜；面瓜香甜柔软，很好吃，吃上几个也能饱一阵子。而且，偷瓜也是一种冒险的游戏，对何满子很有诱惑力。

他常常光顾邻村大财主董太师的瓜田。

爬过河滩上最后一道沙冈，就是董太师的瓜田。这一块瓜田二十亩，东西南北各有一座窝棚，地中央还有一座高高的瓜楼，瓜楼上站着一个拿枪的团丁；更有两条伸出血红长舌头的恶狗，在瓜田四处跑来跑去。瓜垄里，埋藏着一杆杆地枪，枪口露在土外，枪机上拴着一根绷紧的细绳；偷瓜的人不小心蹚上绳子，地枪响了，枪砂打在身上或是腿上，就要受重伤。

何满子从茂草中悄悄爬到董太师瓜田的地边，只见高高瓜楼上的那个团丁，抱着枪靠在栏杆上打呼噜，四座窝棚的看瓜人，前仰后合地打盹儿；那两条恶狗也各自找个阴凉卧下，懒得跑动了。何满子偷瓜，不但胆大，而且心细，他滴溜溜转动着黑亮黑亮的小圆眼睛，先看准了有利地形，再仔仔细细观察，分辨出哪一条瓜垄埋藏着地枪。然后，他趴下来，只靠两只臂肘爬行；临到地边，吱溜一下，像一只泥鳅，钻进了瓜垄。

钻进瓜垄的密叶下，何满子就如鱼游水，再有阵阵微风拂过，吹得瓜叶沙沙响，那就更给他帮了忙，打了掩护。他最喜欢吃甜瓜，甜瓜不但解渴，而且一直甜到心窝里。他也爱吃面瓜，面瓜不但解饿，而且吃过之后余香满口。他更喜爱西瓜，但是西瓜个儿大，还要砸破了皮，在瓜垄里不能吃，必须推出瓜田去。

这个活儿很累，何满子却干得十分巧妙。他摘下一个斗大的西瓜，然后仰八脚儿躺下，又开双腿，把西瓜夹在腿裆里，两个手掌子按地，屁股一颠一颠地推得那个斗大的西瓜滚动着；慢慢地，慢慢地推出了瓜田，钻进茂草中，就算胜利了。但是要出一身大汗，沾满一身的沙子。

何满子听见啪的一声又一声，已经打中了十几只鸟儿，就钻进了董太师的瓜田；先在瓜垄里吃了个肚儿圆，然后抱出三个大面瓜，到蓬蒿丛中寻找望日莲。

这一大片蓬蒿，五尺多高的大汉钻进去不见影儿，何满子钻进去，就像一粒石子投入汪洋大海。他走一走便侧耳听一听，听一听哪里有镰刀的唰唰声，再循声找去。寻找望日莲，还有一个方便，那就是望日莲喜欢一边打青柴，一边唱小曲儿。她有一条低柔的嗓子，轻轻唱起来，悦耳动人心。这些小曲儿，都是情歌，词句都很大胆；何满子听不大懂，可是知道在家里是不能唱的。

何满子抱着三个大面瓜，在蓬蒿丛中找来找去，听不见镰刀的唰唰声，也听不见低柔的小曲声。他感到奇怪，也有点儿恐惧，站住了脚，支起耳朵，听了又听，仿佛听见了幽幽的哭泣声。他爹着胆子，踮着脚尖，提着身子，小步小步地向那边挨过去。

他看见了，望日莲已经割倒了一大片青柴，却不知为什么趴在了青柴上，两手抓着两大把泥土，哭得整个身子抽搐着。何满子想，望日莲一定是饿得肚肠子疼了，便高喊道："莲姑，你饿了吧？我给你送面瓜来啦！"

望日莲仰起半边脸，挂满了泪水，抽噎着说："我……不饿，你……吃吧！"

"我早就吃饱了！"何满子把三个大面瓜放在望日莲头前，腾出手来，拍了拍蝈蝈儿似的肚子，"快吃，快吃。"

"我……吃……不下去。"

"你病了吧？我找奶奶来给你扎针。"说着，何满子转身要走。

"我没病！"望日莲一把勾住他的腿腕子。

"那你为什么哭呢？"何满子迷惑地问。

"没来由，就是想哭。"望日莲坐起来，擦着眼泪。

何满子直勾勾瓷着眼珠儿，忽然笑了起来："我猜着啦！你是想檎叔了。"

"谁说我想他？"望日莲又扑簌簌淌下泪来，却还要嘴硬，"他算是我的什么人，我算是他的什么人？"

"你们俩……你们俩……"何满子不知如何回答，"你们俩当两口子吧！"

"今生没缘了，来世再说吧！"望日莲凄然地说。

"来世还得等多少年呢？"何满子问道。

望日莲失神地说："眼下就死，投胎转世，再过二十年，又这么大了。"

"我不愿意你等到来世！"何满子兴致勃勃地说，"等檎叔回来，我就催他雇花轿抬你。"

"他早就该回来了。"望日莲哀怨地说，"人家今年从潞河中学堂毕了业，就要进京上大学堂了，还想得起我这个打青柴的乡下丫头？"

"他要是把你忘了，我见面就骂他！"何满子愤愤地说，"我还要拿奶奶的鱼叉扎他，顶门杠子抡他。"

"住嘴吧！"望日莲慌忙双手捂住他的嘴巴，"不许你咒他。"

"我偏咒他，偏咒他！"何满子呸呸啐起了唾沫。

"求求你，好孩子！"望日莲哀求起来，"你在这儿咒他，他在外边有个灾枝病叶，谁来服侍他呢？"

"看你的面子，我不咒了。"

"你还得说，求老天爷保佑檎叔平平安安。"

"说这个干什么呀？"

"你刚才咒了他，还得给他消灾呀！"

"老天爷，保佑我檎叔平平安安吧！"何满子带着哭音呼叫起来，"保佑我莲姑跟我檎叔成两口子吧！"

望日莲紧紧地把何满子搂在怀里，雨点似的亲他。

望日莲也真的饿了，她风卷荷叶一般吃下了三个面瓜，心情也欢悦起来，白菜叶子似的脸上泛起了娇艳的颜色，目光也明亮得像月光下的春波，喜气挂上了微蹙的秀眉，红润的嘴唇漾起微笑，何满子呆呆地凝望着她。

"你看我什么？"望日莲纳闷地问道。

"莲姑，你真好看。"

"呸！"望日莲啐他一口，"这几个月，你光学坏，往后别跟我睡了。"

"等檎叔回来，我跟他做伴去！"何满子气恼地说。

望日莲愣了下神儿，脸红了红，小声说："那你就跟他睡一宿，再跟我睡一宿。"

"不！"何满子斩钉截铁地说，"檎叔回来了，我才不愿意跟你睡。"

"原来你跟我这么狠心呀！"望日莲说，"姑姑刚才逗你玩儿，心里才舍不得你。"

"你舍不得我，咱们仁一块儿睡！"何满子说。

"滚你的！"望日莲张开巴掌，轻轻用掌心拍了何满子的光葫芦头一下，"快去收拾你那些打鸟夹子吧，别叫人家起走了。"

何满子恍然想起这桩大事，急急飞跑而去。

五

满河滩跑了一遭，何满子起回了他所有的打鸟夹子和拍网，打中了二十多只，其中还有两只肥囊囊的花胡不拉鸟，心里非常高兴。这两只肥鸟，一只孝敬爷爷下酒，一只要让莲姑吃个痛快。

他回到最高的那道沙冈上，扒出望日莲那件打满补丁的蓝花土布小褂儿，望日莲已经一趟一趟地把大捆的青柴背到了沙冈下晾晒。

　　望日莲头上那插满野花的柳圈儿已经散乱了，盘绕着的大辫子拖落下来，沾了一头草叶，赤裸的肩头和胳臂上，划满了一道道血印子，七缠八绕在胸脯上的那块长条子破布，被汗水浸透，沾满了泥土。

　　"莲姑，歇一会儿，烧鸟吃！"何满子跳着脚喊道。

　　望日莲乏得有气无力，说："我要去洗洗身子，你来给我看着人。"

　　他们来到一个僻静的河湾，这个河湾被一道沙冈环抱着，长满红皮水柳，水色澄碧，清可见底。何满子留在沙冈上，望日莲说了声："合上眼！"何满子就把两眼紧紧地闭住。莲姑跟他说过，偷看姑娘家脱衣裳，要长枣核钉那么大的针眼。望日莲下到水边，在红皮水柳丛中掩住身子，一边脱着衣裳一边向何满子喊道："睁开眼吧！"何满子便把眼睛睁开，向四下张望，警戒男人走来。

　　红皮水柳深处，传出哗啦哗啦的洗衣裳声；不大工夫，何满子看见，洗干净了的衣裳挂在了水柳枝头晒着，还有那一条长长的破布。又过了一会儿，何满子便听见一阵阵撩水声和浮水声。他又感到寂寞了；衣裳不晾干，望日莲便不能上岸，他也就像一只孤雁似的呆立着。

　　"莲姑，你可别浮到旋涡里去呀！"他跟望日莲搭着话，"我力气小，救不了你。"

　　"我用你来救呀？"望日莲在红皮水柳丛中笑着，"当年你檎叔掉在旋涡里，还是我把他救上了岸。我是他的救命恩人哩！"

"我才不信！"何满子哼道，"你跟我爷爷一样，爱吹牛打鼓，小心大风刮跑了你的舌头。"

"真不骗你。"

"你说说，我听听！"何满子从沙冈上出溜下来，坐到河湾子的水边去。

"不许下水！"望日莲吓得尖叫。

"我看不见！"何满子说，"你不快说我就下水。"

望日莲告诉何满子，她十岁的时候，跟着周檎到河滩上挖野菜，天气酷热，周檎下河浮水。谁想浮着浮着腿肚子抽了筋儿，一股急流把周檎卷进了一个水漩子里，周檎的身子就像被拧成了陀螺，一会儿沉没下去，一会儿又旋转着露出个脑瓜顶儿。周檎连喝了几口水，挣扎着大喊救命，她扑通跳下河，掐着周檎的脖子拽上了岸。后来，周檎再浮水就跟她搭伴了。

"你姑娘家跟小子一块浮水，怎不害臊呢？"何满子问道。

"那时候都小，不知道害臊。"望日莲说，"我跟他在柳棵子地里过家家玩，还拜过花堂呢！"

"原来你跟檎叔早就是两口子啦！"何满子惊喜得喊叫起来。

"别嚷！"望日莲喝道，"我好像觉得有脚步声，你快去看看。是不是有人来？"

　　何满子又跑上沙冈，手搭凉棚，远瞧近看。忽然，他看见从河岸的柳荫羊肠小路上，走来一个打着旱伞的人，他忙喊道："莲姑，躲起来！有人。"红皮水柳丛中，响起稀里哗啦的浮水逃跑声。何满子又跳着脚观望，只见那个打着旱伞的人，是个青年书生，穿一身白学生装，肩上背着一个方格土布的小包袱。何满子欢呼了一声："莲姑，是檎叔！"望日莲在红皮水柳丛中说："瞎话！"何满子却已经大喊着："檎叔！"飞也似的迎上前去了。

　　那个穿学生装的年轻人，收拢了旱伞，也喊着："小满子！"奔跑过来。

　　周檎二十岁左右，清秀的高个儿，两道剑眉，一双笑眼，高鼻梁儿，嘴角上挂着微笑，满面和颜悦色，一看就知道是个文静和深沉的人。

　　他跑到何满子跟前，张开胳臂要把何满子抱起来；何满子急忙跳开，说："别弄脏了你的新衣裳！"

　　"你在这儿干什么呢？"周檎含笑问道。

　　何满子脑瓜一歪，眨巴着小圆眼睛，说："你猜！"

　　周檎假装皱着眉头，想了又想，说："猜不着。"

　　"跟我来！"何满子牵起他的手就跑。

　　这时，望日莲也从红皮水柳深处浮出来，扒着岸边的柳枝向外偷看，一眼就看见了那个日夜思念的人，心一下猛跳起来，脸一下子烧红起来。

　　"满子，别带你檎叔过来！"她是在跟周檎打招呼。

　　"你害什么臊呀？"何满子顽皮地笑道，"你们不是搭伴浮水，还拜过花堂吗？"

　　"没那么回事儿！"望日莲说，"周檎，你到远处站着。"

　　"满子，咱们躲她远远的！"周檎一指几丈外的一片柳棵子地。

　　他俩在柳荫下的白沙地上一坐，何满子便急着问道："檎叔，你是跟莲姑拜过花堂吗？"

　　周檎抚摸着他的光葫芦头，悠然神往地说："那是青年时代的游戏。"

　　"你们在哪儿拜的花堂呢？"何满子追问。

　　"就在这片柳棵子地里。"

　　"你们穿新衣裳吧？"何满子刨根问底儿。

　　"我跟你现在这个打扮差不多，她比我多穿了一件兜肚。"

　　"你头戴一顶插红翎子的礼帽吗？"

　　"我戴着一个柳圈儿。"

　　"莲姑蒙着红盖头吗？"

　　"她顶了一张荷叶。"

　　"十字披红吗？"

　　"一人身上斜挂着两个柳枝串起的花环。"

　　"摆天地桌吗？"

　　"堆了个土台。"

"烧高香吗？"

"插了三根艾蒿。"

"拜完天地，到哪儿去入洞房呀？"

"在地上画了个四方块，就算洞房。"

"吃子孙饽饽吗？"

"两片麻叶上放了几个地梨儿，就算子孙饽饽。"

"吃长寿面吗？"

"嚼甜芦根草。"

望日莲走进了柳棵子地，娇嗔地说："你跟他胡说些什么呀？"

何满子一看，望日莲从水中走出来，俏丽的脸儿，就像雨后清晨的 朵荷花。她匆忙中忘了把那块长条子破布七缠八绕在胸脯上，洗得干干净净的蓝花土布小褂儿，紧紧箍着她那丰满的身子。

周檎眼色温柔地答道："我常常回忆儿时的往事。"

"你为什么不在村口下船？"望日莲问道。

"我想晌午头上你一定在河滩上打青柴，就在前一个渡口上了岸，看看在河滩上能不能找见你。"

"你怎么比去年晚了半个多月才回家来？"望日莲含情脉脉地问道。

"我到北平考大学去了。"

"考中了吗？"

"还没有发榜。"

望日莲低下头去，咬了咬嘴唇，脖颈上泛起了红潮，猛地抬起头，目光火辣辣地问道："你知道今天是什么日子吗？"

"阴历七月七。"周檎声音微微发颤地说，"所以我挑这个日子回来。"

"七月七，牛郎会织女！"何满子插嘴说，"檎叔是牛郎，莲姑是织女。"

"贫嘴！"望日莲啐道，"到那边看看有没有人来。"

"等一等！"何满子折断一根柳枝，在周檎和望日莲的四周画了个大四方块，"你们就在洞房里说话吧！"

他走出柳棵子地，爬上一棵老杜梨树，骑在大树杈子上。快起晌了，可是还热得像火烤，田野河边仍然路断行人。

在何满子的心目中，周檎是个了不起的人物，是天上的文曲星下凡。

何满子喜欢听老人们说古。他从爷爷、奶奶、摆船的柳罐斗、老木匠郑端午和钉掌铺的吉老秤口中，也从开小店的花鞋杜四那里，零星片断地听到，周檎的父亲周方舟过去在玉田县当小学教员，九年前领头闹起京东农民大暴动，暴动失败，被奉军杀害了。周檎的母亲嫁到周家后仍旧住在这个小村，丈夫一死，就带着周檎跟外祖母和舅舅柳罐斗一起生活。不久，母亲也因哀痛过度而亡，周檎就跟外祖母和舅舅相依为命。后来，他以甲等第一名考入美国教会开办的通州潞河中学，在那个学校里一直是数一数二的学生。

　　通州城距离这个小村三四十里，周檎孝顺外祖母，每个礼拜六都回家来，跟外祖母团聚一天，第二天下午再回去。他很穷，雇不起马车或脚驴子，夏天回家靠两腿走，走累了就下河浮水；冬天回家乘坐冰床，冰床在封冻的河面上像流星一般飞行。前年，外祖母去世了，他又像孝顺外祖母那样孝顺舅舅，仍然每个礼拜都回家。柳罐斗怕外甥荒废了学业，叫他一个月回家一趟。而一个半月的暑假，半个月的寒假，他都回家来住。他给舅舅打青柴，也帮助舅舅摆船，爷儿俩过得和和睦睦，从没有抬过杠，拌过嘴。

　　何满子喜欢追随周檎的身前身后，不仅是因为周檎会给他讲引人入胜的故事，教给他的字儿也比老秀才那些"赵钱孙李，周吴郑王"和"天地玄黄，宇宙洪荒"有趣得多，而且更因为周檎也像望日莲那样疼爱他。

　　柳罐斗跟何满子家住隔壁，也是三间蒲草盖顶的棚屋，一座四面夹着柳枝篱墙的院落。柳罐斗住在摆渡门的大船上，家里只有周檎一个人，何满子听故事和识字儿入了迷，舍不得走，有时就跟周檎一起睡。他玩了一天，跑得乏了，免不了尿炕，周檎也不声张，如果声张出去，他在小伙伴们中间，就没脸见人了。

　　何满子还有一个乐趣，那就是他在周檎的炕上睡着了，望日莲就要来抱他回家；躺在望日莲的怀抱里，他常常感到呼吸着一股芬芳的紫丁香气味。有一回，他被搬醒了，睁了睁眼，看见望日莲把他抱在怀里，却又跟周檎肩并肩坐在炕沿上不肯走，把她那一条粗大油黑的辫子绕在周檎的脖子上。他想笑，可是太困了，眼皮又粘在一块儿，睡着了。

现在，何满子骑在老杜梨树的树杈子上，想到这里，忍不住伸着脖子向柳棵子地里偷看了一眼。果然，望日莲又在用她那粗大油黑的辫子缠绕着周檎。何满子想，一定也要系个拴贼的扣儿。他咯的一声笑了，但是马上又捂住了嘴，怕惊散了那一对戏水的鸳鸯。而且，也不敢再看了。他想，偷看人家缠辫子，也要长针眼，比枣核钉还得大。

六

七月七的夜晚，何满子不想睡觉。

奶奶给他说过牛郎织女的故事。七月七半夜三更的时候，要有一大群喜鹊在银河上搭桥，牛郎挑着一副挑筐，前边装着儿子，后边装着女儿，来到鹊桥上，跟分别了一年的织女见面，两人抱头大哭。小孩子眼睛亮，耳朵尖，站在葡萄架下，能看见银河鹊桥上的人影，听得见从天上传来的哭声。去年，何满子就曾偷偷站在他家的葡萄架下听哭，可是那一天下小雨，他没有听见哭声，只是洒了一身牛郎织女的眼泪。

今年这个日子，繁星满天，白茫茫的银河横躺在夜空，不会下小雨了。何满子打定主意，不听见哭声不睡觉。

吃过晚饭以后，上弦月像一只金色的小船，从东南天角漂了上来。望日莲编了一只篓子，织了一张席，豆叶黄才不大情愿地说："睡觉去吧！明天早早起来，别粘在了炕头上。"望日莲才离开杜家，来到何家。

一丈青大娘已经睡醒了一觉，听见望日莲的脚步声，在东屋打着呵欠说："儿呀，别过了子时，你到小后院拜拜月，乞个巧吧！香烛跟针线，我都给你放在灶王爷佛龛上了。"

"娘，您睡吧，我记着。"

望日莲吱扭推开了门，何满子赶紧闭着眼睛装睡。他单等望日莲出去拜月，就溜出去听哭。

拜月乞巧的风习，虽然迷信，却很优美。那是在七夕之夜，年已及笄的姑娘，半夜时分悄悄找个僻静角落，给垂挂中天的月牙儿焚香叩拜，然后掏出一根银针，一条红线，在月色朦胧中穿引。如果一穿而中，今年必能跟自己心爱的人儿结成美满良缘。

望日莲走进西屋，却没有上炕，她先拿起一把芭蕉扇，扇跑了叮在何满子身上的一只大花脚蚊子，尔后就呆坐在炕沿上。何满子偷眼觑着她，只见她心神不宁，又一声一声地长吁短叹，后来就双手捧着脸，一动不动了。何满子想问她为什么难过，却又不敢开口，怕望日莲不让他溜出去。

过了很久很久，望口莲像下定了决心，鼓足了勇气，一跺脚站起身来，走到外屋；外屋的灶王爷佛龛上响动了一下，一定是取走香烛和针线，到小后院去了。

事不宜迟，何满子急忙下炕，光着脚丫儿，屏住气息，从外屋前门踏了出去。

他抬头仰望夜空，隐隐约约恍惚看见，在白茫茫的银河上，好像有一座桥影，桥影上又晃动着两个人影，那一定是牛郎跟织女已经见面了。他赶紧走到葡萄架下，左胳臂抱住立柱，右手扯着耳朵，全神贯注地听起来。

这铺葡萄架，搭在东屋窗前三步的地方。屋里，爷爷和奶奶正在酣睡。今晚上，因为周檎回来了，柳罐斗打了几条大鱼，割了一斤肉，灌了一葫芦酒，烹炒了几样酒菜，邀集他那几位相好的老哥儿们，聚会在他那摆渡大船上，月下开怀畅饮。何大学问喝得酒气熏天，跌跌撞撞而归，走进东屋，扑到炕上倒头便睡。现在，何大学问扯着抑扬顿挫的鼾声，睡得很香。但是，他的鼾声却搅扰得何满子耳根不净，刚刚仿佛听见了天上的哭泣，却又被那不肯停息片刻的鼾声搅乱了。他真想大喝一声：爷爷，别打呼噜啦！可是，喊醒了爷爷，爷爷必定禁止他站在葡萄架下，怕他受了夜凉。

他感到烦躁，后来忽然想起，不如偷偷溜到周檎家小后院的葡萄架下去，远离爷爷的鼾声；而周檎是个文明人儿，睡觉一定不会打吵人的呼噜，或许能听出个究竟。

于是，他又蹑手蹑脚地溜出柴门，绕篱笆根儿，来到周檎家的小后院外；只见篱笆上有个大窟窿，便四脚落地爬了进去，而且一直爬到葡萄架下，才直起腰，按住心跳，静静地谛听。

静静的七夕之夜，夜风像淙淙的流水；流水淙淙中似有幽怨的哭声，传进他的耳朵，他一阵惊喜。但是留神听去，哭声不是从天上传来，也不是从地下冒出来，而是从周檎睡觉的后窗口，飘出来的余音袅袅。

他吓了一跳，不禁慌了神儿。这是谁在哭泣？他想赶快逃走，却又想听个明白，心里嘀咕了半天，还是留了下来，而且又爬到后窗口下。

"我……我今生跟你……注定是没缘分了！"是望日莲在嘤嘤啜泣，"我烧了三炷高香，点起两支红蜡烛，四起八拜，求月下老儿保佑我跟你……我的眼睛睁得挺大，手也没打哆嗦，红线就是穿不进针鼻里去。"

"你这是迷信思想！"周檎却低低发笑，"拜月乞巧，穿针引线，怎么能决定一个人的命运呢？月色朦胧，幽暗不明，穿不进针鼻是正常现象，不必自寻烦恼。"

"不！"望日莲痛苦地说，"我是柴草穷命，黄连苦命，天意不能嫁给你。"

"我不信天意信人意！"周檎满怀激情地说，"我一定要把你救出火坑，跟我做一对志同道合、生死与共的终身伴侣。"

"万般皆由命，半点不由人呀！"望日莲叹息着，"我的心整个儿给你了，今晚上我把身子也给你送来；咱俩好一天，就是我一天的福气。"

"那我就更要娶你！"周檎说。

"我压根儿不想拖累你。"望日莲声音虚弱地说，"只怕我逃不出今年的厄运，等你进京上学一走，咱俩的缘分儿也就到了头。他们要糟践我，我就拼上一死，不活了。"

"花鞋杜四跟豆叶黄的野汉子，还想欺侮你吗？"周檎全身像着了火。

"这两个恶贼倒是断了念头，"望日莲打着寒噤，"眼下这两个恶贼又合了伙。有一回，他俩一块儿喝酒，我偷听了三言两语：董太师想买我做小，他们正讨价还价。"

"这个狗东西！"周檎愤怒地骂道，"殷汝耕当儿皇帝，董太师也上了劝进表，是个汉奸，我们要打倒他。"

"他有几十条枪，你一个文弱书生，怎么碰得过他呢？"望日莲苦笑着说。

"莲，你真的甘愿跟我同生共死吗？"周檎忽然庄严郑重地问道。

"从小好了这么多年，原来你信不过我！"望日莲又悲悲切切地哭起来，"我愿意跟你活在一处，当牛当马服侍你；遇到三灾八难，我替你去死。"

"好人儿！"周檎感动得喉咙哽咽了，"实话告诉你，我晚回家半个多月，不光为了考大学……"

"还干什么去了？"

"我们不少人成立了京东抗日救国会通州分会，开展抗日救国运动，将来还要建立武装。"

"你打算叫我干什么呢？"

"参加救国会，打鬼子，除汉奸。"

"我一个女人家，好比萤火虫儿，能有多大亮呢？"

"国家兴亡，匹夫有责，连小满子都应该为抗日救国出一份力。"

何满子几乎想蹦起来喊道："我出这份力！"可是，他又听见望日莲说话了："真要拿刀动枪，我比你胆子大，手也狠。"以下，何满子只听见他们轻声悄语，就像风拂青萍，房檐滴水。何满子真困了，他想回家，两条腿却不听话，于是就倒在窗口下睡着了。

不知过了多久，他被摇醒，但是眼皮发涩，睁也睁不开。

"满子，醒醒！"是望日莲在唤他。

"醒醒，满子！"周檎也在唤他。

他终于睁开了粘在一起的眼皮，原来他躺在周檎的小炕上。炕席雪白，屋子里充满熏蚊子的艾蒿青烟气味。望日莲的头发蓬乱，神色发慌地问道："满子，你是撒呓挣吧？怎么跑到这儿来？"

"我到葡萄架下听哭，原来是你们俩。"

"你听见我们说的话了吗？"望日莲的神情更紧张了。

何满子点了点头，说："莲姑，檎叔要娶你，你就答应跟他拜花堂吧！"

"好孩子，今晚上你听到的话，可不能说出去呀！"望日莲哀求地说，"你要是溜了嘴，莲姑跟檎叔就没命了。"

"原来……你们也信不过我呀！"何满子嘴一撇，委屈地哭了，"你们在河滩上钻柳棵子地，说悄悄话；你把辫子绕到檎叔脖子上，我跟别人说过吗？"

"满子，我的亲人哪！"望日莲把何满子紧贴在心窝上。

七

一去二三里，何满子跟着周檎到钉掌铺去。周檎去看望吉老秤，何满子想在钉掌铺碰见小马倌牵牛儿；牵牛儿是何满子整天在河滩野跑交上的朋友，比他大几岁。

到天津的砂石马路和北运河岸之间，有个交叉路口，吉老秤的钉掌铺就坐落在交叉路口上，一间门面，一架凉棚，房前屋后栽种着几百棵高大金黄的向日葵，还有四四方方一个小菜园。

吉老秤已经五十几岁，可是身体硬实得像一座石碑；从口外刚赶来的儿马蛋子，一蹶子踢到他的胸脯上，就像被跳蚤弹了一下。他的手艺高超，远近驰名，却只能混个半饥不饱；用他的话说，一辈子没吃撑着过。他脾气暴，不娶家小，不信鬼神，只好喝烈酒，闻鼻烟；喝醉了就睡觉，扯起鼾声像打雷，打起嚏喷像放炮。

歇晌，他拿一把破扫帚，打扫了房前屋后，泼洒了清水。酒葫芦空了，没有钱买，就只吃两个凉饽饽。吃完饭，他光着上身，坐在大蒲团上，只穿一条到膝盖的大裤衩子，露着毛刺刺的大肚脐眼儿，挥着一把破芭蕉扇子驱赶马蝇，把鼻烟捻进多毛的鼻孔里，于是接二连三打嚏喷，好像一门过山炮响起了隆隆炮声。

后来，他就盘膝打坐睡着了；于是，炮声停止，雷声又起。

不知睡了多久，他忽然被一声巨响惊醒；睁眼一看，面前的向日葵荫下，趴着个憨头憨脑的孩子，嘴里咬着一枝芦根草，正嘿嘿发笑。原来，这个孩子从他的鼻烟壶里偷出一大撮辛辣的鼻烟，全抹进了他的鼻孔。他被自己那放炮一般的嚏喷声惊醒了。

"牵牛儿，你这个小狗日的！"吉老秤自己也呵呵笑起来。

说也奇怪，他本来是个火神爷的脾气，但是跟牵牛儿却没有火性。这一老一小，交情深厚。

牵牛儿给大地主董太师家扛小活儿，他是个憨头憨脑而又蔫蔫糊糊的孩子，常常挨小管家的打骂。挂锄时节，完秋以后，他给董太师放马，晌午不许回家吃饭，只给几个馊饽饽。每天，他都赶牲口到河滩上，把牲口撒到河边，再打一大筐青草，然后就得闲了。他不喜欢说话，可是小孩子怕冷清，牲口们都很服他管，撒在河边并不乱跑，他就来到吉老秤的钉掌铺，看吉老秤给牲口钉掌。他坐在一边，也不多言多语，也不碍手碍脚，只是两眼直勾勾地盯着吉老秤的一招一式，默默记在心里。

有一回，吉老秤给一匹生马钉掌，那匹生马嗷嗷嘶鸣，腾跳扑咬，吉老秤降伏不了它，就使出了绝招儿。牵牛儿猛地蹦起来，嚷道："您这是毁它！"他像一头小牛犊子，把吉老秤撞了个趔趄，抢过缰绳。他牵着这匹生马溜达，嘴里轻柔地吹着口哨，那匹马就像能通人性的精灵，也不踢了，也不跳了，也不扑了，也不咬了；马头亲昵地贴在牵牛儿身上，舌头舔着他的肩膀，牵牛儿也嘟嘟囔囔地像跟这匹马说知心话儿，那匹马被乖乖地牵上了桩。吉老秤就要钉掌，牵牛儿说："秤爷，我来吧！"吉老秤一赌气把家伙扔给他，说："钉坏了蹄脚，把你小狗日卖了也赔不起。"牵牛儿却心里有底，不慌不忙，仔仔细细，钉得平平整整。吉老秤乐了，给他一个耳刮子，笑骂道："小狗日的，你要抢走我的饭碗子！"

　　刚好这天吉老秤给一个外地老客的爱马治好了足疾，那老客送他一份厚礼，在酒有肉；吉老秤又从小饭铺买了五斤大饼，就留牵牛儿吃饭。牵牛儿口羞，不好意思真吃，他就破口大骂，张手要打。牵牛儿被逼无奈，便放开肚皮吃起来。这个常年填不满肚子的苦孩子，饭量像口井，狼吞虎咽着烙饼卷肉。吉老秤快活地大笑，笑得大肚囊儿直抖动。

　　吃饱了食困，牵牛儿就躺在凉棚下睡着了，吉老秤坐在一边闻鼻烟，放炮似的打嚏喷也吵不醒他。就在这时，小管家来了，手提一杆懒驴愁鞭子，不问青红皂白，劈头就照牵牛儿身上抽下去，牵牛儿的脊背上顿时肿起一道紫黑的伤痕。牵牛儿打了个滚儿爬起来，蒙头蒙脑就奔河边跑，小管家还不罢手，追赶着还要打。吉老秤恼了，扑上前去，夺过小管家的鞭子，抓住脖领子扯回钉掌铺，说："这孩子是我请来的客人，你打他，就是抓我的脸。我吉老秤的脾性你也有个耳闻，有冤必申，有仇必报，有气必出。我要打你，你经不起我的小拇指一捅；不打你，我的气又不出。好吧，我看你是个两脚畜生，给你钉上掌，免得你假充人形。"说着，就给那小管家上了桩。小管家骂不住口，吉老秤也不理他，扒下他的皂鞋白袜儿，找了一副给瘦驴钉的掌铁，比了比小管家的脚样，拿起榔头要动手。小管家知道吉老秤的性情古怪，说得出做得到，便扯破了嗓子哀叫："牵牛儿，快来救命呀！"牵牛儿从河边跑回来，下死劲扯住吉老秤的胳臂，说："使不得，使不得！"吉老秤说："一报还一报，你来抽他一鞭子。"牵牛儿又说："使不得，使不得。"吉老秤骂道："孬种，我来打！"小管家叫道："牵牛儿，还是你打吧！"牵牛儿说："我不打你，往后你也别打我了。"就松开绳，放小管家逃生。吉老秤又骂牵牛儿道："你就打他，怕他咬下你的鸟来当笛儿吹。"牵牛儿说："我打他一鞭子，回去得挨他十鞭子，把我打得皮肉开花。"吉老秤说："他打你十鞭子，你就杀了他！"牵牛儿说："杀了他，官府要把我抓去砍头哩。"吉老秤说："你长着两条腿，不会逃奔他乡吗？"牵牛儿说："天下都有官府，都给有钱人办案，早晚也得给抓住。"吉老秤叹了口气，说："是呀，天下的官府都给有钱人办案，插翅难逃，只有反！"

从此，这一老一小更心连着心。牵牛儿有空就到钉掌铺来，夏夜坐在月光下，冬天躺在热炕上，爷儿俩只是默默相对，并没有多少话说。但是，在默默中，交流着情感，温暖着孤苦的心。

何满子跟着周檎来到钉掌铺，吉老秤正没生意，在凉棚下给牵牛儿剃头。

"牵牛儿哥！"何满子撒着欢儿跑上前去。

"老秤大舅，您好！"周檎也大步走到凉棚下，给吉老秤深鞠一躬。

“檎哥儿，我的大学士外甥！”吉老秤笑眯了眼，把剃刀折了起来。

牵牛儿的头刚剃了一半，央求说：“秤爷，您给我剃完吧！”

“没兴致啦！”吉老秤一拧牵牛儿的耳朵，从凳子上提起来，“檎哥儿，咱爷儿俩屋里坐。”

周檎笑道：“您得给牵牛儿剃完头呀！”

“咱爷儿俩一两个月没见，我急着跟你说话，不急着剃头。”吉老秤一手提着凳子，一手牵着周檎的袖子，走进屋去。

牵牛儿双手捂住他的阴阳头，噘着大嘴，瞪了何满子一眼，说：“瞧你们来的这个时候儿！”

“那你走开，咱俩谁也甭搭理谁！”何满子推搡着他。

牵牛儿比何满子大好几岁，力气也比他大几倍，但是却乖乖地被推出了凉棚；可又舍不得走，就在路边的阳光下站着。

何满子翘着鼻子，两眼望天一副傲慢神态，给周檎站岗。

钉掌铺小屋里，只听吉老秤那铁锤一般的拳头，咚地捣了一下小屋的泥墙，小屋连连摇动，屋顶上沙沙落土：“当年我跟着你爹闹暴动……”

“嘘！轻声。”

“而今这把老骨头跟你闹抗日！”吉老秤虽然压低了声音，嗓门还是震耳。

何满子过去并不知道吉老秤参加京东农民大暴动，只听说他坐过五年牢。那是有一回，吉老秤跟花鞋杜四吵架，骂花鞋杜四："你这条人蛆！"花鞋杜四也骂他："你这个蹚了五年大镣的囚犯！"吉老秤大怒，要把花鞋杜四的脖子拧断，花鞋杜四吓得钻进了女茅房，让豆叶黄蹲在茅房里不出来；吉老秤从来不跟女人打逗，骂骂咧咧而去。

还有一回，是今年清明节，周檎回家来给外祖母和母亲上坟，从通州带回三个花圈。一个花圈上写着外祖母的姓氏，一个花圈上写着母亲的姓氏，一个花圈上写着他父亲的名字，还安放着他父亲的一张放大照片。周檎的父亲死在玉田，尸骨未回，是在一块青砖上刻上姓名，跟他母亲合葬的。吉老秤一见周檎父亲的照片，涕泪滂沱，哭叫一声："党代表……"昏厥过去，被柳罐斗架走。这个场面，何满子亲眼看见，也大哭起来。

现在，这爷儿俩在钉掌铺的小屋里密谈。周檎每说一句，吉老秤就答应一声："是喽！"何满子觉得，吉老秤跟周檎的感情，就像戏台上的孟良和焦赞对待杨宗保一样。

"满子，满子！"站在阳光下暴晒的牵牛儿，汗珠子像下雨似的从阴阳头上滴答着，"别生我气了，跟我到河边玩去。"

"我不去！"何满子的头昂得更高了。

"我给你捉一只花翎小鸟儿。"牵牛儿恳求说。

"不去！"

"我再给你用柳条编个鸟笼子。"

何满子的心动了，悄悄地瞟了牵牛儿一眼，问道："一只花翎小鸟，再配上一个红皮水柳鸟笼子？"

"我还要给你逮一只大肚子蝈蝈儿，"牵牛儿眼里流露出希望和笑意，"再配上一只三转八楞的蝈蝈篓子。"

何满子的心高兴得直打小鼓，他坐不住了，在凉棚下打起转转。

钉掌铺小屋里，吉老秤正以震耳的喊喳声说："我埋了一支枪……"

"低声！"

何满子忙站住了脚，向牵牛儿一挥手，说："你走吧！我不去。"

"我背着你！"牵牛儿可怜巴巴地说。

何满子摇了摇头，说："我不能去。"

牵牛儿说："那就让我跟你坐一会儿。"说着，眼含着泪水向凉棚下走过来。

"站住！"何满子突然喝道，"不许你走过来。"

牵牛儿又乖乖地站住了脚，嘟嘟哝哝地说："满子，我知道你不跟我好了。"

"牵牛儿哥，我跟你好。"何满子觉得对不起这个好朋友，眼里也噙满了泪花，"檎叔跟秤爷在屋里说话，别打扰他们爷儿俩。"

"檎哥儿，一言为定！"屋里，吉老秤跟周檎猛一击掌，纵声大笑。

周檎兴冲冲地走了出来，拍了一下何满子的肩膀，说："满子，咱们再到你端午爷家串门去。"

"我也正想去看我干娘！"何满子笑嘻嘻地说。

他牵着周檎的衣襟儿，蹦蹦跳跳地走了。

被冷落在一旁的牵牛儿，嘴一咧哇哇大哭。

"过来吧，让我的牵牛儿受委屈了。"吉老秤柔情地喊道，"秤爷接着给你剃头。"

牵牛儿却犯起了牛脾气，一动不动；吉老秤奔过去，把他夹到凉棚去。牵牛儿踢蹬着两条腿，吉老秤降伏不了他，只得像给倔骡子钉掌一样，把牵牛儿上了桩；然后打开剃刀，接着剃起来。

八

殷汝耕在日寇卵翼下成立伪冀东防共自治政府以后，便在通州城内风景秀丽的西海子南岸，万寿宫大街以北，仿北平的前清王府，修造他的行政长官官邸，把西海子霸占为他的后花园；门前便是当时横穿通州城内，将通州分割为南北两城的通惠河。

老木匠郑端午是北运河两岸的活鲁班，也被强征了去做工。那些雕花的门窗，奇巧的游廊，都是他的手艺。殷汝耕一心要赶忙住进他这座儿皇帝的府第，逼迫工匠们日夜加班赶造；郑端午累过了力，又受了风寒，挣扎着一条骨瘦如柴的病身子，也得白班夜班都出工。殷汝耕自称笃信佛教，在后院又加造一座佛堂，点名叫郑端午掌作。立架那天，殷汝耕怕桴檩走了尺寸，传令郑端午上房。郑端午身子虚弱，头昏眼花，手脚颤软，刚上房就从高高的大柁上摔下来，摔得大口吐血，跌断了右腿。一块门板抬回家，只剩下小半口气息，半年下不了炕。眼下虽已死里逃生，却再也拉不动大锯，抡不动斧头，握不住锛凿，掌不住墨斗了。他便拿了一把瓜铲，在村外河边，栽种了一亩三分瓜田，日夜住在小小的瓜棚里。

儿子郑整儿和儿媳荷妞，接下了他的锛、凿、斧、锯、墨斗、罗盘。可是，他们的手艺粗糙，郑端午看不上眼，住到瓜棚去，也是为了眼不见心净。

郑整儿和荷妞，都比周檎大一岁，他们是童年的亲密伙伴。

这小两口，是一对有趣人物。

郑整儿像何满子这般大的那一年，一天正光着屁股在门口骑狗玩，他爹郑端午挑了一副挑筐，从外村回来；郑整儿打着狗迎上前去，挑筐里忽然传出哇哇的哭声，吓得他从狗背上滚了下来。他定睛一看，一个六七岁的小胖丫头坐在挑筐里，红通通圆脸，粗眉大眼，蒜头鼻子，四方大嘴，梳着两只小抓髻，几片荷叶遮掩着身体。郑整儿眨巴眨巴小眼睛，问道："爹，哪儿捡来的这个胖丫头儿？"郑端午得意地笑道："给你娶来的媳妇儿，叫荷妞。"郑整儿吐了吐舌头，跟荷妞扮了个鬼脸儿；荷妞扑哧乐了，脸上还挂着好几颗大泪珠儿。

荷妞到婆家，头一顿就一口气吃下三个大贴饼子，老木匠又把半大海碗菜粥倒给她，也吃得溜干二净，不必涮碗。整儿娘直皱眉头，埋怨老伴儿说："三口人还常断顿儿，又添了这个没梁的小水筲儿，等揭不开锅，孩子大人喝西北风去。"老木匠呵呵笑道："你的见识三寸远。这个丫头五大三粗，满脸福相，将来给我生下孙儿，保管是个高我一等的好木匠。"

老木匠郑端午果然好眼力，荷妞十岁，就敢给他打下手；拉起大锯，不但有板有眼，而且有使不完的力气。可是，婆婆教她针线女红，却比赶牛上树还难，十根手指笨得就像鼓槌子。婆婆见她不堪造就，也就随她野生野长，不再跟她操心费力了。老木匠却不计较，而且逢人便夸，说老天爷赏了他这个儿媳妇儿，顶两个儿子使唤。

这话一点儿不夸大。荷妞样样压过了郑整儿，吃得比他多，个子比他高，力气比他大。青梅竹马，耳鬓厮磨，两小兔不了打架。最初一两年，两人打平手；一两年之后，看见荷妞头上肿起一个青包，郑整儿的头上准少不了两个。这几年，郑整儿更怯了阵，只敢动口，不敢动手了。

爱情，在这儿戏的欢笑与眼泪里，在木匠作的汗水交流中，不知不觉滋长起来。吃饭的时候，荷妞总让郑整儿先吃饱，剩多剩少她再一扫而光。遇到木匠生意清淡，吃喝不够，老木匠将少得可怜的食物平分四份，荷妞便将她那一份推给郑整儿。郑整儿不忍独吞，她说："我不饿。你当我平时吃那么多，都火化食了？才不是。我就像那口外的骆驼，肚子里有存项。"到十八岁，荷妞发育得胸脯丰满，两人的嬉笑打闹就躲避老人了。老人们看在眼里，正盼望儿孙绕膝，就给他们圆了房。

洞房花烛之夜，荷妞约法三章，笑破了听窗人的肚皮。吹熄了红灯，荷妞躺在炕上，威吓郑整儿说："你得依我三件事，不然别碰我。"郑整儿嬉笑道："三百件也依你。头一件？"荷妞说："老言古语，娶来的媳妇儿买来的马，由人骑来由人打，我可不认这个规矩。"郑整儿说："立这个规矩的人是混账东西，咱俩不听他那一套。二一件呢？"荷妞说："娘上了年纪，眼神不济了，我的手又比脚丫子还笨，往后你得学做针线活儿。"郑整儿说："你太难为人了，我好歹是个男子汉呀！"荷妞喝道："离我远点儿！"郑整儿连忙说："我学，我学。三一件呢？"荷妞说："打明天清早起，不许你再跟大姑娘小媳妇儿贫嘴滑舌。"郑整儿是个顽皮家伙，姑娘媳妇儿们最爱跟他逗趣儿，他也喜欢招惹得这些山喜鹊们叽叽喳喳叫。于是，他吭吭哧哧地表示对这个条件有所保留。啪！火烧火燎一大巴掌，打在他的屁股上，疼得他哎哟一声叫出来，连说："别打，别打！我依你，我依你。"

童年，郑整儿和荷妞也常到河滩上打青柴，两个人都喜欢跟周檎搭伴。郑整儿淘气，荷妞粗鲁，周檎文秀，三人性格不同，也就免不了闹个狗龇牙儿。

郑整儿常常嬉皮笑脸地戏弄周檎，荷妞却站在周檎那一边。每当周檎被逗得眼泪围着眼圈转的时候，荷妞便挥拳上阵，把郑整儿打跑。荷妞力气大，手脚快，青柴打得多；周檎力气小，手脚慢，青柴打得少，荷妞便把自己打得的青柴分给周檎两大抱。

他们过家家，也玩拜花堂。郑整儿喜欢当娶亲的吹鼓手，拜天地时的喜令官，入洞房时的大全福人，却让周檎跟荷妞扮演新郎和新娘。

"那怎么行呢？"周檎红着脸说，"荷妞本来是你的媳妇儿，你该跟她拜花堂。"

"过家家，又不是真的。"郑整儿一心要扮演他称心的角色，非常大方，"等长大了，你想娶她，归你也行。"

"我不当他的媳妇儿！"荷妞也要挑肥拣瘦，"檎哥儿长得比我好看，力气也比我小，得给我当媳妇儿。"

"对，对！"郑整儿拍着巴掌笑倒在地上。他觉得，这么一颠倒，拜花堂的游戏更好玩了。

"我不干！"周檎认为他俩合伙捉弄他，"媳妇儿都是女的，没有男的。"

"不！"荷妞咬定说，"长得好看的，力气小的，才是媳妇儿。"

周檎不玩了，想走，但是郑整儿拧住他的胳臂，荷妞握起了拳头，周檎只得忍辱屈从。

于是，荷妞给周檎打扮起来。她脱下自己的小花褂儿，给周檎穿上，又扒下周檎的小白褂儿，穿在自个儿身上；周檎穿她的小花褂儿飘飘荡荡，她穿周檎的小白褂儿紧紧绷绷。然后，她自编一个柳圈戴在头上；又给周檎耳丫上夹了两朵野花，还研碎了几朵凤仙花，用花汁给周檎搽红胭脂，头上再扣一张荷叶，就算打扮齐整了。周檎挣扎着，反抗着，但是被他们降伏了，哭丧着脸任他们摆布。

郑整儿搓了一支长长的柳笛，摇头晃脑，呜哇呜哇吹起来，逼着周檎在沙冈上转了几圈，算是坐轿行街。

然后到达婆家门口，荷妞大摇大摆迎进门去，把周檎按在插着三枝艾蒿的土台前跪下。

郑整儿快活地高声叫着：

"一拜天地！"

"二拜高堂！"

"夫妻相拜，同入洞房！"

在一片柳笛呜哇呜哇声中，周檎被荷妞拖进画好的四方块里。郑整儿摘了两张麻叶，托着几颗地梨，分别送给女新郎和男新娘，模仿大全福人，捏着嗓子问道："生不生？"

"生！"荷妞响亮地答道，"媳妇儿，你也说呀！"

"生……"周檎呜咽着说。

郑整儿又拿来两团甜芦根草，当作长寿面，请荷妞和周檎吃。

按照规矩，本来可以收场了；郑整儿偏又想出个鬼点子，还要让小两口说悄悄话儿，他在外面听窗。

"你愿意当我媳妇儿吗？"荷妞假装在周檎耳边打喳喳。

"我愿……不愿意！"周檎忍无可忍了。

"你为什么不愿意？"荷妞大怒。

"牛不喝水强按头，"周檎含着眼泪儿说，"强扭的瓜不甜。"

荷妞哈哈大笑，说："不愿意也晚啦！你跟我拜了花堂，生米做成熟饭了。"

后来，周檎逃避他们，跟望日莲做伴了，也玩拜花堂。荷妞不答应，找碴儿跟望日莲打架，说望日莲抢走了她的媳妇儿。郑整儿还吓唬周檎说："你跟望日莲拜花堂，二和尚知道了要打折你的腿；还是当荷妞的媳妇儿吧，我心甘情愿让你们入洞房。"

不过，他们一天天大起来，郑整儿也不那么大方了。周檎上了潞河中学，放假回家，来看他俩，荷妞一跟周檎亲热，郑整儿就像搬倒了醋缸。他俩成亲那一天，周檎正赶上期末大考，第二天才赶回来，荷妞笑道："媳妇儿，你来晚了一步，我娶了别人了。"周檎打趣地说："整儿哥言而无信，他说过心甘情愿把咱俩配成夫妻的。"郑整儿嬉笑着说："你说过强扭的瓜不甜，哥哥我替你把这颗苦瓜一口吞下去吧！"

两人圆房已经三年，却没有生下一男半女，整儿娘盼孙子盼得中了邪；东庙烧香，西庙拜佛，长途跋涉，叩头朝山，祈祷苍天慈悲为怀，不要让郑家断了香烟。但是，荷妞照旧月月开花不结果。她万分难过，觉得对不起公婆的养育之恩，常常暗自哭泣。郑整儿却不怪她，软言柔语，给她消愁解闷，又教她在饭桌上装呕吐，嚷叫想辣椒酸杏吃，哄骗老婆婆信以为真。老人家真当是儿媳妇儿有了喜，满街满巷奔告亲朋好友，说她只要抱上孙子，哪怕砸锅卖铁，典尽当光，也要请亲朋好友们吃一顿风风光光的喜酒。老人家没有等到孙子落生，就卧病不起，临咽气，拉着儿媳妇儿那满是硬茧的大手，脸上带着心满意足的微笑，一遍一遍地叮咛："闺女，往后你什么也别操劳，只给我照看好孙儿。"荷妞跪在炕沿下，哭成个泪人儿。

荷妞不知从哪儿打听来一个偏方，一天两口子打扮得齐齐整整，光光亮亮，带着一身小孩子的红裤绿袄，来看望一丈青大娘，开口要借何满子用一用，给他们暖窝。何大学问跟郑端午是姑表兄弟，一丈青大娘怎能不答应？不过却笑出了眼泪，骂他俩是一对儿荒唐。

这是去年的事，何满子已经五岁了。他来到郑家，每天好吃好喝，奉若子孙娘娘驾前的金童，一到晚上，就叫他睡在荷妞的被窝里，荷妞把她那像葫芦一般硕大的乳房，塞进他的嘴里，这叫开怀。然而，偏方也不灵，荷妞依然不见有喜的征兆。两年里，婆婆亡故，公公残废，拉下天圆地方的饥荒，家无隔夜之粮；但是他俩却还像童年时代，嘻嘻哈哈，无忧无虑。而且，干脆收了何满子当干儿，也不想再暖窝了。

九

长河落日圆。何满子跟周檎，在郑整儿和荷妞那里吃过晚饭，才踏着夕阳西下的霞光，沿运河边纤夫踏出的小路回村去。

夏日的傍晚，运河上的风景像一幅瑰丽的油画。残阳如血，晚霞似火，给田野、村庄、树林、河流、青纱帐镀上了柔和的金色。荷锄而归的农民，打着鞭花的牧童，归来返去的行人，奔走于途，匆匆赶路。村中炊烟袅袅，河上飘荡着薄雾似的水汽。鸟入林，鸡上窝，牛羊进圈，骡马回棚，蝈蝈在豆丛下和南瓜花上叫起来。月上柳梢头了。

何满子的胳臂上还挎着个小饭篮，那是替荷姐给老木匠郑端午送饭。老木匠郑端午那块瓜田，正在他们回村的半路途中。

这块瓜田，从河岸上一直种到河坡下，原本只有一亩；另外那三分，是老木匠郑端午带着郑整儿和荷姐，一冬一春挑土垫出来的。老木匠郑端午不但是一位能工巧匠，而且是一名高手瓜把式：他的瓜个儿大，皮儿薄，结得多，色、香、味都是上品，很是名贵。然而，他的瓜从不丢失。老木匠郑端午从十二岁学手艺，不以规矩不能成方圆，木匠这一行的规矩最讲究。他这人半辈子，手艺上从没走过尺寸，规矩上从没差过板眼。他是北运河两岸的活鲁班，但是从不目中无人，从不恶语伤人，更从不同行结冤，损人利己；因此，他在这一方是个出名的老好人。他的瓜田本来不必看守，就是手脚最不干净的人物，也不忍心偷他一个瓜，摘他一片叶；他住在瓜棚里，是为了驱赶黑夜进犯瓜田的刺猬和狼巴狗子。白天，他一个人孤独寂闷，常常到渡口上找摆渡船的柳罐斗，或是到钉掌铺找吉老秤，一坐就是半天一晌；等回到瓜田，到瓜垄里转一遭，哪一棵秧少了一个瓜，拨一拨瓜叶，扒一扒浮土，就会找到或是扒出三两个铜板。

何满子跟着周檎来到老木匠郑端午的瓜田地边，突然站住了脚，说："檎叔，你替我把饭篮送过去吧。"

"为什么？"周檎感到奇怪。

"我不敢过去。"何满子说，"一到瓜田，干爷就得让我吃瓜，不吃得肚儿滚圆不让我走。"

"那你就放开肚量吃吧！"周檎笑道，"瓜吃多了撑不着人，走两趟小水就泄空了。"

何满子摇头说："干爷种瓜，是为了挣出一年的嚼谷，我怎么能糟害他老人家呢？"

"好个懂事的孩子！"周檎很感动，提着篮子走向瓜棚。瓜棚里没有人，他向四下喊道："郑大舅，端午大舅！"

瓜田一角的沙冈上，有个女人答话："把饭篮挂在瓜棚横梁上吧！你舅舅吩咐，叫你赶快到他船上去，他们老哥儿几个在那儿聚会。"

这是一条微微沙哑而又甜润悦耳的嗓子。

周檎知道，她是舅舅柳罐斗的情人云遮月，一位每年入夏到运河滩走村串庄唱京东大鼓的女艺人。

"满子，你自个儿敢回家吗？"周檎向瓜田地边扬手问道。

"我陪云姑奶奶坐一会儿，你走吧！"何满子跑过来，"要是我睡着了，你把我背回家去，我跟你睡。"

周檎答应一声走了，何满子就跑上瓜田一角的沙冈，在云遮月的身边仰八脚儿躺下来。

柳罐斗是这个小村的头一条好汉子。他现年三十八九岁，高大魁梧，顶天立地，宽肩膀，细腰身，扇面胸脯，五官端正，一副庄严英武的神态，深沉大度的气势。何大学问很少看得起人，可就是夸柳罐斗是活赵云，赛平贵。

年轻时候，柳罐斗在董太师家扛长工，董太师的女儿爱上了他，有了身孕。董太师怎能容忍？一条白绫勒死了女儿，挂在后花园的凉亭上，说是受辱不屈，自尽全节。董太师要抓住柳罐斗，活剥了他的皮。柳罐斗拿着姐夫的一封信，投奔了打到河南的北伐军。两年后，柳罐斗练就一手百发百中的枪法回来了。董太师还想抓他五马分尸；可是那时候北平挂上了青天白日旗，有个北伐军的连副跟他是磕头把兄弟，带着一队人马前来看望他。董太师的团丁正要捆绑柳罐斗，那个连副的人马赶到，当场就把两个团丁枪毙在柳罐斗的脚下。然而，柳罐斗不但不感谢这位连副救了他的命，反而怒喝道："你对不起咱们的蒋团长，我早就跟你割袍断义，划地绝交了！"那个连副跪到地上，哀求着："大哥，不是你战场上从枪林弹雨中三次救出兄弟，兄弟哪有今天高官得做，骏马得骑？你就开一开金口吧，要什么兄弟都给你。"柳罐斗说："我要一支枪，二百发子弹。"那个连副赶忙摘下身上的驳壳枪和子弹带，还有他的坐骑好马，交给了柳罐斗。柳罐斗又喝令他摘下军帽，挂在一棵河柳枝杈上，抬手一枪，打碎了帽檐上的国民党徽，然后猛一挥手，向那个连副厉声说："你走吧！咱俩谁也不欠谁的情，清账了。"那个连副不敢违拗，叩了个头，凄凄惶惶而去。临走，那个连副又闯进董太师的宅院，恐吓董太师，胆敢碰柳罐斗一根汗毛，他就要带兵把董太师一家杀得鸡犬不留。此后，董太师也真的不敢再跟柳罐斗找碴了。眼下，这个连副在驻防通州的冀东保安总队里当大队长，早已跟柳罐斗不相往来，但是对董太师依然起着威慑作用。

原来，柳罐斗跟这个连副，都在北伐军里一位名叫蒋先云的团长手下当兵。蒋先云是个共产党员，黄埔军校第一期毕业生，英勇善战，赫赫有名。他这个团打到河南，不管是吴佩孚的队伍，还是张作霖的奉军，都被他们打得落花流水。后来，蒋先云团长阵亡，换了个国民党的团长，在团里大举清党，把那些跟蒋先云接近的官兵，杀的杀，抓的抓，遣散的遣散。柳罐斗当时已经当了排长，这个连副当时是他的排副；柳罐斗不满国民党团长的为非作歹，扯下领章军衔，愤而解甲归田，这个连副却不肯走，还补了他的缺。

柳罐斗回到家乡，京东农民大暴动已经被镇压下去，姐姐带着外甥周橡，一对孤儿寡母，跟老娘和他一起过日子。他卖了那个连副送他的坐骑好马，打造了一只大船，就在渡口摆船为生，养活一家四口。

柳罐斗人品出众，不少人给他提亲，他都一口谢绝。有一回，何大学问保媒，他还是不肯答应。一丈青大娘恼了，找上门跟他吵架："男大当婚，女大当嫁；你三十出头的人，老哥老嫂操心你的终身大事，你怎么反倒不赏老哥老嫂的脸？"柳罐斗长叹一声，说："老嫂子，兄弟不是狗咬吕洞宾。你想，我的姐姐是个苦命人，一奶同胞，手足情深，我要好好服侍她一辈子。娶个媳妇儿进门，就算她是个贤良女人，可是居家过日子，天长日久马勺没有不碰锅沿的；真要是三天吵架，五天拌嘴，伤了我姐姐的心，岂不是我的罪孽？"一丈青大娘听他说得有情有理，也就不为难他了。过了两年，周檎的母亲去世，一丈青大娘又给他说媒。柳罐斗心情沉痛地一声长叹，说："如今我姐姐过了世，檎哥儿更是个孤儿。我娶个媳妇儿进门，谁知道她是个什么脾性？真要是待我的外甥不好，我怎么对得起九泉之下的姐姐和姐夫？即便她脾性温顺，待我外甥不薄，就怕我有了亲生儿女之后，生出偏心眼儿，疼爱自个儿的，慢待了檎哥儿，无情无义，天理不容。所以，还是让我打一辈子光棍，给檎哥儿扛一辈子长工吧！"一丈青大娘听他说得伤感，也落了泪，不再勉强他了。

柳罐斗每天黎明拂晓解缆，日落西山收船，往返两岸，迎送行人。那年月，有句俗谚："车、船、店、脚、牙，无罪也该杀。"这当然是污蔑不实之词；可是，这五行人，也真是各有其刁钻之处。船夫一般都很粗野，夏天穿一条短裤，赤身露体；一言不合，张口就骂街，动手就拼命。然而，柳罐斗却与众不同。三伏大热天，头戴一顶斗笠，上身穿一件白粗布小褂，纽襻儿扣到脖颈上，下身穿着一条紫花布裤，挽着裤腿儿，只到膝头。他为人非常文明，未曾开口面带笑，说话听不见半个脏字儿。他那一条船，能运送三辆大车，站立几十位乘客，摆船的却只有他一个人；一支三丈大篙，握在手里，舞弄得十分轻巧。解开缆绳起了锚，大篙一抵河岸，大船便驯顺地直奔河心；然后他在河心一篙直刺到底，大船定住方位，在水流中不晃不转，平平稳稳向对岸靠拢。这个小村渡口，河面也有几十丈宽，他非但不手忙脚乱，而且自有板眼路数——几篙到岸，不多一篙，不少一篙。看看临近对岸码头，他抓起缆绳，扬手一抖，那粗大的缆绳便像一缕游丝，团团缠绕在水边的河柳上，尔后抛下锚去，大船就像石舫一般铸在码头上；于是，他铺上跳板，人马车辆平安下船。

几年前，农历五月初五赛船会，从通州下来一个唱京东大鼓的女艺人，艺名云遮月，住在花鞋杜四的小店里。过河时，她刚踏上柳罐斗的渡船，就对柳罐斗一见倾心。云遮月不到三十，可是沦落风尘，又染上一口烟瘾，已经是残花败柳。半夜三更，这个女艺人情不自禁，爬墙出来，跑到柳罐斗停泊大船的地方，钻进船舱，要跟柳罐斗同床共枕。柳罐斗一向洁身自爱，云遮月却是老于风情；柳罐斗婉言谢绝，云遮月死活不走；柳罐斗又气又恼，把她挟下了船，然后解缆划船躲到对岸去。

云遮月却不死心，她竟打定主意不回通州了，每天就在渡口打地摊卖艺。夜晚散了场，柳罐斗早已躲往对岸，她便隔河相望，站在一座沙冈上，向河那边的大船歌唱，唱完一段又一段。

云遮月有一条好嗓子，歌声像行云流水，动人心弦，搅扰得柳罐斗睡不着觉了。

"姑娘，你睡觉去吧！"柳罐斗从船舱里走出来，站在皎洁的月光下，"你吃的是开口饭，累哑了嗓子，那就砸了饭锅。我靠卖力气吃饭，你吵得我不能安歇，明天撑船拿不动大篙，也是断了我的生路。"

云遮月停止了歌唱，说："你不请我到你的船舱里睡，我就唱一宿，砸了我的饭锅，断了你的生路，咱们一块儿饿死。"

柳罐斗觉得跟这个要货儿真是没咒念，便玩笑道："我的船舱敞着门，你就过河来吧！"

云遮月二话没说，扑通跳下了河，她本不会浮水，一下河就沉了底；柳罐斗慌了神儿，赶忙下水，一个猛子，将她捞上了船。

盛情可感更难却，柳罐斗收留了她。

这个女艺人自从跟柳罐斗相好，烟也戒了，也不搽胭脂抹粉了。不多日子，竟面如满月，像一朵枯萎了的花朵，沐浴春雨，又盛开怒放起来。她从小学艺，一不会烧火做饭，二不会针线女红；可是自从跟柳罐斗相好，饭也能做了，针线活儿也学会了。两人夜夜三更相会，好得如胶似漆。

一丈青大娘感到不安了，劝说柳罐斗道："你跟这个烟花女儿打连连，败坏了自个儿的名声，背兴不背兴？"

柳罐斗正色道："嫂子，她虽是个人下人，人品却高。"

"那你就娶了她。"

"她是一只水鸟儿，我不想把她关在笼子里。"

一丈青大娘又把云遮月找到家里去，说："你要有心跟我罐斗兄弟好一辈子，那就嫁给他。"

云遮月凄然一笑，说："我这一条洗不净的脏身子，怎么配当他的妻室呢？他应该娶一个好人家的黄花闺女。等他看中了谁，明媒正娶，我就跟他一刀两断，绝不藕断丝连。"

可是，柳罐斗并不想娶别的女人，他们相好几年，仍然像新婚宴尔的少年夫妻一般。为了避人耳目，不受惊扰，柳罐斗每晚收船之后，将大船撑到远离渡口的僻静河湾停泊，等候云遮月悄悄前来幽会。

何满子很喜欢听云遮月演唱京东大鼓；他爱听云遮月的歌声，也爱听唱词里的故事。今晚上，他躺在云遮月的身边，乞求地说："云姑奶奶，您给我唱一段顶好听的。"

云遮月没有给他唱京东大鼓的曲段，却目光迷离，神不守舍，用低柔的鼻音哼唱一支摇篮曲：

> 风儿轻，月儿明，
> 树叶遮窗棂；
> 蛐蛐儿叫声声，
> 宝贝儿睡在了摇篮中……

唱着唱着，把何满子唱进了梦乡里。

等他醒来时，已经天光大亮，原来他从瓜田一角的沙冈，乔迁到周檎的小炕上。周檎临窗放了一张小饭桌，正在晨光中埋头写字。

十

这几天，周檎白天在家里给云遮月写新词，夜晚便到老木匠郑端午的瓜棚去，跟柳罐斗、何大学问、吉老秤、郑端午等人聚会。有时聚会在柳罐斗的大船上，郑整儿和荷妞就代替他们的老爹看瓜，巡风放哨的是云遮月，不用何满子；因为爷爷说他还是个黄口小儿，不能担当大任。

望日莲这几天被豆叶黄关在家里，不再到河滩上打青柴，何满子也不能跟她搭伴了。

何满子像风吹柳絮，雨打浮萍，没头没脑地这里跑跑，那里转转。找牵牛儿去玩，那个憨头憨脑的家伙，蔫蔫糊糊半天说不出一句话，就像浸了水的木鱼敲不响；他感到没意思，又像蜻蜓点水飞走了。

他走到渡口花鞋杜四的小店墙外，忽然看见河防局的巡长麻雷子，骑着一辆贼光闪亮的自行车，飞驰而来。那年月，自行车极其罕见，何满子未免少见多怪，这就吸引了他那百无聊赖中的好奇心。麻雷子骑车驶进小店外院，何满子也跟踵而至。

这个小店，坐落在距离渡口百步之外的一块空地上，四面打起半人高的土墙，土墙外栽种着连绵不断的柳棵子，柳棵子外掩上了沙坡。荆条编的大梢门，一进门是个大院，东西两溜敞棚，拴着骡马，存放车辆。满院的粪尿和草料末子，招引来一群群鸡、鸭、麻雀啄食。正面一座长棚屋，被一条过道隔成两个大通间，每个大通间都是对面两条炕，每条炕挤得下二三十人，都是贩夫、走卒、苦力；夜晚他们便三五成群，聚拢在小黑油灯下，掷骰子，押大宝，呼幺喝六，吵蛤蟆坑。穿过过道，东西两座厢房，东厢房是灶上，西厢房是花鞋杜四和三个伙计的住处；正房也是一座长棚屋，只不过隔断成一个个鸽子笼似的单间，四壁粉刷了白灰，店钱高出前院大通间十倍。租赁这些单间的都是商人、老客、纨袴子弟，他们开酒席，推牌九，打麻将，抽鸦片烟；花鞋杜四还有一只花船，给他们从通州接来妓女。

　　有一回，何满子看见花船靠岸，一个独眼龙，左手搓弄着两只叮当响的铁球，右手提着一条皮鞭，从船上押下几个女人。一个个黑眼窝子，目光像死鱼，脸上搽着厚厚的白粉，抹着血红的嘴唇，妖形怪状。何满子尾随进去，只见前院大通间的客人，吹口哨，挤眉眼，嘴里全是不干不净的脏话儿。一到后院，单间里的那些有钱客人，发了狂似的扑奔出来，有的一个人拉走了两个，有的两个人架走了一个。一个十五六岁的女孩子尖叫着："我有病，我有病！"那个独眼龙一把挽住她的辫子，手里的皮鞭雨点似的抽打着，何满子吓得扭头就跑。跑到墙外，他又可怜那个有病的女孩子，痛恨那个残暴的独眼龙，就找了两块碎瓦片，钻进柳棵子，隔着土墙，照那个独眼龙的后脑勺打去。何满子扔砖头，投坷垃，打瓦片，百发百中不落空。他站在渡口上，一块瓦片擦着水面掠过去，在河上留下圈套圈、环扣环的一大串涟漪，直到对岸。所以，他这两块瓦片不偏不倚都打中了独眼龙的后脑勺，登时就开了瓢儿，血流如注，疼得独眼龙抱着脑瓜子又蹦又跳，躺在地上打滚儿，爬起来转磨。何满子见闯下大祸，急忙逃之夭夭，脚上扎了六七个蒺藜狗子，也顾不得拔下来，一口气跑回了家。

小店店主花鞋杜四，是一条人蛆，一块地癞，抽大烟抽得瘦小枯干，三分不像人，七分倒像鬼。他的名声恶臭，谁沾上他就像招了鬼祟，轻则晦气十天半个月，重则便会流年不利。这两年，他入了个会道门，脖子上挂着一串念珠儿，吃起了素，开口闭口阿弥陀佛。

麻雷子跟花鞋杜四臭味相投，狼狈为奸。麻雷子在河防局当巡长，管界三十里，这个小村正在他的管界之内。他有头无脑，是条傻狗；花鞋杜四是他的眼线，又是他的耳报，更是他的狗头军师。

"杜四哥！"麻雷子的自行车直穿过道，冲入内院，"天上掉馅饼，一桩好买卖找上门来了。"

花鞋杜四从西厢房伸出脖子，龇牙一乐，说："阿弥陀佛，夜猫子进宅！我刚点着烟灯，请你抽头一口。"

麻雷子鬼鬼祟祟走进了西厢房。

何满子追在麻雷子的自行车后面，听见他那句话："一桩好买卖……"忽然想起七月七夜里，他在周檎的后窗下，听见望日莲打着寒噤说："……董太师想买我做小，他们正讨价还价。"于是，急忙收住脚，转身走出小店，钻柳棵子来到土墙外。

花鞋杜四居住的西厢房，后山正借的是院墙，也有个小窗户；何满子溜到墙根，在窗口下站立，屋里说话都听得见。

一阵呼噜呼噜的抽烟声之后，花鞋杜四急不可待地问道："你先说说是哪一路买卖，油水大不大！"

麻雷子从嘴里拔出烟枪，说："自治政府警察厅，下来个十万火急的公文，悬赏缉拿京东共产党头子周文彬：赏金五百块大洋，一巴掌膘的油水！"

"够肥的！"花鞋杜四咂着嘴儿，"可是，大海里捞针，到哪里去摸姓周的影儿呢？"

"在周檎身上打主意！"麻雷子一拍炕席。

"你真是长虫打架绕脖子！"花鞋杜四嘎嘎笑道，"咱们正话说捉拿周文彬，你怎么又牛头不对马嘴，拐到周檎那小哥儿身上。"

麻雷子压低了声音，喊喊喳喳地说："周文彬这个共产党，原是八年前的潞河中学毕业生，跟你们村的这个周檎，算是大师兄和小师弟。头年冬天京东闹学潮，反对殷长官成立防共自治政府，主谋是周文彬，周檎也参加了。你想，他俩能不是同伙吗？"

"二遍茶，刚喝出点儿滋味儿。"花鞋杜四说。

麻雷子又接着说下去："周文彬是天上的鸟儿，水里的鱼，云游四方，没有准窝儿，他们管这个叫地下活动。周檎要是他的同伙，周文彬免不了来到周檎这儿落脚。你只要发现周檎家有生人来，就赶快报告我；来不及报告，那就先斩后奏，抓起来再说。"

"阿弥陀佛!"花鞋杜四的舌头打着嘟噜,"你叫我动手抓周檎那小哥儿,我惹得起他舅舅柳罐斗吗?"

"只要周檎犯了案,那就连同柳罐斗也一块儿抓起来!"麻雷子气冲冲地说,"这个家伙在我的管界之内,天不怕,地不怕,软不吃,硬不吃,是我的肉中刺。"

"阿弥陀佛,抓起他来,那更是拔了我的眼中钉!"花鞋杜四说。

麻雷子又呼噜呼噜吸了两口烟,问道:"你家那个小花妞儿,还不趁早卖个利市呀?樱桃桑葚儿,货卖当时。等过两年花儿不红了,蕊儿不嫩了,可就卖不出好价来了。"

"董太师一不肯出大钱,二不肯给我撑腰呀!"花鞋杜四唉声叹气,"这个丫头自从认了何大学问跟一丈青当干爹干娘,我跟你嫂子再也摆布不了她,除非你助我一臂之力。"

"把何大学问也抓起来!"麻雷子说。

"你给他安个什么罪名呀?"花鞋杜四问道。

"跟周檎和柳罐斗一勺烩!"

何满子听到这里,又气又怕,急忙钻出柳棵子,就奔家里跑。

这时,已经傍晚,他看见周檎正在小院里绕着篱笆转来转去,低声吟哦,轻拍手板,琢磨着他给云遮月写的唱词。

"檎叔,檎叔!"何满子跑进来,把周檎推进屋去,"你认得一个叫周文彬的人吗?"

　　周檎脸色一变，忙问道："你听谁说起这个名字？"

　　"我刚才在小店西厢房的后窗口下，听见麻雷子跟花鞋杜四捣鬼，他们要捉拿周文彬，能得赏金五百块大洋。"

　　"两条癞狗，竟想捉住一头豹子！"周檎轻蔑地冷笑一声。

　　"他们还想暗地里害你跟柳爷爷。"何满子着急地说，"还要把莲姑卖给董太师，连我爷爷也安个罪名抓起来。"

　　周檎凝神沉思，半晌才说："满子，别害怕，狗汪汪拦不住人走路。你听到的这些话，不许再对外人说，更不许告诉你莲姑。"

　　夜晚，何满子在炕席上翻过来掉过去，就像烙烧饼，睡不着。梆打二更，门声吱扭，是望日莲来睡觉了。

　　这几天，望日莲不去打青柴，豆叶黄还叫她新做了一件花洋布小衫，一条黑洋布裤，穿在身上，又粗又黑的大辫子扎着红头绳，显得十分俏丽而秀气。豆叶黄打扮望日莲，是为了抬高望日莲的身价，在董太师那里多卖几个钱，望日莲还蒙在鼓里。她走进屋，只见何满子在炕上乱滚，还当是大花脚蚊子叮得他难受，连忙抓起芭蕉扇给何满子扇了一阵。

　　何满子抽抽搭搭哭起来。

　　"满子，做噩梦了吗？"望日莲上了炕，轻声问道。

　　"没……没有。"

　　"那你怎么啦？"

　　"檎叔……不让我告诉你。"

"你檽叔有什么事瞒着我？"望日莲把何满子抱了起来，"是不是他要进京去？"

"不……不是。"

"是不是……有人给他提亲保媒？"望日莲的呼吸紧张而急促。

"也……也不是。"

"到底为什么呀？"

"我……不说。"

"满子，你这个小没良心的！"望日莲伤心地说，"你檽叔跟我变了心，你还跟他串通一气。"

"不是呀！"何满子慌忙说，"花鞋杜四跟麻雷子合伙，要赶快把你卖给董太师，檽叔怕你着急，不让我告诉你。"

"原来他见死不救呀！"望日莲气得哆嗦，"我找他去。"

"他在柳爷爷的大船上。"

望日莲跳下炕就走，何满子紧追在后面，惊醒了睡在东屋的一丈青大娘，喊也喊不住他们。

鸡叫头遍了，月明星稀，草上下满露水；望日莲牵着何满子的手，上气不接下气地一路小跑。

柳罐斗的大船，停泊在距离郑端午瓜田不远的河湾处，船上人影幢幢，声音有高有低。何满子和望日莲还没有跑到大船近前，老木匠郑端午从瓜棚里走出来，说："你们别上船！"河坡上，云遮月也说了话："你们来干什么？"望日莲却不顾阻拦，直奔船边。

　　"干爹，快救救女儿吧！"望日莲扑通跪到水边上，"您要不管女儿，我就脖子上挂一块大石头，跳河淹死。"

　　何大学问哈哈笑道："那是麻雷子的下场！"

　　"莲姑娘，不必急火攻心！"吉老秤笑眯眯地说，"我保你七天之内，跟檩哥儿完婚。"

　　望日莲惊呆了，抬起头，满脸泪光，睁大眼睛望望吉老秤，望望何大学问，又望望柳罐斗；最后，目光迷惘而哀怨地落在周檩身上。

　　周檩走下船，搀她起来，柔情地小声说："几位老长辈同心合力成全咱俩，你回去放心睡觉吧！"

　　柳罐斗一直没有开口，朦胧的月光中，他站在船头，像一座古代勇士的石像。

十一

　　望日莲长这么大，头一天清早不起炕。豆叶黄隔着篱墙大喊大叫，一丈青大娘从屋里走出来。

　　"我女儿病了。"一丈青大娘笑吟吟地说，"你有什么活儿，我来替她干。"

　　豆叶黄眨了眨小眼睛，冷冷地说："那怎么敢当呢？她昨晚上还好端端的，怎么一夜之间就倒卧在炕上了呢？"

　　"人吃五谷杂粮，难免灾枝病叶。"一丈青大娘沉下脸说，"莲丫头成年累月，整天地不拾闲儿，伤了元气。"

豆叶黄无可奈何，只得回屋去。这个女人半百了，却人老心不老，一心要打扮得"娉娉袅袅十三余，豆蔻梢头二月初"。她描眉入鬓，鬓似刀裁，搽胭脂抹粉，脸上桃红李白。要想俏，女穿孝，她爱穿一身月白；三寸金莲凤头鞋，走起来扭扭捏捏，两只长长的耳环子荡来荡去打脸。她本来长着一双巧手，却吃馋了，待懒了；平日横草不动，竖柴不拿，油瓶倒了也不扶。望日莲不回来，没人烧火做饭，她的墙柜里正有一位相好的送来的一包绿豆糕，就打开红纸包大吃起来。鸡笼里的鸡，猪圈里的猪，饿得扑笼拱圈，吱吱哇哇乱叫，她也不管。

正当她大吃绿豆糕的时候，忽然有人抬开柴门，何大学问跟一丈青大娘双双走进来。何大学问剃头刮脸，身穿长衫，一丈青大娘也梳了头，穿一件新毛蓝布褂，黄铜手镯叮叮当当分外响；老两口子的神情都十分严峻。

"大妹子在家吗？"一丈青大娘高声问道。

豆叶黄连忙将一块绿豆糕直脖儿咽下去，噎得打着嗝儿，捂着胸口迎出来，说："老姐……姐，何大……哥，屋里坐。"

她高高打起门帘，一丈青大娘和何大学问一前一后走进去。

这间小屋，不知道的只当是新婚的洞房。粉莲纸糊顶，雪白的四壁，窗棂上贴着剪纸的红喜字，墙上挂着鸳鸯戏水和美女思春的杨柳青年画，炕上铺的是细软新席，墙角码起的是两床火烧云的大红被子。

豆叶黄忙给何大学问端过来烟笸箩，递上她的翠玉石嘴儿长杆烟袋。这个女人好抽烟，一口牙齿熏得乌黑，使她的花容月貌大为减色。

何大学问正襟危坐，目不斜视，掏出自个儿的大脑壳烟斗和烟荷包，吧嗒吧嗒抽起来。

一丈青大娘咳嗽一声，嗽了嗽嗓子，说："弟妹，按照咱们的乡俗礼数，挂锄时节，当爹娘的要接闺女回娘家住几天；我跟你大哥想留莲丫头住几天娘家，求你点头。"

豆叶黄虽然歹毒，可是自从吃过一丈青大娘一顿暴打，心存畏怯。她一看这个情景，不敢不答应，便顺水推舟说："老姐姐，你心疼她，难道我不疼爱她吗？那就让她叨扰你两天，只是一天要喂三遍猪，还得她管。"

院里又响起一阵咚咚脚步声，有人喊道："杜四哥在家吗？"好大嗓门儿，是吉老秤。

豆叶黄心惊肉跳地迎出去，只见吉老秤也是一身齐整打扮，头上还顶着个红疙瘩帽盔儿。

"老秤兄弟，哪阵香风把你这位稀客刮了来？"豆叶黄年岁比吉老秤小，可是花鞋杜四比吉老秤大，所以是嫂子小叔。

"无事不登三宝殿！"吉老秤大摇大摆闯进屋，一见何大学问和一丈青大娘，忙打了个千，"原来大哥大嫂也在这儿，巧啦！我本想见过杜四哥跟杜四嫂以后，再到府上去，这就不必我磨鞋底儿了。"

豆叶黄又递过烟笸箩和翠玉嘴儿长烟袋，说："老秤兄弟，尝尝我的兰花烟。”

“请吧！”吉老秤从腰里摸出鼻烟壶，“四嫂子，你尝尝这个。”说着，捏了一大撮，抹进鼻孔里。

于是，就像过山炮装上了炮弹，点着了药捻子，在豆叶黄的这座香巢里，响起了震耳欲聋的连珠炮声。

“唉呀，你要把我的房子震塌啦！”豆叶黄堵住两只耳朵尖叫。

“老秤，你究竟有什么事儿？”何大学问开了腔。

炮声戛然而止，吉老秤欠了欠身子，说：“回大哥的话，我来给杜四嫂子的女儿莲姑娘保个媒。”

“我是她婆婆！”豆叶黄急忙更正。

“谁不知道二和尚肉包子打狗以后，你就把莲姑娘当成了亲生女儿！”吉老秤狡黠地眯着眼睛笑道，“有个好主儿，跟莲姑娘天生一对，地造一双。我不能不积德行善，成全这一桩美满良缘。”

“且慢！”何大学问打断他的话，“莲姑娘还是我跟你大嫂的干闺女，我们也是她的一层父母；水大漫不过船去，我们两口子不乐意，你也白搭。”

“大哥，你且听我说下去！”吉老秤当胸一抱拳。

“我不想听，你免开尊口！”豆叶黄急赤白脸。

“四嫂子，我的尊口一开，保你鸡啄米似的连连点头。”吉老秤不慌不忙地说，“我给莲姑娘提的这个亲，男方是咱们方圆几十里的一位高才人物。”

“谁？”一丈青大娘插嘴问道。

"姓周名檎！"吉老秤说，"大哥大嫂，你们两口子都是爽快人，乐意不乐意？"

何大学问乐得闭不上嘴，说："这是高攀了，求之不得哩！"

一丈青大娘更是眉开眼笑，说："我的心里乐开了花。"

"四嫂子，你呢？"吉老秤又问豆叶黄。

"你给我滚出去！"豆叶黄犯起刁来。

"豆叶黄，你胆敢不赏我的脸面！"吉老秤咆哮一声，一拳捣在炕上，砸塌了一大块炕坯。

豆叶黄一见吉老秤那一副金刚怒目的模样儿，吓得一屁股从炕沿上出溜到地下，哼哼唧唧地说："我一个妇道人家做不了主，得杜四说了算。"

"我要听你的回话！"吉老秤大吼。

"嫂子依你，依你。"豆叶黄眼珠儿一转，"我去找杜四，劝他也答应这门亲事。"说罢，爬起来就奔外跑。

"你还是陪我这个香风刮来的稀客吧！"吉老秤像老鹰抓小鸡，把豆叶黄拦在怀里，"有人请杜四哥去了。"

请花鞋杜四的是老木匠郑端午。

这一天是阴历七月十五。阴历七月十五是鬼节，鬼节是黑煞日，人不下水，船不摆渡。因此，花鞋杜四的小店门前冷落车马稀，柳罐斗的大船也拴在对岸。

渡口不远处的柳荫下，花鞋杜四正跟麻雷子席地而坐，交杯换盏地喝酒。

"杜四兄弟!"老木匠郑端午走上前去,"我有件事,要跟你和弟妹求个人情,到你家去说吧!"

麻雷子正想把花鞋杜四打发走,他好独吞酒肉,忙说:"四哥,办事去吧!快去快回,我等你回来再下箸。"

花鞋杜四只得硬着头皮,跟着老木匠郑端午走了。

等花鞋杜四一走,麻雷子便自食其言,大块吃肉,大口喝酒,直喝得浑身冒油,扒下了身上的黄狗皮,露出一身黑肉。他眼花耳热,猛一抬头,只见从对岸的柳罐斗的大船上,走下了云遮月。

云遮月只穿了一件粉花葱心绿的抹胸,怀里抱着刚拆完的被子,还有两支棒槌和一块搓板,到河边去洗。

麻雷了打了个尖厉刺耳的呼哨,怪叫道:"云遮月,到河这边来洗吧!我给你打个下手。"

云遮月坐在了水边,扬起一只雪白的胳臂,笑着说:"麻巡长,我不会浮水。"

麻雷子色眯眯地说:"我有心过河帮你的忙,就怕柳罐斗不许我在你身上插一手。"

"他不在船上!"云遮月隔河抛过来一个媚眼。

"到哪儿去啦?"

"他去买纸钱,晚上祭水鬼。"

"那我真得陪陪你,免得你冷清。"麻雷子色迷心窍,说着就下河。

"麻巡长，你找死呀？"云遮月吓得惊慌摆手，"今天是鬼节，水鬼拉替身。"

"神鬼怕恶人！"麻雷子踩水泅过来，"我麻雷子是凶神恶煞，水鬼不敢惹我。"

他的话没落音，水下两只大手扯住他的两条腿，一捅到底。

麻雷子虽然一阵心慌，可是他的水性不小，沉到河底睁眼一看，原来是柳罐斗，这才知道中了计，便拼命挣扎起来。柳罐斗扼住他的喉咙，他也死抱住柳罐斗的身子不放，两人被水下的激流冲向下游。到底麻雷子的水性比柳罐斗差得多，力气也不如柳罐斗大；角斗了十几里，气力渐渐不支，柳罐斗便掐着他的脖子灌坛子。咕噜噜，咕噜噜！三番五次，麻雷子昏迷不醒，挣扎了几下，便断了气。柳罐斗拖着死尸，又游出几里，见岸边有一片浓密的水草，四下没有人影，便将麻雷子的尸体操了进去，然后，悄悄上岸，钻进了青纱帐中。

再说花鞋杜四跟随老木匠郑端午回到家里，进门一看何大学问、一丈青大娘和吉老秤摆开了阵势，便知必有来头，马上堆起笑脸说："各位大驾光临，我的面子不小呀！"

何大学问和一丈青大娘说："我们来接莲丫头住娘家歇伏，弟妹答应了。"

吉老秤开门见山，说："我来给莲姑娘保媒，四嫂子满口应允，只等你一句定乾坤了。"

"吉老秤，你这不是拆我的家吗？"花鞋杜四炸了，"我的儿子在外当了官，一十八载衣锦荣归；我的儿媳妇儿是个贞节烈女，要学那苦守寒窑的王宝钏。"

"谁说你儿子当了官？"吉老秤问道。

"难道你忘了？是铁嘴小神仙算出来的。"

"陈谷子烂芝麻，我早忘得一干二净了。"

无巧不成书，门外传来笛子声。花鞋杜四像是盼来了救命星，说："小神仙来了，我请他当着你的面再算一回。"

"你陪客，我去请！"何大学问抢先一步，走了出去。

一会儿，铁嘴小神仙进来了，问过了二和尚和望日莲的生辰八字，掐指算了又算，口中念念有词，猛然一拍大腿，说："好卦！大吉大利。"

"是不是二和尚在外当了官儿？"花鞋杜四提醒他。

"新近升了，混成了旅长！"

"哪一年衣锦还乡？"

"一十八载。"

"怎么样？"花鞋杜四得意地笑了起来，"我那儿媳妇儿是不是还得等上几年，熬出个夫贵妻荣？"

"不必了！"铁嘴小神仙沉重地摇了摇头，"二和尚已经被他们的司令官招为东床佳婿，莲姑娘命小福薄，配不上旅长大人了。"

"胡说！"花鞋杜四绝望地嘶叫，"你为什么变了卦，跟两年前算的不一样？"

　　"谁说不一样？"

　　"两年前你说二和尚当了营长，他的媳妇儿应该等他。"

　　"两年前他当的是营长呀，莲姑娘的命相还算相当；如今令郎高升三级，莲姑娘的命相可就尊卑不合了。"

　　"放你妈的屁！"花鞋杜四破口大骂，"什么他妈的铁嘴？你是红口白牙跑舌头，马勺上的苍蝇混饭吃。"

　　"岂有此理！我虽比不了诸葛亮，也还比得上刘伯温。"铁嘴小神仙愤然作色，"杜四掌柜，我分文不取，送你一卦：这位莲姑娘命硬金石，先克公，再克婆，你不赶快把她打发走，我敢断你流年不利，必遭险凶。"说罢，跟何大学问讨了卦礼，扬长而去。

　　铁嘴小神仙一出门，正跟小店伙计撞个满怀，两人都跌倒在地。小店伙计连滚带爬进了院子，气喘吁吁地叫道："老掌柜，大事不好！麻巡长叫水鬼拉了替身。"

　　"赶快救人呀！"花鞋杜四急得暴跳。

　　"鬼节黑煞日，谁敢下河呀？"小店伙计带着哭腔说。

　　"我去捞他！"花鞋杜四说，"他还欠着我十块大洋哩。"

　　"你不能去！"豆叶黄扑到他身上，"十块大洋只当喂了狗，你可别叫水鬼再拉走。"

　　何大学问拉着长声说："老四，铁嘴小神仙送你那一卦，你可别当耳旁风呀！"

　　花鞋杜四咳的一声，抱着脑袋蹲在地上，口中连念："阿弥陀佛，阿弥陀佛！"

吉老秤伸出大手，一抓他的脖领子提了起来，说："亏得你还算个男子汉，倒不如四嫂子这个娘儿们家有见识，君子一言，响屁一声，你开个身价吧！"

花鞋杜四身上像发疟疾，嘴里像满槽牙疼，呻吟着说："我这个儿媳妇是花钱买来的，又吃了我十二年饭，我不能白送给人家。"

吉老秤不耐烦地喝道："放响屁！"

豆叶黄说："三十块大洋吧？"

"住嘴！"花鞋杜四尖叫道，"五十块，少一个铜板我也不撒手。"

"杜四，你是一只饿狼！"吉老秤骂道，"给你五十块，连豆叶黄也搭上。"

花鞋杜四咬定牙关，说："我言无二价。"

"我扒出你的狼心狗肺来！"吉老秤大吼一声，把杜四当胸一抓，顺手抄起了炕上的剪子。

"救……"花鞋杜四刚要呼救，脖子已经被吉老秤掐住，眼珠子憋得凸了出来。

"老秤兄弟，你饶了他吧！"豆叶黄苦苦哀求，"我叫他依你，全都依你就是了。"

"豆叶黄，你还怜惜这只饿狼干什么？"吉老秤说，"我宰了他，你挑个黄道吉日嫁人，赶巧了还能结个晚瓜。"

"老秤，不要莽撞！"何大学问拦住他，"老四，你也真是财狠食黑。莲丫头进你家门十二年，给你家当了十二年的牛马，是她白吃你的饭，还是你喝了她的血？咱们找个算盘来，清一清账。"

"甭……甭算了。"花鞋杜四气息奄奄地说，"三十块……就三十块吧！"

"找文房四宝来！"何大学问大喊，"咱们当面锣，对面鼓，白纸黑字，立下文书。"

"爷爷，我这就拿来！"一直隔着篱笆偷听的何满子，欢叫着跑了。

"大哥，这笔钱谁掏？"花鞋杜四不放心地问。

"我！"何大学问一拍胸膛。

"咱们现钱交易，不准赊欠。"花鞋杜四又紧叮一句。

"我拨给你二亩地！"何大学问说。

花鞋杜四两眼一阵贼亮，忙说："大哥，你可不能翻悔。"

"我何某人吐唾沫是钉儿！"何大学问慷慨激昂地说，"二亩地给我干闺女赎身，二亩地给我干闺女陪嫁，才不过花掉我半壁江山。"

何满子从周檎那里，用一个小竹篮挎来文房四宝。

花鞋杜四开小店，能写会算，亲手写了字据，跟豆叶黄按了手印，呈给何大学问；何大学问回家取来地契，扔给了花鞋杜四。

闷葫芦郑端午这才得着机会说话："表哥，表嫂，老秤是檎哥儿的媒人，你们就把莲姑娘这个大媒赏给兄弟吧！"

"多谢了！"何大学问爽朗地大笑，"还得有劳你带着整儿跟荷妞，给我操持聘闺女办喜事。"

十二

何家小院喜气冲天，一群群喜鹊从东西南北飞来，落在院里院外的树上，从早到晚喳喳乱叫。何大学问跟一丈青大娘虽然赔出四亩地，损失了半壁江山，可是博得了全村男女老少的喝彩；老两口子心里高兴，脸上放光。

最叫老两口子感动的，是跟花鞋杜四办完交涉的当天晚上，柳罐斗忽然来了；这个顶天立地的汉子，一进屋倒头便拜，只说了一句："大哥，大嫂，兄弟一辈子报答不完你们的大恩大德！"便泣不成声。

柳罐斗的心情是很痛苦的。他只有三间泥棚茅舍，并无一垄土地，深感对不起外甥，更有负于九泉之下的姐姐和姐夫。

老嫂比母，小叔似儿。一丈青大娘比柳罐斗大二十来岁，见他如此礼重和伤情，心里发酸，慌忙扯起他，吵架似的嚷道："我又不是为你破费，你谢得着我吗？我是花在我那可人疼的女儿莲丫头身上。"

"也为了檎哥儿！"何大学问慢声慢气，自我陶醉地说，"常言道，门婿半个儿。从今以后，檎哥儿有我一半了。罐斗，我占了你的大便宜，你怎么不识数儿，反倒谢起我来？"

柳罐斗并不多言，挥泪转身离去。

办完交涉那天从杜家回来，望日莲感激涕零，双膝跪倒在干爹干娘面前，抱住二位老人的腿，哭着说："爹呀，娘呀！我不能割你们身上的肉，我不要那二亩地陪嫁。"

一丈青大娘也哭了，搂住望日莲说："儿呀，谁叫娘穷家破舍呢？娘真想陪你三宅两院，十顷八顷，可是娘没有呀！"

"那就再给莲丫头二亩！"何大学问激动起来，"剩下二亩给咱们老两口子当坟地，足够了。"

"不，不！"望日莲大叫，"这怎么对得起哥哥嫂子呢？"

何大学问说："你哥哥在城里当了少掌柜，用不着土里刨食了。"

"不，不，不！"望日莲叫得声音凄厉，"我更不能对不起小满子。"

何大学问扬声高笑，说："寒门出将相，草莽出豪杰，蒲柳人家出英才。我看那小子注定是个大命人，不稀罕这二亩地。"

望日莲哭急了说："爹呀，娘呀！您再逼我多要二亩地，我就不嫁了。"

何大学问和一丈青大娘只得不再强迫，但是一定风风光光大办喜事。

门婿周檎出面劝阻了。

"大舅，大舅妈，你们待我跟她的恩情，已经山高海深，不能再铺张排场了。"

乡下礼数，没正式成婚拜堂的女婿，不能登丈人家的门；怕的是被人背后飞短流长，说是"先有后嫁"，名声上不好听。所以，周檎闯进门来，说话又扫人兴，何大学问跟一丈青大娘脸色不悦。

一丈青大娘没有好声气地说："檎哥儿，你还没有八抬大轿把我们莲丫头抬走，我们何家的事你少管，也不该你管。"

何大学问也整着脸子说："檎哥儿，莲丫头虽不是我的亲生女儿，可是比我的亲生儿女还要亲，婚姻本是终身大事，我不能委屈了孩子，也不能叫乡亲们戳我的脊梁骨。"

"大舅，大舅妈，你们都是知大理、明大义的人。"周檎恳切地说，"如今国难当头，眼看要当亡国奴了。这个时候，大办喜事，乡亲们更要戳断咱的脊梁骨！"

何大学问恍然大悟，连声说："言之有理，言之有理！"

一丈青大娘仍然赌气，望日莲撒娇地说："娘，人家说的是至理名言，您别蛮不讲理，依了他吧！"

一丈青大娘叹了口气，说："只是委屈了你，娘过意不去。"

望日莲连忙一牵周檎的袖子，说："还不谢谢爹娘。"

"大舅，大舅妈，我……"

"你管我叫什么？"一丈青大娘又恼了。

"爹，娘！"周檎改了口，深深鞠了一躬。

一丈青大娘笑逐颜开，说："只要你们俩恩恩爱爱，和和美美，我跟你爹这两把老骨头，还能给你们熬出斤儿八两的油来。"

周檎跟望日莲的喜日前一天，何满子的爸爸何长安从通州赶来。

何长安在通州并没有另外安个家，而是跟岳父岳母住在一起。他的妻子到通州后生下一个女儿，目前又要分娩。岳父年老力衰，小书铺主要靠他经营；他是个守成之材，小书铺在他手里，并没有发达，但也没有衰落。

他为人心地善良，却又胆小柔弱，满面和气生财的笑容，一副安分守己的仪态。这两年发了福，白白胖胖的，完全是个文雅的商人，失去了农家子弟的气质。

何长安礼貌周全，每年回一趟家，不但对父母必有孝敬，而且对于吉老秤、老木匠郑端午和柳罐斗这几位父辈的友好，也都多少带来一点儿礼物。他虽然鄙薄花鞋杜四和豆叶黄的人品，但是念在多年乡邻的情分上，也要登门拜望，问好请安。

这一趟，也不例外。不过，馈赠的重点是望日莲。他给望日莲买了一身衣裳和两双鞋，还给买了茶壶、茶碗、茶盘，一面镜子和一只梳头匣；都是花花绿绿，喜兴颜色。

但是，对于他的到来，何大学问和一丈青大娘并不高兴，何满子也不跟他亲热。何大学问和一丈青大娘知道，他这一趟来，必定想把何满子带到城里上学，夺走他们生活中的最大乐趣。何满子也知道，爸爸将要强迫他离开爷爷和奶奶，离开望日莲姑姑，离开干爹郑整儿和干娘荷妞，离开柳罐斗、吉老秤、老木匠郑端午以及牵牛儿，离开这个可爱的小村和他整天野跑的河滩，像抓住野鸟一般把他关进笼子去。

何长安也感觉到，他的到来，不但冲淡了喜气，而且带来了阴郁。他是个玲珑剔透的人，便想打破这尴尬的气氛，猛一拍手说："你们看，有一桩天大的喜事，我竟忘了禀告。"

"什么天大的喜事！"何大学问忙问。

"咱家的新姑爷，周檎兄弟考中了燕京大学！"何长安从身上掏出一封大红信柬，"这是录取通知书，我给捎了来。"

"这真是双喜临门，满子快去请你姑父！"何大学问果然喜形于色，"檎哥儿给咱们这个小村增了光，给咱们穷门小户争了气。董太师良田十顷，子孙成堆，连个潞河中学生还没出，他的气数尽了。"

"所以我想让满子今年赶快上学！"何长安说，"踩着他姑父的脚印步步高升。"

"对，对！"何大学问连连点头。

"再说吧！"一丈青大娘还是沉着脸，"孩子还小哩。"

周檎被何满子推推搡搡而来。

"恭喜，恭喜！"何长安连连拱手，"恭喜你洞房花烛又金榜题名，大小双登科。"说着，把燕京大学录取通知书递给周檎。

周檎看也不看一眼，就塞进裤兜里，说："华北之大，已经安放不下一只书桌了。我是不是上学，还不一定。"

何长安又从腰里掏出一个信封，递给他说："这是上海给你寄来的稿酬和一封信。"

"什么叫稿酬？"何满子好奇地问。

"你姑父写成的文章，印在书里，书店给的酬谢。"何长安说，"你要上进，长出息，将来也上大学，也写成文章印在书里。"他又对周檎说："我在船上，遇到河防局新上任的尹巡长，他让我替他问你好。"

何大学问惊问道："檎哥儿，你怎么跟这种人认识？"

"他是自己人。"周檎低低地说。

第二天是喜日，只雇了一顶四人抬的小小花轿，两名吹笛的乐手，不用锣、鼓、唢呐，花轿进门放了一挂鞭炮；虽不红火，倒也喜兴。

吉老秤和老木匠郑端午这两位大媒，一个替男家迎亲，一个替女家送亲；郑整儿当上了真正的喜令官，荷妞专管铺红毡、捯红毡。柳罐斗家的小院中央，安放了一张小桌，插上红烛高香，在郑整儿那悠扬嘹亮的口令声中，新婚夫妇拜过天地，给亲朋好友们见礼，然后双双牵着彩带，进入洞房。何满子穿上望日莲给他做的花红兜肚，奉命在炕上滚床；他滚得高兴，又翻起筋斗，竖起蜻蜓。

忽然，他听见隔着篱墙，奶奶正跟爸爸发脾气。

"铺子里离不开我，我得在关城之前赶回去。"爸爸说，"满子一定要在今年秋季上学。我把他带走，先收收心。"

"他还小，我不放心！"奶奶粗声大气，"等过两年，个儿长高一点儿，再上学也不晚，还免得受大学伴的欺侮。"

"娘，求求您……"爸爸低声下气地央求。

何满子一听大势不妙，跳下炕，急急如漏网之鱼，慌慌如惊弓之鸟，逃向河滩。他先躲到周檎和望日莲童年时代拜花堂的柳棵子地里，后来又藏进望日莲洗身子的河湾红皮水柳丛中。水深没顶，他不敢踩水出声，就来了个仰八脚儿漂羊；几条小鱼在他身边游来游去，两只花翎小鸟蹬在红皮水柳枝上，亮晶晶的小圆眼睛瞪着他。

水边传来轻轻的脚步声，低低的说话声。

"今后，你要跟周檎保持单线联系，保障他的安全。"

"请放心，文彬兄！"

"他们要打起民团旗号，建立秘密抗日武装，你要帮他们取得合法地位。"

"文彬兄，我一定办到。"

何满子悄悄翻了个身，从柳枝空隙间偷眼看去，只见一个身穿警察制服的年轻巡长，跟一个三十来岁的长方脸高身材的人，拉了拉手，就分开了。

何满子心想这年轻的一定是尹巡长，这文彬兄又是谁呢？天渐渐黑了，他有点儿害怕了，但是，他又不敢回家，怕被爸爸掳走。进退两难，无依无靠，他感到孤独而委屈，伤心地哭了；一串一串的泪珠，下小雨似的滴落在水中，流进运河里去了。

暮色苍茫，河上荡漾着望日莲呼唤他的回声："满子，小——满——子！”

"莲姑！"何满子钻出红皮水柳丛，一颗流星似的投进伫立沙冈上的望日莲怀里，鼻涕眼泪把望日莲那红花小袄浸湿了一大片。

"好孩子，跟我回家吧！"望日莲要抱起他，背在身上。

"我不回家！"何满子打着坠儿，"我爸爸要把我带到城里去。"

"你爸爸不把你带走了。"望日莲笑道，"你姑父也不进京上学，留在村里办个小学堂，你跟姑父念书。"

"是那个叫文彬的人让姑父留下的吗？"

"你怎么知道？"

"那个人来的时候，我在暗处看见了他。"何满子说，"姑父怎那么听他的话呢？"

"他是你姑父的大师兄。"

"一定是周文彬！"何满子惊喜地叫道，"快带我去看看他。"

"他已经走了。"

何满子拍着光葫芦头，直恨自己没眼福。

何满子被望日莲背回家，只见奶奶和爸爸坐在家门口。奶奶一见他们，摆手说："满子，先到你姑姑家去。"

"我才不想进咱家的门！"何满子气哼哼地说。

望日莲背他到外屋，静悄悄只有干娘荷妞在做饭。

"他们呢？"望日莲问。

荷妞小声说："在东院商量立民团的事。"

望日莲放下何满子，给他盛了一碗小米饭和一碗鸡肉，说："快吃吧！吃饱了赶紧睡觉。从明天起，野马戴上笼头，先跟你姑父认字儿。"

何满子说："我不回家，跟你和姑父睡。"

望日莲面带难色，哄他说："你跟你爸爸半年多没见了，还是回家跟你爸爸睡吧。"

"不！"何满子赌气扔了筷子，不吃饭了，"我就跟你和姑父睡。"

"让他跟你们俩睡吧！"荷妞哧哧笑道，"正好叫他给你们暖窝儿，我保你过年就抱个大胖小子。"荷妞又把她那个偏方传授给望日莲。

"呸！"望日莲啐了她一口，清脆地打了她一巴掌，灶膛里的火光映照得她满脸通红。

不过，第二年望日莲并没有抱个大胖小子，而是在卢沟桥的炮声中生下个女儿。这个女儿二十三年后大学毕业，跟由于写文章而遭遇坎坷的何满子结了婚。

这是后话，本书不表。

一九八〇年一月

从森林里来的孩子

/// 张洁

一

　　上路以前，伐木工人的儿子孙长宁把他喂养着的小鸟都放走了。

　　这些鸟儿，是他亲密的伙伴，伴随过他的童年和少年。它们不停地唧唧着，仿佛是对他倾诉着依依的怀恋。但孙长宁的心，已像那矫捷的燕子，直向云端，展翅飞旋。

　　远去的燕子啊，却又回过头来，俯向大地，在一片桦树上久久盘旋，并且停落在一座墓前，絮絮地叮咛着亲密的伙伴：请你们常常到这墓前的白桦树上栖落，再像我一样地唱着愉快的歌；每当春天来到，不要忘记衔泥啄土，为他垒着莹墓。愿他墓前的野花如星、草儿长青……

　　我多么愿意把他一同载走，向着太阳，向着晴空，为了那一个美好的日子，他曾等待了许久，许久！可是，他早已化作大森林里的泥土，年年月月养育着绿色的小树。

啊，但愿死去的人可以复生，但愿他能够看见党中央重新给我们带来这光明、这温暖、这解放！

长眠在这白桦树下的那个人，他是谁？他为什么这样地牵萦着这个少年人的情怀呢？

那个人既不是亲属，也不是自小一块长大的伙伴……

六年前的一个夏天，他跟着给伐木队送鱼的人们，去看望想念中的爸爸，也去看望想念中的大森林！

在林区长大的孩子，怎能不爱森林？

夏季的夜晚是短的，黎明早早地来临。太阳还没有升起来以前，森林、一环一环的山峦，以及群山环绕着的一片片小小的平川，全都隐没在浓滞的雾色里。只有森林的顶端浮现在浓雾的上面。随着太阳的升起，越来越淡的雾色游移着、流动着，消失得无影无踪。沉思着的森林，平川上带似的小溪全都显现出来，远远近近，全是令人肃穆的、层次分明的、浓浓淡淡的、深深浅浅的绿色，绿色，还是绿色。

森林啊，森林，它是孙长宁的乐园：他的嘴巴被野生的浆果染红了，口袋被各种野果塞满了，额发被汗水打湿了，心被森林里的音乐陶醉了。

陈年的腐叶在他的脚下沙沙地响着；风儿在树叶间飒飒地吹着；蝴蝶飞着，甲虫和蜂子嘤嘤地哼着；啄木鸟笃笃地敲着。一只不知名的鸟儿叫了一声，又停了下来，从森林的深处传来了另一只鸟儿微弱的啼鸣，好像是在回答这只鸟儿的呼唤。接着，它们像对歌似的一声迭一声地叫了起来，引起了许许多多不知藏在什么地方的鸟儿的啼鸣，像有着许多声部的混声合唱。远处，时不时地响着伐木工人放倒树木的呼声："顺山倒——""横山倒——"。这声音像河水里的波浪似的荡漾开去："顺——山——倒——""横——山——倒——"悠远而辽阔。森林里，一片乐声……

有一天，他提着一个大篮子到森林里去为伙房采蘑菇。那一年的雨水真多，蘑菇长得也真好！他原想够了，够了，不再采了。可是一抬头，他又看见在前面一棵棵的大树底下，几个大得出奇的蘑菇，像戴着白帽子的胖小子，歪着可爱的小脑袋在瞧着他，吸引着他向森林的深处走去。

突然，他听见了一种奇怪的声音。它既不像鸟儿的啼鸣缭绕，也不像敲打着绿叶的一阵急雨；它既不像远处隐隐约约的伐木工人那拖长了的呼声，也不像风儿掀起的林涛，可是它又像这许许多多的、他自小就那么熟悉的、大森林里的一切声响。朦胧而含混，像一个新鲜、愉快而美丽的梦。

他顺着这引路的声音找去，找哇、找哇，在一片已经伐倒了不少树木的林间空地上，坐着正在休息的伐木工人。和爸爸住在一个帐篷里的梁老师在吹着一根长长的、闪闪发亮的东西。所有的人，没有一点声息地倾听着这飘荡在浑厚的林涛之上的、清澈而迷人的旋律。这旋律在他的面前展现了一个他从来未见到过的奇异的世界。在这以前，他从不知道，除了大森林，世界上还有这么美好的东西。

那是什么呢？它是童话里的那支魔笛吗？

孙长宁早已刨根问底地知道了他的底细。梁老师是从北京来的。他为什么会到这遥远的森林里来呢？因为他是"黑线人物"，因为他积极地搞了十七年的"文艺黑线专政"。他有罪，他是被送来劳动改造的。他有一种难以治愈的、叫作"癌"的病症。

他曾问爸爸："什么是'黑线人物'？"

"什么叫'文艺黑线专政'？"

"……"

"他是个坏蛋？"

"胡说八道什么，你知道什么叫坏蛋……眼下什么全都拧了个儿，好的成了坏的，坏的成了好的！"

"到底谁是好人，谁是坏蛋呢？"

"你问我，我问谁去？"爸爸生气了。孙长宁也糊涂了。他也不去想了。反正爸爸跟梁老师好，梁老师就不会是坏蛋。因为爸爸是好人，而好人是不会和坏蛋好的。这一点孙长宁很清楚。

"他怎么不回北京治那个病去呢？"

"他不愿意！"

孙长宁又不懂了，还有得了重病不治，而活活等死的人？

"为什么？"

"什么为什么？他非得认罪，投降，出卖、陷害别人，人家才让他回去治病！"

"那……"孙长宁问不下去了。即使在孩子概念里，投降、叛徒也是最可耻的。

孙长宁对梁老师的最早的感情就是从这儿开始的——宁死也不当叛徒。

孙长宁从掌声和笑声中清醒过来。人们舒展、活动着四肢，重又开始劳动去了。只有他痴痴地站在梁老师的面前，既不走开，也不讲话。其实，他心里有许多话在翻腾着，可是他找不出一句话来表达这片笛声在他心里引起的共鸣，他的眼睛充满了复杂而古怪的神情：好像失去了什么，却又得到什么。这片在生活里偶然出现的笛声，使他丢掉了孩子的蒙昧——多么可爱的孩子的蒙昧！而自小在大自然里感受到的，那片混沌、模糊、不成形的音响，却找到了明晰的形象。在这许多热情、粗犷的听众里，却只对孙长宁成为一种必然。仿佛他久已等待着这片笛声。

梁老师被他的神情深深地触动了，问道："你喜欢吗？"

他点点头。又何须说呢？

梁老师特地为他演奏起来。孙长宁的心重又被激动着，还是说不出一句话来。他苦恼了，皱着自己的眉头，突然，像是受到了什么启示，他噘起嘴唇，用口哨把梁老师吹过的乐曲中的几个小节重复了出来。他的脸立时放出光彩。这口哨比什么语言都更能表达他心里的感受。

发现孙长宁能那样准确无误地重复他吹过的几个小节，梁老师也兴奋了。他接着又吹出一个小小的乐段，仿佛在用石子试探着湖水的深浅，孙长宁依然准确无误地重复出来。梁老师激动得如同获得了意外的珍宝，赞叹地想道：这个孩子有着多么惊人的记忆和准确的音耳啊！凭着丰富的经验和洞察的眼力，他敏锐地意识到，这个孩子的身上，潜藏着一种还没有充分而明确地表现出来的才能！

他们的心，被同一种快乐和兴奋激发着，在这旋律的交流里，彼此发现着，了解着，热爱着。忘记了他们之间的年龄的差别，忘记了时间已经渐渐地过去。

孙长宁死活不肯回家了。还要上学呀！那又有什么关系！

伐木工人中流传着的许多对抗联的回忆，还有围猎熊瞎子的故事，这就是语文课；一根根伐倒的树木，这就是数学课；劳动里还有许多学校里学不到的知识。梁老师除了教他读、写、算，还教他吹那支魔笛。休息的时候，听梁老师为伐木工人们演奏长笛。演奏常常是即兴的东西，伐木工人们往往从那动人的旋律里听到他们自己平时随随便便哼唱过的家乡小调，他们好像在这笛声中遇见了自己熟识的朋友，快乐而亲昵。

好像磁石似的互相吸引着。这一老一少，形影不离。孙长宁像爸爸和叔叔伯伯们一样，照顾着有病的梁老师，一点也不肯让他劳累，固执地干涉着这个年龄比他大几倍的、上了年纪的人。有时，为了使孙长宁欢喜，梁老师听任和迁就着他喜爱的这个孩子，仿佛他自己变成了一个比他还小的孩子，老孩子。但他常常隐瞒着自己的病情，却说："我觉得好多了，适当的锻炼可以增强体质，帮助我战胜疾病！"他热爱着劳动，并不是屈服于压力。

　　在共同的劳动中，梁老师进一步发现，大自然的优美和劳动的、创造的快乐，给了这个孩子丰富的想象能力。许多简单而纯朴的旋律，并不经过什么构思，却不断地、随便地从他的口哨里流泻出来。当然，要使这样的旋律变成真正的艺术，还需要他和孩子进行艰苦而持久的努力。他多么喜爱这个气质朴实的孩子，又多么珍惜这个孩子的才能啊！

　　他知道，生命留给他的时日已经不多了。他争分夺秒地把他留在世上的最后的时光全都用在孙长宁的身上。他相信乌云会散去，真理会胜利，真正的艺术将会流传下去。这个生长在遥远的林区里的孩子，一定会成为一个出色的音乐家，会的！

　　他从不迁就孙长宁的懒惰。为了一个小小的乐句，他会让他重复十几次，几十次。逼得孙长宁简直要扔掉那支可恶的长笛。因为它不肯听他的话，不是漏掉一个音节，就是错了节奏。

　　他对孙长宁说："不错，你有天赋！可是天赋就像深藏在岩层底下的宝石，没有艰苦的发掘、精心的雕琢，它自己是不会发出光彩来的！"孙长宁重又拿起那支可恨而又可爱的长笛。唉，谁能理解这其中的快乐和苦恼呢？

　　他坚决打碎孙长宁的任何只从技巧着眼的企图："这是浅薄！"他生气地敲着乐谱，"我要你表现的是艺术而不是单纯的技巧！

你必须力求理解你要表现的是什么！理解，首先是理解！"

当他终于听到孙长宁能够完美地演奏完一个乐曲的时候，隐忍着癌症带给他的疼痛，他微笑了——那么美的微笑，使孙长宁久久不能忘记。尽管伐木工人们常常从大森林里弄到珍贵的药材和补品；尽管许许多多的验方，从各个角落，各种渠道流向这偏远的森林，梁老师的病情还是越来越严重了。但他并不感到悲观和消沉，看着孙长宁的成长，他欣慰地想到：在他生命的最后时刻，他做了这样一件有意义的事情。"四人帮"和疾病夺去的，只能是他的肉体，而他的精神却在这个少年人的精神里，活泼泼地、充满生机地、顽强地、奋发不息地继续下去。

离去的时候，他很清醒，皱着眉头，思索着应该留下的最重要的东西。他把自己的长笛和几年来在森林里谱写的乐谱一齐交给了孙长宁。"我用它们工作、战斗了一生。现在，我把它们交给你。你要尽自己的一生，努力地用它服务于人民。音乐，是从劳动中产生的，应该让它回到劳动人民那里去。你已经学得不错了，可是离一个真正能表达劳动人民的思想感情，并且为他们所喜爱的艺术家，还相差很远！需要继续努力地学习，不要半途而废。可惜我已经不能和你共同来完成这个任务了……但是，总有一天，春天会来，花会盛开，鸟会啼鸣。等到那一天，你到北京去。那里，一定会有人帮助你继续完成这个任务。记住，不论将来自己达到了一个什么样的辉煌的顶点，决不能把自己的才能当成商品！懂吗？"

"懂!"孙长宁呜咽着。

"傻孩子,哭什么!我教给你的东西,你都记得吗?"他指的,不只是长笛。

"记得!"

梁老师宽慰地笑着,闭上了眼睛。

他就这样地去了。带着他的才华,带着他的冤屈,带着一个共产党员的坚贞,带着许许多多没有说完的话、没有做完的事!当最后一锹泥土撒向墓穴的时候,森林里响起了风涛。孙长宁听见有人在旁边轻轻地说:"多好的一个人给糟蹋了!"于是,他忘记了自己是一个"男子汉",抱着墓前的一棵白桦树失声痛哭了。他已经不怕送葬的人们看见他的眼泪,又有谁能说这是软弱呢?

二

这就是长眠在白桦树下的,使孙长宁永远不能忘记的那个人。

孙长宁紧紧地靠着车窗坐着。整天整夜不能入睡。

他看着远处村落里的星火,两三点地、两三点地在浓浓的黑夜里闪现,又缓缓地向后游移而去。他看着大地渐渐地从黑夜中醒来,在阳光的照耀下,森林、田野、山峦、河流、湖泊……显现着越来越绚丽的色彩和磅礴的生命力。这就是祖国,是梁老师力求在音乐中表现的亲爱的祖国啊……

他把手伸进口袋,紧紧地捏着那张去北京的火车票,不愿意撒手。仿佛那张车票就是他将要投身进去的,为它贡献出全部热情的生活的一个部分。

幻想像浪潮似的，还没有等这个浪头退下去，另一个浪头又涌了上来。在这交迭的幻景之上，是梁老师那双期待的眼睛。

怀着一颗天真而没有一点思虑的心，他来到了北京。除了因为渴望而引起的急切以外，想到的只是不容置疑的成功。

在音乐学院，他看见一间门上写有"招生委员会"字样的房间。他推门进去，一位年青的、有着明媚的微笑的女同志问他："你有什么事？"

他兴冲冲地答道："我来报考音乐学院！"他无论如何也抑制不住那傻里傻气的微笑在自己的脸上绽开。

她却毫不介意地回答："你来晚了，报名的时间早已过去了。"

啊！真的？！这句无情的话，来得那么突然，以致那傻里傻气的微笑还来不及退下，就凝固在脸上，使他那生动的脸变得那么难看。像每一个第一次和社会生活发生接触的人一样，因为突然遇到了那没有经验的心所意想不到的、主观和客观的距离，他感到茫然失措。一种千里而来，失之交臂的遗憾之感几乎使他落泪。

他急迫地说："我是从很远、很远的地方赶来的！"

"可是初试都已经考完了。今天也已经是复试的最后一天了。"

"那么，就让我参加复试吧！"他又鼓起一线希望。毕竟还没有彻底地结束。

"那怎么行呢？参加复试的考生是从初试中选拔出来的，你没有参加过初试，怎么能参加复试呢？"

这么说，已经没有一点可以争取的余地了。他失神地站在那里。说不出一句话，也想不出一点挽回这种局面的办法。有谁能帮助自己呢？又有谁能了解自己的心情呢？这个人口那么多、地方那么大的城市，显得多么陌生啊！

看着他那失神的样子，那位女同志十分抱歉地加上了一句："真对不起，这是规定！"仿佛是受了他的感染，那明媚的微笑，从她那年青的脸上退去了。

校园里，到处都是舒展的笑脸，为了迎接这个像节日似的、使人兴奋的日子，年青的人们着意地把自己修饰过了。他们怎能不高兴呢？十二年来，多少年青人的远大的抱负、美丽的幻想、热切的愿望全被"四人帮"禁锢在枷锁之中。他们盼呐，盼呐，终于盼到了这一天：党中央一举粉碎了"四人帮"！解放了！解放了！他们的智慧、才能也像花朵似的开放了，五彩缤纷、交相辉映。

孙长宁漫游在这芳菲的百花园中，舍不得离去。

从许许多多的房间里，传来了钢琴、提琴、黑管、扬琴、琵琶……各种乐器的音响，在这各种乐器的轰响里，孙长宁那敏感的耳朵，一下子就捕捉到了从一间屋子里飘出来的长笛的柔声。仿佛听到了朋友的召唤，他向着那间屋子走去，没有人阻拦他。他不由得推开了房门，房门发出了很大的声响。有人责怪地"嘘"着这不合时宜的声音。他显眼地站在那间在冬天的寒冷中，温度显得过高的房间里，穿着老山羊皮袄、高筒的大头皮靴子，戴着长毛的大皮帽子。而这皮袄、靴子、帽子又都好像在捉弄他的不幸似的，崭新发亮。

房间一头的桌子后面，坐着几个主考和监考的教师，主考教授傅涛向擅自闯进考场的孙长宁严厉地瞪视着。

除了正在演奏的那位女青年，挨着墙边，还坐着六个考生。

她演奏的是孙长宁相当熟悉的《布劳地克幻想曲》。演奏得不错，有着特别而独到的地方。在这熟悉的旋律里，孙长宁渐渐地忘记了自己的不幸，忘记了周围的一切，陷入了沉思。当她演奏完毕，鞠了一躬，返回墙边的椅子上的时候，他甚至没有听见教授严厉的问语："你有什么事？"他茫然不解地望着房间里的人们，不明白他们为什么全都生气地转向他。

"喂，孩子，请你出去，这是考场！"

孙长宁舔着由于几天来的疲劳、没有睡眠、不正常的饮食而变得干裂的嘴唇，十分抱歉地说："对不起，我也是来参加考试的！"

桌子后面的教师们骚动起来。他听得见他们的低声交谈。

"谁让他闯进来的呀？"

"怎么搞的？这又是从哪儿冒出来的？怎么能随便闯进考场来呢？"

"真是乱弹琴！"

教授耐着性子对他解释着："报名的时间早已过了，现在连复试都要结束了！"

　　人们的淡漠使孙长宁那敏感的自尊心感到了极大的难堪。

　　"如果只是为了考大学，我是应该回去了……"他喃喃着，脸红了，也就更不能说清自己的思绪。是的，他真想退出这个使他的脊背冒汗的房间。

　　"是呀，今年不行了，明年再说吧！打倒了'四人帮'，再也不会有人压制有才能的孩子上学深造了。以后每年我们都会进行正常的招考啦！现在还是出去吧，不然就是影响我们的考试了！"

　　为什么还要赖在这里呢？走就是了，很简单，只要转过身去，扬起脑袋，拉开房门。可难道这次千里迢迢赶来考试，便仅是自己的一种个人爱好吗？不，不是！他想起梁老师在弥留的时刻对他说过的那些话。不，不能走！这是梁老师留下来的任务，只能完成，不能退却。孙长宁明白自己的责任：必须把梁老师没有说完的话，没有做完的事，一生一世地、永不松懈地继续下去。不，他没有权利逃走，他叉开两腿，比以前更牢地钉在那里。

　　他那低垂着的、羞涩的眼睛抬起来了。那是一双像秋日的晴空一样明澄的眼睛，坚决而迅速地说起来："就是因为打倒了'四人帮'，我才从两千里地以外赶来的。不然，我还不来呢！老师们！还是请你们听一听吧，哪怕是只听一个曲子，也算我没有白跑两千里地！"说着，热泪忽然充满了他的眼眶。

　　傅涛教授不由得细细地打量着这个固执而古怪的孩子。孩子手里那个装长笛的盒子不知为什么引起了教授的注意。盒盖左上角的护皮脱落了……好像在哪里见过这个盒子似的，或许这个孩子有点来历？是不是应该让他试一试？

也不知是因为他是显得那么疲惫，还是因为他所表现出来的严肃的、非达到目的不可的坚强意志，他的话引起了那七位考生的由衷的同情。

他们一齐为他力争。

"老师，让他演奏一个吧！"

"请允许吧！"

孙长宁那紧绷绷的心弦松弛了。他感动地想：不，这个城市并不陌生！

这七个考生，他们难道不知道在七名复试的考生中，只录取三名吗？知道！他们难道不知道再增加一个人，就会变成八名里头录取三名吗？知道，当然知道！就是这七个人，已经是难分高低上下，让教师们一个也舍不得丢下啊！一股热乎乎的激流，冲动着每一个教师的心！教师们不由得同意了这个顽强的孩子。还只能称他孩子，他大概只有十四岁吧？

孙长宁脱下了那件几个昼夜也未曾离身的大皮袄，摘下了大皮帽子。一缕柔软的、卷曲的额发立刻垂落到向两鬓平平地展开着的眉毛上，带着初出茅庐的年青人的局促，向教师们询问地张望着，仿佛在问："我可以开始了吗？"教授点了点头。心里想：倒像一个行家似的！他又用舌头再次舔了舔自己干裂的嘴唇，开始羞怯地、仿佛怕惊吓了谁似的，犹犹豫豫地吹着。教师中有人开始在座椅上扭动起来，好像他们的怀疑得到了证实——根本就是一场胡闹。

可是，不一会儿，孙长宁自己就被乐曲中表现出来的东西感动了。他不再记得这是考场。仿佛他重又对着那无涯无际的森林在吹；对着山脚下那像童话中的木头小屋在吹，小屋顶上积着厚厚的雪，从凝结着冰花的小窗里透出了温暖的灯光。那儿，是他亲爱的故乡……

当明亮、质朴、优美的像散文诗似的旋律流泻出来的时候，教授被深深地感动了。尽管他一生不知道听过多少优美的作品和多少名家的演奏，但这个少年人的演奏仍然使他着迷。

他感到神奇，他几乎不再看见面前这个少年人的形体。仿佛这个少年已经随着什么东西升华，向着高空飞旋而去，这儿，从不轻易在人们面前打开的心扉敞开了。从敞开的心扉里，他看见了一个优美而高尚的灵魂。不，或许还不止于此，他还看见了那个没有在这个考场上出现的人，是他，培育了这样的一个灵魂。那人和这少年一同在倾诉着对光明的渴望，对真理的追求，对生活的热爱……是的，世界上有不相通的语言，而音乐却总是相通的。

不知为什么，他对这少年人渐渐地产生了一种歉疚。因为他差一点犯了一个不小的错误：轻率地放过这样一个有才华的孩子，一个或许将会闻名于世界的音乐家。唉，人们是多么容易从主观出发啊!

很显然,这个少年人不是从城市里来的。可是,他又是从哪里受到了这样严格而正规的训练呢?他的表现手法严谨而细腻。一种似曾相识的感觉引起了教授的联想。他又想起了那个好像在哪见过似的装长笛的盒子。仿佛有一个缥缥缈缈的、若有若无的声音在无边的旷野里呼唤着他。啊,为什么?为什么?在这个少年人的身上却浮现出另一个人的身影?那个人早已不在人世啦,可为什么忠诚的心却仍在固执地寻找着他的踪迹?像闪电一般迅速的思绪又把自己带到了哪里?这是考场啊!教授摇着脑袋,责怪着自己。

孙长宁轻轻地收住了音响。

傅涛教授却早已忘记了自己应尽的一个主考教师的责任,仿佛在参加一个精彩的音乐会似的,神情恍惚地说:"再演奏一个吧!"

孙长宁更自如地一个乐曲又一个乐曲地演奏下去。此时此刻,除了那片在春风里快乐地摇曳着嫩绿的枝条的、朴实无华的白桦林以外,他什么也看不见了。

这里好像已经不是考场。每个在场的人,不论是教师或考生,人人都回忆起了一些什么——一生里最美好的什么。

袅袅的余音在空气里萦绕着。远了,更远了,听不见了。

没有一个人愿意扰乱这些旋律在大家心里形成的感觉——干净的、纯洁的、向上的感觉。

还是孙长宁自己惶惑而不安地开始踏动着双脚，不明白人们为什么这么敛声敛息而又毫无表示。难道他没有很好地表现梁老师的作品里的精神？难道使他那么倾心热爱的作品竟不能打动这些人的心？他感到了深深的痛苦，他竟不能完成那许多年来激动着他的心弦的梦想——使梁老师在他那常青的、永生的作品里再生。

但那七个考生突然热烈地喊起来：

"老师，这才是真正的第一名！"

"没错，他第一，第一！"

"第一名是他的！他应该被录取！"

教师们看着那七双眼睛，这来自祖国四面八方的七双眼睛，突然变得那么相像，仿佛是七个孪生的兄弟姐妹：天真、诚挚、无私而年青。多么可爱的年青人呐！

孙长宁觉得好像一下子被人从深谷推上了山巅。他发蒙了。他还没有意识到自己做了什么，只是呆头呆脑地听着大家发出的各种评论，好一会儿工夫他才反应过来。生怕人们会在欢腾里忘记，激动而大声地说："不，这不是我。这是那作品，只是那作品……"

教授立刻理解了这颗高尚的心："对，告诉我，这是谁写的？我怎么从来没有听到过？"

"我的老师！"

"他现在在哪儿？"

"他……他在森林里！"

"在森林里？！"那缥缥缈缈、若有若无的呼唤一下子变成了鲜明而生动的形象，站在教授的眼前。难道真的是他？难道这个少年是他的学生？竟然会有这样巧合的事么？心脏痛苦地缩紧了。悲愤和哀伤重又塞满了胸膛。

他紧张地盯视着孙长宁嘴角旁边的每一条肌肉的细微的牵动。生怕自己的听觉有所误差而漏过一个字眼，或是一声轻微的叹息。又生怕这个少年会像变魔术似的从他的眼前突然消失。

孙长宁重又拿起长笛，简单地说明着："这是我为老师写的！"

那支曲子粗糙而幼稚，变调部分也显得奇突。可是它饱含着愤怒的控诉和深情的怀念，仿佛要胀裂那支长笛，让人回肠荡气。两行又苦又涩的热泪，顺着孙长宁那黝黑的、圆浑的、孩子气的脸庞静静地滴落下来，使坐在一旁听他演奏的人们不禁黯然神伤，凄然泪下！

然后，他慢慢地把长笛放在教授面前的桌子上，又从背包里掏出厚厚的一叠乐谱，说道："这是老师留下的！"

在乐谱的封面上，教授看到了工整而熟悉的笔迹，端正地写着："梁启明！"

啊！果然是他！一时，不知是什么滋味充满了心头。好像再一次地和他相会，又再一次地和他分别。教授惨痛地想到那位最知己的朋友，同时代人里最有才华的一个，如今已是人亡物在，永不能相见的了。他抚摸着长笛和乐谱。这就是那个才华横溢、勤于事业、忠于理想的人留在世上的全部东西了。是全部吗？啊，远远不是，他抬起一双泪眼，宽慰地看着站在面前的这个少年，拉过他的手，把少年人那热泪纵横的脸贴近自己的心田。不，生命并没有在那片白桦树下结束，往事也没有成为陈迹，这就是他，这就是他的生命的继续……

夜晚，当孙长宁躺进教授那松软的、散发着肥皂的清新气味的被窝里的时候，从浅绿色的窗帘的缝隙里，他看见天空中灿烂的群星在闪烁。

蒙眬中，他觉得有人俯身向他，问道："你觉得冷吗？"

他睁开惺忪的睡眼，一种温暖的感觉渗透了他的全身，他好像在这温暖中融化了："不，我觉得很温暖！"

他又闭上了眼睛，留在他意识里的最后的概念是梁老师对他说过的一句话："你要尽自己的一生，努力地用它服务于人民！"

不论是他，或是和他一样在做着甜梦的那些个考生，他们还都不知道，这时，在深夜的北京的上空，电波传送了党中央的声音：中央鉴于报考音乐学院的考生中有大量突出的优秀人才，支持该院增加招生名额，争取早出人才，多出人才！

等待着他们的，是一个美丽而晴朗的早晨——一个让他们一生也不会忘记的早晨！

我的遥远的清平湾

/// 史铁生

北方的黄牛一般分为蒙古牛和华北牛。华北牛中要数秦川牛和南阳牛最好，个儿大，肩峰很高，劲儿足。华北牛和蒙古牛杂交的牛更漂亮，犄角向前弯去，顶架也厉害，而且皮实、好养。对北方的黄牛，我多少懂一点。这么说吧：现在要是有谁想买牛，我担保能给他挑头好的。看体形，看牙口，看精神儿，这谁都知道；光凭这些也许能挑到一头不坏的，可未必能挑到一头真正的好牛。关键是得看脾气，拿根鞭子，一甩，"嗖"的一声，好牛就会瞪圆了眼睛，左蹦右跳。这样的牛干起活来下死劲，走得欢。疲牛呢？听见鞭子响准是把腰往下一塌，闭一下眼睛，忍了。这样的牛，别要。

我插队的时候喂过两年牛，那是在陕北的一个小山村儿——清平湾。

　　我们那个地方虽然也还算是黄土高原，却只有黄土，见不到真正的平坦的塬地了。由于洪水年年吞噬，塬地总在塌方，顺着沟、渠、小河，流进了黄河。从洛川再往北，全是一座座黄的山峁或一道道黄的山梁，绵延不断。树很少，少到哪座山上有几棵什么树，老乡们都记得清清楚楚；只有打新窑或是做棺木的时候，才放倒一两棵。碗口粗的柏树就稀罕得不得了。要是谁能做上一口薄柏木板的棺材，大伙儿就都佩服，方圆几十里内都会传开。

　　在山上拦牛的时候，我常想，要是那一座座黄土山都是谷堆、麦垛，山坡上的胡蒿和沟壑里的狼牙刺都是柏树林，就好了。和我一起拦牛的老汉总是"吸溜吸溜"地抽着旱烟，笑笑说："那可就一股劲儿吃白馍馍了。老汉儿家、老婆儿家都睡一口好材。"

　　和我一起拦牛的老汉姓白。陕北话里，"白"发"破"的音，我们都管他叫"破老汉"。也许还因为他穷吧，英语中的"poor"就是"穷"的意思。或者还因为别的：那几颗零零碎碎的牙，那几根稀稀拉拉的胡子。尤其是他的嗓子——他爱唱，可嗓子像破锣。傍晚赶着牛回村的时候，最后一缕阳光照在崖畔上，红的。破老汉用镢把挑起一捆柴，扛着，一路走一路唱："崖畔上开花崖畔上红，受苦人①过得好光景……"声音拉得很长，虽不洪亮，但颤巍巍的，悠扬。碰巧了，崖顶上探出两个小脑瓜，竖着耳朵听一阵，跑了：可能是狐狸，也可能是野羊。不

_____

① 受苦人：庄稼人，陕北方言。

过，要想靠打猎为生可不行，野兽很少。我们那地方突出的特点是穷，穷山穷水，"好光景"永远是"受苦人"的一种盼望。天快黑的时候，进山寻野菜的孩子们也都回村了，大的拉着小的，小的扯着更小的，每人的臂弯里都挎着个小篮儿，装的苦菜、苋菜或者小蒜、蘑菇……孩子们跟在牛群后面，"叽叽嘎嘎"地吵，争抢着把牛粪撮回窑里①去。

越是穷地方，农活也越重。春天播种；夏天收麦；秋天玉米、高粱、谷子都熟了，更忙；冬天打坝、修梯田，总不得闲。单说春种吧，往山上送粪全靠人挑。一担粪六七十斤，一早上就得送四五趟；挣两个工分，合六分钱。在北京，才够买两根冰棍儿的。那地方当然没有冰棍儿，在山上干活渴急了，什么水都喝。天不亮，耕地的人们就扛着木犁、赶着牛上山了。太阳出来，已经耕完了几垧地。火红的太阳把牛和人的影子长长地印在山坡上，扶犁的后面跟着撒粪的，撒粪的后头跟着点籽的，点籽的后头是打土坷垃的，一行人慢慢地、有节奏地向前移动，随着那悠长的吆牛声。吆牛声有时疲惫、凄婉；有时又欢快、诙谐，引动一片笑声。那情景几乎使我忘记自己是生活在哪个世纪，默默地想着人类遥远而漫长的历史。人类好像就是这么走过来的。

清明节的时候我病倒了，腰腿疼得厉害。那时只以为是坐骨神经疼，或是腰肌劳损，没想到会发展到现在这么严重。陕北的

①窑里：家里。

　　清明前后爱刮风，天都是黄的。太阳白蒙蒙的。窑洞的窗纸被风沙打得"唰啦啦"响。我一个人躺在土炕上……

　　那天，队长端来了一碗白馍……

　　陕北的风俗，清明节家家都蒸白馍，再穷也要蒸几个。白馍被染得红红绿绿的，老乡管那叫"zì chuī"。开始我们不知道是哪两个字，也不知道什么意思，跟着叫"紫锤"。后来才知道，是叫"子推"，是为纪念春秋时期一个叫介子推的人的。破老汉说，那是个刚强的人，宁可被人烧死在山里，也不出去做官。我没有考证过，也不知史学家们对此作何评价。反正吃一顿白馍，清平湾的老老少少都很高兴。尤其是孩子们，头好几天就喊着要吃子推馍馍了。春秋距今两千多年了，陕北的文化很古老，就像黄河。譬如，陕北话中有好些很文的字眼："喊"不说"喊"，要说"呐喊"；香菜，叫芫荽；"骗人"也不说"骗人"，叫作"玄谎"……连最没文化的老婆儿也会用"酝酿"这词儿。开社员会时，黑压压坐了一窑人，小油灯冒着黑烟，四下里闪着烟袋锅的红光。支书念完了文件，喊一声："不敢睡！大家讨论个一下！"人群中于是息了鼾声，不紧不慢地应着："酝酿酝酿了再……"这"酝酿"二字使人想到那儿确是革命圣地，老乡们还记得当年的好作风。可在我们插队的那些年里，"酝酿"不过是一种习惯了的口头语罢了。乡亲们说"酝酿"的时候，心里也明白：屎事不顶！可支书让发言，大伙总得有个说的；支书也是难，其实那些政策条文早已经定了。最后，支书再喊一声："同意啊不？"大伙回答："同意——"然后回窑睡觉。

那天，队长把一碗"子推"放在炕沿上，让我吃。他也坐在炕沿上，"吧嗒吧嗒"地抽烟。"子推"浮头用的是头两茬面，很白；里头都是黑面，麸子全磨了进去。队长看着我吃，不言语。临走时，他吹吹烟锅儿，说："唉！心儿家不容易，离家远。""心儿"就是孩子的意思。

队里再开会时，队长提议让我喂牛。社员们都赞成。"年轻后生家，不敢让腰腿作下病，好好价把咱的牛喂上！"老老小小见了我都这么说。在那个地方，担粪、砍柴、挑水、清明磨豆腐、端午做凉粉、出麻油、打窑洞……全靠自己动手。腰腿可是劳动的本钱，唯一能够代替人力的牛简直是宝贝。老乡把喂牛这样的机要工作交给我，我心里很感动，嘴上却说不出什么。农民们不看嘴，看手。

我喂十头，破老汉喂十头，在同一个饲养场上。饲养场建在村子的最高处，一片平地，两排牛棚，三眼堆放草料的破石窑。清平河水整日价"哗哗啦啦"的，水很浅，在村前拐了一个弯，形成了一个水潭。河湾的一边是石崖，另一边是一片开阔的河滩。夏天，村里的孩子们光着屁股在河滩上折腾，往水潭里"扑通扑通"地跳，有时候捉到一只鳖，又笑又嚷，闹翻了天。破老汉坐在饲养场前面的窑顶上看着，一袋接一袋地抽烟。"心儿家不晓得愁，"他说，然后就哑着个嗓子唱起来，"提起那家来，家有名，家住在绥德三十里铺村……"破老汉是绥德人，年轻时打短工来到清平湾，就住下了。绥德出打短工的，出石匠，出说书的，那地方更穷。

绥德还出吹手。农历年夕前后，坐在饲养场上，常能听到那欢乐的唢呐声。那些吹手也有从米脂、佳县来的，但多数是绥德人。他们到处串，随便站在谁家窑前就吹上一阵。如果碰巧那家要娶媳妇，他们就被请去，"呜里哇啦"地吹一天，吃一天好饭。要是运气不好，吹完了，就只能向人家要一点吃的或钱。或多或少，家家都给，破老汉尤其给得多。他说："谁也有难下的时候。"原先，他也干过那营生，吃是能吃饱，可是常要受冻，要是没人请，夜里就得住寒窑。"揽工人儿难，哎哟，揽工人儿难；正月里上工十月里满，受的牛马苦，吃的猪狗饭……"他唱着，给牛添草。破老汉一肚子歌。

小时候就知道陕北民歌。到清平湾不久，干活歇下的时候我们就请老乡唱，大伙都说破老汉爱唱，也唱得好。"老汉的日子熬煎咧，人愁了才唱得好山歌。"确实，陕北的民歌多半都有一种忧伤的调子。但是，一唱起来，人就快活了。有时候赶着牛出村，破老汉憋细了嗓子唱《走西口》："哥哥你走西口，小妹妹也难留，手拉着哥哥的手，送哥到大门口。走路你走大路，再不要走小路，大路上人马多，来回解忧愁……"场院的婆姨、女子们嘻嘻哈哈地冲我嚷："让老汉儿唱个《光棍哭妻》嘛，老汉儿唱得可美！"破老汉只作没听见，调子一转，唱起了《女儿嫁》："一更里叮当响，小哥哥进了我的绣房，娘问女孩儿什么响，西北风刮得门闪响嘛哎哟……"往下的歌词就不宜言传了。我和老汉赶着牛走出很远了，还听见婆姨、女子们在场院上骂。老汉冲我眨眨眼，撅一条柳条，赶着牛，唱一路。

破老汉只带着个七八岁的小孙女过。那孩子小名儿叫"留小儿"。两口人的饭常是她做。

把牛赶到山里，正是晌午。太阳把黄土烤得发红，要冒火似的。草丛里不知名的小虫子"嗞——嗞——"地叫。群山也显得疲乏，无精打采地互相挨靠着。方圆十几里内只有我和破老汉，只有我们的吆牛声。哪儿有泉水，破老汉都知道：几镢头挖成一个小土坑，一会儿坑里就积起了水。细珠子似的小气泡一串串地往上冒，水很小，又凉又甜。"你看下我来，我也看下你……"老汉喝水，抹抹嘴，扯着嗓子又唱一句。不知道他又想起了什么。

夏天拦牛可不轻闲，好草都长在田边，离庄稼很近。我们东奔西跑地吆喝着，骂着。破老汉骂牛就像骂人，爹、娘、八辈祖宗，骂得那么亲热。稍不留神，哪个狡猾的家伙就会偷吃了田苗。最讨厌的是破老汉喂的那头老黑牛，称得上是"老谋深算"。它能把野草和田苗分得一清二楚。它假装吃着田边的草，慢慢接近田苗，低着头，眼睛却溜着我。我看着它的时候，田苗离它再近它也不吃，一副廉洁奉公的样儿；我刚一回头，它就趁机啃倒一棵玉米或高粱，掉头便走。我识破了它的诡计，它再接近田苗时，假装不看它，等它确信无虞把舌头伸向禁区之际，我才大吼一声。老家伙趔趔趄趄地后退，既惊慌又愧悔，那样子倒有点可怜。

　　陕北的牛也是苦，有时候看着它们累得草也不想吃，"呼哧呼哧"喘粗气，身子都跟着晃，我真害怕它们趴架。尤其是当年那些牛争抢着去舔地上渗出的盐碱的时候，真觉得造物主太不公平。我几次想给它们买些盐，但自己嘴又馋，家里寄来的钱都买鸡蛋吃了。

　　每天晚上，我和破老汉都要在饲养场上待到十一二点，一遍遍给牛添草。草添得要勤，每次不能太多。留小儿跟在老汉身边，寸步不离。她的小手绢里总包两块红薯或一把玉米粒。破老汉用牛吃剩下的草疙节打起一堆火，干的"噼噼啪啪"响，湿的"嗞嗞"冒烟。火光照亮了饲养场，照着吃草的牛，四周的山显得更高，黑魆魆的。留小儿把红薯或玉米埋在烧尽的草灰里；如果是玉米，就得用树枝拨来拨去，"啪"地一响，爆出了一个玉米花。那是山里娃最好的零嘴儿了。

　　留小儿没完没了地问我北京的事。"真个是在窑里看电影？""不是窑，是电影院。""前回你说是窑里。""噢，那是电视。一个方匣匣，和电影一样。"她歪着头想，大约想象不出，又问起别的。"啥时想吃肉，就吃？""嗯。""玄谎！""真的。""成天价想吃呢？""那就成天价吃。"这些话她问过好多次了，也知道我怎么回答，但还是问。"你说北京人都不爱吃白肉？"她觉得北京人不爱吃肥肉，很奇怪。她仰着小脸儿，望着天上的星星；北京的神秘，对她来说，不亚于那道银河。

"山里的娃娃什么也解不开。"破老汉说。破老汉是见过世面的，他三七年就入了党，跟队伍一直打到广州。他常常讲起广州：霓虹灯成宿地点着、广州人连蛇也吃、到处是高楼、楼里有电梯……留小儿听得觉也不睡。我说："城里人也不懂得农村的事呢。""城里人解开个狗吗？"留小儿问，"咯咯"地笑。她指的是我们刚到清平湾的时候，被狗追得满村跑。"学生价连犍牛和生牛也解不开，"留小儿说着去摸摸正在吃草的牛，一边数叨，"红犍牛、猴犍牛、花生牛……爷！老黑牛怕是难活下了，不肯吃！""它老了，熬了。"老汉说。山里的夜晚静极了，只听得见牛吃草的"沙沙"声，蛐蛐叫，有时远处还传来狼嗥。破老汉有把破胡琴，"吱吱嘎嘎"地拉起来，唱："一九头上才立冬，阎王领兵下河东，幽州困住杨文广，年太平，金花小姐领大兵……"把历史唱了个颠三倒四。

留小儿最常问的还是天安门。"你常去天安门？""常去。""常能照着毛主席？""哪的来，我从来没见过。""咦？！他就生在天安门上，你去了会照不着？"她大概以为毛主席总站在天安门上，像画上画的那样。有一回她趴在我耳边说："你冬里回北京把我引上行不？"我说："就怕你爷爷不让。""你跟他说说嘛，他可相信你说的了。盘缠我有。""你哪儿来的钱？""卖鸡蛋的钱，我爷爷不要，都给了我，让我买褂褂儿的。""多少？""五块！""不够。""嘻——我哄你，看，八块半！"她掏出个小布包，打开，有两张一块的，其余全是一毛、两毛的。那些钱大半是我买了鸡蛋给破老汉的。平时实在是饿得够呛想解解馋，也就是买几个鸡蛋。我怎么跟留小儿说呢？我真想冬天回家时把她带上。可就在那年冬天，我病厉害了。

其实，喂牛没什么难的，用破老汉的话说，只要勤谨，肯操心就行。喂牛，苦不重，就是熬人，夜里得起来好几趟，一年到头睡不成个囫囵觉。冬天，半夜从热被窝里爬出来的滋味可不是好受的。尤其五更天给牛拌料，牛埋下头吃得香，我坐在牛槽边的青石板上能睡好几觉。破老汉在我耳边叨唠：黑市的粮价又涨了，合作社来了花条绒，留小儿的袄烂得露了花……我"哼哼哈哈"地应着，刚梦见全聚德的烤鸭，又忽然掉进了什刹海的冰窟窿，打了个冷战醒了，破老汉还没唠叨完。"要不回窑睡去吧，二次料我给你拌上。"老汉说。天上划过一道亮光，是流星。月亮也躲进了山谷。星星和山峦，不知是谁望着谁，或者谁忘了谁。"这营生不是后生家做的，后生家正是好睡觉的时候。"破老汉说，然后"唉，唉——"地发着感慨。我又迷迷糊糊地入了梦乡。

碰上下雨下雪，我们俩就躲进牛棚。牛棚里尽是粪尿，连打个盹的地方也没有。那时候我的腿和腰就总酸疼。"倒运的天！"破老汉骂，然后对我说，"北京够咋美，偏来这山沟沟里做什么嘛。""您那时候怎么没留在广州？"我随便问。他抓抓那几根黄胡子，用烟锅儿在烟荷包里不停地剜，瞪着眼睛愣半天，说："咋！让你把我问着了，我也不晓得咋价日鬼的。"然后又愣半天，似乎回忆着到底是什么原因。"唉，尿毛擀不成个毡，山里人当不成个官。"他说,"我那阵儿要是不回来,这阵儿也住上洋楼了,也把警卫员带上了。山里人憨着咧,只要打罢了仗就回家,哪搭儿也不胜窑里好。尿!要不,我的留小儿这阵儿还愁穿不上个条绒袄儿?"

每回家里给我寄钱来,破老汉总嚷着让我请他抽纸烟。

"行!"我说,"'牡丹'的怎么样?""唏——'黄金叶'的就拔尖了!""可有个条件,"我凑到他耳边,"得给后沟里的送几根去。""憨娃娃!"他骂。"后沟里的"指的是住在后沟里的一个寡妇,比破老汉小十九岁,村里人都知道那寡妇对破老汉不错。老汉抽着纸烟,望着远处。我也唱一句:"你看下我来,我也看下你……"递给他几根纸烟,向后沟的方向示意。他不言传,笑眯眯地不知道想了什么。末了,他把几根纸烟装进烟尚包,说:"留小儿大了嫁到北京去呀!"说罢笑笑,知道那是不沾边儿的事。

在后山上拦牛的时候,远远地望着后沟里的那眼土窑洞,我问破老汉:"那婆姨怎么样?""亮亮妈,人可好。"他说。我问:"那你干嘛不跟她过?""唏——老了老了还……"他打岔,"算了吧!"我说:"那你夜里常往她窑里跑。"我其实是开玩笑。"咦!不敢瞎说!"他装得一本正经。我诈他:"我都看见了,你还不承认!"他不言传了,尴尬地笑着。其实我什么也没看见。

破老汉望着山脚下的那眼窑洞。窑前,亮亮妈正费力地劈着一圪瘩树根;一个男孩子帮着她劈,是亮亮。"我看你就把她娶了吧,她一个人也够难的。再说就有人给你缝衣裳了。""唉,丢下留小儿谁管？""一搭里过嘛！""她的亮亮也娇惯得危险，留小儿要受气呢。后妈总不顶亲的。""什么后妈，留小儿得管她叫奶奶了。""还不一样？"山里没人，我们敞开了说。亮亮家的窑顶上冒起了炊烟。老汉呆呆地望着，一缕蓝色的轻烟在山沟里飘绕。小学校放学的钟声"当当"地敲响了。太阳下山了，收工的人们扛着锄头在暮霭中走。拦羊的也吆喝着羊群回村了，大羊喊，小羊叫，"咩咩"地响成一片。老汉还是呆呆地坐着，闷闷地抽烟。他分明是心动了，可又怕对不起留小儿。留小儿的大①死得惨，平时谁也不敢向破老汉问起这事，据说，老汉一想起就哭，自己打自己的嘴巴。听说，都是因为破老汉舍不得给大夫多送些礼，把儿子的病给耽误了；其实，送十来斤米或者面就行。那些年月啊！

　　秋天，在山里拦牛简直是一种享受。庄稼都收完了，地里光秃秃的，山洼、沟掌里的荒草却长得茂盛。把牛往沟里一轰，可以躺在沟门上睡觉；或是把牛赶上山，在山下的路口上坐下，看书。秋山的色彩也不再那么单调：半崖上小灌木的叶子红了，杜梨树的叶子黄了，酸枣棵子缀满了珊瑚珠似的小酸枣……尤其是山坡上绽开了一丛丛野花，淡蓝色的，一丛挨着一丛，雾蒙蒙的。灰色的小田鼠从黄土坷垃后面探头探脑；野鸽子从悬崖上的洞里钻出来，"扑棱棱"飞上天；野鸡"咕咕嘎嘎"地叫，时而出现

---

① 大：爹。

在崖顶上，时而又钻进了草丛……我很奇怪，生活那么苦，竟然没人逮食这些小动物。也许是因为没有枪，也许是因为这些鸟太小也太少，不过多半还是因为别的。譬如：春天燕子飞来时，家家都把窗户打开，希望燕子到窑里来做窝；很多家窑里都住着一窝燕儿，没人伤害它们。谁要是说燕子的肉也能吃，老乡们就会露出惊讶的神色，瞪你一眼："咦！燕儿嘛！"仿佛那无异于亵渎了神灵。

种完了麦子，牛就都闲下了，我和破老汉整天在山里拦牛。老汉闲不着，把牛赶到地方，跟我交代几句就不见了。有时忽然见他出现在半崖上，奋力地劈砍着一棵小灌木。吃的难，烧的也难，为了一把柴，常要爬上很高很陡的悬崖。老汉说，过去不是这样，过去人少，山里的好柴砍也砍不完，密密匝匝的，人也钻不进去。老人们最怀恋的是红军刚到陕北的时候，打倒了地主，分了地，单干。"才红了那阵儿，吃也有得吃，烧也有得烧，这咋会儿，做过啦^①！"老乡们都这么说。真是，"这咋会儿"，迷信活动倒死灰复燃。有一回，传说从黄河东来了神神，有些老乡到十几里外的一个破庙去祷告，许愿。破老汉不去。我问他为什么，他皱着眉头不说，又哼哼起《山丹丹开花红艳艳》。那是才红了那阵儿的歌。过了半天，使劲磕磕烟袋锅，叹了口气："都是那号婆姨闹的！""哪号？"我有点明知故问。他用烟袋指指天，摇

---

① 做过啦：弄糟了。

摇头，撇撇嘴："那号婆姨，我一照就晓得……"如此算来，破老汉反"四人帮"要比"四五"运动早好几年呢！

在山里，有那些牛做伴即便剩我一个人，也并不寂寞。我半天半天地看着那些牛，它们的一举一动都意味着什么，我全懂。平时，牛不爱叫，只有奶着犊子的生牛才爱叫。太阳一偏西，奶着犊儿的生牛就急着要回村了，你要是不让它回，它就"哞——哞——"地叫个不停，急得团团转，无心再吃草。

有一回，我在山洼洼里，睡着了，醒来太阳已经挨近了山顶。我和破老汉吆起牛回村，忽然发现少了一头。山里常有被雨水冲成的暗洞，牛踩上就会掉下去摔坏。破老汉先也一惊，但马上看明白，说："没麻搭，它想儿了，回去了。"我才发现，少了的是一头奶犊儿的生牛。离村老远，就听见饲养场上一声声牛叫了，儿一声，娘一声，似乎一天不见，母子间有说不完的贴心话。牛不老[①]在母亲肚子底下一下一下地撞，吃奶，母牛的目光充满了温柔、慈爱，神态那么满足，平静。我喜欢那头母牛，喜欢那只牛不老。我最喜欢的是一头红犍牛，高高的肩峰，腰长腿壮，单套也能拉得动大步犁。红犍牛的犄角长得好，又粗又长，向前弯去；几次碰上邻村的牛群，它都把对方的首领顶得败阵而逃。我总是多给它拌些料，犒劳它。但它不是首领。最讨厌的还是那头老黑牛，不仅老奸巨猾，而且专横跋扈，双套它也会气喘

---

① 牛不老：牛犊。

吁吁，却占着首领的位置。遇到外"部落"的首领，它倒也勇敢，但不下两个回合，便跑得比平时都快了。那头老生牛就好，虽然比老黑牛还老，却和蔼得很，再小的牛冲它伸伸脖子，它也会耐心地为之舔毛……和牛在一起，也可谓其乐无穷了，不然怎么办呢？方圆十几里内看不见一个人，全是山。偶尔有拦羊的从山梁上走过，冲我呐喊两声。黑色的山羊在陡峭的岩壁上走，如走平地，远远看去像是悬挂着的棋盘；白色的绵羊走在下边，是白棋子。山沟里有泉水，渴了就喝，热了就脱个精光，洗一通。那生活倒是自由自在，就是常常饿肚子。

破老汉有个弟弟，我就是顶替了他喂牛的。据说那人奸猾，偷牛料；头几年还因为投机倒把坐过县大狱。我倒不觉得那人有多坏，他不过是蒸了白馍跑到几十里外的水站上去卖高价，从中赚出几升玉米、高粱米。白面自家舍不得吃。还说他捉了乌鸦，做熟了当鸡卖，而且白馍里也掺了假。破老汉看不上他弟弟，破老汉佩服的是老老实实的受苦人。

一阵山歌，破老汉担着两捆柴回来了。"饿了吧？"他问我。"我把你的干粮吃了。"我说。"吃得下那号干粮？"他似乎感到快慰，他"哼哼唉唉"地唱着，带我到山背洼里的一棵大杜梨树下。"咋吃！"他说着爬上树去。他那年已经五十六岁了，看上去还要老，可爬起树来却比我强。他站在树上，把一杈杈结满了杜梨的树枝撅下来，扔给我。那果实是古铜色的，小指盖儿大小，上面有黄色的碎斑点，酸极了，倒牙。

　　老汉坐在树杈上吃，又唱起来："对面价沟里流河水，横山里下来些游击队……"那是《信天游》。老汉大约又想起了当年。他说他给刘志丹抬过棺材，守过灵。别人说他是吹牛。破老汉有时是好吹吹牛。"牵牛牛开花羊跑春，二月里见罢到如今……"还是《信天游》。我冲他喊："不是夜来黑喽①才见罢吗？""憨娃娃，你还不赶紧寻个婆姨？操心把'心儿'耽误下！"他反唇相讥。"后沟里的可会迷男人？""咦！亮亮妈，人可好！""这两捆柴，敢是给亮亮妈砍的吧？""谁情愿要，谁扛去。"这话是真的，老汉穷，可不小气。

　　有一回我半夜起来去喂牛，借着一缕淡淡的月光，摸进草窑。刚要揽草，忽然从草堆里站起两个人来，吓得我头皮发麻，不禁喊了一声，把那两个人也吓得够呛。一个岁数大些的连忙说："别怕，我们是好人。"破老汉提着个马灯跑了过来，以为是有了狼。那两个人是瞎子说书的，从绥德来。天黑了，就摸进草窑，睡了。破老汉把他们引回自家窑里，端出剩干粮让他们吃。陕北有句民谣："老乡见老乡，两眼泪汪汪。"老汉和两个瞎子长吁短叹，唠了一宿。

　　第二天晚上，破老汉操持着，全村人出钱请两个瞎子说了一回书。书说得乱七八糟，李玉和也有，姜太公也有，一会儿是伍子胥一夜白了头，一会儿又是主席语录。窑顶上，院墙上，磨盘上，

――――――――――――
① 夜来黑喽：昨天晚上。

坐的全是人，都听得入神。可说的是什么，谁也含糊。人们听的那么个调调儿。陕北的说书实际是唱，弹着三弦儿，哀哀怨怨地唱，如泣如诉，像是村前汩汩而流的清平河水。河水上跳动着月光。满山的高粱、谷子被晚风吹得"沙沙"响，时不时传来一阵响亮的驴叫。破老汉搂着留小儿坐在人堆里，小声跟着唱。亮亮妈带着亮亮坐在窑顶上，穿得齐齐整整。留小儿在老汉怀里睡着了，她本想是听完了书再去饲养场上爆玉米花的，手里攥着那个小手绢包儿。山村里难得热闹那么一回。

我倒宁愿去看牛顶架，那实在也是一项有益的娱乐，给人一种力量的感受，一种拼搏的激励。我对牛打架颇有研究。

二十头牛（主要是那十几头犍牛、公牛）都排了座次，当然不是以姓氏笔画为序，但究竟根据什么，我一开始也糊涂。我喂的那头最壮的红犍牛却敬畏破老汉喂的那头老黑牛。红犍牛正是年轻力壮的时候，肩峰上的肌肉像一座小山，走起路来步履生风，而老黑牛却已显出龙钟老态，也瘦，只剩了一副高大的骨架。然而，老黑牛却是首领。遇上有哪头母牛发了情，老黑牛便几乎不吃不喝地看定在那母牛身旁，绝不允许其他同性接近。我几次怂恿红犍牛向它挑战，然而只要老黑牛晃晃犄角，红犍牛便慌忙躲开。我实在憎恨老黑牛的狂妄、专横，又为红犍牛的怯懦而生气。后来我才知道，牛的排座次是根据每年一度的角斗，谁夺了魁，便在这一年中被尊崇为首领，享有"三宫六院"的特权，即便它在这一年中变得病弱或衰老，其他的牛也仍为它当年的威风所震慑，不敢贸然不恭。习惯势力到处在起作用。可是，一开春就不同了，闲了一冬，十几头犍牛、公牛都积攒了气力，是重新较量、争魁的时候了。"男子汉"们各自权衡了对手和自己的实力，自然地推举出一头（有时是两头）体魄最大，实力最强的新秀，与前冠军进行决赛。那年春天，我的红犍牛处在新秀的位置上，开始对老黑牛有所怠慢了。我悄悄促成它们决斗，把它们引到开阔的河滩上去（否则会有危险）。这事不能让破老汉发觉，否则他会骂。一开始，红犍牛仍有些胆怯，老黑牛尚有余威。但也许是春天的母牛们都显得愈发俊俏吧，红犍牛终于受不住异性的吸引或是轻蔑，"哞——哞——"地叫着向老黑牛挑战了。它们拉开了架势，对峙着，用蹄子刨土，瞪红了眼睛，慢慢地接近，接近……猛地扭打到一起。这时候需要的是力量，是勇气。犄角的形状起很大作用，倘是两只粗长而向前弯去的角，便极有利，左右一晃就会顶到对方的虚弱处，然而，红犍牛和老黑牛都长了这样两只角。这就要比机智了。前冠军毕竟老朽了，过于相信自己的势力和威风，新秀却认真、敏捷。红犍牛占据了有利地形（站在高一些的地方比较有利），逼得老黑牛步步退却，只剩招架之功。红犍牛毫不松懈，瞧准机会把头一低，一晃一冲，顶到了对方的脖子。老黑牛转身败走，红犍牛追上去再给老首领的屁股上加一道失败的标记。第一回合就此结束。这样的较量通常是五局三胜制或九局五胜制。新秀连胜几局，元老便自愿到一旁回忆自己当年的骁勇去了。

为了这事，破老汉阴沉着脸给我看。我笑嘻嘻地递过一根纸烟去。他抽着烟，望着老黑牛屁股上的伤痕，说："它老了呀！它救过人的命……"

据说，有一年除夕夜里，家家都在窑里喝米酒，吃油馍，破老汉忽然听见牛叫、狼嗥。他想起了一头出生不久的牛不老，赶紧跑到牛棚。好家伙，就见这黑牛把一只狼顶在墙旯儿里，黑牛的脸被狼抓得流着血，但它一动不动，把犄角牢牢地插进了狼的肚子。老汉打死了那只狼，卖了狼皮，全村人抽了一回纸烟。

"不，不是这。"破老汉说，"那一年村里的牛死的死，杀的杀（他没说是哪年），快光了。全凭好歹留下来的这头黑牛和那头老生牛，村里的牛才又多起来。全靠了它，要不全村人倒运吧！"破老汉摸摸老黑牛的犄角。他对它分外敬重。"这牛死了，可不敢吃它的肉，得埋了它。"破老汉说。可是，老黑牛最终还是被人拖到河滩上杀了。那年冬天，老黑牛不小心踩上了山坡上的暗洞，摔断了腿。牛被杀的时候要流泪，是真的。只有破老汉和我没有吃它的肉。那天村里处处飘着肉香。老汉呆坐在老黑牛空荡荡的槽前，只是一个劲抽烟。

我至今还记得这么件事：有天夜里，我几次起来给牛添草，都发现老黑牛站着，不卧下。别的牛都累得早早地卧下睡了，只有它喘着粗气，站着。我以为它病了。走进牛棚，摸摸它的耳朵，这才发现，在它肚皮底下卧着一只牛不老。小牛犊正睡得香，响着均匀的鼾声。牛棚很窄，各有各的"床位"，如果老黑牛卧下，就会把小牛犊压坏。我把小牛犊赶开（它睡的是"自由床位"），老黑牛"扑通"一声卧倒了。它看着我，我看着它。它一定是感激我了，它不知道谁应该感激它。

那年冬天我的腿忽然用不上劲儿了，回到北京不久，两条腿都开始萎缩。

住在医院里的时候，一个从陕北回京探亲的同学来看我，带来了乡亲们捎给我的东西：小米、绿豆、红枣儿、芝麻……我认出了一个小手绢包儿，我知道那里头准是玉米花。那个同学最后从兜里摸出一张十斤的粮票，说是破老汉让他捎给我的。粮票很破，渍透了油污，中间用一条白纸相连。

"我对他说这是陕西省通用的。在北京不能用，破老汉不信，说：'咦！你们北京就那么高级？我卖了十斤好小米换来的，咋啦不能用？！'我只好带给你。破老汉说你治病时会用得上。"

唔，我记得他儿子的病是怎么耽误了的，他以为北京也和那儿一样。

十年过去了。前年留小儿来了趟北京，她真的自个儿攒够了盘缠！她说这两年农村的生活好多了，能吃饱，一年还能吃好多回肉。她说，黑肉真的还是比白肉好吃些。

"清平河水还流吗？"我糊里巴涂地这样问。

"流哩嘛！"留小儿"咯咯"地笑。

"我那头红犍牛还活着吗？"

"在哩！老下了。"

　　我想象不出我那头浑身是劲儿的红犍牛老了会是什么样，大概跟老黑牛差不多吧，既专横又慈爱……

　　留小儿给她爷爷买了把新二胡。自己想买台缝纫机可没买到。

　　"你爷爷还爱唱吗？"

　　"一天价瞎唱。"

　　"还唱《走西口》吗？"

　　"唱。"

　　"《揽工调》呢？"

　　"什么都唱。"

　　"不是愁了才唱吗？"

　　"咦？！谁说？"

　　关于民歌产生的原因，还是请音乐家和美学家们去研究吧。我只是常常记起牛群在土地上舔食那些渗出的盐的情景，于是就又想起破老汉那悠悠的山歌："崖畔上开花崖畔上红，受苦人过得好光景……"如今，"好光景"已不仅仅是"受苦人"的一种盼望了。老汉唱的本也不是崖畔上那一缕残阳的红光，而是长在崖畔上的一种野花，叫山丹丹，红的，年年开。

　　哦，我的白老汉，我的牛群，我的遥远的清平湾……

桑树坪纪事（节选）

/// 朱晓平

金斗

出差去四川，正碰上宝成铁路故障，我被阻在宝鸡。

入夜，我漫步在这秦西重镇的街头，看秦岭巍峨苍茫，渭水哗哗东流，我的心头不由一热，这地方离我插队的小村桑树坪不远了。

往北翻过岐山，再行百多里，就是我日夜思念的小山村：黄土坡梁黄土窑洞，塬上有飘香的金黄麦垄，沟里有清清溪水和青翠的梢林，塬畔是挺拔的钻天杨，那叶片儿总是沙啦啦唱个不停。还有……还有山坡上脆响的羊鞭和牧羊人悠扬的山歌：

羊儿嘛吃草往东坡去哩，

东坡嘛有妹子等着哥哩……

离开小村十多年了，她如今是什么模样？我多想再看她一眼。可是，我更想见到的，却是那个生产队长李金斗。

第二天一早，我便踏上了去桑树坪的路。

你说怪不怪，一个人时刻牵动着你的情怀，搅动着你的心绪，却又让你说不清道不明。这个李金斗，跟我打了两年的交道，叫我怎么说他才好呢？

一九六八年三月，我插队到了林游。

这是关中西北部山区一个贫瘠、闭塞的县份。汽车把我们扔在山根下一所破破烂烂的中学操场，扭屁股就开走了。司机们不愿意在这冷寂荒凉的地方过夜；而我们，从此要在这里安家落户。

山区的三月天气还凉，正午的日头也显得无精打采没有生气。我们不言不语等着，抬头望去，林游小县城就在山上。

这一带没有很大的村落，多是八九十来户人家的小村。知青分得很散，一村至多两三个。到下午三四点光景，各村派人来把分给他们的知青陆续接走了。天快落黑的时候，操场上只剩下我孤零零一个人。我要去的桑树坪不见有人来。

我只好给县安置办公室去电话。他们说，桑树坪离县城四十多里，怕是接到通知晚了，安排我去县革委会招待所住一夜，等明天再说。

　　躺在招待所潮湿的被窝里，又凉又臭，气味让人作呕。跟虱子跳蚤打了一夜交道，几乎整夜没合眼，又烦又躁。火气上来了，仗着当时年轻气盛胆子大，天刚透点亮我便起身，准备买六点半的长途汽车票，绕道宝鸡开小差回西安去。

　　我急冲冲拉开招待所的大门，一脚踩着个软绵绵的东西，差点把我绊到台阶下去。那堆东西也发出哎哟一声惊叫。我吓了一跳，原来是个人。他身边堆满着从街上捡来的大字报纸。看样子，这个人昨晚是在招待所的门洞里过夜，用这堆废纸来挡御风寒的。

　　那人一骨碌爬起来。我们互相打量着。

　　这人有六十岁左右（后来我才知道自己眼力太差，山里人面相显老，他当时不过四十六岁），干巴巴的枯黄脸，几根枯黄的胡须，两只小眼睛总是滴溜溜转个不停。这人给我的第一个感觉是：面不善！再看他那身打扮，浑身上下破破烂烂，数不清黑裤黑袄上有多少五颜六色的补丁。

　　我踩了人家，惊醒了人家的好觉，按说应该给人家赔个不是才对。可看看这人的模样儿，不过是个露宿街头的叫花子。我扭身就想走。谁想那人打量这么一会儿，突然开口问：

　　"你是省里来的学生娃？"

　　"嗯！"

　　"可是去桑树坪？"

　　"对，咋样？"

　　"哎呀，我的婆，可寻着哩，叫我好找呀，我是来接你的！"

他一声惊叫，上来紧紧握住我的手，我赶忙把手抽回来。他的手简直是锉刀！

这个人就是李金斗。

桑树坪后半晌才接到公社转来的通知，金斗急忙往城里赶来接我，走到县城天已落黑。金斗在街上转几圈，又到县革委会的门房问了一声，没人认识我，也没人愿意搭理这个"叫花子"，金斗只好在招待所门洞里睡了一夜，想等天亮再说。

可以说，金斗是我所接触的第一个地道的农民。可他怎么也和我印象中的农民对不上号。我印象中的那农民形象是从哪里来的？

"你咋不住招待所？"我问他，心想这么个破破烂烂的地方是人人都能住的。

"这哪是咱住的地方。"

"那你住旅馆去嘛，街上多冷。"

金斗不言语，掏出烟袋点上，怕是觉着没必要回答我提出的这个问题，只说了句："城里的娃娃经见少，让我睡在这搭门洞里算不错，没撵我走哩……"说完再不吭气，只顾咽他的烟。后来我到了桑树坪才知道，金斗拼命干三天活路，也挣不下在旅馆大通铺上睡一夜的钱。

金斗圪蹴在那里只管抽烟。从这一刻起，一种复杂难言的感觉就开始缠绕在我心头。我想到金斗为了接我，在寒冷的夜里露宿街头，我那股子无名火也消了。

　　"走，咱去吃点饭再上路。"我向金斗发出邀请，许是为了报答他为我吃的苦。

　　"罢咧罢咧，我带着馍哩。"

　　任我怎么叫，金斗就是不跟我去吃饭。我忽然明白过来，这庄稼人怕是没明白我的意思。于是我说："我出钱请你客！"

　　这一句果然灵。金斗赶忙起身，嘴里说着："娃娃家还客气啥哩。"一边先我之前往街上的饭馆走去。

　　我们走进街口一家开市早的小饭铺，我掏出钱和粮票刚要去开票，金斗上前一把夺过去，说："你寻个地方坐着，我去给咱开票。"我便坐下来，脑子里又开始胡思乱想。

　　小饭铺只卖一种饭食，关中风味的"红肉煮馍"五毛钱半斤粮票一份，连馍带汤一大海碗，上面有几块肥腻腻的红烧肉。

　　我无意朝煮馍的大锅那里溜了一眼，立刻就发现金斗在搞鬼。他刚才没有买饭铺里的馍，只开了一份汤的票，他把自己带来的干粮分到两个碗里，再用一份汤煮成两份。那么，省下的七毛钱和一斤粮票呢？金斗再没有对我提起，不用说是装进自己的腰包了。

　　初次见面，金斗就欺生耍小心眼儿，我有点气。可是从早上我认识了他，心里就有一种难言的怪滋味，说不清是反感还是怜悯，火始终发不起。这时我才想起来，我印象中的农民形象，是从电影里、画报上和小说中得来的，李金斗和这样的农民，其间没有等号，因为一个是艺术中的农民形象，一个是现实中的农民。

金斗只能算是印象中属叫花子那一类人中间的一个。过去见了叫花子，我总会问大人："他们为啥要饭吃呀？"

"这些人不好好劳动，出来不劳而获。好好参加生产的人，是不会出来要饭的……"不管哪个大人，总是给我这样的回答。我可怜叫花子，也反感他们向人伸出污脏的手。那么对金斗呢？既然我印象中已经把他划到这一类人中间，跟前的事也只当没看见算了。

金斗端着两海碗煮馍过来，热气腾腾。我闭着眼扒了几口，尽管汤又辣又香又浓，也掩不住金斗的干粮发出的一股霉馊的糠麸子的气味。金斗吃得香极了，脸几乎是埋进碗里，不喘气把一海碗赶进肚子。吃完才抬头，见我放下筷子呆坐着。

"咋不吃，咱还有几十里路呢！"

"我不饿。"

"唉，城里人的嘴娇，这么好的红肉煮馍都吃不下咧！"金斗一边发着感慨，一边不由分说把我剩下的大半碗三下五除二送进肚。

吃完饭，金斗抹嘴，咂烟，打饱嗝……显得舒服极了。

我去招待所取来行李，大小六七件，足有二百斤。金斗惊呼："我的婆！一个娃娃这么多东西，赶上我全家了。"他用皮绳把两件必须用的大行李卷捆好背上，还有一口帆布箱子实在拿不了，金斗说："你先找地方放下，过几天我叫人来取。"（过了几天，他派了一个叫王志科的人来。）我只提着两个装杂物的小网兜，踏上了去桑树坪的路。

林游山里的早春季节，岭上坡上、枝头树梢现出点点嫩绿，铺展开来，山与水全是一片赏心悦目的春意。我心里那股不怎么舒服的感觉让这盎然春意冲淡了，这地方真美。

百十斤重的东西压在金斗背上，如同背了一捆灯草，金斗的步子迈得又快又稳又轻松，我不由佩服起来。

不言不语行了几里路。赶路人最怕寂寞，金斗便开口跟我搭话。

"学生娃，吃饱饭没事到这搭穷沟沟来干啥？"

"接受贫下中农再教育。"我回答。

"对咧对咧！说得个好听，你当我庄稼人都是傻子？我知道，你这些娃娃成天在城里造反呀夺权呀！保不准把哪个脑系（当官的）得罪下了，明着不整治你们，罚到穷沟沟里来受屈。"

我不明白这李金斗是从哪个角度来理解上山下乡运动的。不过我到林游刚一天，就能感觉到，人们都把我们这些插队知青看成是一只虎，好像随时都会扑上去咬人一口。我们走到哪里，人们都是用七分怕三分闹不清白的眼光看着我们。这也难怪，庄稼人怕官，而我们这些知青，是把城里那些大大小小的"脑系"们打翻在地的人。

金斗接着又说："你们胡折腾够了，脑系们惹不起又养不下你们，把你们又弄到这搭，来夺我们庄稼人的衣食来啊。唉，说来说去，还是我庄稼人最可怜啊……"

金斗说完不言语了。原来，在他们心目中，上山下乡运动是夺庄稼人衣食的！我们彼此还生分，说话不那么投机。而且，金斗看问题又跟我格格不入，我们不再说什么，闷头朝前赶路。

人走热了，等进了沟，清凉凉的山风贴着沟底扑面而来，舒服极了。金斗不甘寂寞，放开嗓子唱起"乱弹"（秦腔）：

> 山坡上草青青花香醉人，
> 惹得我小女子怀里藏春，
> 九曲桥走过来一俏书生，
> 赛宋玉比潘安不由心动……

金斗是沙哑的闷葫芦老腔子，唱的却是细绵绵的生生郎（小生）调。看他那一身叫花子打扮，再听他拿腔拿调打喉咙眼里憋出来的戏词，我不由笑了。这个李金斗怪有意思，怕就是农村里那种闲汉二流子。

四十里山路不知不觉过去，翻过豆荚沟，我看到了小村桑树坪。

走进桑树坪，这个李金斗可就不是刚才的那个李金斗了。

我们刚进村，打塄上走过来一个精壮的汉子。金斗看见这人就大声喊，话里还带着粗鲁的脏字。

"贵全，你妈的 × 眼瞎咧，不赶紧来接我一把……"那汉子听见，一溜小跑到金斗身边，把金斗背上的东西接下来。

"送到西窑里去,给你四妈说一声,快给这学生娃弄饭吃!"那汉子背起行李,俯首帖耳的模样,走了。

这个金斗,跟刚才判若两人。进了桑树坪,就像"山大王"回到自己的山寨,说话虎虎有生气。我们往西窑去的路上,遇到的人都有点恭顺地同他打着招呼。金斗呢,背着手,叼着烟袋,边走边指手画脚,咋咋呼呼,一句话就有一串串脏字。

"一晌午忙啥活路?"他顺嘴问一个社员。

"拉肥哩。"

"几车?"

"十几车。"

"你妈的 ×,一晌拉十几车?"

"还给牲口拉了一车料哩。"

"日你的先人,后晌要把肥送完!"

我这才知道,李金斗是桑树坪的生产队长。

桑树坪村子不大,只有十来户人家。可金斗俨然一方土地,说话很有权威。村里不管男女老少,言听计从,都要看他的眼色行事。金斗说一不二。

原来,这个小村除了一户人家之外,其他全姓李,一姓一族。金斗上面除了有一个叫李言的爸(关中人把叔伯称爸),再就是他的一个叔伯哥李金盛。村里人很讲究辈分,宗法观念很重,再者,金斗自打解放就当村干部,把这个小村治理得井井有条。

我想起初次见金斗时产生的印象,真觉得怪好笑。

　　我实在想不出一个人只凭辈分和资格能换来这么高的威望。若看看村里人对他服服帖帖的样子，里面绝对没有半点的虚假和勉强。

　　在当时那个动乱的年月，还有这样一个说话极管用的农村基层干部，金斗凭的是什么？

　　慢慢去了解吧，因为从此时，我就算桑树坪的一户人家了。

　　进村后我歇了两天，收拾一下住处。第三天早上，出工的钟声一响，我就随大伙起身下地。

　　社员们聚拢到村口大榆树下，金斗早就在那里等着。他头也不抬，圪蹴着咂烟。社员早就对我说过，桑树坪自打合作化，出工的钟就是金斗打，十来年不论风雨寒暑一天不落。

　　他打完钟就咂一袋烟，咂完烟便张三李四分派活路，分完自己也跟着下地。若是他咂完烟谁还不到，金斗也不管不等，他不给谁分派活路，这个人便是主动去干了，一晌工也不给记。当然，出工迟到在桑树坪是极少见到的。

　　果然，金斗咂完烟，立起来三言两语就把活路派定了。谁干什么出言即定，纹丝不乱，话出口连一个磕绊都不会打。可唯独没安排我干啥。

　　"队长，我干啥？"我只好开口问。

　　"你，"金斗看着我，只迟疑了几秒钟说，"你刚来，再歇两天。"

　　刚到农村，凡事都觉着新鲜，我不愿闲着。金斗没给我派活路，这是关心我，是好意，我心里很感动。

想起来我们学校早我两个月插队的同学曾说过，他们那里的村干部极差劲，一点都不让知青闲着，大清早总是先把知青喊起来，然后再喊社员下地。重活累活苦活全交给知青，连女同学来"例假"也要干重活。我问同学们这是因为什么，他们说，村里人总把知青看成是来抢他们嘴里的饭，不让知青拼出命来，村里人觉得亏得慌。

相比之下，我庆幸碰上个能体恤人的好队长。既然人关心我，我更不想闲着。金斗不派我活路，我便自己去找活路干。见人吆喝着牛耕地，我就凑上去想学；见人撒苞谷种，我也跟着……

可我发现，人们对我的这种积极性和热情并不欣赏，对我的态度很反常，处处总在躲着我。好像队长不给我派活路，社员们就不敢让我干。他们不是装着无意把我挤出地垄，就是不让我用农具。

我闹不清这是怎么回事，只觉得，金斗在村里人心目中的威望实在至高无上。谁让我干活，就是对金斗不敬，就好像有什么惩罚在等着。

没办法，我只好借了一把长柄木椎，跟在一群婆娘娃娃后边去打土坷垃。干这活路，才没有人想挤兑我了。

我打了三天的土坷垃，就赶上队里的评工会。

队里的规矩，每三个月评一回工分，就是按每个人体力强弱和技术高低评工分等级。

能干苦重活路和庄稼手艺精到的是全劳，村里叫他们壮劳。

这样的劳力一般都在九分工以上。以此类推，六分工以下是半劳力，一般都是些老汉儿和老婆儿或十四五的娃娃，因为这些人本来就可干可不干。

桑树坪村子小，能下地干活的就那么几十口，谁有多大能耐都清楚，这评工会不过是走走形式。

不到一顿饭工夫，一个个都评了过去。方法是大家先发言，某某人能评多少，最后金斗说一句"差不多咧"，就算一锤定音。

没有一个人为自己所评定的工分表示不满意。因此，在我感觉里，这次评工会如果不是因为村里又多了个我，恐怕就不用开，只由金斗给每个人定下来就行了。

由于我，这个会才开，而且还让我见识了一下金斗的工作方法和桑树坪"民主集中制"的好传统。

轮到给我评工的时候，冷场了，会场里没有一个人开口。

婆娘就着队里的灯油滋滋纳鞋底，汉子闷头只顾呷烟，谁也不开口，似乎有为难处，又像是等着金斗的什么命令。果然金斗先开了腔：

"大家还是发个言嘛，虽说人家学生娃家里有钱，不愁吃穿，也不在乎咱这几个穷工分，可现如今人家也是咱队里一个社员嘛！"金斗说完用眼睛扫视一下全场，婆娘赶忙收起针线，汉子也定神。

金斗先定下个基调，就是我"不在乎"这几个"穷工分"。于是，社员们便七嘴八舌发了言。

　　"娃这两天没做活路，先给五分工吧，下回评再说。"一个老者说。

　　"谁说人家没做活，这两天打圪垃，给五分半吧。"一个汉子说。

　　……

　　大家发了言，数目始终没超过五分半！简直把我闹了个不知所措。我满以为少说也能评八分，因为跟我干活的婆娘娃娃都在六分半以上，他们都可干上大半晌活就收工回家，做饭抱娃娃处理家务，同他们比我是全劳力。这种全劳力里面，只有几个像我这样的"小汉子"，其中一个是金盛的儿子福良。我在地头同福良较过气力，他几回输给我。福良可是八分工，再怎么说也不能低过这个数吧。我的确不在乎几个工分，只怕人小瞧了我。

　　我不服气，说："福良八分我才五分半，我的力气可比他大多了。"社员们哄的一声笑了。

　　"福良干活可比你细巧得多，庄稼活也讲究技术哩！"社员们七嘴八舌，我无言可对。这时，金斗用烟锅嘣嘣敲了几下桌子，会场顿时静了。

　　"错不多咧。咱们要多看人家的长处，干不动重活又没啥手艺，慢慢学嘛，我看给娃再加半分，六分吧！"

　　金斗一锤定音，也不会再有人争论了。我当时心里别提多感激金斗，他到底说了句公道话，要大家今后多看我的长处，还鼓励我慢慢学手艺，而且多加了我半分工。

从此，我就是桑树坪一个每天拿六分工的半劳力了。

评工的第二天，金斗就给我派了活路：用架子车往地里送肥。一人一辆车，连装带拉。从饲养室到地头，少说有一里路，而且地刚翻过，又松又软，车轮动一下都要拼命。绳子勒在肩头，一条又红又深火辣辣疼的印子。两晌活干下来，我腰酸腿疼。到后晌，我坐在车把上，简直就不想动一步。

放羊的李言老汉打坡上回来，经过我身旁，见我这副可怜模样，便对我说："娃娃，你还嫩，不知营生艰难，你看都是谁干这苦活路？"

我这才注意到，干这活路的，全是一天拿十分九分工的壮劳，唯独我一个半劳。辛苦干一天才六分，这是咋回事？

"金斗那灵勾子货，他日弄你哩！"日弄就是关中方言糊弄整治的意思。金斗日弄我啥呢？

李言老汉是村里的长者，即自年轻时就出外闯荡，解放后才从新疆回到桑树坪。他跟村里人的关系相处得很不好，也只有他敢有时说金斗个"不"字，怕就是因为这，村里人都拿他当外人对待。

经李言老汉点拨，我对评工的事才灵醒过来。原来，这全是一场欺生排外的戏。

当然，对桑树坪人来说，演这种戏根本不用排练，也不用"导演"李金斗用嘴去说如何如何日弄某个人。

金斗眼色一动，全村人就深解其意，就会主动配合，让这场戏演得有声有色。最初金斗不派我活路，社员们就知道，金斗想等评工时压低我的工分，因为我什么也没干呀！

可我主动去找活路干，大家就挤兑我，怕我干了壮劳的活，到评工那天我有意见就不好说了。

这样，只能逼着我去打土坷垃。

这活路是半劳的活路，可比其他人，我打的又不如人家细巧点，那么，不给我六分工又给多少呢？

等评了工分又安排我去干苦活路，如果我有意见，人家的话也早准备好了，不是我自己在评工会上说，我比福良力气大吗？力气大就去送肥。

一种上当受骗被欺负的感觉油然而生，我一气之下，准备找金斗去。

"妈的，我明天不干这活路了！"

"娃，你不干，下回怕连六分工也评不上了。你能盘算过金斗那灵勾子货？"李言老汉说。

"那咋办呀？"

"事情就是这么个样，心里清亮就行，憨娃才挂在嘴上说。咬牙干三个月，金斗会给你好处，要说金斗这人也不坏。"

"不坏！不坏他算计我干啥？"

"他哪是跟你过不去，唉，人都穷急眼咧……"

六分工，我拼命干两天，才能挣下一盒二毛八分钱的"海河烟"，难怪人都穷急眼了。我立刻想起金斗说我们插队是来夺庄稼人衣食那句话，又想起金斗沾了我七毛钱的光，却心甘情愿背着我百多斤重的行李不歇气走了四十来里路。金斗这个人啊，真不知怎么说他才好！

李言老汉还想说什么，可转目一想又算了。他叭地一甩羊鞭，悠悠回村去了，留下一串牧羊调子：

> 小妹子说话哥听哩，
> 世上的路难走着哩……

天落了黑，我仍没有动地方，坐在车把上胡思乱想。扭身看看桑树坪，炊烟缭绕雾气蒙蒙，点点昏黄灯亮，多像小村幽深又神秘的眼睛，你猜得透它在想啥么？

社员已经收工回去了，老远打沟边走来个人。这人走走停停，像是在地里寻摸着什么东西，在四处转来转去。模模糊糊的身影，像是金斗。这几天我就发现，他收工总是最迟。

果然是金斗，他好像发现了什么，走到塬畔，朝村子里大声吆喝起来。村子很小，站在塬上喊，角角落落都听得真。

只听金斗叫喊着："我日你保娃的先人，这是你扬的粪！你日弄谁哩！你干这号活路能挣下个屁毛吃！"

骂完干活不认真的保娃，金斗又喊记工员李福全："福全你听着，扣保娃一晌的工！"

他发现了我，像是自言自语说："十分精心才挣回半饱，还敢日弄土地？"他嘟嘟囔囔走了。

我想起评工分日弄我的事，没有生气反而苦笑一下。这个李金斗哟……

说话间就到了收麦时节。庄稼人苦劳苦作艰难了一年，盼的是这个日子，怕的也是这个日子。

那个动乱的年月，除了极少数的人，怕是人人都在吃苦受屈。学校关门，工厂停产，干部挨斗靠边站……唯独庄稼人不敢放下他们手中的活路。没人去管他们的饥苦艰难，可他们却要用加倍的血汗生产粮食，去维持这乱纷纷的世道。除了农民，似乎人人都关心着国家的大事，关心中国的前途和命运，只有庄稼人，眼巴巴盯着土地，关心着庄稼。

桑树坪这一年的年景不坏。过了五月端阳，麦子泛黄，塬上密匝匝的麦垄，真是十里翻金，十里飘香。

村里老小开始忙活起来，最忙的还要算队长金斗。

金斗比别人多操十分的心，里里外外要靠他去支应。麦收季节，上面的人下来的也格外多，这个工作组刚走，那个检查团又到……这些人到下面来除了吃喝，就是在庄稼人面前指指点点耍威风。我若不到农村，恐怕永远也不会知道，干部和群众的关系是这般模样。在那个年月里，大小"脑系"们能抖威风的地方，只剩下农村。只有庄稼人还没生出"舍得一身剐，敢把皇帝拉下马"的胆子。

金斗里里外外忙活，几天工夫就消瘦下去。他本来就是个精瘦汉子，如今只剩下嘴皮子上的肉还没掉。

开镰前几天，金斗在社员会上宣布，让我在夏收期间当他的帮手，也就是跟着他跑跑颠颠去支应事儿。

我忘不了金斗在评工分会上日弄我。自己咬着牙干了快三个月，眼看又要到评工分的时候了，金斗怕是又想啥点子，让我干轻活，然后再给我半劳的工分。

"算咧！"我学着当地人的口气，在会上把话挑明了，"我还是去地里收麦吧，拿六分工，可把我整日塌（垮了）哩！"

金斗听这话赶忙说："娃，不日弄你，你跟着我干，咱当下就说好，从现在起，娃的工分是八分半！"

给金斗当个帮手，有这么重要吗？给我八分半工！我有点莫名其妙，可看看社员的神情，那里面有热切的希望。自然，他们对李金斗的决定从来不说二话。我用眼神搜索到角落里的李言老汉，想征求他的看法，免得吃亏上当。谁想到就连经常对金斗表示不满的李言老汉，这次也完全站在金斗一边对我说："娃，就这么干吧，队里少吃点亏，金斗也不会亏待你。"

我同意了，第二天一大早，公社的估产工作队就进了桑树坪。

每年到了收获季节，估产工作队就进驻各村，他们能根据庄稼的长势和其他一些情况，估计出产量，一亩地能收多少。他们和庄稼人一样，估得相当准。然后，根据他们估计的产量，上面就要制订交售派购方案。估得高，交售派购任务就定得高。

因此，各级"脑系"中，只有估产的最叫庄稼人头疼。其他人到村里来不过是混个吃喝耍耍威风，好应付。估产的嘴皮一动，就关系着庄稼人的衣食温饱和一年生计。各村无不把估产的当祖宗先人敬着。

金斗为应付估产的早就做了准备，队里杀了两只肥羊，又从各家收来不少鸡蛋，还有十几斤酒和好烟。桑树坪今年能收多少，社员能分多少，就看这一锤子买卖了。

就在金斗让我给他当帮手的会议上，金斗也给全村人交了底：桑树坪二百多亩麦，今年满算扣去亏损，每亩地可以打到一百九十斤左右，真是山里难碰上的好收成！

社员们很兴奋，因为金斗下了保证，他今年豁出老脸，舍上皮肉，挨打受骂，也要想办法让估产的把数字定在一百六十斤左右，这样的话，每亩地就有二三十斤归桑树坪（我后来知道，这就是"瞒产私分"，不过桑树坪是个集体，私分对全村人有好处，而金斗是从不多得一斤一两的）。金斗对全村人说："我的打算要是成了，队里每个人的基本口粮从三百九十斤提高到四百二十斤！"

金斗说完这番话，会场的气氛却变得沉闷了，大家唉声叹气，有的婆娘眼里还噙着泪珠珠。

这是干什么？又不是给谁出殡送丧。可几个月同甘共苦的日子，我的心也跟桑树坪贴到一块了。她穷她富，她喜她悲，我不是局外人。我已经能感觉到，庄稼人为了多分一斗半斗，为了来年春荒不至于拉亏空，不至于靠麸子野菜度日或拉着棍棍去讨饭，多么艰难的路在等着他们！可他们，却是耕种和收获庄稼的人啊！

"娃，"开完会后金斗对我说，"今天会上的事可不敢跟外人说一个字啊！"不会的，桑树坪人已经把我不当外人，就凭这一点，我也愿意尽力去维护他们的利益。

估产的进了村，带队的是公社革委会一个副主任，"文革"前不过是县委一个小办事员。金斗让我把估产的带到队部，桌上已摆好了八个大碗：炖羊肉，摊鸡蛋……

村里的娃娃趴上窗，看里面大吃大喝，口水流了多长。难怪金斗自己不来陪客，他说：

"心疼死咧，就跟咬我的肉一样！"

金斗让我往酒里兑了不少水，叮咛我千万不敢让估产的喝醉，一醉事情就难办，酒疯子张口乱说乱估，拧都拧不过来。

吃喝完，金斗陪着上塬去估产。四处干活的村里人，顿时心全抽紧了。

今年的麦好是瞒不住人的，那个副主任剔着牙花，看满塬翻滚的金波金浪，开口就估了个二百一十斤！

金斗一听这数，吓得脸蜡黄。这个数就是经过努力再往下落，也落不了个十斤八斤。金斗只好强装轻松凑上去打趣。

"二百一！把去年加上也收不回这数！"金斗嘻嘻哈哈说。

"你说能收多少？"一个估产的问金斗。

"你也务过庄稼，地里抛撒，场上糟蹋，这天又保不准，说黑（下雨）就黑，能打一百三四就不错咧！"我在漆水镇上见过做买卖的怎么讨价还价，很有意思。一个价出得老高，一个价压得老低，出价的一分一厘往下落，讨价的一点一滴往上涨。有时争个大半晌，还是在一毛两毛钱上兜圈子。

金斗已经镇定下来，见估产的有人问他能收多少，便当是可以讨价还价，就准备来个"马拉松"式的交易。可是，金斗今天的盘算错了。

金斗说的一百三四刚出口，"呸！"那个副主任一口浓痰夹带着肉渣渣菜丝丝吐到金斗脸上，金斗当下就傻了眼，我更是惊得目瞪口呆。

"你给谁讨价钱哩！"那个副主任吐完，还朝金斗逼过来。

金斗吓得直往后退。他没跟上今年的形势。这一年，各级革委会在暴风雨中诞生了，形势大好，后来我听说，各级领导为了证实自己是"无产阶级司令部"里的人，纷纷抢功卖好。运动弄得人没法好好生产，可运动的丰硕成果，到头还要靠生产去收获。这丰硕成果从何处来？地里拿不出多少，就要从庄稼人嘴里往外掏。桑树坪所在的公社已经向上级夸了口，今年能打多少多少粮食……

金斗乱了方寸，他一时弄不清怎么办才好。见这副主任带着人往沟里去，他急了，桑树坪就指望塬上的地。金斗急忙冲上前，抓住副主任的衣袖，苦苦哀求："主任，你看看呀，塬上啥时收过二百一的麦？你也知道咱农民的营生熬煎，咱都是乡党，你也给自家落个人缘嘛！"

谁知这副主任不仅不为金斗的哀求所动，反而不知哪句话招惹了他，回身眉毛一横："你拉着我是想打人哩！"说着用另一只手"咚"地当胸给金斗一拳。金斗只是用手招架了一下，许是硌疼了他那只打人的手，副主任来气了，一把揪住金斗领口，又打又搡。金斗一屁股圪蹴到地上，捂着脸呜呜哭了起来。他是一条汉子呀，家里有婆娘娃娃一大家子人，如今……

干活的社员都赶忙扭转脸去，不敢看，也不忍心看这个场面。

金斗呜呜哭着，一会儿，他站起身来，眼窝里噙着泪对我说："娃，主任要走哩，回去给二婶子说一声，赶紧给工作队弄饭。"

金斗若不说这话，我只是伤心难过，听金斗这一说，我心里的火呼地一下蹿上头顶。我一步步走到副主任跟前，从牙缝里挤出一句话：

"你为啥打人！你再打一下让我看看！"

一伙人咋呼起来："咋！咋！你跑到我们这搭也想搞武斗！"

武斗我没参加过，不过我今天是准备动手教训一下这个人。我咬牙拉开了架势："你再打一下我看看！"我又憋出一句，这伙人立刻住了嘴，原来是一伙欺软怕硬的家伙。

正当我要动手的时候，村里人怕我惹事，纷纷过来把我往村里撕扯，我让村里人连拉带扯，那副主任又来劲了，命令他手下的人："把他给我弄到公社去，看我咋治他！"

估产的人围上来，我的胳膊还让村里人架着。我急了，朝着围上来的人，不管三七二十一踹出一脚去，一个估产的人哎哟一声惨叫，其他的人赶忙又回到副主任四围。村里人见我真动了手，不顾死活把我往回拉，我急得大喊："狗日的混蛋主任，我不打断你一条腿才怪！"

我到底被村里人拉走了。我一边走一边骂，最后，气头上不知出自什么动机，我亮出了父亲的牌子。父亲"文革"前曾在这个地区工作过，如今也是革委会成立的喜报上有名字的人物。

不知是我的蛮横，还是父亲的名字起了作用，估产工作队连饭都没吃，当时就到别的村去了。

金斗说我惹了事，他想把估产的追回来，挪了几步，叹口气又回来了。

后晌，从大队传来口信，桑树坪今年亩产估计是一百七十斤！金斗和全村人嘘溜溜吐了口气。

"好娃！"李言老汉见了我说。

"好娃！"全村人见了我都这么说。

这天晚上，全村人几乎都拥到金斗家里，看望挨打的队长，炕上有一篮鸡蛋，不用说，是各家送的。

金斗见了我忙说："娃，收麦活路忙，不敢把你累日塌了，你就专门给咱烧水吧。"

我知道，这是金斗对我的酬劳。

金斗说完又喊记工员福全："福全，今天一天给娃算二天的工。从今天起，娃一天九分半工！"

村里人高兴得笑了。金斗又说："我今天的工就不记，今天我没弄好，差点把大事给耽搁咧，亏了你呀！"他说完拍拍我肩。

金斗的婆娘却撩起衣襟抹泪。

"你哭尿哩，我好好的，"金斗冲着婆娘嚷，"还不快给娃煮几个鸡蛋！"煮鸡蛋是山里人用以待贵客的。

我们从金斗家里出来，李言老汉一路上自言自语："金斗可真是精啊！把个学生娃娃抬出来，倒把事办成哩！"

老汉的话不由使我打个激灵，原来我又上了金斗的当！金斗的精明正在于此，他知道为估产的事会有麻烦，学生娃少见多怪，气火又大，碰到这事准会出来打抱不平，跟估产的打一架。知青若受了委屈，会纠集起来找公社干部去算账，告他个破坏上山下乡运动。山里人都把我们看成是天不怕地不怕的虎。即使是办不成事，也能教训一下那些蛮横不讲理的"脑系"。但是这件事却意外成功了。可是，假如我没个好爸爸，眼下，恐怕正在那个副主任手里吃皮肉之苦呢！

想起这些，我也不由叹口气，即使是上金斗的当，为贫穷可怜的桑树坪人出点力，也是值得的。

开镰收麦的时候到了。

烧开水这活路我是不能干的。

因为在农村生活这几个月，我多少也成熟了一点。庄稼人千百年形成的某些观念意识，是不能用一两件事就让他们彻底改变的。我为桑树坪做了一件大好事，村里人对我有好感，金斗为酬劳我，让我干轻活，从短时间看，的确对我有利，忙不着累不着。

可长期去想，这也是坏事，我整天这样混，学不好地里的手艺，今后靠什么吃饭。我跟金斗的关系也一样，总有磕磕绊绊的时候。今后如果我没有什么值得金斗去利用，我这闲汉二流子一样混营生的社员，岂不自己给人以口实吗？我已经感觉到，金斗及桑树坪人同我这样的人之间，永远隔着一层。因此，我要学手艺。他李金斗在桑树坪人心目中之所以威望那么高，有一点，就是这李金斗对全套庄稼活路样样精到，全村第一！

金斗见我不愿意去烧开水，于是对我说："你去给咱招呼麦客吧！"

我同意了，而且想干这活路。跟麦客打交道，会丰富我的知识，他们是走南闯北的人。

林游山区地广人稀劳力少，到收麦时节，就要请外地来的麦客割麦，麦客是苦作劳力，也是招惹不起的人物。山里人的衣食，大半指望他们。麦客肯下劲，收得快割得净，队里能多收半成麦。可麦客要存心整治谁，能毁一半收成。天要落雨，他们会不紧不慢，逼你加工钱。当然，这种事极少有，因为麦客也要指望割麦糊口。不过，割得粗，随地抛撒的情况还常有，这就看对麦客招呼得好坏了。

我的活路很轻巧。队里把面分到各家去蒸馍，再把馍收回来放在队部炕上的三个大蒲篮里，到时候由我用木盘端去给麦客吃就是了。

麦客早上下地时天还不太明，收工回来已经见星星。早晚两顿饭我把馍送到麦客住的窑里去，中午一顿就送到地头。

金斗交代任务时再三叮咛，三蒲篮里的馍哪个早上吃，哪个中午往地头送，哪个晚上吃。让我记准，千万不能拿错。还嘱咐我，三顿饭都要守着麦客，免得麦客把馍偷到干粮袋里带走。

为什么要这样小心仔细？我不想多费脑子。到村里这几个月，我也习惯了跟村里人一样，对金斗言听计从。他干什么，目的总是让村里人不吃亏或少吃亏，在这一点上，金斗一点也不自私自利。

头几天，我严格按金斗的吩咐去做。早晚两顿，我从金斗规定的蒲篮取了馍送去，麦客们就着一盏昏黄的小油灯，急匆匆吃饱肚子，或赶紧下地，或倒头呼呼大睡。中午，我把饭担到地头。

因为估产的事我为桑树坪出了力，金斗信任我，派给我任务交代完后，他就去忙自己的活路，没顾上来看看我工作得如何。过了几天我也疲沓了，到吃饭时，不管哪个蒲篮里的馍，装上一木盘端着就走。这样一来，祸事就来了。

这天，金斗急匆匆来找我，开口就问："娃，你照我说的去做啦？"

我说："是呀！"

金斗说："尿，一定是你不精心惹出麻烦啦，你看哪来这多拾麦的？"

我一看，桑树坪塬上的麦地果然有不少人在拾麦穗。有几块地里，拾麦的比干活的人还多。拾麦的人都是打山外来的婆娘、娃娃和老头儿老太太。山里地亩多人手少，收麦一般都顾不上细割净收，因此，这么一点好处年年都招引不少人进山。他们白天下地拾，晚上就找破窑烂庵子栖身，麦子收完了，他们也扛着满满的口袋走了。

拾麦的人多，同我送饭招呼麦客，这中间有啥内在联系？我弄不清白，只觉金斗有点神经质。

金斗没办法，只好对我讲了实话。

原来，三个蒲篮里的馍是不一样的，有好有孬。早上麦客在窑里吃饭，天似明非明，可如果因啥事耽搁点时间，正吃饭说不准天就全明了，因此，早上给麦客的馍里只掺了一点粗面；中午不用说，往地里送的全是细面大白馍；晚上收工天已落黑，麦客干了一天活路已经很疲倦，胡乱吃，吃了想赶紧睡，因此，晚上的馍有一大半是粗面……菜和汤也都这样，不同程度搞了点鬼。

这个李金斗啊，算盘真是打到家了。

金斗这么一说，我也只好承认，后两天我是随便拿的馍。金斗听完一拍大腿，说："罢！我说拾麦的咋这多！"

麦客们四处闯荡，都是些见过场面的人，三顿饭不一样，他们也明白这是主家贪小便宜日弄麦客们，于是，占了小便宜，他们也就让你吃点小亏，割得不那么精心仔细，随收随撒。地里的抛撒大，拾麦的人最清楚，他们是啥地方能多拾就朝啥地方拥。

拾麦的人和我送饭的关系也就在此。

金斗每到难过伤心时，不是嘴里乱骂一通，就是圪蹴下来，双手捧着脑袋半天不言不语。他说"完咧"之后，一屁股圪蹴下去，足足有两袋烟工夫才见他把头抬起来，说："算咧算咧，三顿都换成好面好馍。"

可是，这已经有点晚了，因为到此时，麦收已经到了最后阶段，再有个一天半天就该歇镰了。

不到十天工夫，桑树坪的二百多亩麦全放倒了，麦收大忙季节就这样过去了。

那天晌午，麦客们到队里结算了工钱，便三五成群，踏上了归乡的路。沟里坡上，四处回荡着他们粗犷的山歌调子：

太阳下去哟，
麻哟下了，
想起娃娃他妈哟。
哎哟的哟，
赶忙回去亲亲哟⋯⋯

拾麦的婆娘娃娃，也扛着沉甸甸的口袋走了。沟里坡上，到处是他们嘻嘻哈哈的笑闹声：

妹妹上山采花哩，
哥哥夜里来家哩，
妹子有话要说哩⋯⋯

桑树坪人脸上也有些许笑容，麦子总算平平安安收进了仓……

只有李金斗，气鼓鼓圪蹴在西梁上，用恨恨的眼光目送喜滋滋远去的人群。

他伤心极了，想到恨处，他跳起来，冲着远去的人大声叫骂起来：

"……我日你麦客的先人，黑了心的麦客子，挣下这黑心钱不怕亏了你祖宗先人？不怕你屋里的婆娘也出去挣野汉钱……"

骂完了麦客，他又扭过身朝东骂拾麦的人：

"拾！拾！拾你妈的！你拾了我的麦不怕断了后人的香火！拾了我的麦不怕生个鳖娃子……"

不歇气地骂，唾沫星子乱飞。人群早就远去，只有金斗粗野的叫骂声回响在空落落的沟谷里。

他骂够了，气出够了，浑身也筋疲力尽。这时金斗回身看见了我。

见我面有难色和愧意，他长长叹口气，像是为了安慰我，说："娃，不难过，这次你没弄好，还是个不精心。不打紧，到底是娃娃家么。我思量了一下，前后亏数不算大，桑树坪还算没吃啥亏。明年咱精心点就是了，不怕捞不回来。算咧，算咧，咱就只当这些让驴儿啃吃咧……"

听完金斗这番动感情的话语，我也只能报之苦笑。这个李金斗哟，叫我怎么说他才好呢？

黄昏时，我又回到了久别的小村桑树坪。

西岭上铺展的晚霞慢慢消失了，朦朦胧胧的夜色中，轻烟绕着麦秸堆缓缓流动。点点灯火，像是小村幽深、神秘却又诱人的眼睛。塬畔高大挺拔的钻天杨，那叶片儿的歌，沙沙啦啦还没唱完……

这天晚上，我就歇在队部，差不多全村的人都来看我，分别十多年又相见，格外亲热。可是，唯独不见我最想见到的李金斗。

村里人告诉我，如今李金斗已经不当队长了，接替他的是汉子李福成。我在村里时，李福成还是个小后生。金斗呢？别人说他出山走亲戚去了。

我不相信，七月正是忙季，精明的金斗咋会有闲心走亲戚呢？

"老汉憋着气哩！"福成告诉我。

这是咋回事？

原来，金斗是个闲不住的人，我在桑树坪的时候，就见他只要得空，总是顺手在塬边、道旁、坡上梁上刨几个树坑子。他说准备种树，可他的盘算一直没能实现。

前年桑树坪实行责任制试点，他刨下的树坑子已经遍布山野。金斗不当队长了他种树的心又活了。可是，桑树坪历来穷，实行了好政策，也不是一两年就能富起来，这几千棵树苗子从何处弄？金斗又耍上了小精明。

去年实行"大包干"，李福成在会上问金斗准备承包多少地，金斗说："五亩！"

山里人就靠地亩多吃饭，五亩地只够糊口，谈不上发家致富，村里人很惊奇，这么精明的金斗会干傻事？

谁想金斗一点不犯糊涂，他说："我包二十亩，只种五亩。"那么十五亩地怎么办，金斗说："我用这十五亩地给队里换些树苗子。"当时村里家家只嫌地少，金斗就利用了这一点，地还没包到手，他就准备跟队里换树苗。村里人笑得前仰后合，这老汉真是精到家了。

谁知金斗认准了这一门，还说："好，你队里不给我树苗子，我就让这十五亩地闲荒着！"土地闲荒着是很可惜的。可是谁也没办法解决金斗提出的这个难题。

金斗的目的没达到，老汉一气出了山。

"你当他真的走亲戚去了？"福成对我说，"他回来你看，一准是弄树苗子去了。这老汉一辈子不干吃亏的事。我也思量，山里穷就穷在光靠地里那点庄稼，种树油水大得很。金斗想干啥，不会吃亏！"

这一点我完全相信，听说金斗这次出山前，把家里准备盖房的木料石料砖瓦全卖了，这个同贫穷打了大半辈交道的金斗，的确是精明。为了些许小利，他也是挣扎搏斗了大半辈子。如今看准了一条致富的路，他是敢豁出去的。

这一夜，我想着金斗，整夜没合眼。从十几年前认识金斗时那七毛钱一事，直想到以后。如今的金斗，怕是有点后悔。那些年月，他为了些许小利吃了多少苦头，不值得！可不这样做又有什么办法？因为他是农民，是大块地大块地耕种收获，却要一粒粮食一粒粮食算计着过日子的农民。金斗算是"勤劳、智慧、质朴、可亲可爱"的农民么？我不知如何回答。这个李金斗哟，叫我怎么说他才好呢……

桑塬麦黄

天刚麻麻亮，生产队长李金斗就在我的门外连打门带喊叫："娃，都啥时候了还不起身，喊不来好麦客，今年咱吃屎哩！"

我猛然想起，今天是桑树坪开镰收割的日子，金斗早就安排好，让我今天同他一起去张家坪的"麦客市"上喊麦客。

头年冬里有几场雪，今年开春又碰上透雨，桑塬上的麦子长势格外好。过了五月端阳，又是连天的好日头，没几天工夫，塬上已经是一片金波金浪。说来也怪，六九年这一年，天底下到处是乱纷纷的，贫穷又闭塞的小山村桑树坪，却赶上这么个好年景。端阳一过，桑树坪男女老少就开始忙起来，紧张地做着收麦的准备工作。我跟金斗路过麦场时，壮劳力都在那里拾掇担麦用的扎担和皮绳，清理麦仓和小场屋。

东岭有几片薄云，日头迟迟不见露脸，人们的心揪得紧紧的。收获季节对庄稼人来说，并不是兴高采烈的好日子，一场风雨，就能让一个丰收在望的村子，霎时变成哭声盈野的叫花子窝。桑塬麦黄，那一粒粒不只是苦劳苦作的辛勤汗水，还有庄稼人多么巨大的精神负担和压力。

在这种时候，也有人兴高采烈。

我和金斗刚走到塬边时，金斗的干女儿彩芳和一群男女娃娃抢着草篮子，嘻嘻哈哈笑闹着往沟里去。他们去摘杏叶，用米汤泡杏叶发酵，是一种清凉可口的农家饮料，年年收麦必备的。

金斗本来就又急又恼，听见这无忧无虑的笑闹声，不由大喊一声："死女子！"

彩芳赶紧站住了。

"你还是娃娃？疯打疯闹的！"金斗呵斥。

彩芳规规矩矩刚想走，金斗又想起什么，把她喊住了。

"麦客晌午就来咧。"金斗说。

"知道。"彩芳回答。

"我可把话说在前面，在人面前你得规规矩矩的，大和你妈可架不住你再胡尿折腾。"

彩芳不言语，扭身去了。

听人说过，彩芳娘家姓许，是山外武功县人。那一年随妈进山要饭，精明的金斗用几十斤苞谷粒粒和几十元钱收养下来，认作干女儿（解放后不兴买卖童养媳妇，山里人便想出这么个好名词）。

那一年彩芳才十二岁。

没几年，彩芳出落成一个俊女子，秀眉秀眼，皮肤又细又嫩，这在桑树坪一带的确是件怪事。听说有一年，山外有个剧团来唱戏。山里唱戏，戏台子搭得低，看戏的人只能坐在地上或圪蹴着。台口两侧站着一些壮汉，不时把手里的长竿子在人头顶上扫来扫去，谁把头抬高了，就要挨一下。这些人是"维场子"的。彩芳去了，就有汉子和后生抬头看，挨了"维场子"的打，又不服气，双方就打起架来，一场戏让彩芳搅散了。村里老人讲迷信，说彩芳是"太真妃死后转世"，日后要给人惹祸。唐代那个杨贵妃的确是死在武功县的马嵬坡，彩芳正是那里人。但村里长者李言老汉在世时，常说彩芳不仅相貌好，心肠也好。说她时常接济他这孤老汉。我那会儿也常见李言老汉从坡上放羊回来，小布帕里包着些山杏和各种野果给彩芳吃。李言老汉六九年四月去世，听说死前还喊着彩芳的名字。

六七年冬天，十七岁的彩芳和金斗的大儿子满娃成了亲。小两口在北坡打了一孔新窑，日子过得也挺热火。谁知就在第二年开春，也就是我到桑树坪之前一个来月，满娃揽牛上山，一头公牛发情，乱顶乱冲，满娃上前调教，让一头抵到沟里，没等抬到公社卫生院就断了气。彩芳年纪轻轻守了寡，这一年她还不到十八岁。金斗说彩芳孤零零过日子太苦，再次认她做了干女儿。彩芳愿意不愿意都没办法。她在桑树坪无亲无故。

打这以后，不时就有闲话传来传去，说彩芳不是规矩女子。村里人传这种闲话总是津津乐道，编排得有鼻子有眼。恐怕在人心目中，一个年轻漂亮的女子守寡，不可能安分守己过日子，也不会规规矩矩守节操。

闲话归闲话，我来桑树坪之后，发生了这么几件事。

有一回，公社革委会一个副主任在村里驻队。这天中午通知金斗下午去见他。金斗性急，接到话就去了，一推门，见这副主任正搂着彩芳亲嘴儿。彩芳见有人来，脱开身子溜了。金斗当场不敢发作，却憋了一肚子火。

这天晚上，从金斗家里传出打骂声，我们跑去看，只见金斗和满娃的弟弟仓娃，一人手里一根柴棒棒，彩芳躺在地上，一边来回滚动躲棍子，一边口中不停地乞求哀告。

"你男人死了才几天你就胡折腾！"金斗骂。

"大呀！不怪我，那人叫我去，说给我上户，我一去他就动手动脚，我没应啊！"上户就是报户口，不上户是盲流，收容这个人的村子按规矩是不算人头，不给分粮食的。

这件事不出一顿饭的工夫就在全村张扬开，过去风传的闲话，到此时似乎不再是谣言闲话了。

过了大半个月。

公社机耕站的拖拉机来给桑树坪耕地。那个机手，歪戴着绿军帽，斜叼烟卷，一副流里流气的痞棍模样。金斗让我们几个人跟车，就是在拖拉机犁铧后面拖一个耙，人站在上面把耕过的地耙平。我们去了，只见拖拉机突突突没熄火，可机手不见影子。我们四处去找，就见塬坡上一蓬树棵子里，那机手正搂着彩芳撕扯她的衣服。彩芳极力挣扎着，见我们赶来，大声喊叫。机手气恼地放开彩芳，跳上车子，说了声："车子坏咧，不能耕咧！"开着拖拉机就走了。

地耕不成，金斗就去机耕站问，谁知那机手说彩芳不正经，几回勾引他，他不敢去桑树坪了。这下可好，金斗回来，打得彩芳满村乱哭乱跑，披头散发寻死觅活。就这样，村里有些婆娘还说："朝死里打，不打死她咱村吃屎哩！"一句话又让金斗添一分火。

其实，这两件事心里清亮的人都明白，能怪彩芳不好么？可不怪彩芳又怪谁呢？

从此以后，彩芳挨打就成了家常便饭。

人家骂她，她回一句嘴，回去就挨打；干活跟哪个后生说句话，回去也要挨打！彩芳在桑树坪无亲无故，挨了打也无处诉苦，倒让村里不少人眉开眼笑。

我们知青见不惯这事，几回跟公社反映过。可这种家务事告到啥地方，都是不了了之。

告不下，金斗更是肆无忌惮，白天不打夜里打，有人不打没人打，一打就用被子蒙住彩芳的头，没头没脑一顿乱棍。

这样打来打去，到底把彩芳打急了。

这年快收麦的时候，打山外来了个三十上下的"布客"（就是用土布来贩卖或换粮食的人）。彩芳没几天就跟布客搭上话茬，她要跟布客私奔出山！

那一晚，布客在村外等着，彩芳悄悄回去收拾了个小包裹，又拿了金斗家仅有的五块钱。

出门没几步，刚好让金斗碰上。当下就演了一场惨剧。

彩芳挣扎着往外跑，金斗使劲往家里拉，那凄厉的哭叫声让人听了头皮发麻。最后到底彩芳让扯回家。

布客吓得早就溜之大吉，不见影子了。

这次打得更狠，彩芳整整三天没下炕。她那屋里的哭声三天没断线。

三天过后，彩芳走出家门。

从此，桑树坪人再也见不到彩芳过去的模样了。她不言不语，不哭不闹，常常一个人独坐着想心事发呆。

李言老汉怕彩芳想不开寻了短见，暗暗跟了她几天。

又是几天过去了。彩芳两条黑油油的大辫子不见了，乱蓬蓬的头发用一条花手帕系着。丰满好看的身子把月白小衫绷得紧紧的。撒疯卖娇，风里风骚，没事就四处串门，拿着一只正纳的鞋底，专捡汉子和后生家走动。

有的婆娘好事，问她："给谁纳的？"

彩芳白牙一露："给你男人，夜黑儿给我说的。"

偏偏有些醋劲大的婆娘，明知彩芳胡说，却借故打架闹仗，挑唆着男人去彩芳家门口吐口水跺脚，这叫"撵脏"。

目的不过是让金斗再打彩芳一顿罢了。

保娃就是一个。他不知跟彩芳有啥仇气，帮金斗打过彩芳。彩芳就撩拨了保娃媳妇几次，媳妇跟保娃干仗，逼保娃找上门去，吐了口水跺了脚，还骂了半晌。害得彩芳又挨了打，金斗还非让彩芳去赔礼不可。彩芳真的去了。

这天保娃一个人在家。两人没说几句话，彩芳斜眼看见他媳妇进了院门，猛地脱了上衣，只穿一件护胸脯的小兜兜。

保娃媳妇一进屋门，彩芳拎着衣服就溜。

还没走到院门口，屋里两口子就打起架来。砰砰一阵乱响，锅砸了，碗摔了，保娃的脸让媳妇抓得血里糊拉。

保娃起了蛮牛性子，抄起小孩胳膊粗的擀杖，只一下子，就把媳妇打得有半个月下不了炕。

里面打着，彩芳在外面又笑又喊："打！往死里打！打死我跟你过！"

保娃见媳妇憋过了气，害怕了，才想起上了彩芳的当，捞起擀杖冲到外面。

彩芳胸脯一挺："你敢动一下，我告你个糟蹋女人，牢里不让你蹲上三年才怪！"

蛮牛一样的汉子，竟吓得大气都不敢出。

老人过去讲的闲话，过了还没几年果然应验，桑树坪凡是背后曾糟蹋过她的，骂过她吐她口水的，家家都不安宁，夫妻闹架，婆媳不睦……。村里人开始害怕这女子。老实人家一见她走过来想串门，赶紧关门上杠。

李言老汉也直摇头叹气："彩芳娃，不敢糟害自己，日子长着哩，日后你还要寻婆家过活哩！"

谁知，这么一个浪荡到家的女子，听了老汉的话，竟吧嗒吧嗒掉了眼泪："不这样又能咋样，我还有啥好日子过，我大他——"

彩芳的话没说下去，伤心和哽咽噎回去后边的话。彩芳刚刚十八岁呀……

我想着彩芳的事，跟在金斗的后面急急赶路，十多里路，一会儿工夫就到了张家坪。

张家坪是个有六七十户人家的大村子，桑树坪公社的所在地，也是这一带较大的一处"麦客市"。

关中西北部山区地广人稀劳力少，每年收麦大忙季节要请不少人来帮忙割麦，这些人就是当地人说的麦客。

这一带所使唤的麦客，多是来自与之毗邻的陇东平凉、庆阳一带，当地人叫他们"平凉客"。

林游山里有句老话说："塬上麦黄，眼望平凉。"

陇东出麦客由来已久，就如同陕西蓝田出布客，凤翔出"烧锅客"（酿酒卖酒的）一样。

每年过了端阳，陇东汉子便三五成群，沿着当年左宗棠辟筑的"陕甘大道"（今西兰公路）拥入陕西关中。麦熟是由东至西，先平川后山区。麦客开镰先在礼泉县乾县一带平川，边收边往我们山区走。等割到我们这里，整个关中地区的收麦大忙季节就进入了尾声，不多几天工夫，地净场空，关中麦收就算过去了。这时节，麦客家乡陇东的麦子也成熟，该是麦客"撩拨归心动"的时候了。

最初，麦客是沿村挨户自去找活干。有人用就割，没人用再走着去寻。麦客自己找上门，是处于被动地位，于是，麦客自发地组织起来据地为市，有人想用麦客就去市上喊，这样省跑许多冤枉路，也有了讨价还价的余地。麦客割麦是以地亩计价，割得多就挣得多，用麦客的人不怕割得多，就怕身单力薄割得少割得慢，因此，用麦客的人就讲究到市上去挑麦客，谁能出大价，谁先喊走能干的精壮汉子，挑剩下的，只好落点价待雇。选麦客对庄稼人来说，是一门大学问。凡是来市上喊麦客的，都是各村各队的能人。

我跟金斗赶到市上的时候，已经日上三竿。要在过去，已经到了散市的时候。金斗一路上时不时抱怨我几声："哎呀呀，都是你贪睡，咱只能喊几个没人要的把把客了。"

但是我们到了张家坪，竟然还没开市！大槐树下还集着成百的陇东汉子。金斗惊奇得眼都瞪圆了，赶忙凑到一伙各村来喊麦客的人跟前打听究竟。

原来，这一带今年麦好是人人都能看见的。麦好了有人就敢出价高一点，麦客也利用人们的这种心理，齐心协力抬价不落。我们来时已经听说东边有几个公社，价已经出到二块八到三块钱了。麦客在东边挣下了钱，到这来后就有点拿架。张家坪的市其实已经开过一回，麦客的价始终不落下三块二，雇主出不起，又没有能耐跟麦客较劲，这市就歇了下来。

金斗来了，雇主们又有了希望。刚才他们等就等着远近闻名的"灵勾子货"李金斗。把金斗推出去也是很精明的办法，金斗得来好处大家都有份，惹下麻烦，麦客也只能记恨金斗。

金斗悄悄对我说："娃，你学着点，赶明年我就不来咧。"

说完，他朝着麦客大声开了腔："桑树坪要二十个，塬地一块五，坡地一块六，谁去？"

这叫起首喊价，随着这一声喊，麦客市又开了。

能在麦客市上起首喊价不简单，说明此人在这一方的身份地位与众不同。过去，起首喊价的人都是富家大户。他们开口一个价，就是基准价，麦客再出个价，是最高价。起首的人喊价之后，便不管了，任旁人去争去抬，等到价钱落在一个点不再上下浮动时，起首喊价的人这时再开口，加个毛八分的，就算"定秤"了。如果有不识相的人想再较劲，那么，起首喊价的人会把价再抬上去，对他来说，这不过是多破费几个罢了，跟他较劲的人却可能会把老本都贴上。有经验的麦客心里有底，都愿意跟起首喊价的人去干活。高兴了，会加几个工钱，走的时候，兴许能给点陈仓旧麦。

金斗喊了价，麦客没应声。好大一会儿，才出来个四十上下的汉子，慢吞吞说：

"老哥嘴狠呀！今年麦好，塬上麦稠，坡地蛮（不好割），三块五都不多呀！我在东边个就是这价！"

三块五，这是麦客出价。

"西边东边我不管，有给你三块五的地方，你寻，咱这搭最多出一块六！"

金斗说完，圪蹴下来掏出烟袋点上，悠悠咂着。但他的双手已经在微微颤抖了。金斗一袋接一袋抽烟，到后来，他手抖得连烟叶都挖不满一锅，哆哆嗦嗦点上火。可是，金斗到底是个精明人，总算把麦客的火点了起来。

"老哥，三块二！"还是那汉子。

金斗根本就不理他，又点一锅，青烟徐徐飘散开，他那过早衰老的脸，额上已沁出细汗珠。

雇主们在一旁静观，没有人给金斗争抬价钱，麦客们闹不明白咋回事，有点乱方寸了。

"三块！"汉子又退一步，时间是不等人的。

"我说咧！"金斗不紧不慢地开腔，"咱这搭最多就是一块六！"

"我算豁出去了，二块八！"汉子一拍大腿。

雇主开价不升，由麦客自己往下落价，这叫"滑坡"。这种情况，据说是以前没麦客市的时候才有。那时候，麦客可怜巴巴立在人家门前，出一个价，雇主不满意根本不搭理，麦客只好一点点往下落，直到出的价雇主认可。

有了麦客市，就是要讨价还价的。可今天谁也不吭声，麦客自己往坡下滑，他们的自尊心受了污辱，一群陇东大汉骂起街来。

"狗屎欺负我麦客哩，不给他割！"人群一阵骚乱。我也不由紧张起来，雇主们呢？有些蠢蠢欲动，想开口在金斗出的价钱上抬价了。

这时，金斗慢悠悠站起来，走到刚才骂街的那个汉子跟前，亲热地拍拍他的肩，不酸不凉地说："我的好兄弟，出门人嘴可不敢重啊！实话给你说了，不割我吃啥！不割你又吃啥！不要当你麦客在东边个挣下几个钱，你平凉那屃地方谁不知道，你挣下那几个还不够给队里交口粮钱哩，我这搭的钱你不挣，你回去连口拌汤也喝不着……"

一番话不软也不硬，说得实实在在，麦客们冷静了。是啊，平凉那地方谁人不知，不穷不苦，日子能将就过去，谁又肯抛家离乡，扔下婆娘娃娃，到关中来挣这份血汗钱呢？

金斗见自己几句话产生了效果，又说："这样吧，咱的口也不能太紧，我加个狠数：塬地一块七，坡地一块八！要去就走，有这半晌工夫，你麦客怕五块钱都到手了。"

麦客里有个后生，嘴里嘟嘟囔囔："今年麦这好才出这几个钱，去年麦不咋样还出二块哩！"

麦客市上有严格的讲究，雇主吐一个价，只能往上去，麦客吐出个价，只能往下走，不管有意无意，出言即定。这后生麦客说了个二块，空子立刻让金斗抓住了，他啪的一声把腿拍个山响，兴奋地大喝一声："好！就应这个价，二块！你们误了这半晌工夫，我再加一毛，二块一！"

麦客们把责备的目光投向说漏嘴的后生，那人内疚地低下了头。这时，人群里面一个长点岁数的老麦客走出来说："错不多少了，这地方不能跟东边比，二块一应下了，多下点力也就回来了。"

这老者才是麦客的头儿，那个汉子是出来支应事的。定秤！今年割一亩地的价钱是二块一！

拥挤着的麦客开始散开，等着金斗挑选。

金斗只需在一个人身上溜一眼，说声："跟咱去！"一条精壮的汉子就站到一边。十九个麦客，一个接一个单另站在一边去，正在这时，那个说漏了嘴的后生麦客越过金斗也想站到那边去，金斗用眼斜了一下，伸手把这人挡住了。

"娃，咱那里活路苦，你还嫩，累塌你的身子骨，一辈子就麻搭哩！"这是拒绝雇用的客气话。

这是一个面目清秀的小后生，在这群五大三粗、古铜皮肤的陇东汉子中间，这后生有点出众，个头不高不低，眼睛又大又活泛，看岁数，最多不过二十。

这后生见人拒绝他，挺难过地低下头，他恐怕只当桑树坪是能挣大钱的好地方。

"队长，让他去吧。"我情不自禁替这后生说情。

"不行，我寻人去干活，又不是给你寻耍货朋友！"金斗绷紧着脸说。到桑树坪一年多，由于给队里办了几件好事，我说什么，金斗还从来没这样冰冷地拒绝过我。

我心里清楚，除了这后生看上去身单力薄之外，金斗另有一层意思，就是担心彩芳。自从去年彩芳跟布客私奔出山的事发生后，碰见年轻一点或能说能道的外乡手艺人买卖人来桑树坪，金斗总是想方设法不让他们在村里多待一会儿。有时甚至做得很不近情理。

但因为出价的事，麦客心里已有老大不满，此时借机发作了。大群麦客嚷嚷着："这狗日的欺人太甚，不要这个谁都不去！"

金斗听得出来，这呼声可是实实在在的，他害怕，正没有台阶下，主事儿的老麦客走出来说："乡党，事情不敢做得太绝，咱都要做活吃饭哩！"

金斗叹口气，顺着下了台阶，说："行！有老哥一句话，是跛子瞎子咱也搭上了。"

小后生高兴地跑到大树下取他的行李，嘭的一声，一把板胡跌落在地。我不由愣了，这麦客，出来挣血汗钱，竟有心思带这玩意儿？

二十个麦客喊齐了，时间正是晌午。金斗安排得真是滴水不漏，等走回村，也过了吃晌午饭的时间，麦客只能放下行李就下地。

往桑树坪去的一路上，这个清秀的后生麦客没有一刻安闲的时候。他一会儿钻进刺笼笼里去逮野鸡娃，一会儿摘片叶子放在嘴里学鸟叫。玩乏了，就亮开喉咙唱山歌儿。陇东习俗和方言都跟我们这里很相似，这后生麦客唱的是著名的陇东民歌《割麦走关中》：

> 走哩走哩哟，
>
> 越哟远了，
>
> 眼泪花花飘满了，

　　哎哟的哟，

　　泪花花把心儿淹了……

　　陇东人生性粗犷豪放，歌风也是如此。歌的曲调虽十分简单，只有一句反复咏唱，却能根据声腔高低，节奏快慢，唱出来变化无穷，格外有味。这后生嗓音圆润洪亮，吐字干脆，唱出来一跌三伏，悠扬动听。一句"哎哟的哟"，他故意把尾音拖得长长的，让声腔从强到弱慢慢消失，歌声在空荡荡的山谷里四处回荡，久久不息。

　　我对这后生麦客格外留意，一路走一路攀谈起来。我知道了他叫榆娃，家在平凉以东的灵台县，读过二年中学，家境不好退学了。这一年他刚满二十岁。

　　"榆娃，你有媳妇吗？"我问他。这里农民之间的亲热，往往由此开始。

　　"没，连订都没订哩！"

　　"咋？"我不解，因为在这一带，二十岁是成家立业的年岁。

　　"我家穷，弟弟妹妹还小，我妈眼睛又瞎咧，全指望着我哩。人穷得快光勾子（屁股）了，可订个媳妇开口就是几百！"他说完，眼里有股哀伤的神色。

　　可不过一会儿，榆娃又恢复了原状，笑着对我说："我割麦要是挣下大钱，回去就寻个，先把定钱交下，明年我再来，后年我还来，有个三两年，就成咧！"他说得眉飞色舞，说完就唱：

水灵灵的妹子，

想得我牙花疼，

十八岁不嫁人，

你妈憨憨脑筋……

　　这个后生麦客，真是头一回出门，只知自家穷苦，还不知世间愁事多。在我们又穷又小的桑树坪，他又能挣下啥大钱？可是，他又给我一种多么新鲜的感觉，我怎么也想不出来，那贫穷熬煎的日子，是怎么生成他这乐观的脾性。

　　十几里路又是不知不觉过去了。等我们走回桑树坪的时候，我和榆娃已经是无话不说的朋友了。

　　麦客开镰的第一件事是丈量好麦地，几亩几分包给你，日后好结算工钱。

　　二百四十步一亩。方法是：雇主和麦客同时从地头起步，迈几乎同样的步子，到地头最后一步一落地，双方同声报出所量的步数。比如一块地正好是二百四十步，在脚落地的同时，雇主喊："二百三十五！"麦客喊："二百四十五！"

　　"对咧，我让五步。"雇主说。

　　"行咧，我也让五步。"麦客说。

　　双方各让五步，取折中数二百四十，正好是这块地的实数。丈量土地不同市上讨价还价，土地是实实在在的，无法漫天乱报。

所以这样做，只是双方习惯上的一种不信任感。因此，这就需要很精确的计算，在脚落地之前，准确知道这块地的实际数，双方虚报的数，最后又要折中到实数上。如果报多了或者报少了，吃亏的一方会用木尺量，否则，吃一两步的亏，就少挣几毛钱。有经验的麦客，在丈量土地上不会争来争去，不会沾光也不会吃亏。

但是，麦客里就有人吃亏，这就是榆娃。

金斗跟榆娃每量一块地，到地头后开口报数，榆娃出口不是实打实报地亩的实数，就是少报几步，一取折中数，榆娃总要吃几步的亏。我去年跟金斗学过一点，知道点门道。其实在迈步的时候，一个脑子要分作三处用：心里算实际数，又要计算报出的虚数，同时，嘴里还要装着无意识念出自己数的步子，其目的在搅乱对方。没有经验的人，迈不了几步就情不自禁跟着对方嘴里数的去数自己的步子了。

榆娃就是吃了金斗这个亏，金斗嘴里念的，不是实数就是少几步，到地头一落脚，榆娃一紧张，张口就报出这个数来。

我替榆娃着急，但又不敢说。正巧这时，彩芳跟着一伙人下沟，走到地头，便站下来看热闹。金斗一见彩芳，便大声呵斥："去！做活去！多大个女子，啥地方有热闹往啥地方钻。"

平时彩芳要是挨了金斗的呵斥，会像一只驯服的小羊，不声不响地走开。可今天，彩芳噘着嘴，嘟嘟囔囔地说："坑人家麦客！"

这句话恰好传进榆娃耳中，他死活不干了，囔囔着要用木尺把量过的地全重量一遍。其他麦客也纷纷帮腔，金斗无法，只好让我回去取来木尺。一量，榆娃揽下的几块地果然每块都少算了几尺。

金斗恨得直咬牙，等麦客都下地去干活，他对我嘟囔着："罢！罢！我寻来个祸害精！你看那麦客，"他指着榆娃的背影对我说，"像是个正经庄稼人么？"

到底正经庄稼人应该是个什么样？我直到今天也没完全弄明白这个问题。不过，当时我已经感觉到，榆娃的确不像那些只知拼死下力、吃饭挣钱的麦客。这个后生似乎还不明白什么叫苦，什么叫愁……

榆娃这清秀后生，看起来身子骨单薄，割起麦来一点也不差。他会使一手麻利的"跑镰"（一种割麦的方法），割起来刷刷往前走，割得干净利落，茬根落得低，麦捆也摆得匀。村里老者都说这后生会使巧劲，不见他忙，活干得并不少，金斗也稍稍有些满意了。

更让人感到奇怪的是，榆娃不像别的麦客，只知闷头干活，轻易不说一句话。榆娃爱说爱动，刚来那天，整个桑塬上只有他的声音。谁跟在他后边捆麦，他就跟谁说个不停，他平凉如何如何，这桑树坪又如何如何……刚来半天，他就直率地说出自己对桑树坪的看法："你看那副脸子，像是给谁抬老屋（棺材）哩……"

这便成了一种不可抗拒的吸引力，榆娃来村才半天，就跟不少人混熟了。娃娃去逮野兔，他放下镰帮着去撵；队里运麦的车翻在地里，他也不管是不是麦客的事，放下活路就去帮着拾掇。

他整天说个不停忙个不停干个不停，这情绪很快就感染了桑树坪人，他在啥地方割，身后就有一大群婆娘娃娃，尤其那些大姑娘小媳妇，爱跟在他后面捆麦，边干活边有一句无一句跟榆娃说笑。

"小麦客，寻下媳妇么？"翠萍嫂子问他。

"没哩！"榆娃应一声。

"嫂子给你寻一个。"保娃媳妇赶忙接话口。

"不敢！"榆娃搭眼看看保娃媳妇，看出这是个辣婆娘，开多大的玩笑也不会在乎的人，便放肆地说，"咱穷麦客的屌没那么长……"

这一句话可好，惹逗出婆娘们恶作剧的笑骂。保娃媳妇一声令下："这小麦客人不大，嘴里不干不净，脱裤儿看看有多长！"一群婆娘拥上去，按着榆娃就扯裤子。

榆娃挣脱出来在前面跑，一大群婆娘娃娃笑着在后面追。桑塬上割麦的人直起了腰，见这场面，情不自禁也跟着笑了。

这一笑不打紧，揪心的麦收大忙季节，庄稼人心里突然感到一阵轻松。人们笑着割说着干，气氛不再那么让人感到压抑和沉闷。麦客来的头一天，只半晌活路干下来，金斗到地里转了一圈，对我笑笑说："行！这样下来，有个六七天就能把新麦吃到嘴咧！"

收工的时候，我跟榆娃边走边说，快到塬边的时候，彩芳打沟里上来（金斗让她在沟里捆麦，不准她上塬，因为塬上有外来的麦客，金斗怕彩芳疯闹），榆娃见到彩芳，不由站住了，两眼直看她。这不是晌午帮他说话的那个女子吗？

我拉了榆娃一把，他才憨憨地往回走，可心神没收回来。我说："这是个疯女子，浪浪荡荡不像话。"榆娃听后，噢了一声，说："不像呀？"关中人说这个疯字有多种含义，榆娃恐怕理解成是精神病人了，这更诱发了他的好奇心。

第二天，榆娃挑头在塬上"甩腔子"，就是唱对山歌小调。我们这一带山区，山歌、民谣、小调多得俯拾即是，从几岁的娃娃到六七十的老人，似乎人人都会唱两句。精到一点的，会自编自排，把各种不同的山歌曲调混合在一起，顺嘴唱顺口编。但收麦时节，是很难听人唱的。榆娃挑了头，偌大的桑塬，渐渐地你唱我对，你问我答，汇成了山歌的海洋和潮涌。

榆娃这边一甩长腔：姐妹上山做啥哩？那边就有人应和着：采花哩！

然后，东西南北便热闹起来，此起彼伏，一句接一句：

> 采花做啥哩？
> 经商的哥哥要回来哩。
> 妹子有朵鲜花哟，
> 由着哥哥去采哩。
> ……

歌声不断线，惊得雀儿都不敢来吃麦。邻村的人纷纷从麦垄里抬起头朝桑树坪张望。那神情像是在问："今年桑树坪这是咋咧，人都疯张咧，穷日子活得不耐烦咧……"

他们哪知道，只因多了一个榆娃，这多年闭塞的小山村便有了几分活力和生机。新鲜的活力和生机倒让庄稼人不可思议了。

我给塬上的人送完水，又挑着往沟里送，就见塬上的欢声笑语，早把沟下的人引得待不住了。彩芳站在坡上，探头朝塬上出神地张望，她多么想汇进这歌潮笑浪中去，却又踌躇着不敢。

我见彩芳这副模样，学着金斗的声调喊了声："看啥！做活去！"彩芳吓得差点一屁股坐在地上，发现是我，嗔怪地瞪了我一眼，问："死后生！塬上唱歌的是不是那个小麦客？"

我没回答她。

这天收工吃罢夜饭，月上树梢，清风习习，村里人都到屋外纳凉去乏气。麦客们呼呼大睡，榆娃却独自坐到村口涝池边，伴着呱呱蛙声和啾啾虫鸣拉板胡。

曲声悠扬动听，在小村轻轻滑动。村里有人懂这门道，说榆娃已经有相当的功夫了。他指法娴熟，弓法轻松自如。他拉的秦腔《上庙》，有板有眼，委婉动听。当拉到"哭夫"一段凄凉处，弓子在弦上轻轻跳动，真像是日暮黄昏时，荒郊野岭有个小寡妇呜咽着诉说哀伤。

我冲完凉走到涝池边，只见榆娃双目微闭，身子轻轻抖动。人世间的一切愁苦事，在这个小后生心里，早就冲得干干净净。什么都看不见听不着想不到了，只有这溶溶夜色，只有那寒凉皎洁的明月，只有漆苍茫茫的山岭。夜幽幽山寂清远，月明明谷静缠绵……我想不到，在这贫穷的小山村，我竟然有了让魂灵飞升的心境，竟然得到了心灵的陶冶和净化！夜色多么美，生活也是多么美，苦寒贫穷并不能让所有的人都沮丧下去，都认了输，就有顽强不屈的人在拼命挣扎着，想乐呵呵地在贫苦中求生存。

榆娃的心肯定早就飞远了，不在平凉，也不在桑树坪，在什么地方？恐怕在一个充满着希望和生机的世界里。我不忍惊动他，站了一会儿悄悄地回去了。

这天晚上，我很晚才睡，也不知到了什么时候，榆娃的琴声住了，这个小麦客该歇下了，明天，还有忙忙的活路。

我们知青户就在村口，过一条村道就是涝池。榆娃回他的住处要经过我的门口。朦胧中，我听外面有个女子轻微的话语：

"小麦客，你不忙走，我有话说。"

这是彩芳！我的心不由得咯噔了一下。

第二天，沟里几块零零散散的麦地收割完了，彩芳他们全上了塬干活。

我跟麦客走到地头时，就见彩芳早已等在榆娃揽下的那块地里。她选定了这个位置，要跟在榆娃后面捆麦。

彩芳昨天夜里喊住了榆娃，他们都说了些啥？我不知道，只觉得今天看见彩芳，她的模样变了，真好看！两条大辫子梳得光溜溜的，又黑又亮，月白细布衫儿，裸露出细腻白腴的胳膊。脸儿红扑扑的，领子上胳膊上的皮肤呈现出一种娇艳的粉色，那对眼睛格外有神。从我来到桑树坪，也只见了几回彩芳过去的模样，后来她那浪浪荡荡的举止，让我把从前的彩芳忘光了。今天，彩芳又复了原。

榆娃有点神魂不定，闷着头只顾割麦，我发现，他不敢接触彩芳的目光，似乎那目光会灼伤他。他俩一前一后，一个唰唰地割，一个不言不语地捆。他们埋身在密匝匝的麦垄里，彩芳看见榆娃割乏了直直腰，便悄悄跟上去，掏出一条小花手帕，碰碰榆娃的腿递过去，榆娃扭身，憨憨地一笑。

这个动作没逃出我的眼睛。

这天收了工，村里人耐不住冷清清的寂寞，找金斗嚷嚷要唱戏耍。过去这一带村村都有"自乐班"，没事就在麦场上唱着玩。这几年光景乱，"自乐班"都散了。村里人一嚷嚷，金斗心也动了，是啊，何苦跟自己过不去？不耍也是个苦。金斗让人从库里把锣鼓家伙搬了出来，桑树坪人又在麦场上闹起了"自乐"。

唱的是老戏《芙奴传》里的几段，就好像今天戏台上的清唱，不用扮不用场子，几个人吹吹打打，围个圈子唱几段就是了。榆娃唱女角陶芙奴，喂牲口的金明唱许元，村里人乱嚷嚷："金明是沙沙腔子，不对路。"这时，不知彩芳是早有准备还是急中生智，自告奋勇上场，这才凑成有男有女一台真戏。

彩芳唱陶芙奴，榆娃改扮书生许元。虽说是唱着玩，可两人也真卖力。彩芳口生，榆娃连教带比画，当芙奴唱到"为春愁抱琵琶弹曲消遣，瞒过了高堂上一双椿萱，呀！隔窗有一书生容颜罕见，真是个美宋玉昔日潘安"时，俩人的眼睛紧盯着对方，都闪动着异样的光。

村里人看出点眉目了，汉子和后生又一阵乱嚷嚷："下去！下去！这哪是唱戏，明明是耍骚情哩……"

金斗到此时忽而转过筋来："哎呀，唱戏给我惹下麻烦了！"第二天，彩芳没有下地。

榆娃慌得六神无主，活干得一点不顺手，不时抬头朝村子张望。我见榆娃这神情，开玩笑说："留神镰砍了腿，你怕再唱不成戏了。"榆娃竟没心思跟我搭腔。

吃罢晌午饭下地时，彩芳一扭一拐上了塬。金斗见了，脸发青，从我身边过，把地上一只喝水的空碗一脚踢到麦垄里。

后来我才知道，昨晚彩芳唱完戏，回到家金斗就动了家法，用被子蒙头盖脸打了她一顿。又用绳子把彩芳捆住锁在家里，想等麦客走之后再放出来，哪知道彩芳在炕沿上磨断了绳子，抬开门板跑到地里。

到此时，金斗只能忍一口气，塬上有不少麦没收回来，麦客还不能招惹。彩芳呢，金斗也只好随她去，他只当彩芳又是引逗人家麦客，要疯要俏胡骚情，等麦客走了也就好了。没想到，金斗暂忍这一口气，倒给了这一对男女一点机会。精明的金斗，这次可把彩芳估计错了。他用打逼出一个浪荡女子。他以为浪荡女子不会正正经经同人交往。他不明白，山里后生和女子一旦有了情，就像这贫瘠裸露的黄土塬一样，坦荡，直露，不用任何哼哼唧唧。其后两天多工夫，村里人就发现彩芳和榆娃到了形影不离的程度。

过了两天，收工后我们几个知青去沟里冲凉。回来时听见草笼里有窸窸窣窣的动静，知青小虎用电筒一照，只见彩芳和榆娃紧紧依偎在一起，脸贴着脸。彩芳见有人看见，慌得忙抽身，羞得把脸紧紧埋在两膝间。真叫人难揣摩，这么一个动不动就敢亮开胸脯子，开口闭口就敢说"我跟你睡觉"的浪荡女，竟会为这而羞得无地自容？

我为憨实的榆娃担着心。这天晚上，我把榆娃喊到塬坡上。

"榆娃，你可要当心，彩芳可会耍弄人。"我讲了彩芳几件不光彩的事。我以为榆娃会吃惊，他却望着天上的闪星，竟没有一丝吃惊的表情，反而对我说："我知道，彩芳自己也说了，她不是那号人！"话十分干脆。

"我还没你了解她，你才来几天？"我说。

"这不在时光长短，人要知心哩，彩芳是个苦女子，她受了屈，又敢对谁说，只能糟害自己，有啥法子哩！人到这一步，你想量不出有多难！"榆娃对我讲了他和彩芳第一次见面时的谈话。

原来，彩芳死了男人，精明的金斗又认彩芳作干女儿，因为彩芳若是小寡妇，就有改嫁的可能，这不能完全由着金斗；若是干女儿，金斗说话就算数。满娃有个弟弟仓娃，今年满十七岁，金斗打算把彩芳嫁给仓娃。有几回，金斗把彩芳捆起来，逼着她同仓娃"生米做熟饭"。

　　我惊呆了，实在想不出，天底下会有这种事！

　　仓娃是啥人？他自小就落下个"拐子病"，就是我们说的大骨节病。十六七的人，长得还没有七八岁的娃娃高，平日只能吃不能做。可是打起彩芳来，手下得狠，而且，专打彩芳的下身……

　　彩芳能跟这个人过吗？我问榆娃，榆娃没回答，他发痴地望着天上的明月。过了好久，他开了口："我对你说，彩芳要跟我到平凉去哩！"

　　我心里一震，立刻就想到彩芳曾有过私奔不成的事，忙问："你答应了吗？"

　　榆娃摆弄着一片草叶，说："我心里麻乱，想应又不敢应，我那里穷，彩芳跟上我要吃苦哩。说不准还要拉棍棍跟我妈去要饭。可不应人家，彩芳在这搭又有啥好营生？彩芳女子心硬得很，她说，不成她就去死！"

　　我的心，被这一对可怜的农村青年深深打动了。他们像沉重青石下压着的小草，挣扎生存为的是什么呢？只为自己是有血肉的生灵，应该挣扎活着。他们应该得到的东西太多了，可挣扎着去追求的，又是这么可怜的一点点啊！为了这么一点，也许，却要付出巨大的代价。

　　榆娃对我笑了一下，那笑容里分明饱含着一种难言的苦滋味。

　　不知咋的，这一夜我的心乱极了，像是有一种不祥的征兆。我真后悔，不该认识榆娃，也不该知道这件事，那样，我对这小村，还能感觉到它的一点可亲可爱之处……

榆娃跟我谈话后的第三天，也是桑树坪麦收的最后一天。

我发现，榆娃和彩芳都有些紧张不安，尤其彩芳，一举一动，像是紧绷着的发条，好像再一使劲，就嘣的一声断了。我知道，这是决定他们命运的关键时刻。榆娃拿定了主意么？

后半晌干活时，我见了彩芳，她羞怯地一低头擦身走过去。她的事我知道，榆娃肯定告诉她了。我见了榆娃，他冲我神秘地笑笑。

我心头一块巨石顿时落了地，榆娃已经拿定主意了。我为这一对农村青年的最终决定而高兴。也许，到明天早上，村里人发现彩芳不见了，她跟着榆娃双双远走高飞，到那贫穷荒漠的另一个地方，开始一种美滋滋的新生活。的确，那地方苦，穷，可这一对相亲相爱的人会乐呵呵生活下去。清晨，他们结伴下地；傍黑，小屋里会有彩芳爽朗的笑，榆娃浑圆的嗓音，还有悠扬的琴声……

金斗算计得十分精确，吃夜饭前一个来钟头，塬上最后一垄麦放倒了。麦客收起镰来。

麦客一收镰，队里便按规矩不管饭了。麦客们到队里结算了工钱。当西岭铺展彩霞的时候，三五成群的陇东麦客，踏上了归乡的路，山岭间有他们粗犷的陇东调子：

太阳下去哟，
麻哟下了，

想起了娃娃他妈哟，

哎哟的哟，

急慌慌把路走错了……

我送榆娃到西塬垭口，他狡黠地冲我笑笑说："不送，还见哩！"我全明白了。

就在这天深夜，我被村里一阵阵喧闹声惊醒。窗外，有人举着点燃的柴棒往村外跑。我们几个人赶忙起身，随着大家跑过去。只见村外一间堆放草料的小屋前，榆娃让人绑在木桩上，保娃和几个人抡着手腕粗的柴棒使劲地打。不一会儿榆娃疼昏了过去。小屋里，一群婆娘也按着彩芳，又拧又打又踢，彩芳倔强地一声不吭。

原来，榆娃并没有走，他和彩芳商量好了，夜深人静时在这里会合，双双私奔到榆娃家乡去。

可是，这一对纯真无邪的小男女，能算计过李金斗么？有人早就盯着他们。当彩芳和榆娃来这里会合，埋伏好的人一拥而上。彩芳的私奔，又一次失败了。

金斗站在小屋门前，沉着脸，恼怒地喊着："打！往死里打！"棍棒在呼啸着，那声响凄厉可怖。

我实在看不下去，上前拦住保娃。保娃蛮横地喊着："拉住偷婆娘的人，打一顿算是轻的！"

我急了，到桑树坪一年多，我头一回跟李金斗急了眼："队长，你要再让人打，我可不客气了。"

金斗知道我们是不怕官的人，骂骂咧咧带着人往回走。我们给榆娃松了绑，他扑通一声倒在地上，原来他的腿让打坏了。彩芳从小屋里出来，一头扑在榆娃身上号啕大哭起来。

榆娃让打伤了腿走不成了，我们只好扶他到塬下一孔堆放大农具的旧窑里，想让他在这养几天伤再说。这一夜，榆娃昏乱地说着胡话，彩芳流泪一直伴在旁边……

天亮时，彩芳镇定地走回桑树坪。

她找了几件满娃留下的衣服，又拿了些干粮，端着一碗面条给榆娃送去。在村中间，金斗堵住了她。

"回去！"金斗恶狠狠地说。

彩芳不理睬。

"回去！"金斗又喊了一声。

我从屋里出来，看见了这个场面。我以为，彩芳会哭会闹，或者又喊又叫，谁知，彩芳只是冷笑了一下，那笑冷得吓人，看热闹的人只当彩芳又发了疯，吓得躲得远远地朝这边张望。

"你给我站一边去，不要挡我的路！"彩芳说得很轻很缓，眼里却有两道灼热逼人的光。

"我是你大！你给我回去！"

彩芳已经完全没有了往常的胆怯和在金斗面前的驯顺，她声音低缓地说："你姓李，我姓许，你不要挡我的路。"

"回——"

金斗后一个"去"字没出口，彩芳发作了，她圆瞪双目，一步步朝金斗逼过去，用一个弱女所能使出的力，恶狠狠从牙缝里挤出几个字："闪开！让我过去！"

金斗不由自主闪开身。就这样，彩芳挪一步脚步紧一下眉头，一步步往村外走去。

我目送彩芳出村，回头再看看金斗。我恨他，自私、狭隘、卑小，却又冷漠、残忍、无情，一只为人抽打的羔羊，又是一只吞噬生灵的恶虎……

金斗突然灵醒过来，一头栽倒在地，头和脸往厚厚的尘土中使劲拱着，他哭，呜呜大哭："我可怜的满娃，你咋不想想你可怜的大，你咋走在大的前面啊！天爷呀，我李金斗苦了一辈子，你咋忍心绝了我一门呀……"

他在尘土中爬着滚着，爬到墙边，头沉重地一下下朝墙撞击。他抬起脸来，老泪和着泥土，混混浊浊往下淌着。我心里刚刚筑起的一道是与非、善与恶的界线，又呼啦一声崩溃了！塬下，正有一对凄凄艾艾的苦人儿；这里，也有一个悲悲切切的可怜人。天哪，人世间怎么会有这种事呢！

快落黑的时候，我听到一个吓人的消息，金斗要以队里的名义，把"拐骗民女"的麦客榆娃送到公社那个"学习班"。

公社有这么一个"群众专政"学习班，养着一班虎狼一样的"群专"队员，关着一些犯了大小"错误"的社员群众。白天下河滩背石头，晚上挨打交代问题。那里面整天鬼哭狼嚎。尤其对那些犯了"作风问题"的人，打一遍让你枝枝叶叶说一遍，说不出再打，打着让你编……榆娃要送去，正属这一类，不死也会掉层皮啊！

还是赶紧让榆娃离开桑树坪。

我赶到塬下窑里，把这消息带给他们。彩芳当下就吓傻了，瞪着眼说不出话。

"怕啥，咱去告他！"榆娃倔强地说。

"你告谁去呀！"彩芳清醒过来，哭着说，"只怕你有口难张咧！"

"我跟他们拼上了！"榆娃在炕上挣扎着。

彩芳扑进榆娃怀里："榆娃，不说傻话了，你不怕拼不成，落个不死不活，叫我这一生一世咋过呀！"说完俩人哭作一团。

我的心像是一道伤口又揉进了盐，谁来看看这个场面啊！我拧过脸去不看他们，说："榆娃，你赶紧离开桑树坪，有心也等过了这一阵再说，你不是说，年年要来吗？"

榆娃点点头答应了。

我和彩芳把榆娃扶下了炕，他的腿挨不得地，就那么坐着。

彩芳含着泪把榆娃的小行李卷替他捆在背上，我们扶着他出了门。他久久望着彩芳，舍不得走。彩芳心一硬，把身子背过去，泣不成声，说："走吧榆娃，我是你的人，走到啥地方想着我就是哩……"

"我还回来哩，你等我呀！"

"嗯！"又滚落一串晶莹的泪花。

走了，麦客榆娃顺着青草覆盖的小径，一点一点爬着离开了桑树坪。

我忘不了那个夜晚，天上一轮明晃晃圆月，青茸茸的草叶折射着清寒的月光，像滚动着珠珠清泪。黝黑的山岭苍苍茫茫，山风在呜咽着。榆娃爬到塬边，停下来朝回望着，风里像有他的低声呼唤："我还回来哩，你等着我呀……"

我在桑塬上无目的地走着。

小村桑树坪掩在灰蒙蒙的轻烟中，它是多么幽深、静寂、神秘，能看得透它么？能同它心贴心地亲近么？它总是跟我保持着不远又不近的距离，让你爱它不能，恨它又不忍心……

这个晚上，我一直做着梦——

桑塬麦黄时，一个清清秀秀的小后生，无忧无虑地唱着歌走来了：

> 走哩走哩哟，
> 越哟远了，
> 眼泪花花飘满了，
> 哎哟的哟，
> 泪花花把心儿淹了……

榆娃离开桑树坪的第二天，金斗便忙活着彩芳的婚事，那孔当年满娃和彩芳只住了几个月的窑洞，又修整一新。门上是褚色漆，墙上是新灰泥……彩芳是无法抗拒这命运的安排，她只是一个孤苦无依的弱女。就在成亲的这个晚上，她投进了桑树坪村口那眼深井。

一个弱女苦女的死，没激起星点波澜，因为那井也太深了，尸首是打捞不上来的。一口井便废弃了，一块青石板盖住了井口。村里有的婆娘最后还不忘吐一口，骂一声："死了也会糟害人哩！"

只有金斗，坐在井台上一袋接一袋抽烟，他的眼里噙着混浊的泪，是可怜他的干女儿彩芳？还是心疼一眼井？就这么呆坐着一直到夜深人静。

那口井真深啊，有十六丈。多么长的井绳，一头满桶上来，另一头空桶下去。可在我们塬上，这还算是一口浅井哩……

李家老叔

出桑树坪往东下了塬，顺着一条小径再走不到一里路，那里有个小土洼。三面环崖，一面朝阳，洼口正对着景色宜人的羊儿沟。这里就是桑树坪李姓人家的坟地。坟地里错落着十二座坟头，葬着李青翰老人和老伴，以及这一对老人的五个儿子和儿媳。

桑树坪最先只有几孔采药人废弃的破窑洞，如今的桑树坪村，实际是李青翰老人一副担子从永寿那边挑来的。

坟地洼口有一孔破窑，也不知是哪一年让进山采药的人废弃的。门板没有了，门口堵着几捆苞谷秆挡御风寒，窗屉不见了，几块大青石堵得严严实实。

　　这孔破烂不堪的窑洞，住着一个老汉。

　　有几回，清晨我经过坟地时，总见这老汉佝偻着苍老的身子，仔仔细细打扫坟地。他拔去坟头上的杂草，培上新鲜黄土，捡去坟地里的枯枝败叶，他干得一丝不苟。

　　晚上，我又总见这老汉倚着一棵大柏树，默默无语想着啥心事。他这样一待就是很久。我要拐进村了，还能看见他模糊的身影和一明一灭的烟火光。

　　最初，我只当这老汉是看守坟地的，后来村里人告诉我，坟地无须看守。这老汉就是被村里人称作李家老叔的李言老汉。

　　李家老叔这个称呼就很特别。

　　关中人习俗，同宗同族里是没有叔这个称谓的。

　　同宗同族里若是叔辈，该叫爸才对，关中人父亲叫大。叔只是对外姓老者而言。桑树坪全是李姓人家，都出自青翰老人一门。这老汉姓李，想必是李家人，可又被人称为老叔。

　　后来时间长了，我才知道，这老汉是青翰老人的第四个儿子。

　　从我来桑树坪，老汉是李姓人家独一无二的长者。可族里人不叫他爸，也不叫他爷。

　　李家老叔这个字眼是生产队长李金斗最先使用的，于是不论辈分，大人小孩都这么叫。

　　发明这个称呼的人，用意是很深远的。本身就反映了这老汉同桑树坪人的复杂关系：这老汉按名分是李家人，论感情又是个陌生的老叔。

李家老叔一直给队里放羊。

一九六八年秋，金斗对我说："老汉老咧，你去跟他放羊吧。"这一年老汉已经是七十的人了。

我说："既然老了，干脆歇下来算了。"金斗听完我的话，说："歇下！歇下他吃屎哩！"的确，桑树坪人只要不最后闭上眼，就没法歇下来安享晚年，五尺高的精壮汉子苦劳苦作一年，尚且混不下个全温全饱，更何况一个孤老汉，歇下来谁养他呢？

可是，老汉总不能一直干到死在放羊的路上吧？金斗说："先干着，我正盘算给老汉寻个合适的活路哩。"说来说去，老汉还是要干。

从此，我便跟李家老叔放羊了。

老叔的住处止好是下沟上坡的必经之路，我念其年纪大，不用他去村里领羊，只让他在这等着。

清晨，我赶着羊群过来，老叔一听鞭响，就从当门使的几捆苞谷秆秆堆里钻出来。老叔天生乐观，一辈子没成亲，身板骨比六十的人还硬朗些。他钻出门后，总是先舒舒服服伸个懒腰，然后开怀一阵大笑："哈哈，我老汉又多活了一天！"因为老汉常说，他保不准哪天晚上闭上眼就再也睁不开了。多活一天，对老叔来说是件高兴事。可多活一天又能咋样呢？老汉大笑一阵后，又说："哈哈，又活咧，这早起的饭到啥地方去吃呢？"

桑树坪穷，我在村里时，一个人的基本口粮是三百九十五斤，也就是一天一斤多一点。这个基本数是虚的，不是年年都能达到标准。队里时常欠社员的口粮，社员干一年，年年都欠着队里的粮钱，因为工分值才二毛多，辛苦干一年却挣不下口粮钱，时间一长就成了恶性循环，今年还去年的，再借明年的，社员就这么一年年过。老叔干一天才七分工，就是说干一年半才顶一年的工。他是孤老汉，无家无业，知道自己若欠下队里的钱，到时他一闭眼就留下个亏空，他不想让村里人在他死后指着尸身说："老汉还欠着队里的钱哩！"他发誓不借债，那么咋办？唯一的办法就是牺牲自己的口粮。忙活一年下来，挣的工分能值多少粮他就领多少。

　　我们放羊出坡，我总是给老叔带一个馍或一块饼。老叔除了说声"好娃"，更多的话是不说的，接过来三两口下了肚，甩着羊鞭子就走了。

　　老叔跟村里其他庄稼人不同，尽管营生是那么熬煎，他也从中找乐子。他放羊总爱找景色好的地方，羊儿沟就是我们常去的。沟里有清清溪水，从青石间滑过，一路叮咚有声；梢林里百鸟啾啼，山坡上开着数不尽的野花，一蓬紫一簇黄一团粉……我们把羊赶进沟，老叔躺在青茸茸的草丛间，就从怀里掏出他的小酒壶，几口下肚，话就多了，山歌调子也飞出了口。

　　我真喜欢老叔的山歌调子。

　　老叔年轻时走过不少地方，什么"三秦"的道情、"三陇"的"花儿"、西北少数民族的情歌，他出口即是。更让人动心的，是他把各地的民歌小调凑起来，自己创造了一种"揽羊调"，曲子顺口编排，词儿顺口创作：

> 羊鞭嘛一甩走哩，
>
> 坡上去见妹子哩，
>
> 有话嘛你就说哩，
>
> 成不成就在今哩……

老叔自己乐呵呵地唱，排忧解愁不说，他还能以歌代言，给别人排忧解愁。

村里有个后生福成，在中学念书时结交一个女友，在桑树坪他是自由恋爱的第一人（后来我才知道，老叔是第一个）。但福成的爱情最终不能成功，双方父母各自给他们定卜了亲事。福成为此事很伤心，整天愁眉不展。老叔看见了，不便直说什么，叭地一甩羊鞭，唱：

> 头掉了碗大的疤哩，
>
> 有心者哪能不成哩，
>
> 后生家不寻好女子，
>
> 误了青春好光阴哩！

这几句给了福成莫大的鼓舞，他跟那女娃又接上联系，常常相伴相约谈情说爱。

谁知，好景不长。有一次福成正跟女子谈情说爱，让那女子未婚夫家里人"捉了奸"，把福成一顿好打。福成想轻生。老叔知道了，不便直言给福成出主意，只好装着无意唱：

> 山上的路多，
>
> 条条都能活，
>
> 汉子要远飞，
>
> 混出个样样，
>
> 看谁能咋着……

没出几天，李福成偷偷跑到彬县一家小煤矿当了临时工。后来，他又从那里入了伍，几年后，福成就混出个样样来了。这是后话。

当时，福成跑了之后，村里人知道了这是老叔出的点子，福成爹娘气得堵住老叔，骂了个昏天黑地。老叔不仅不动气，反而笑着说："你骂我是老骚货，谁给咱老汉也寻个婆娘过活些？"

我跟老叔就这么相识了。我喜欢他的脾性，你看看桑树坪人，为了衣食整天唉声叹气、愁眉不展的模样儿，再看看老叔，每天从破窑里钻出来，乐呵呵开始了一天半饥半饱的生活。黄昏，我们从坡上下来，他又总是乐呵呵对我说："娃，明天早起我要醒不来，你就在门口点把火葬了我，我没备下老屋（棺材）哩！"说完又乐呵呵钻进破窑去。

　　可是，真正促使我跟老叔由相识变亲近，由亲近到心贴在一起，为这可怜老人而伤心而想大声疾呼的，却是一件极不光彩的事，我差点把老叔推上一条死路……

　　插队到了桑树坪后，我们知青并不想在这贫穷荒凉的小山沟里默默无闻地当一辈子的农民。要来就要干出点成绩。可怎么才能干出成绩？当时，正在开展轰轰烈烈的"清理阶级队伍运动"，山里却是冷清清的没一点动静。在欢迎知青的大会上，县领导号召知青"做运动的带头人"，"揭开阶级斗争的盖子"……这话也许只是说来让人听听而已的口号，可我们的心却有些动了。

　　到桑树坪没几天，我们就动起来，想一炮打响。我们先找金斗摸情况，问他村里有谁值得怀疑和清理。金斗面有难色，我们便开导他说："抓革命，促生产，运动搞出成绩，上级会重视桑树坪。"金斗一听能给桑树坪带来好处，便说："要论够清理条件的，只有王志科和李家老叔。"

　　那时，我才跟老叔放羊没几天。王志科的情况这里不说，只说老叔。金斗大概介绍了他的情况：

　　李家老叔年轻时就是这一带出了名的闲汉二流子，整天东串西走不务正业，后来发展到勾引女戏子大闹戏台，让人打了一顿。老叔无脸，一气离开桑树坪。老叔出走后就进了"甘军"马志贤部，马志贤是土匪出身的小军阀，在他手下，杀人放火的事少不了。后来老叔随马部入疆，在新疆被人打散，老叔流落在新疆各地，浪浪荡荡混日子。老叔在外混了三十来年，直到五二年才回桑树坪，回来时不知从哪弄来许多钱财珠宝，大吃大喝，随便抛撒，不是辛苦挣来的，才会这样不珍惜。后来，青翰老人死了，他的钱也光了，一个庄户人家出身的人却一点不会地里的手艺，只好放羊……

金斗在介绍老叔情况时，加了很多"听说"，这不足信。可老叔的奇特经历，却让人疑心。

我们把这些情况汇报给公社，公社立刻将老叔列为清查重点，让我们进一步调查，一俟有结果，立刻把这个混入贫下中农队伍里的坏人揪出来。

可是，我们怎么去调查呢？问村里人，他们也跟金斗说的一样，都是听来的。老叔当年离开桑树坪时，金字辈里年纪最大的李金盛才是几岁的娃娃，金斗还没出生。内查不行，外调也不可能，因为老叔在外是个流浪汉。

最后，我想出个好办法，让老叔自己说出来。这老汉爱喝酒，一喝醉了便把自己的根根底底都说出来。我们准备买来酒把老叔弄醉，让他系统地讲讲三十年在外都干了些啥。

我们这么做了。

那天晚上，老叔很兴奋，喝着不兑水的好酒，眼里噙着泪花花，说："娃娃们好啊，可怜我孤老汉，好心人有好报……"他流着泪又带着笑一杯接一杯地喝，苍老的脸上泛出红光。他果然醉了，也真的拉开话匣子，不歇气地说啊讲啊，直说得我们每个人眼里都含着泪珠珠……

老叔幼时生性聪颖，深得青翰老人欢心。当时桑树坪李家人中，只有老叔念过几年书。

庄稼人看地，读书人想天。老叔念了书，心就变得野了。后来家境不好，老叔只好退学回家，又不想憋闷在小村里，每天便习拳弄棍，走东串西，爱与人打抱不平。这样混到十九岁。

这一年，打山外来了个草台戏班子。

戏班里有个演丫鬟使女小梅香一类角色的俊姑娘，把老叔勾得场场必到。那姑娘也怪，眼神总爱在老叔身上多溜一会儿。这下可好，老叔觉着眼里有话，便离开村子，自愿到戏班当个只吃饭不挣钱的打杂的。

时间一长，他跟姑娘相识，也知道了姑娘的苦身世。

姑娘八岁就死了母亲，让后娘卖给戏班，先是伺候班主，十岁习艺登台。这号草台戏班子多是由几个穷艺人纠合一些破产农民办的，艺不甚高，不过弄几出戏糊弄一下庄稼人，混碗饭吃。戏班子走东串西，歇的是破窑烂草庵子。糊弄几出戏，人家有钱打发几个，没钱几个馍三五斤杂粮也能打发。碰到人家办喜事叫去拉拉唱唱，人家一散席，戏子一窝蜂拥上去，把残菜剩酒抢个干干净净，就跟叫花子一样。

过这种营生，还落个戏子的名，看人家的白眼。

姑娘在这种环境长大，生生厌烦了这种人不人、鬼不鬼的日子，也知道自己到头不是给谁续弦做小，就是沦落到烟花。她想趁年轻，寻个满意的人家打发了这一生。可是，姑娘到底唱过几年戏，找个浮浪子弟她不干，嫁给个庄稼汉她也不肯。到林游山里后，她无意碰到了老叔，觉着这后生几分灵秀几分憨实，两人相处一长，老叔果然是她意中之人。两人情投意合，最后私定下终身。

这事让班主知道后，叫了几个戏子，趁一天夜深人静，用口袋蒙住老叔的头，狠打了顿。

老叔跟姑娘又不是风月儿戏，他寻机报复。一天，台上演《铡皇亲》，戏班穷，借了一口真铡当道具。台上铡刀一拉开，老叔一步冲上台，伸脖子挺在铡刀下，喊叫着："要么把头拿去，要么把女子还我！"戏班碰到这号不要命的人，只有认输。

这事传遍四村八乡，也传到桑树坪青翰老人耳中，老人气得跺脚大骂，又让老叔的几个兄弟把他绑回村。青翰老人豁出几亩地，给老叔说了门亲，三天后捺着老叔的脑袋拜堂成亲时，老叔气发，踢倒香案红烛，从桑树坪跑出来去寻姑娘。

谁知就在老叔被弄回村那天，戏班也赶紧拔台往西去了。老叔弄个鸡飞蛋打，没脸回村，索性一不做二不休，往西边追戏班子去了。

老叔一路揽工，要饭，一年后到了皋兰，就是今天的兰州，没打听到戏班的下落，便在皋兰混日子，老叔在黄河里撑过皮筏，下窑背过煤……后来让马志贤的队伍抓了差。

抓差不是当兵，马志贤的队伍全是回民，老叔只能当挑夫马夫，还是受苦受屈。冯玉祥的国民军入甘，老叔又让马志贤的队伍裹着向新疆逃窜。到了新疆，队伍完全败阵，人马流散各处。老叔有家也回不去，便过起了流浪汉的日子。他当过矿工、采玉工、淘金工，给商队赶过骆驼，给考古队当过力夫和向导……吃苦下力的活路全干过。

流浪汉的日子是很奇特的，有钱时是天底下第一号富翁，钱不当钱，血汗挣来的钱到手就吃光喝光；没钱时又是天底下最可怜的人，孤苦无依，浪迹天涯，思乡恋土……老汉养下喝酒的毛病，只有酒才能打发这种日子，醉了，冷凄凄的世界又变得暖融融、热辣辣的。

五二年，老叔带着一身与庄稼人格格不入的流浪汉气回到故乡桑树坪。他已经是五十多岁的老汉了。老叔回村第二天，就在村里摆下酒，名曰：谢恩酒。感谢生他养他的故乡土地和父老亲人。桑树坪人见识了老叔的海量，满满三大碗，老叔不歇气喝干。村里人吓得直往后退。并非是老叔的酒量，而是怕这老汉一旦沾上谁，谁就要背上养老送终的包袱。那么，别说三餐饭食，就是这酒，也会折腾掉家底！

谁知老叔喝完把碗一摔，说："回到家乡，见到亲人，老汉要酒做啥！"

老叔戒酒了。

这老汉的毅力大得惊人。有几回犯了酒瘾，他便用筷子把嘴捣得稀烂，再抿一口酒。辣酒渍得伤口疼痛难忍，在塬上狂奔乱跑，边奔边叫："没出息的李言，你还喝不喝！"满嘴喷着血沫子。

酒戒了，村里人稍稍安下点心。老叔便亮出他带回来的钱财，打开褡裢，村里人吓傻了！金砂、玉石、珠宝、银圆……当时桑树坪才解放没几年，生产还没完全恢复正常，老叔便大把抛撒钱财，人人都有份，家家都受惠。如今桑树坪使唤的那辆木轮大车，就是当初老叔花钱置的。村里人得了好处，却在底下说："老汉这钱不是出力挣的，要不然敢给别人！"老叔听后哈哈大笑："这点钱算啥，我这双手几十年挣下了一座金山一座玉山，自己就落下这么几个。"

老叔回来的时候，他的哥哥嫂嫂弟弟弟媳已经过世。父亲李青翰已经是快八十的老人，又聋又瞎，被族里人孤零零撇在一孔冷窑里，想起来了送碗饭进去，想不起来老人就饿着。就这有一顿无一顿的日子，几家人还常为抚养老人的事打架吵嘴。老叔一见这光景不由心酸。他原想趁着手头有几个钱，在桑树坪给自己盘一孔窑，置点家业，也好打发自己的晚年。看父亲这般凄惨，他先放下自己的盘算，住进父亲窑里，给父亲养老送终。

老叔陪着父亲两年，让父亲享了两年福。好吃好穿堆满一炕，父亲这冷清清无人理睬的窑洞，也跟着红火了两年。族里人也不躲老人了。家家轮流来陪老人吃喝，连吃带拿。青翰老人临去世前的最后一句就是："言娃子，亏了有你的钱财，临死落了个儿孙满堂，红红火火！"

五四年，青翰老人谢世。老叔拿出最后几个钱隆重发送了父亲，又将乱糟糟的李家坟地修葺一新，植松栽柏，立碑修牌……

老叔心想，他的孝心尽到了。剩下的事，他该盘算一下今后的营生如何过。可是到此时，他已经成了个穷汉。

正在这个时候，老叔的几个侄儿金斗、金盛一伙人来了。

金斗那会儿是三十不到的汉子，进门便说："这窑老了，要拾掇下，你先挪个地方吧！"

好啊，老叔没说二话扛起小铺盖卷就走，顺着路往前走，边走边盘算今后的营生。等老叔走到村口回身一看，他那些侄子早就不见影了。

老叔长叹一口气，到这时他才明白过来，他在桑树坪算个啥呢？说亲没情分，说不亲又有名分，谁肯容留这样一个孤老汉、穷老汉呢？人家没把他撵出来，而是哄他出来，算是对他讲点名分了。怪不得谁，要怪只能怪自己当初没留点心眼……

老叔在桑树坪走投无路，便搬到塬下今天住的那孔破窑住下来。当时老叔还想，自己五十多，腿脚还利索，拼命干几年，不想没有生发的机会。

想生发不干活不行，不干活谁养他。老叔闯荡了半辈子，丢光了地里的手艺，只好给村里操起了羊鞭子。春天羊群放野，老叔背着小铺盖卷随羊群四处走，哪里都是他的家；夏天雨多破窑危险，老叔就住到麦场边堆杂物的小场屋；秋天他在沟里搭起窝棚，连放羊带看庄稼；冬天，又回到那孔破窑里，秫秸堵着门熬等来年……老叔在自己的故乡又过起了流浪生活。

快二十年过去了，桑树坪人的营生越过越往回走，越过越熬煎，老叔能有生发的机会吗？只有当初十几只羊变成如今三百多只一大群，老叔仍是那一个小铺盖卷。

从老叔操起羊鞭那天起，他戒了两年的酒又一点一点上了口。

最初，老叔只是抿几口消消愁；继而一盅两盅解忧。等到酒上了口，老叔这孤寂冷凄的日子，又不得不靠酒去打发了。

穷汉恋酒，老叔只有靠放羊时挖点药材换。往后年纪大了腿脚不灵便，没法攀山登岭找珍贵药材，靠点柴胡、车前子当不了大事，老叔便把几样家当一件件送到酒贩子手里，白毡、大氅、皮帽……最后只剩下一身衣裳，放羊到了沟里，脱下来在水里洗洗，自己精着身子圪蹴在草丛里……

我们本是来搜集整理这老汉的材料，准备把这老汉清理出贫下中农的阶级队伍的，谁想得到的却是这些。看看老叔，他喝得真高兴，破窑里一盏昏黄的小灯，炕上满堆着麦草，老叔是这样打发了近二十年的岁月，我们不由得流眼泪。

"娃，说得好好的流啥泪？听老汉给你丢一板乱弹（秦腔）。"

老叔掐着嗓子唱："呀，琼浆酒美佳肴吃得生厌，挖野菜寻麸糠为尝新鲜……"不唱则罢，一曲出口，几个人的眼睛全模糊了。模模糊糊中，看见老叔一个乐呵呵的笑影影。

六八年的初冬，在我们再三呼吁下，金斗派老叔去看磨子。

这也不是啥轻松活路。那时候桑树坪还没用上电，全村人磨面吃饭全靠石磨。磨坊在村口，进门一边有一盘小炕，一边摆着罗面箱。再往里去，就是一盘大石磨，足有炕那么大。

　　村里大牲口少，白天地里的用处又多，磨面只好放在晚上。吃罢夜饭，老叔去牲口棚牵来牲口套上磨，老叔便一斗接一斗地磨，一箩接一箩地筛。村子本来就小，一到晚上，那嗡嗡的石磨声和哐哐的罗面声便充塞着小村的每个角落。等到天明，就能听到老叔的吆喝声："取面来，磨好咧！"

　　活路虽不算轻巧，比放羊强多了。起码不用老叔挂着羊鞭四处奔波，风吹雨淋。老叔为此很感谢桑树坪人对他的顾怜。更让老叔满意的，是磨坊里有一盘小炕。按规定，谁经管磨子，这盘炕就暂时归谁所有，晚上干活乏了可以歇一会儿，白天也可以在里面关起门睡大觉。这磨坊窑就是当年青翰老人住的那孔，老叔就是让几个侄子从这里哄出去，从此开始了在故乡的流浪生活。如今，他想不到又能回来，而且是这孔窑的主人，尽管是暂时的。老叔就准备在这里安下家来。他知道自己的日子不多了，保不准哪天就闭眼。如果他死在荒山野岭，或者那孔连门都没有的破窑里，老叔说："我一辈子没做亏心事，落那么个下场，死都闭不上眼！闭不上眼让我眼盯着人受熬煎，那滋味不好受哩！"

　　老叔的精神为之一振，为了报答村里人，他做活格外精心。有时面磨好了，他就给人家送到家门口去。

　　从老叔搬进磨坊，他再次把酒戒了。这次戒酒老叔没费很大事，因为穷，把他的酒量也弄穷了。

　　自打整理老叔材料的事之后，我跟老叔的关系一天天加深。白天老叔卸了磨子，便和我一起去放羊，为的是能散散心。

这段时间里，老汉讲了多少神奇迷人的故事，有一件事是让我至今难以忘怀的。

老叔在新疆的时候，曾给一个去高昌、楼兰古国遗址搞发掘的考古队当过力夫。他没想到，竟能跟这些有名气的专家学者交下朋友，他们一起在荒凉的戈壁滩上度过了好久的艰难日子。

后来，老叔离开考古队，当了采玉工。

叶尔羌河上游的崇山峻岭间有个地方叫玉山，那里出产玉石，其中有一种珍品，俗名叫"猴子耍"。因为这种玉石只产在那些只有猴子才能攀上去的深山里。猴子发现这种光彩夺目的玉石，便捡来玩，而后又丢弃，这才为人所能采集。

"猴子耍"是玉石中的珍品，做帝玺的材料。玉工采到不纳，便要杀头。到了民国，也属于采到必交官家之列。没想到老叔采到这么一块金玉，色泽翠青，圆润如膏脂，放在一泓清水里，水都变成碧绿色。老叔爱不释手，当时又胆大，便翻山越岭走了俩月，从山的另一面跑了。他带着这块宝石到了迪化，也就是今天的乌鲁木齐。

在迪化城里，他又碰见了那些考古队的朋友。不过，这些人已经不是专家学者了，政府把他们忘在沙漠里，断了他们的经费。他们别说搞研究，差点没饿死在沙漠里。这些人流落到迪化后，住在小客店里，每天靠给人教几页书写写字混日子。可老叔知道，这些人手里有几样发掘出来的古物，随便卖给哪个走西域的客商，便不愁衣食盘缠，可他们宁愿饿死也不卖。

老叔对这些人的为人很敬重，自己只有一块宝玉，便拿出相赠，让他们卖了回内地去。那些人知道此物的贵重，坚辞不收。老叔只当他们怕官，生生把一块大材破成几小块，一块贡品玉毁了。那些人感动至极，收下几块变卖，又把其中一块刻上几个字回赠老叔作个纪念……

"上面刻的啥？"我问老叔。

"如玉！那些书呆子闹耍货玩哩。"

老叔说得十分轻松，也许他真的不明白，那"如玉"二字，是人家对他多么深沉的赞誉。

"这块玉石呢？"

"唉，别提咧，我吃了两个月的官司，官家说我倒卖国宝，幸亏不成材，不然也活不成咧。"

老叔说完哈哈大笑，又说："我咋从来不知钱是个啥稀罕物，回到家就懂咧。娃，我告诉你，人活着，不要图谁说你好，只为死后人不记恨就罢！"

我们就这样悠悠闲闲过了几个月的日子。磨子窑里热腾腾的火盆，老叔说不尽的故事。每天早上，老叔仍要喊一句："哎呀，老汉还活着哩！"

老叔回村快二十年，就过了这么几个月的好日子。

六九年四月里的一个黄昏。

老叔套好磨，打着牲口沿磨道走起来，他坐下来歇口气准备罗面。这时，金斗来了。

金斗进门就说："老叔，队里想拾掇这窑，你先挪一下吧！"

金斗的话音未落，就见老叔浑身直打哆嗦。他牙关紧闭，眼睛发直，脸色变得铁青。金斗一见老叔这模样，慌得赶紧走了。

后来我才知道，其实，金斗说的是实话。磨子窑老了，经常往下塌土，队里一直没钱整修。眼看快要收麦，万一出麻烦，全村人就吃不上面。金斗下狠心请人来修一下。

可是，老叔让他们哄怕了。

金斗走后，老叔从炕洞里摸出一小罐酒，老叔说过这是他留下准备过七十五寿时，请全村的人喝一回的。老叔拿起碗，又想往酒里兑水，可不知又动啥盘算，他没有把水兑进去。

磨子还在转着，老叔盘腿坐在炕上一碗一碗喝起来。

我去看老叔的时候，发现老叔脸色很阴沉，他说："娃，喝一口。"我抿了一口，说："好酒，没兑水！"其实我根本尝不出来，只不过想逗老叔，老叔没有说啥，苦笑了一下。

老叔今晚神色很怪，眼睛常发直发呆，也没有像往常一样，一沾酒就醉，醉了就胡说乱道："我年轻时啊，一回能喝一大坛子酒，喝完还能在胡麻地里骑上快马跑……"

我陪着老叔不言不语坐了一会儿，老叔说："娃，回去歇着吧，我也要歇咧。"

第二天一早，村里人好半天没见磨子窑有啥动静，有人推门一看，只见磨顶上的麦早就磨完了，牲口拉着一盘磨又不知走了多久才站住，生生把一盘大磨给拉毁了。而老叔也不知往何处去了。

快到晌午时，村里人在羊儿沟里一个人不常去的僻静处找到老叔。

老叔以他平日醉卧四野的姿势，侧躺在小溪边一蓬青茸茸的草丛间。他将脸深深埋进草里，像是拼命吸吮着什么。他那命根子一样的小酒壶跌落在身旁，一缕残酒淌出来，招引来几只土蜂，围着老叔嗡嗡上下飞。

山里的四月天，是金子难买的好节时，沟里空气清清爽爽，没有一丝灰尘；天空瓦蓝瓦蓝，不见一丝杂云。山风沿沟底滑过，掠过梢林，惊动林间鸟，几声啁唧，反倒更显出山谷的幽静。

金斗气哼哼白了老叔一眼，说："队里一盘磨让你弄日塌（坏了），你一点不心疼，一滴酒也要从地里舔出来！"金斗一说，人群哄的一声大笑。

金斗用烟杆捅捅老叔，说："该醒咧，回去你咋给队里赔磨子。"老叔一动不动。

村里人便三三两两散开歇乏。

歇得差不多了，金斗去喊老叔，连叫几声不见老叔动一下。金斗气恼地走过去一推，老叔的身子躺正了，人们这才看清楚。孤老汉李言已经死了……

第二天一早，我们接到通知去县里参加知青"积代会"。中午，我们从桑树坪动身的时候，老叔的尸身还停放在堆草料的小屋里一块门板上，身上盖着薄薄一层麦草，脸上搭着一条布帕。

饲养室门前，村里几个主事的人还圪蹴成一堆，咂着烟在商量如何办老叔的后事。老叔的老屋怎么办？是队里出还是李姓各家摊派？金斗说："队里哪有这笔款子，磨子窑还没拾掇哩，磨子又让弄日塌咧，我正发愁从啥地方弄钱赶紧打一盘新磨，不然村里人吃屎哩！"

金盛的话是代表桑树坪社员群众的，因为他是桑树坪贫协组长。金盛说："各家摊？这算咋个事么？老汉算是谁家的老人，谁家又该给他摊么？"

金斗磕磕烟杆，叹口气说："吃吃喝喝浪尿了一辈子，这会儿发愁没老屋咧……"

我知道，这种讨论在一个不算短的期限内是不会有结果的。我默默地转身走了。

拐过山垭时，我朝桑树坪看了一眼，老叔躺的那间小草屋很醒目，里面有一个孤零零的老人。

周围，有一堆活着的人，他们同为一姓一族，可在这么个时刻，他们彼此还无法沟通血脉上的相连，老叔仍是李家的老叔。

我想，过三两天我从县里开会回来时，一定要给老叔买一瓶好酒，放在老叔要睡的老屋里，让他带走。

我相信，我回来的时候一定还能见老叔一眼的，不信么？那你一定不了解桑树坪……

取经

/// 贾大山

在举国欢庆伟大历史性胜利的日子里，县委要在李庄村北召开农田基本建设现场大会。数千名农村干部，早早赴到披红结彩的会场上，一个个舒眉展眼，喜气洋洋，就好像才解放、庆翻身那年头儿一样。他们把自行车一放，有的站在路口，观看李庄的老头们撒欢儿似的敲架鼓；有的聚在滹沱河大堤上，互相交谈村里的情况；有的挤在花花绿绿的大批判漫画专栏前面，嘻嘻哈哈地指点着嘲笑着那四个龇牙咧嘴的怪物……

王清智到底是个有心人，他不光是欢乐，更主要的是把注意力集中在李庄的工程上。他倒剪双手，漫地里兜着圈子，望着那一排排新搭的大窝棚，自言自语地说："嗬！李黑牛这家伙真有两下子！嗬！李黑牛这家伙真有两下子！"

我跟在他的身旁，不由笑着问："老王，你说什么？"

他站住了，两道浅淡的眉毛向上一挑，演讲似的说："我说人家李黑牛真有两下子！一、开工的时机抓得好，有它特殊的意义。二、开工的声势造得大，有它典型的意义。三、三是什么呀？这里的沙岗，平啦；这里的沙壕，垫啦；在这又打高粱、又收豆子、平平整整、镜面儿似的河滩地里，谁知人家又有了什么鲜招儿？莫非……"说着，两手一背，又迈开那两条有力的长腿……

半月前，我随县委工作组一到王庄，就发现了老王这个特点：嘴快腿快，脑子灵活，说话有条有理有声有色。也许是解放初期当过一段民校校长的缘故吧，笔杆儿也很利落。我总觉得他在我所结识的农村支部书记当中，算得上最有水平的一个。可是，王庄既然有这么一个领导人，为什么在农业学大寨的行列中总是跟在李庄的后面跑呢？李黑牛是怎样的一个人？还有老王那话，在这又打高粱、又收豆子、平平整整、镜面儿似的河滩地里，他们到底又有了什么鲜招儿？

大会开始好半天了，我一直在思考这些问题……

"现在，请李庄大队支部书记李黑牛同志介绍经验！"

在一片热烈的掌声中，李黑牛站起来了。我踮起脚尖一看，他有五十多岁年纪，小矬个儿，瘦巴脸，身穿粗布小棉袄，头扎一条旧手巾，是个土眉土眼的庄稼人。只见他手提一把明晃晃大镐，笑眯眯地朝人群里走去。人们莫名其妙地向后闪开，好像看变戏法儿似的，围了个大圈儿。他照手心吐了口唾沫，把手一搓，抡圆大镐，呼哧呼哧刨了个大坑，然后捧起一捧沙子，高高举过头顶，让沙子从手缝里慢慢流着，厚嘴一张，说："各位领导，各位同志！大伙看见了吧，这就是俺村的差距。这九百亩河滩地，表面挺平整，肥土层太薄，底下尽沙子，好比筛子眼儿，又漏水、又漏肥，种嘛长嘛，嘛也长不好。这怎能叫大寨田呀？去年，俺们从兄弟大队学来一手，开膛破肚，掏沙换土，重新治理它。当时俺们打了个谱儿，一年治它三百亩，两年治它六百亩，苦干三年，叫它变成旱能浇、涝能排、又蓄水、又保肥、高产稳产的大寨田。去年治了三百亩啦，今年怎么着？打倒'四人帮'，人民喜洋洋，思想大解放，生产打胜仗。三百亩太少啦，李庄人民说，大干一冬，全部完工，要用实际行动落实华主席提出的抓纲治国的战略决策，打'四人帮'一个响亮的耳光子！完啦！"

会场上响起一片热烈的掌声、笑声。我使劲拍着巴掌，扭头一看，咦，老王呢？四下找寻，只见他呆呆地蹲在人群的最后面，脸上红一块儿、白一块儿的。什么原因呢？

王清智为什么脸红

中午休息的时刻，县食品公司的大卡车送来熟食。我和老王买了几个麻花儿，找了个僻静的地方，一面吃，一面问起他刚才离开会场的缘由。他的脸色很不好看，愣了半晌，突然说："果然不出我的所料！李黑牛介绍的，本是咱王庄创造的经验哪！"

"什么？"我惊奇地睁大眼睛。

老王叹了一口气，吃着麻花儿，慢慢叙说起来：

"咱村村北，也有一片河滩地，表面挺平整，肥土层太薄，底下尽沙子，庄稼长不好。去年十月，全国农业学大寨会议一散，县委立刻召开了四千人大会。你记得吧，在那次会上，县委书记批判了'潜力挖尽，生产到顶'的错误思想。当时我想，咱县地处大平原，又是先进县，这种思想有代表性，非破不可。如果抓住这个题目，好好做做文章，肯定会引起县委的重视，那是毫无疑问的！凑巧，我一回村，咱们的老贫协和几个老农琢磨出个开膛破肚、掏沙换土、重新治理河滩地的方案。我一听，可乐啦，一拍脑瓜儿，立刻想了个口号：'挖地三尺找差距，建设高标准大寨田！'

"李黑牛耳朵长。我们开工没几天，他就来到工地上，悄悄地转了一上午。收工时，我才发现他。一见面他就笑眯眯地说：'老王，你的招数就是比俺多，今儿个可开了俺的心窍啦，有工夫俺得好好请你喝一壶！'回去以后，他们才照葫芦画瓢地打响了重新治理河滩地的战斗。他刚才介绍的，不就是这一套？"

"后来呢？"我插问道。

"唉，别提啦！"老王又叹了一口气，"头年里，我到县里参加一个座谈会。报社的小于同志听说了，找到招待所里，要我写一篇批判唯生产力论的稿子。我闭目一想，立刻总结出唯生产力论的十大表现八大危害。稿子写成了，小于说太空洞，要我联系一些实际，增添一些内容。联系什么呢？小于开导说：'目前压倒一切的任务是什么？在这当口，你们把大批劳力拉到河滩里去，这叫什么？现身说法对读者的教育更大呀！'我一听，不由吸了一口冷气：天哪！搞农田基本建设也成了唯生产力论啦？拉倒吧，不写啦，咱不能自己往自己头上扣屎盆子！可是我又一想：一、一级是一级的水平。看看报纸，一个理儿；听听广播，一个音儿。自己不理解，说明自己水平低。二、这两年，王庄的各项工作起色不小，开始有了一点名气，在这么大的政治运动中，怎能不显山、不显水呢？三、小于同志亲自找上门来，说明咱在人家的脑子里挂着号儿哩，如果不写……写吧，不写不好，叫人家说赖狗扶不上墙去。可是，笔尖一扭，那不是自己往自己头上扣……唉，算啦算啦，羊随大群不挨打，人随大流儿不挨罚……"

"你到底写了没有？"我急切地问。

老王忽地跳了起来，右拳击着左掌，呱唧呱唧山响，急眉急眼地说："不写，不写王庄的工程就自消自灭啦？不写，不写今天的大会得到咱王庄开去，不是吹哩！"

老王脸红的原因引起我的深思。沉默了一会儿，我说："你想过没有呢，你那篇稿子发表以后，当时会在李庄引起什么反响呢？"

"一、……"老王眨巴眨巴眼睛，"咱们顺便了解一下吧！"

张国河的介绍

散会以后，我和老王来到农田基本建设指挥棚里。李黑牛忙去了，只见一个胖壮大汉正和几个女孩子收桌凳。老王向我做了介绍，那大汉名叫张国河，是李庄大队的支部委员。

　　看来，他俩是老熟人了。当老王提出了我们所关心的问题，张国河一屁股坐在稻草地铺上，毫不客气地说："还问哩，去年你小子那篇稿儿一登报，俺村差点儿也乱了套！一天大早，大队门口糊了一片没落款儿的大字报，好听的劝黑牛悬崖勒马，难听的骂黑牛是这个那个的孝子贤孙。支委们的思想也不一致。有的说：'他写他的，咱干咱的！'有的说：'咱这一手是从王庄学来的，人家都在报上做检查啦！'也有的说：'他批咱也批，他登小报，咱还争取登大报哩！'争到半夜，黑牛站起来了，俺们都想听听他的意见。谁知他把胳膊一伸，厚嘴一张，对着房顶打了个哈欠，慢慢憨憨地说：'干的有干的根据，散的有散的理由。干也罢，散也罢，眼下到了年根儿，社员们谁家不做点年菜磨点豆腐？闪过年儿再说吧！'"

　　听到这里，老王忍不住捂着嘴笑了。

　　"你笑什么！"张国河不满地瞪了老王一眼，"别看黑牛性子慢憨，心里自有主意。他常说：'咱招数少，有事得请教马列和毛主席著作；咱嘴拙，有事得调动全村千张嘴口。'他叫社员们做年菜磨豆腐，他可没那心花儿。大年三十黑夜，俺一家子正在炕头上包饺子，他来了，把我拉到没烟火的西屋里，问我怎么办。我早憋了一肚子气，一拍桌子，没好听话：'光听蝼蛄叫就别种地啦，光听蛤蟆叫就别过河啦，咱干咱的，揪不了脑袋！'黑牛说：'谁是蝼蛄，谁是蛤蟆呢？如果人家说，你就是蝼蛄，你就是蛤蟆，怎么着？'我……''你得拿出根据来！'我说：'拿什么根据呀？咱是庄稼人，养种好地，多打粮食，多给国家拿贡献，这是咱的本分！哼，尽他娘的王清智搅闹的！'当时，黑牛脸如铁，眼似锥，嗓门不大，句句话有斤秤：'国河！你别光咋呼。王清智写了那么一篇稿儿，报上就那么一登，那是闹着玩儿的？如今的事你还没有看透？小报看大报，大报听谁的？'我把脖子一拧：'它愿意听谁的听谁的！''反正，咱该听谁的听谁的！'黑牛说着，从怀里拿出一本《共产党宣言》，打开指给我一条语录看：'无产阶级将利用自己的政治统治，一步一步地夺取资产阶级的全部资本，把一切生产工具集中在国家即组织成为统治阶级的无产阶级手里，并且尽可能快地增加生产力的总量。'我眼前一亮，说：'咱们马上开个支委会吧！''不忙。'黑牛又从怀里拿出两本书，是列宁的《伟大的创举》和毛主席的《实践论》，放在我脸前。我说：'这里面也有根据？'黑牛说：'有！'我说：'在哪儿呀？'黑牛把脸一沉，说：'过年吃好的，我还喂喂你不？'嘿嘿，他的意思我明白！"

谈到这里，张国河喝了一碗水，看看老王说："当然啦，找几条语录，要是搁在你身上，那不成问题。你肚里有墨水儿，脑瓜儿又活，看个文件什么的，只要拿眼把题目一扫，里面的内容便能猜个大概。黑牛可没你那本事呀！他十三上放羊，十五上打铁，十九上就在民兵游击队里扛枪杆，斗大的字认不了一升。他看一本书，比锄十亩地还费劲呀！"

"你们的支委会开了没有？"我问。

张国河想了想，说："当时黑牛还是说不忙。正月里，他又花了几天工夫，专门找人聊天。至于谈了一些什么，你们最好是回村打听打听三队的饲养员赵满喜去，办社的时候他就是黑牛的一个膀臂。"

赵满喜的介绍

赵满喜坐在喂牲口的大院里，咿咿呀呀地哼着曲儿，正在筛草。为了谈话方便，我只向他做了自我介绍，说明了来意。老人一听，呵呵笑了，嘴里虽然缺牙少齿，说话有点跑风，听着却更幽默引人。

"不错，我这牲口棚里，黑牛常来常往。习惯成自然啦，有了什么难心的事，他总是先来摸摸俺们的心眼儿，然后再拿到支委会上讨论。他好跟我聊天，可舍不得占用生产时间，总是趁着吃饭的工夫来。一边吃，一边聊，吃完了，把碗一撂，就去忙工作。他来得勤，他媳妇也就来得勤。来干什么？敛饭碗！哈哈哈！

"话休絮烦。去年大年初一那一天，我一没待客，二没请友，约了几个对心儿的老头，打算赶上大车到工地上拉几遭土。也许你们要说，过年哩，一群老家伙撒什么欢儿呀？同志，你们哪里晓得当时的情况？对村北的工程，有添柴的，有撤火的，还有泼凉水的！俺们套上大骡子大马满街里这么一转，干多干少，也算是表了表态、亮了亮相儿呀！

"我刚把车套好，黑牛就端着饭碗来了，一边吃一边说：'满喜叔，干嘛去呀？''大干社会主义去！'我说着，叭一声，脆实实地甩了个鞭花儿，吓得家雀满院飞。谁知他把胳膊一夯，拦住了马头：'这一阵的广播你没听见？''我不聋！''大队门口的大字报你没看着？''我不瞎！''那你怎么还要干呀？''不干，村东的乱泥洼就能打出高产稻？不干，村西的白沙地就能长出麦子苗？''哎呀呀，你老人家真是老啦，思想跟不上啦！'当时不知他从哪里听来那么几句混账话，耸耸鼻儿，挤了挤眼儿，做了个怪相，拿捏着嗓门说：'一个是社会主义的草，一个是修正主义的苗，你要草，你要苗？'我越琢磨这话越别扭，没好气地说：'你说的那叫个蛋！怎么社会主义尽长草，修正主义倒长苗哇？咱要社会主义的苗！''那也好小！'黑牛仍然拿捏着嗓门：'只要革命搞好了，生产自然而然地就上去了！'哦，这时我才醒过味儿来，他是拿反话试俺的心眼儿哩。我把他的饭碗一夺，气冲冲地说：'黑牛黑牛你别吃饭啦，革命搞好了，自然而然地就饱啦！'黑牛嘿嘿嘿地笑了，然后把脸一沉，说：'人是铁，饭是钢，一顿不吃饿得慌。我不吃饭不行，八亿人口不吃饭更不行。'我说：'看哇！当年打江山，光有步枪不行，还需要小米子呢，何况如今建设社会主义现代化强国？'黑牛听了这几句话，乐得嘴里直吸溜：'满喜叔！这话为贵！你敢不敢把这观点拿到支委会上亮亮去！'我说：'拿到中央亮亮咱也不怕！'黑牛说：'咱一言为定啦！'"

"你也参加了支委会？"老王问。

"扩大到俺身上啦。"

"那次会上……"

"黑牛倒没多说话，国河水平倒不低。"

"村北的工程……"

"没过破五儿，又开工啦！"

"那一片大字报呢？"

"两个人写的！"

"两个什么人？"

"问得怪，好人谁反对大干社会主义呀？"

老王点点头，看了看我，叹服地说："黑牛真有两下子！"

"唉，就那么回事呗！"好像听见别人夸奖自己的孩子，老人脸上美滋滋的，嘴里却又褒贬几句，"他这个人，文没文才，口没口才，又好咬死理儿。可话又说回来啦，有这么个好咬死理儿的人，村里倒是不吃亏。在林彪一伙兴妖作怪的时候，斗争尖锐是尖锐，俺村到底没背多大的伤。"

谈到这里，牲口棚里传出一阵马叫声。老人让我们等一等，他要照看一下刚满月的马驹儿。

王清智的结论

从老王的神色来看，他的心里很不平静。在院里转了个圈儿，两手向我一摊，说："你看，今天咱向李庄学习的经验，正是去年李庄向咱学习的经验，也就是说，人家今天所坚持的，正是我去年所扔掉的。这是什么原因呢？"

是啊，什么原因呢？当然，万恶的"四人帮"的干扰破坏是最主要的原因，这是他们不可开脱的一条罪责。可是，李庄呢，不是处在同样的干扰破坏之下吗？

要说老王有水平，真是有水平。我正苦想，他便有了结论，两道浅淡的眉毛向上一挑，演讲似的说："其实，原因也很简单。我这个人善于务虚，人家黑牛善于务实。回去以后，咱们得马上采取措施，赶上去！一、统一部署，层层动员；二、全力以赴，投入会战；三、凡与会战无关的一切活动，什么政治夜校哇，俱乐部哇，是不是先……"

"同志，跟我吃饭去吧！"老人照看了马驹儿，从牲口棚里走了出来，一手拉住我们一个。我看看天色说："这么早就吃饭？"

老人说："你们不知道。昨儿个黑夜，黑牛检查了各队的政治夜校；今儿个黑夜，又要闹批判'四人帮'文艺大评比，各队都要出节目。趁牲口们还没回来，早点吃了饭，化装不化装，总得换换衣裳刮刮脸呀！"

"你也登台演戏？"我惊喜地打量着老人。

老人笑了："老胳膊老腿的啦，演什么戏，拉四股弦呗！走，吃饭去，吃了饭看节目。"老人再三挽留，我们连连道谢，才告辞了。

太阳落入紫红色的云层里。滹沱河大堤两旁，一株株高峻挺拔的白杨树染上了美丽的晚霞。老王慢悠悠地骑着自行车，走了二三里路程，一言不发。

"老王，三是什么，你还没说完呢！"

要说老王有水平，真是有水平。他两道浅淡的眉毛向上一挑，又产生了新的结论，一张嘴，竟然念出两句诗文：

要学参天白杨树，

不做墙头毛毛草。

九月还乡

/// 关仁山

九月的平原，为啥没有多少田园的味道？

最后的一架铁桥，兀立在田野，将这里的秋野劈开了。土地的肠胃蠕动着，于这里盘了个死结。铁路改线，铁桥废弃多年，老旧斑驳，有的地方早已歪斜了。也许在雨天里，有什么鸟儿停在上面，欢欢快快啼啭。如果秋阳从周围的青纱帐里升起来，土地和庄稼都是滚烫的，铁桥能投下一片暗影，供那些里做活的人们歇凉。长长的没有故事的秋天，晚庄稼还要在秋风里拔一节儿，而光棍汉杨双根却恼恨秋天，严格说来，他更加恼恨的是铁桥下的秋天。杨双根将锅里的剩饭剩菜都吃光了，然后牵着那头老牛到田里，将牛拴在铁桥下的铁架上，牛悠闲地吃草，他却拽出唢呐摇头晃脑地吹起来。田野很安静，棒子地里除了秋虫，再也没有别的杂响了。还有老牛许久才有的一声吆喊。

三尺远的地方就是棒子地。玉米胡子挑在唢呐嘴儿上。杨双根躺在草地上，愣是将唢呐吹成了哭调，与这丰收的年景儿极不协调。他的嘴巴鼓成了紫球，眉头也拧得苦，一边吹一边望桥下的庄稼。其实这并不是秋叶飘落时的田园，而是他家承包的责任田。他和父亲作为售粮大户的荣耀哪里去了？远处能听到唢呐声的人，都以为杨双根饱吹风光，遥遥召唤。

父亲杨大疙瘩坐在田头吸烟。他默默地听着唢呐声，看着青纱帐和远处的日头。只有他知道儿子心里恓惶。双根的唢呐不是吹给年景儿的，而是吹给九月的。四年前，双根心中的九月在桥底下丢失了。后来他才知道，九月和她的姐妹们到城里打工去了。四年前的入秋，九月到棒子地里看他，将她那处女身子献给了双根。在铁桥下的草滩上，九月的血洇湿了秋草。九月说咱们太穷，俺到外头挣些钱回来，俺娘和弟弟就托付给你啦！双根眼见着九月从羊肠子一样的田埂消失了，像梦一样虚幻。后来，地实在种不下去了，杨双根父子也去城里打工。杨大疙瘩明白，双根是奔九月去的，可是没有找到九月。第二年村长兆田硬是去城里将他们爷俩拉回村种田。

每年仲秋九月，杨大疙瘩都看见儿子躲在桥下吹唢呐。玉米林子比房屋还高，使老人看不见那铁桥。但他看见桥西头秋阳下的脊背。男人女人的腰们朝棉田深深弯下去。四顾茫茫，都是无限耀眼的白棉花呀！他时常看到一些鸟儿从棒子地飞到棉田那边去。棒子地是杨家的，棉田也是杨家的。让老人始料不及的是他们竟然雇用了城里人。城里破产企业的工人情愿到乡下打工。那些男女穿得洋里八怪的，又使荒弃的小村活泛起来。杨大疙瘩掐算着，花上几万元购置塑料薄膜，一入冬就该搞冬季大棚菜了。他没想到自己老了老了还露一回脸，美得不知是吃几两高粱米的了。这时有两只兔子蹦到老人身边来，瞪着血红的眼睛瞅他。杨大疙瘩就怕看红眼睛。这些天他不断看见红了眼睛的村人。粮价要涨，土地要吃香，已经有不少外出打工的村人回乡。怕是九月里真的闹还乡团了。老人信服这个理儿，农民就是要种好地，贱种才疯跑野奔哩。灯不拨不亮，理不摆不明，天算不如人算呢。老人笑起来的时候，露出一嘴黄牙，嘴边的皱纹一动一动。

狗日的，鬼眼睛！杨双根忽然不吹唢呐了，两眼定定地盯着桥顶。他感到疲乏和困倦，叮桥顶上浮荡着那么多的眼睛。他觉得这是九月那双很大很亮的眼睛。九月在村里那阵儿，时常到桥底下的水塘里洗澡，在桥下换衣裳、梳头和照镜子。娘不让她在桥底照镜子，说会照见鬼眼睛。九月任性偏偏照了，还照出一股狐媚子气。杨双根大概就喜欢她这媚气吧，女人不媚就没啥味道了。他把眼睛合上，就会想起九月的模样来。自从他家成了售粮大户，给他提亲的不断弦儿，他哪个也不理。他等九月。父亲说九月这年头在城里都野成六月花朵了，怕是大风里点灯没啥指望了。杨双根心想九月会回来的，她说挣些钱就回村过日子的。老牛梗着脖子吼了一嗓子。这牛是九月家的。九月的母亲早年就守寡，又得了满身的病，弟弟九强才十四岁，所以九月家的责任田就由双根代种了。卖了粮，父亲都要嘱托双根送些钱给九月娘。每年腊月初八喝过腊八粥，杨双根还要将存储了一年的小麦拿出来，淘洗晒干，送到磨房碾成面送给九月家。杨双根是村民小组长，别人家的事他也要管一管。父亲说精明人都外出了，留你这傻吃憨睡的东西也派上了用场。双根就抓着葫芦头得意地笑。杨双根自从当上组长，也干过几件露脸的事。如今的乡村，与过去那种单调缓慢的生活节奏大不一样了。前些年是半年劳作半年闲，秋收过去忙过年。眼下村人忙得脚后跟打脑勺子，再也没有农忙农闲之分。他们除了种地，还得跟市场和城市来往，同村里以外的许多人联系，各种各样的合同和威严的红印章，把他们与整个社会扭结在一起了。杨双根除了跟父亲母亲经营三百二十亩地，还要管小组里的事。农副产品加工不算，他还为开发荒地弄来一些资金。有几家地撂荒，男人外出做小买卖。乡里村里号召治理盐碱地，平整土地。那些户没资金，又贷不来款。杨双根愁得在田里转悠，后来他看见离地头不远的靶场，就有了来钱的招子。这块地方是武装部训练民兵的射击靶场，已闲置几年不用了，那里有许多废铁桩子及踏板。他将邻村收破烂的王秃子领来，当废铁卖给他，整整变成两万块钱，自己留些机动钱，余下就给那几户治理盐碱地了。有两年了，没有人追问他，只有村里老少爷们的夸奖。开始杨双根心里发毛，后来也就心安理得了，废着也是废着，变了钱派上用场也许就叫废物利用，而且是为集体。想到这里，杨双根的目光就盯紧铁桥不动。由那理儿推一推，这废铁桥也是可以废物利用的。他想卖这架铁桥的想法不是一日两日的了。这铁桥能卖么？即使他敢卖，会有人敢买么？就这样嘀咕了一年。他不知道这桥的归属，因为过去这条铁路是从矿里运煤的，村北就是煤矿的九号风井。有人说是矿里的桥，也有人说是铁路上的桥，归铁道分局管。你也管他也管，互相一扯皮，就等于三不管了。坐落在杨双根村民小组的地面上，占着他们的地，迟早还要他杨双根操这份心的。顺着这一根筋，他一下就想远了。老天又赏给他一回露脸的机会了。再说杨双根也恨这旧铁桥。这种恨是否与九月出村有关他也说不上来，甚至是朦胧的不明确的。杨双根的眼睛盯着桥顶也盯得有些累了。

杨双根站起身，到玉米地里撒尿。宽大油绿的叶片直划他的脸和膀子。他一下一下地撩开。他系裤子的时候，看见玉米地上空的鸽群，就知道九月的弟弟九强来找他了。他扭脸吼，九强，你小狗日的出来！九强往往与鸽群同时出现。他从地垄里探出小脑袋嘻嘻笑，双根哥，张飞卖秤砣，人硬货也硬！杨双根知道九强看见了自己裆里的家伙，就骂，小流氓，没生一张好嘴！你说对了，你姐不回来，俺这家伙能软么？九强不瞅他，嘴里哼着歌子，引着鸽群刮了一阵小旋风，将扬花的玉米梢儿摇得哗哗响。鸽群低伏下来，鸽子嘀嘀嗒嗒地落满铁桥。杨双根瞅着这群白色灰色的鸽子说，俺看肥了这些鸽子，你倒是瘦猴似的，别太上心了，喂不亲的贱货，早晚还不放飞到城里去！九强不吭，他知道双根是指桑骂槐说他姐呢。他喜欢这个憨厚的未来姐夫，也是常埋怨姐姐，为啥在城里野得收不回心？第一年姐姐九月每隔一月就给他写一封信，信里还夹一张纸，是给杨双根的。九月写给双根的信没啥甜蜜话，只说身体好之类的平安话。第二年九月的来信就稀了，只是还不断给家寄些钱来。今年九月，就不来信了，从汇款邮戳上看，九月是流动的，九强想给姐姐写封信都不知寄到哪里去。今天姐姐九月突然来信了。这是姐姐正月走后的唯一一封信。信中只有"九月"两个字，底下画了一只鸽子。九强让母亲看，母亲叹息着摇头。九强知道杨双根进了九月就想姐姐九月。他在村头都听见双根的唢呐声了，知道姐姐在家的时候就爱听他吹唢呐。九强看见自家的老牛朝他拱来，四只蹄子在田埂蹭着直响，嘴里还不停地低吼着。九强亲昵地拍拍牛囊子，然后扭头对杨双根说，俺姐来信啦。杨双根问，有俺的信么？九强摇头说，没有你的，连俺的也没俩字，八成是她想家里的鸽子啦！说着就从兜里摸出那封信给双根看。杨双根接过信纸，看着九月画的鸽子。他知道九月喜欢养鸽子，不仅仅是要拿鸽子换钱。村里有好几家养鸽子的。他忽然笑了，笑得喉结上下滑动。他说，九强，你姐要回家啦！然后将九强抱起来抡了一圈儿。九强愣着眼问，你咋知道？杨双根举着信纸给他看，你瞧，画的这只鸽子往回飞，脑袋朝下的嘛！九强接过信皱紧眉头。杨双根弯腰拾起一块土坷垃，朝铁桥上扔去，鸽群在这不起眼的黄昏飞起来。

黄昏时分天气还是很热的。秋天的傍晚，对杨双根来说，是个顶可怕顶没劲的时辰。今天就不一样了。杨双根牵着牛欣欣地往村里赶，九强骑在牛背上甩着胳膊，鸽群像风筝一样跟随着他们缓缓盘桓。九强唱些歌谣，歌谣伴随秋风在田野里弥散，散到空中去，也散到泥土里。杨双根手里捏着那信纸，仿佛捏着一只鸽子，也仿佛拢住日月的甜蜜。乡路上，一位背着柴火的老女人五奶奶说，双根，有啥喜事儿这样高兴？杨双根知道自己啥事都显在脸上，笑说，这一年风调雨顺，灶王爷扭秧歌，丰收啦，能不高兴？然后他就将九强从牛背上拽下来，又把五奶奶背上的柴捆儿放到牛背上去。五奶奶笑呵呵地跟着。五奶奶是烈军属，大儿子是在部队抢险中牺牲的，二儿子又带媳妇孩子到外地打工了，家里就扔下她。她归属杨双根这个第二村民小组。她家的地荒着，后来就由村长做主统一承包给杨双根父子了。村里给老人一些补贴。杨双根隔三岔五就到老人那里，帮着挑水做些杂活儿。杨双根说，五奶奶，缺柴烧就朝俺说。你就在村里养身子吧！五奶奶说，俺这老胳膊老腿的还能动弹，等动弹不了了，还少了让你操心？杨双根说，村里秋天还乡的不少，你家老二一家有信么？五奶奶说，要回来，要回来！来信儿了，在外头混也不易哩！像你们爷俩，种地不也种成了状元？杨双根叹道，有些人在城里，是死要面子活受罪呢！五奶奶问，你们九月回乡吗？杨双根不置可否地笑笑。五奶奶说她听见他吹唢呐了，还说九月找这么个婆家算是跌进福窝儿了，还有啥不知足的呢？杨双根听五奶奶这么说，心里又没底了。是哩，鸟儿放出笼子，还能收回来么？即便是收回笼子的鸟，还能在笼里生活么？又让他想起秋天和女人的所有事情。

只有进了村里，残秋的景象才明显一些。村巷里滚动着最初落下的树叶子。杨双根让九强带着鸽子回家，他牵着牛一直送五奶奶。他看见有的人家关闭几年的大门打开了，院里秋草丛生，歪斜的门楼子掉着泥皮。过去村里很少见人，剩下的也是老弱病残，眼下偶尔能看到正常健壮的村人。杨双根分别与他们打招呼。五奶奶叹说，叶落归根，都回来了，村里又要热闹啦。杨双根看到的是像鬼子进庄一样的混乱情形。晒被的、扫房的和清除垃圾的人们互相说笑。杨双根来到五奶奶家。院里空空，五奶奶从牛背上拽下柴捆儿就愣了愣，然后坐在老旧的门槛上，倚着门框吧嗒老烟杆，目送着杨双根和牛拐进小北街。杨双根知道五奶奶盼儿子回乡，该回来的会回来，不愿回乡的盼瞎眼睛也白搭的。杨双根掐算着九月里村人能返回七成儿就念阿弥陀佛了。

进了家门儿，杨双根将牛送进棚里，让牛独自去槽里喝水。他瞧着牛饮水，心里又想九月了，悄悄拿出九月的信纸来看。村长兆田披着夹袄进院，笑着说，咋着，牛槽里又多出驴脸来啦？双根扭头说，大村长有何贵干？兆田村长不笑了，一脸褶子往一块聚，然后叹息说，土地吃香，大户心慌，粮价上涨，干部难当啊！杨双根从村长兆田的脸色看，就感到了不妙。村长兆田如今是书记兼村长了，村支书倪志强到外地当包工头去了，不辞而别，也没有任免手续，兆田就兼上村支书了。兆田很胖，说话时嘴张圆了，像被浑水呛晕了的胖头鱼。

杨双根将兆田村长领到屋里。他们一落座就听见对屋母亲的咳嗽声。兆田村长问,你娘的病还没好?杨双根叹说,怕是好不了,边说边往墙上挂那只唢呐,唢呐的红绸子卷起来,喇叭嘴又让双根插上一把谷穗。杨贵庄人过去很喜欢吹唢呐。慢慢地,唢呐几乎成为农人的护身符。他们认为唢呐是神仙的用物,他们常常将唢呐挂在门首或墙上,再将喇叭洞插满熟透的稻谷,似乎这样就吉祥辟邪了。兆田村长觉着好笑,他眼下真的怀疑这玩意儿能辟邪。在这金秋九月,带给这个农家的邪气还少么?还乡的农民已经争他们的土地了,还有这个家庭未来的女主人九月在外卖淫,被公安局抓住了,电话打到村委会,让村里去领人。一同被抓到的还有村里孙殿春的闺女孙艳。兆田村长没有声张,虽说这阵儿的城里笑贫不笑娼了,可村里还不行,嚷嚷出去这俩孩子就没脸回乡了。兆田村长很神秘地去了城里,跟公安局说了许多好话回村了。九月和孙艳说过些天回乡,说还有些事办一办,并向兆田村长保证不干这事了,回乡踏踏实实过日子。她们的钱没被公安局完全罚掉,她们身上穿金戴银的,手上都有很多的钱呢。兆田村长说,限你们这两个鬼丫头九月里回家,不然你们就别怪俺不客气了。九月和孙艳满口答应。

兆田村长回到村里跟谁也没说,但心里一直挂念着她们。他问杨双根九月回来没有。杨双根愣起眼,你知道她要回来?兆田村长情知说走了嘴,忙改口说,俺是琢磨着,这么多人都回来了,她也该回村吧。杨双根笑说,她来信啦,没说回来,挺能整,还画个鸽子。俺看是回家的意思。兆田村长叹一声,唉,回来就好哇,外头那么好混吗？不管进城还是还乡，不管啥时候，这鸡巴年头，腰包最瘪的还是咱农民。穷些没啥，还处处吃瘪子气，你知道村里小木匠云舟吧？杨双根点头说知道，他咋啦？兆田村长说，他瘸着回来啦，在城里为人家装修房子，包工头拖欠他一万多工钱，他去找人要，不但没给钱，还被城里人打折一条腿！要是在家种地，也许不会碰上这灾的。杨双根骂了一句城里人，然后问村里都有谁还乡啦。兆田村长扳指明念说，有文庆、杨双柱、败家子、康乐大伯、振良一家子、宽富一家子、广田一家子、徐大姐……他又说，多啦，有七十多户，也没见他们阔到哪里去。也就人家杨广田在外卖菜发了，回来就争着要地种大棚菜，还说把房子推了盖栋小楼！杨双根喜忧参半没说话，喜的是村里又有人味儿了，忧的是自家这售粮大户怕做到头了。于是两人愣坐着有一阵没说话，杨双根看见兆田村长的目光落在墙上的锦旗奖状上。这一墙的奖状锦旗都是他和父亲从县里乡里捧回的。什么售粮大王，什么劳动模范，什么小康之家。如果说这是杨家的荣耀，也是杨贵庄的光荣。兆田村长也曾以此为荣，毕竟是他一手扶植起来的。兆田村长面对这扇墙，眨蒙着眼，脖子直了半晌。

　　杨双根只能看见他的侧脸，看见他那只肥肥的大耳朵。

　　院里老牛闹棚，院门就打开了，杨大疙瘩领着一男两女进来。杨双根知道他们是城里人，都是针织厂的工人。工厂停产放长假到乡下来打工。这仨人是领班，男的负责玉米田和稻田灌水，女的负责采摘头茬棉花。都是计件包工，每天都要发一遍工钱。城里人说半月领一次，杨大疙瘩喜欢日日清，一是不留啰嗦，二来为城里人发钱是格外痛快的事。杨大疙瘩进屋与兆田村长打个招呼，然后就抱着钱匣子为城里人数钱。交钱的时候，老人还要叮嘱几句农活要领。城里人乖顺地走了。

杨大疙瘩背驼得厉害，后脊上拱出一个大肉瘤儿。肉瘤儿容满慈善，也压弯他一世傲气。杨双根几次催父亲将肉瘤做掉，杨大疙瘩舍不得花这个钱，而且田里的活儿逼得他没那份空闲。赶上粮价上涨的好年景儿，老人掐算今年秋收会是满意的。他吃着碗里又看着锅里，还想好好折腾一程子，没承想，兆田村长一开口就将他噎住了。他真没想到，九月里还乡的村民会抢他的土地了。老人脸暗着，后背的肉瘤哆嗦起来。兆田村长说，没办法，俺也是被逼无奈呀！俺也想了几次啦，跟村支委们碰了头，都没啥好招子，人多嘴杂，耕地越来越少！就说村北那片地吧，贾乡长的小舅子围了地，说要买下给台商搞造纸厂，圈了一年多也没动静，地钱还欠着！杨双根说，那就收回来呗！兆田村长为难地说，贾乡长能依？就是表面依了，从哪儿都能给你一双小鞋穿的。杨大疙瘩说，不管村里地多地少，俺们承包是有合同的，承包期十年。咋着，咱党和政府的政策又变啦？也大腿上号脉没准儿啦？兆田村长说，唉，政策没大变，可下头小九九多哇！你是知道的，当初地荒着，县里乡里逼俺跑城里找人，俺将你们爷俩找回来，是许下愿的。十年不变，十年河东十年河西，俺搂着十年没跑儿，谁承想刚三个年头，土地又吃香了，村里人不用找就自己往回颠！

乡里就又开会了，重新承包土地！杨双根骂，这些势利鬼，粮价一涨就种地，不合算就往外跑，俺是想，明年粮价再变，还打白条子，他们难道又弃田而逃？兆田村长说，谁知明年咋样，再胡球折腾，俺也不当这届官啦！杨大疙瘩闷闷地吸烟，不吭。他刚才进村，就看见满街筒子的村人，也闹不清这些人从哪儿冒出来的。完了，这地是保不住了，这些人原来是奔土地回乡的。他闭着眼，眼眶子抖出了老泪。

　　兆田村长嘴困舌乏懒得说下去了。他呆呆地瞧着杨大疙瘩。他知道老人是厚道的庄稼人，种地都种出花儿来了。就是过去学大寨修梯田那阵儿，老人也当过标兵。老人跟土地亲呐。三年前家家田里荒着，老人还在自家责任田里种上冬小麦。杨双根急着去城里打工找九月，老头不放心这愣头青，才不情愿地离开土地走了。爷俩儿没找到九月，就偎在城里的居民楼旁炸油条卖豆腐脑。是兆田村长苦心劝说，才将这爷俩拽回土地上的。他们回乡的春天，正是一场大旱。老人招呼着村里的老弱病残到灶王庙里做了祈雨法会。杨双根跟父亲回乡种地了，他没找到九月，也懒得在城里泡了。再说九月走时有话，她娘和弟弟得靠他照料。对于九月，他向来是很顺从的。兆田村长起身要走，杨大疙瘩留他晚上喝酒。兆田村长说，俺还有事的，这群杂种们一来，按倒葫芦浮起瓢。然后又说，你们先收秋，秋后再分地。俺先顶着，你们没听别山村的事儿吧？杨双根问别山村咋啦。兆田村长鼓起腮帮子骂，咱村还算好呢，别山村的两家种田大户上县里告状去啦。

回村的人，没收秋就抢地，敢情回家吃白食儿啦！玉米田该给撇光了。说还给人也打啦！杨大疙瘩惶惶地说，老和尚打伞无法无天啦？杨双根也慌了神儿，这政府就不管么？兆田村长说，管是要管的，可这法不责众嘛！都将人抓了，一村里住着，子孙做仇哇！杨大疙瘩摇头晃脑地叹气说，人呐，这从城里浪荡回来的农民，胆子大得敢操天的！兆田村长，你可得给俺们做主哇！就跟乡亲们说，俺收了秋就让地。兆田村长满口应着，晃晃悠悠地走了。他走出几步不断回头张望，笑着招一招手。杨大疙瘩觉得村长的笑容里藏着东西，越发不踏实，回到屋里端出钱匣子，拿出红纸裹了钱，递给杨双根说，双根，去给兆田村长送去。杨双根迟疑了一下说，往年不是收了秋才给村长送红包么？杨大疙瘩虎起脸训他，你懂个鸟儿，今年不是闹还乡团么？不给村长见点亮儿，谁来保护俺们？杨双根无话可说，接了钱扭身出去了。杨大疙瘩瞅着窗外黑咕隆咚的样子，顿觉胸口疼，就知道心病与疾病结伴儿来了，缓缓蹲到屋地上，老脸蜡黄而虚肿了。

从兆田村长家里出来，杨双根感到傍晚的小村确实有人味了。家家户户的炊烟，轻轻飘浮起来。晚炊在夜天里晃晃悠悠的，他的心也跟着晃荡。不知是谁家的门楼子塌了，几个人在那里清理道路。也不知是谁家放着录音机，里边的一首歌曲使杨双根耳目一新。咱们老百姓，今儿个真高兴！高兴高兴高兴……杨双根站了一会儿，听得血往头上涌，后来一想，心里骂着，有啥能让老百姓这样高兴？然后抬腿就走，大脚踩着了一窝聚群儿的鸡，鸡们呱呱叫着跑掉了，后来一路上总碰着黑天还不进窝的鸡们。这鸡婆子跳骚，不是要闹地震吧！直到杨双根进家门了，才让他真正地高兴起来。

九月在屋里为杨大疙瘩捶背。

瞅着九月，杨双根的眼睛就亮了。九月问他自己变化没有。杨双根嘿嘿笑说，还那样儿。但他看出她身子消瘦，皮肤有些松弛，眉啦眼儿依旧透着媚气。她身子不板，腰肢柔软，在外面待久了，连说话走路的姿势都活泛了，懒懒怠怠的样子很好看。母亲放下灶台上的活儿，过来跟九月说话。她怕九月还要走，便试探着问她今年有多大了。九月说都二十五啦。九月说这话时感到十分疲倦，好像已经相当苍老了，像朵还没正式开放的花过早地凋谢了。可她有钱了，有钱和没钱说话口气都不一样。九月看出婆婆的心思，咯咯笑，说她这次回来要跟双根结婚过太平日子了。杨双根想，你在城里的日子就不太平么？父亲和母亲眉开眼笑的，他们太缺人手，而且盼着抱孙子呢。杨双根知道九月说话算话，这回肯定不是天上扭秧歌空欢喜。这样一来，九月不用捶背，杨大疙瘩的胸口也平顺许多。他将九月支开，独自在灯下鼓捣秋天收支账目。他没有账本，但全部账目都在心里装着。他知道，今年米价和棉价都上调不少，按最倒霉的行情，除了全部开销，赚项仍是很大的，只盼今年政府别再打白条子。前年的白条子还有一半没兑现呢。尽管这样，他还是舍不下这片地。他在地上舍得花血本，化肥和大粪铺了几遍了。当初接手那阵儿，全是盐碱地，地皮冒白面儿，人走上去梆硬的。如今从地里抓把土，就能摸出油水来。他还添了那么多农具，水泵就买了三台。他领导着这个超负荷运转的家庭在地里奔忙，仿佛不是一个家，而像过去的一个生产队。老伴累垮了，有一次吐血晕在田里，杨大疙瘩怕她出闪失，就再也不让她下田了。九月回来了，九月能牢抓实靠地田里转么？老人犯嘀咕的时候，九月笑说，听说种地也不少来钱呢！杨双根说，刚才村长来过，咱家的地被他们夺走啦！你也是奔地来的？九月瞪他一眼说，傻样的，俺奔谁来的？杨双根嘿嘿笑。杨大疙瘩在饭前又跟九月诉屈，售粮大户的如意算盘越发不如意了。九月问，就这么白白将地让出去？咱又不是稀泥软蛋，往上告，咱有合同的怕啥？杨双根说，村里那么多人都回来了，咱又不忍心，都得有口饭吃吧！杨大疙瘩叹说，再说兆田村长那里也挡不过去呀！听到兆田村长，九月的口气就软下来，眼睛恍恍惚惚总走神儿，后来就将话题转到城里打工上来。

夜里十点钟左右，九月起身回家。杨双根看着九月露出的一截儿暄白的胸脯儿，胸中便涌起一阵潮水，热热地发燥。他留她住下，九月说东西都在那头，等登了记结婚就正式搬过来。杨双根就以送她为名赖着跟过来了。他们先是到牛棚里看了看老牛，到村西九月家里时，那群鸽子早已进窝，咕咕地叫呢。杨双根听九月夸鸽子就说，是俺判断你回家的，你画的鸽子脑袋往地下栽呢。九月说，这年月傻人也练奸啦！杨双根不服气，你才傻呢！九月咯咯笑，傻人最不愿听别人说傻。不过，傻人心眼儿都好。

杨双根挟着九月的腰进屋。九强搬到母亲那屋睡下了，九月闺房都已布置好了。杨双根嗅到满屋子香水味。九月抿紧嘴儿看他，样子顽皮且好看。看了一会儿，九月从皮箱里拿出一堆衣裳，让杨双根站在灯光下试穿。她说你这土老帽儿，俺得着实给你打扮打扮。杨双根不客气地说，俺如今是村民组长，穿点好的也应该。九月撇嘴说，屁，这破官怕是跟城里扫大街的一个级别！杨双根说，你别拿村长不当干部！在咱的地面上，俺还有权呢！然后吹嘘说卖靶场废铁治盐碱地的事，吓得九月打冷子。九月说，你别逞能，弄砸了会蹲大狱的！杨双根说，咱一颗红心为集体！自己嘛，只拿小头儿。九月说，别当那个组长啦，咱们往后开个家庭工厂，挣大钱！杨双根吸冷气，俺的姑奶奶，建厂哪有资金？九月大咧咧地说，俺还没想好上啥项目，资金不愁！杨双根斜着眼看她，哦呵，几日不见你成财神奶奶啦？九月说俺就是财神奶奶，细想太过，忙拿话将其遮盖过去了。杨双根试了一件又一件，都觉着太洋了。九月说他，你别老汉选瓜，越选心越花。杨双根扔下衣裳，坐在床头说，俺还花呢，你再不回来，俺都该废啦！说着就动手动脚地摸九月的手和身子。九月这次回家不想马上跟杨双根同床，她想调整调整，可也架不住杨双根的搓揉，情不自禁地偎过来，抱了一阵儿两人就上床脱衣裳。杨双根几年没沾她了，饿虎扑食地凑过来，九月摇头晃脑地叫唤起来，仿佛愉快得要融化。杨双根骂她，叫啥？俺还没挨你呢！九月马上意识到身上的男人是双根，脸立时红了。她睁着眼一把搂紧他，浑身冒了一层热汗。杨双根上去没两下就滚下来了，九月痴痴地瞅着他，鼻尖上渗出一颗颗美丽的汗粒。她想，在外面可没碰着一位这么乖的主儿。杨双根没发现九月的表情，自己却很理亏似的叹息着垂下头。

转天很早，杨双根被窗外的鸽子吵醒。他发现九强的小脑袋趴在窗台往屋里偷看。杨双根一点也不怒，一边穿衣裳一边朝九强眨眼睛。九强"嗖"地一下闪开了。这时候孙艳站在屋外喊九月。杨双根捅醒了九月，顺手将那条体形裤扔给她说，孙艳喊你呢。九月揉着眼睛穿衣裳，孙艳提着一包东西就进来了。孙艳说，刚回来就入洞房啦？杨双根笑说，赶早不赶晚，省着也是费！你跟小东没搂一宿？孙艳笑说，俺们可没你们神速！说话时九月就起床穿戴好了，这才想起她跟孙艳约定去看兆田村长。杨双根问，你这大包小包的孝敬谁去？孙艳说，俺跟九月姐去看兆田村长！杨双根点头说，也学会溜须了，想分几亩地吧？孙艳和九月对望一眼。杨双根说，看来你们这回真的想在村里扎根儿啦！九月一边照镜子一边说，电视里总说，留在家乡建设家乡！杨双根说，你们在城里美够了，这回唱高调来啦？孙艳说，就是美够啦，气死你！气死你！杨双根骂，这刁丫头，回头告诉小东整不疼你！然后大大咧咧地回家牵牛去田里了。九月对着镜子要化妆，孙艳建议她别再像在城里化得那样浓了，浓妆淡抹总相宜么！九月就真的化了淡妆，一照镜子，发觉自己淡妆更好看迷人。她们提着东西赶到兆田村长家。兆田村长家正来客人，兆田村长扭动着肥胖的脖子，一会儿跟客人说说话，一会儿扭头看九月和孙艳。他说，你俩平安回家就好，还拿啥东西？九月当着客人面也没把话说透，就说村长为俺俩操了不少心，日后还求村长守着这份秘密呢。然后就哧哧笑，脸蛋变成柔情的月亮。兆田村长竟没发现她俩有一点羞耻的意思。他看见两人穿着漂亮的衣服戴着贵重的金首饰。他头一回看到她俩真的姿色不弱，是副撩人的坯子。他笑笑说，如今你们姐俩也是在城里见过世面的啦！回村除了照顾家庭，村里有啥事还得求你们帮助呢！孙艳浅浅一笑，俺们能干啥！九月将话拖过来说，有啥事，你就吩咐！兆田村长笑起来，忙站起身将她们介绍给客人。客人是个三十出头的小老板，贾乡长的舅爷儿，现任金河贸易公司的总经理。那公司是乡供销社的三产。兆田村长说冯总经理可是财神爷呀！咱杨贵庄的好多事，还靠冯总关照哪！九月和孙艳朝冯经理礼貌性地点点头。冯经理自从九月她们进屋，眼睛就不够用了。他咂咂舌尖说，兆田兄，二位小姐光彩照人哪！想不到咱杨贵庄也出美女呢！兆田村长顺杆就爬，笑说，你别闹，当年乾隆爷选妃子，就从俺村选走一位呢！冯经理摇头说，不对，乾隆太晚，我现在怀疑，大名鼎鼎的杨贵妃是不是你们庄出去的？兆田村长笑说，这可就玄啦！九月和孙艳跟着笑。兆田村长见冯经理眼睛放光，就明白了一切，操持着放桌打麻将。冯经理的 BP 机响了几次，也不去看，只想着跟九月和孙艳打麻将。

　　九月并不喜欢这位小老板，说家里还有活儿要干。孙艳只是听九月的，在城里九月一直是她的主心骨，九月想走她就站起身。

兆田村长脸就阴了，冷冷地说，九月，这点面子都不给你叔么？俺知道你们是搓麻的高手！冯经理说，女士只赢不输，一切由我兜着。兆田村长说，她俩有钱！俺琢磨着，咱村回乡的都算着，也不如你姐俩有钱！九月笑说，别给俺们戴高帽儿啦！兆田村长说，戴高帽儿？不对。瞧他们回家找俺要地的样子，就看出没啥出息啦。你俩咋没要地呢？冯经理说，大村长，小姐们是此地无银三百两啊！兆田村长赔着笑。九月眼见着兆田村长嘴里该把不住门了，就给孙艳递个眼色，悻悻地坐下来玩麻将。冯经理先从手包里取出大哥大，又掏出百元一张的票子，嘴里骂骂咧咧地说，人生在世，生不带来，死不带去，不玩儿白不玩儿呢！兆田村长瞅着冯经理的那叠票子，心里骂，这杂种，村里的占地费老拖着不还，自己包里总是鼓鼓的。这一刻，他忽然冒出个念头来。玩起来的时候，冯经理总是打情骂俏地逗九月，九月不卑不亢的样子，让他心里骂她是不解风情的丫头片子。

九月的日子把杨双根挤出好多邪念头，这些念头最初是朦胧的，随着村民的大量还乡，这种念头愈发强烈了。他搂着九月睡觉的时候，梦里不再有九月，原先九月的位置被田里的那架旧铁桥占据了。好似着了啥魔法，左右脱不掉这老桥。那天给村长送红包，他就跟村长说旧铁桥的事，兆田村长说得找矿上，那是煤矿的桥。那天他和村长都喝醉了酒，路过铁桥时，兆田村长醉迷呵眼地骂，这鸡巴铁桥和废铁道占了咱村不少地，哪天给它拆喽！杨双根架着村长也跟着骂。醒了酒他依然还记着。他围着铁桥掐算，这旧桥会拆下不少废钢废铁，准能卖个好价钱。拿这些钱去葫芦滩开荒地，他家就会保住大部分耕地，而且他这小组的人都有地种了。桥是公家的，地也是公家的。最终露脸的还是他杨双根，到那时连九月都不会小看他的。他为自己的计划欣喜。后一想，他怕跟村长讲了都来吃一嘴，都来分这块地，就先瞒着他们，等生米煮成熟饭就好了。他甚至埋怨父亲，埋怨村里争地的所有人，两只眼睛光盯着现成的地。这年月只要动你狗脑子，来钱的招子多得很哩。他想。父亲说，自古以来天上有玉皇，地下有阎王，都管着咱庄稼人。杨双根却觉得阎王爷好见小鬼儿难挡。所以，他要对自己的行为进行咨询，以免出现意外枝杈。那天他随父亲指挥人将籽棉入仓，抽空就牵着老牛溜了。他总是用老牛做掩护。杨双根去了十里地开外的矿井，听说煤矿分局的办公室就在那里。进了院子，他就将牛拴在矿务局门口的电线杆上，自己去了办公室。人们都很忙，没有搭理他。这时他又多了一个心眼。他朝一个老者说，俺是杨贵庄第二村民小组组长杨双根，在俺组的地面儿上有你们一架铁桥和一段铁轨。眼下村里在外打工的人都还乡了，人多地少，你们是不是将桥和铁道拆掉，给俺们腾出一块地来？老者闻着了他身上的牛粪味，弄着鼻子将他打发到办公室主任的屋里。杨双根又这样说一遍。主任正在写材料，也是爱答不理的，听完了半晌回忆不起有啥桥。杨双根心中暗喜，心想你们忘个屌不剩的才好呢。主任不知给哪屋拨了电话，问了问情况，然后回绝他说，拆桥得花多少钱呐，你知道么？再说那桥不归我们分局管，那是铁路分局的事。杨双根没想到他们一竿子支到铁路分局那儿去了。他愣了愣，赖着继续询问些情况。这时候楼下的老牛不停地吼起来，惊得门卫上楼嚷嚷谁的牛。杨双根急三火四地下楼牵牛走了。走到路上天就黑了。杨双根腿走得有些累，就骑到牛背上走。这阵儿就想，明明是矿上的桥，是运煤专线，怎么说就让给铁路局了呢？第二天上午落了一场秋雨，地里没法干活儿，连城里打工的也歇着，九月又被兆田村长叫去打麻将了，杨双根心里鼓鼓涌涌，就披上雨衣去了铁路分局。进铁路分局大楼时，杨双根心里很紧张，他怕铁路分局顺坡下驴赚个铁桥，就狗咬刺猬不知咋张嘴了，支吾半晌，还是照老样子说了。铁路分局很认真，查了查档案，还是矢口否认铁桥归他们管。杨双根心里踏实了，欣欣地下楼想，看来这铁桥非得俺这个组长管了。顶着雨，杨双根又直接回到铁桥那儿看了看，越瞅越像自个儿的财了。怎么拆，卖给谁，他心里还没谱呢。

父亲杨大疙瘩很相信节气对身体的影响。雨下得到处水啦啦的，天气也明显地凉了。他穿上薄棉背心，还叮嘱九月和双根多穿些衣裳。他见九月还穿着连衣裙和体形裤儿，就说她别忘记穿衣裳。她笑说，爹，古语说春捂秋冻，不生杂病嘛！她说话时对着镜子描了眉，画了眼睛，涂着唇膏，烫过的半长头发在肩头随便一卷。杨大疙瘩瞅着不顺眼。他更喜欢过去的九月。杨双根跟父亲不一样，九月的美貌和丰姿常常使他激动。她在他眼里不仅媚而且洋了。杨双根不止一次听村人议论九月，说想不到一个女人家在外混得好好的，为了双根说回乡就回乡了，赚到钱了气也粗了，模样也俊气了，真不是杨双根那傻小子配得上的。杨双根听见别人夸九月，心里美。他早有金屋藏娇的意思，又怕拢不住九月，就想干点惊人的事儿，到时卖了桥开了荒地，让九月和村人对他刮目相看。下午兆田村长在喇叭里招呼村民组长开会。杨双根看兆田村长的意思还让他干下去。兆田村长还表扬了他，特别说那次治盐碱地的事。兆田村长让组长们准备重新分地，维护秋收秩序，安置好还乡农民，还要搞好科技兴农。末了他说，咱村这几年外出打工的多，文明村小康村的称号与我们无缘，今冬明春俺们要当上文明村，奋斗两年直奔小康。杨双根心里热乎乎的，脸上像过年一样快活。回到家里他还庆幸自己的机会来了，那架铁桥将会给他带来好运气。这样走道捡鸡毛又给他凑了点胆（掸）子。父亲对杨双根的高兴模样不以为然，九月也没理会他的变化。父亲的土地要丢了，心情很坏，默默地杀了几只鸡煮了。母亲说有的还能下蛋呢。九月说不过节杀鸡做啥？父亲沉着老脸像奔丧的样儿，不吭。问紧了就说今天午饭家人都要吃鸡肉。杨双根懂父亲的心思，他想爹挨饥受饿怕了，因为鸡与饥同音，吃了鸡就去饥，就不会闹饥荒哩。杨双根说，爹，咱们不同往年啦，咱是售粮大户还怕饥荒？去年收的玉米、大豆、稻谷、小米和高粱，卖了几十万斤，还剩二万四千多斤，厢房盛不下，还搭了粮围。今年收成还比去年好，怕个啥？几年颗粒不收，也不会饿着咱们！父亲终于绷不住地说，没了地，光有粮顶个屁！遇上连雨发了霉，老鼠都不吃的！杨双根知道父亲难受。其实就剩下的地，养家糊口还是满富余的。老人是好强的人，他是怕售粮大王的荣耀丢了，不忍心将自己养肥了的土地让出去。九月劝说，爹，俺正想办法，替咱家多保住些地。父亲杨大疙瘩快快地吸烟。他不相信九月。杨双根又说，爹，俺可真正为咱家保住一些地啦！父亲扭脸熊他，少跟俺吹五唤六的，就你那两下子，吃屁都赶不上热乎的。老人说着又生气了，气是气，只叹家族没权没势吃哑巴亏了。杨双根愕然地仰起了脸，脸木在半空。他欲言又止。他还不愿将铁桥的事说漏了，走漏一点风声，都会招来村里一些见利忘义的人。这时候母亲将煮熟的鸡肉端到桌上来了。都吃鸡肉，无话可说。杨双根大口地吃肉，嘴弄得很响。九月说他吃饭不要出声，城里人都这样。杨双根说这是啥屁规矩，不出声能吃得香么？然后他看见父亲费力地吃肉，喉咙也弄得很响。老人跟别人吃不到一块去，鸡块儿常常从牙的豁口处掉下来。窗外的雨没有停，杨双根扭头看见院里墙头挂着的玉米棒子，还有扎堆挂串的红辣椒，都滴答着水珠儿。红的黄的，好像开疯了的花朵，挺好看的。

秋天的雨点子画出一条条亮线。

午饭后，父亲吸着烟瞅雨。这场秋雨虽然使棉田误了工，可也为晚玉米灌了最后一茬水。这样可以省下一些抽水机的油钱。他手上的钱不多了，算计着晴天之后将摘下的那批籽棉交到乡收棉站去。他去过了，有交棉的了。政策变化的确有了显应，今年棉农领到了现款，等级也高，打白条子的时代真要过去了？瞧瞧，刚刚碰着好年景儿，土地就是头抱孩子不是自己的了。总也甩不开这档窝心事。眼下唯一能让他遂心的是这个家。九月回乡了，虽说九月变得厉害了，日后能挑起门户来，有啥不好？餐桌上暖融融的气氛，又使他对即将丢掉土地的大户，以及这个大户在村里的未来处境，生了几多希望。他将九月和儿子叫到屋里来，吩咐他们趁雨天闲时到乡政府登记结婚。等雨过天晴就忙了，他还给九月派了活儿，让九月指挥那些城里人采摘棉花。九月挺满意，她也有机会管管城里人，本身就是很神气的事。她又想起自己和孙艳初到城里打工的艰难。她们最初进的也是针织厂，遭城里人的白眼不说，活儿也是最脏最累的。她整日陪着那架破旧的织布机转，她和孙艳吞进的棉纱粉可以织件衣裳了。她腰疼、胸闷、月经不调，脑袋掉头发。她们忍着，谁让咱是乡下人呢？那个色眯眯的白脸厂长认为她们软弱可欺，凭几双袜子就将她们玩弄了。后来她们听说厂里乡下姐妹，有点姿色的都被厂长玩过，厂里私下传言，不脱裤就解雇，不解雇就脱裤。是这狗日的厂长带她们到舞厅里去，使她们懂得了女人的本钱，多好的挣钱机遇哩！与其说在织布机旁卖力气，还不如在外卖青春。左右不过一个卖字。不然也在厂里被白脸厂长占有，她们主动将厂长解雇了，在城市男人之间游荡。这类营生也难也苦，也冒风险，可那是无本生意立竿见影的。如今她和孙艳都在城里银行存了十八万元，回乡吃利息都够了。后来她见到白脸厂长，白脸厂长说农民进城将城市的安宁搅乱了，农民是万恶之源，随后就列举一些男盗女娼的事例。九月反驳说，你们城里人坑害农民的事还少吗？假种子假农药假化肥，还有你们城里人吸毒。吸毒才是万恶之源呢！白脸厂长被噎住了。九月那样说的，实际上她也很难分清哪里好哪里坏了。她学会了喝酒吸烟，学会了玩麻将，学会了唱卡拉OK里的歌曲，但她始终告诫自己是个农民。不是么，在城里时有位大款带她去听音乐会，都是一色美声，莫扎特之类的名字她首次听到。那位大款发现九月漂亮的脸蛋上泪水盈盈，以为她被音乐感动了，夸她的素质在提高。谁知九月却抽泣着说，一听这歌曲就使俺想起家里的牛和鸽子，俺家的牛吼和鸽鸣就这调子。大款知道她想家了，立马就倒了胃口。九月终于还乡了，每天听见牛吼和鸽鸣，亲切而踏实。只有闲下来的时候，她才感觉乡间也少了什么。当她走进白花花的棉田，在那些城里女工面前发号施令，感觉日子很好，土地也很好。当城里人喊她女庄主时，她感觉很神气，也就生出许多想法。土地不能丢，来日开个大农场，说不定真的当上女场长呢。她与杨双根结婚登记了，杨大疙瘩说收了秋正式举行婚礼，那时也有了钱，好好闹闹。杨双根也同意，他也正忙得烂红眼轰蝇子，反正九月已经正式搬过来住了，晚上她能陪他亲热就够了。眼下，杨双根被卖铁桥一事困扰着。原先他想九月想得梦里胡说八道，果真有九月了，他却不怎么拿女人当宝了。他梦里喊卖桥喽，九月就审他桥是谁家姑娘。杨双根就笑，笑声在嗓子眼里打哑儿。九月嗔怨说，你跟那些打工回来的人比，是土地爷打哈欠！杨双根问咋啦？九月说，土气哩！有时俺觉得男人去城里打工，就像参军入伍，锻炼锻炼挺好的！杨双根不服气地说，你别门缝里瞧人，日后你有好戏看呐！九月揣摸着他的话，眼睛很忧郁。

　　秋天的上午，一直到晌午之前，杨双根和九月都在棉田。杨双根将老牛套上一挂车，将没有棉桃的棉秸拔下来，用车拉回村里，留作冬天烤火盆用，还可以作生炉子的引柴。晌午时的最后一车棉柴，他直接送到五奶奶的院里。五奶奶的儿子一家还没回乡，老人强挺着坐在门口张望，见到双根就哽哽咽咽哭得好伤情。杨双根说，也许你家二头在外混得好才不愿回家的，别太伤心。随后劝几句，就赶车去邻村找收破烂的王秃子。王秃子听说杨双根有生意，小眼睛比脑顶还亮，硬捆着杨双根在他家喝酒。王秃子十分羡慕杨双根总能找到财路。杨双根没有说透，酒足饭饱之后领着王秃子到铁桥那边来了。王秃子牵着那头灰色毛驴，嘴里不停地哼着没皮没脸的骚歌。杨双根发现他的毛驴上还搭着两个耳筐。杨双根觉得好笑，说，你老兄跟俺捡牛粪蛋呀！这回可是大家伙，两个筐子盛个蛋！王秃子笑说，你们村还有啥值钱玩意儿？除了废锅就烂铲子！他越这样说，杨双根越不点透，心里想，等你见到铁桥抱着秃瓢儿乐去吧。王秃子坐在他的牛上，一只手牵着毛驴。杨双根觉得王秃子挺对路子，也不知从哪儿捡来的铁路服装，脑袋顶着一只铁路大盖帽。他问王秃子，家有铁路上人？王秃子说，这一身衣服是从破烂堆里捡的。他妈的城里人就是富，这么好的衣裳都扔了，杨双根鼓动地说，这些天跟俺跑这桩生意，你就穿这身皮挺好的！王秃子瞪眼骂，你小子别拿咱穷人寻开心。杨双根懒模怠样儿地瞅他笑。沿弯曲的田间小路往棒子地走，王秃子一颗心揪紧了，禁不住咕哝起来，你带俺去哪儿，你不是想害俺吧？杨双根说，别自作多情了，害你俺还嫌脏了手呢！然后就拐到铁桥底下了。王秃子两眼贼贼地往桥下寻，没看见有一堆废铁。杨双根笑骂，你狗眼看人低，往上瞅嘛。王秃子说上面是桥哇。杨双根拍拍王秃子的瘦肩说，就是这铁桥，卖给你，你拆掉卖钢铁，咱算计算计谈价吧。王秃子身架一塌，吸口凉气，妈呀，卖桥？杨双根稳稳地说，这是废桥，矿务局和铁路局都不要啦，由本组长卖掉，然后用这钱开荒地。王秃子搓了搓鼻子，说你饶了俺吧，俺可是上有老下有小哇！杨双根愣起眼。王秃子哆嗦着爬上驴，朝杨双根摆摆手，灰溜溜地颠了。杨双根追了几步喊他。王秃子一边拍驴背一边怨气地骂，白他妈管你一顿酒，人和驴就掩在青纱帐里了。杨双根也回骂，你他妈狗屎上不了台盘，送到嘴边的肥肉都不吃，受穷去吧。骂完了他就笑了，笑得很响亮。

这个平淡的午后，是杨双根最蹩脚的日子。杨双根独自发了一阵子呆，就去棒子地撒了尿，爬上牛车伸直了脖子望桥。午后的日头还很威风，晒得桥根儿热烘烘的，雨后的湿地上有地气升上来。他的鼻孔里嗯嗯地喷气，一只脚一下下踹着牛尾巴。老牛甩着尾巴吃草。有鸟儿在桥上鸣叫，细听是草窠里的蚂蚱蝈蝈叫呢。一只青蛙蹦上了车辕子，有一股尿水甩到他的脑袋上，凉凉的。他拿大掌撸一遍脑袋，就借着风将空中飞舞的葵花粉抹上去

了。葵花粉很香，还有股子日头的气息。甚至是九月以前身上的
香气。这时的九月已没有这香气了，也许被洋香水味冲掉了吧。
那时的他和九月坐在桥下吃玉米饼瓜干馍，亲热劲儿连老牛都眼
热，九月头扎红头绳，一件淡淡蓝色的小背心，遮不住她鼓胀胀
的胸脯，他冷不防就伸手摸一下。九月咯咯笑，一点也不恼。眼下，
他却觉得九月气息逼人，只有她支配自己的份儿了。他睁开眼，
留心察看，周围的庄稼地里长出很多眼睛。一同盯着桥，他想铁
桥是应该说话的，俺卖掉你愿意么？铁桥脸总是戚戚的，对他爱
答不理。他一时觉得挺没劲，脑袋一沉迷糊着了。他终于开始感
到力不从心。老牛用秋草填饱了肚，就长长地吆喝了一声。这声
音将那头棉田里摘棉的九月引了来。九月腰里扎着棉兜儿，乌黑
的头发揉成老鸹窝了，乱乱的。杨双根被九月揪住耳朵拽醒了，
感到一股香气从她身上荡来。杨双根讪皮讪脸将她拽上车，伸手
就揉她的两个大奶子。他发现九月回乡奶子格外大了。九月竭力
挣脱他，还骂恶心不恶心。杨双根沮丧地松了手。九月变了，过
去九月能在桥下的草滩跟他来。这阵儿的九月很挑剔了，即使在
房里也要铺得干干净净。杨双根气得甩一长腔，屌样儿的。九月
说，你中午不回家吃饭，也不去田里干活儿，跑这荡啥野魂？杨
双根寒了脸说，俺做的活儿顶你们干一年的。中午有人请俺吃饭，
还能饿着俺？九月忽地想起啥来说，谁请你？是不是刚才那骑毛
驴的秃子？杨双根愣着问，咋，你也认识王秃子？九月生气地说，
你跟这拾破烂的能混出啥名堂？你还美呢，刚才爹就是伤在王秃

子手里！杨双根越发糊涂了，这都哪跟哪儿啊？九月说，午后王秃子骑驴从田头过，他骑的是公驴，爹牵的是母驴，公驴见了母驴就发情地叫，将王秃子甩到河沟里俩驴就踢咕成一团了，糟蹋了一片棉花，爹上去拽母驴才被踢伤的。杨双根问，爹伤得重吗？九月说左腿被踢肿了，有淤血，俺让人送回村里包扎了。杨双根问王秃子咋样。九月说，王秃子弄了一身泥水，跟鬼似的。杨双根嘿嘿笑，活该，摔得轻！这个秃子缺心眼儿。九月也轻轻地笑了，是人家缺心眼儿还是你缺心眼儿？杨双根说当然是他，随后噤了口，扭脸瞅铁桥。九月说，这铁桥有啥好看的？它还不如这老牛。杨双根倔倔地说，这老牛破车疙瘩套有啥好的？九月指着牛肚子说，这牛身上有个骚东西，可供你吹呀！杨双根锥起眼睛瞪她。九月就笑，仰脸看秋空干干净净的，一点云彩也没有。

每个人在倒霉之前总是巴望着转运。杨大疙瘩在家里养腿的最初几天，悄悄去邻村一位大仙那里卜算了。算算家庭，算算收成，还算算土地能剩多少。大仙望着缭绕的香火打哆嗦，说这几样哪桩也不好，家大业大，灾星结了伴儿来。杨大疙瘩求大仙给寻个破法。大仙让他回去，在没有月亮的夜里，将一块红砖撒上朱砂埋在院中间。杨大疙瘩默默地照说的做了。九月夜里看见两位老人埋砖头，引发了她许多神秘的猜想。她照例给父亲灌好热水袋。热水袋是她还乡时给老人买的，眼下真的派上了用场。她用一条灰旧的老布包了一层，搁在父亲的伤腿上。杨大疙瘩就说舒服多了，然后就听窗外街筒子上并不新鲜的骂街声。秋夜冗长而拖沓，以致连村人打架骂街的时间也拉长了。男人骂的声音粗了，女人骂声尖细，扭结在一起还夹了厮打的肉声，全村每个角落都能听到。杨大疙瘩心中诅咒九月的日子，这混账九月，小村像疯了一样。没地的人家不如意，有地的大户也不安，狗咬狗一嘴毛，槽里无草牛拱牛。他更加害怕那些红眼睛的还乡人。这些天他家的庄稼连续闹贼了，棒子被擗掉不少，棉花也丢了一些，甚至连棉柴也丢。杨大疙瘩气得找出冬日打兔子的双筒猎枪，拖着病腿在村口放了几枪，还骂了几句。双根母亲会骂人，老人骂起来嘴边冒白沫子，兜着圈子骂，骂谁偷了玉米吃下会头顶生疮，会断子绝孙祖坟冒水。杨双根和九月到街上拽她，别骂了娘。老娘打他们的手，坐在街头伤心地哭起来，她哭说俺家种那些地容易么？村里看热闹的人围了一层。九月怕两位老人不放心，就让杨双根和九强在秋田里护秋。杨双根背着那杆双筒猎枪巡夜，天亮方倦倦而归。每天上午是杨双根的睡觉时间，杨双根舍不得大睡，抽空去村外联系卖桥的事。几天下来，九月发现双根瘦去一圈，她审他干啥了，杨双根就是不说。说啥，的确没个眉目呢，但他一直希望这块云彩下雨呢。

这天晚饭后，杨双根背着猎枪刚走，九月就倚着门框暗自垂泪。眼瞅着膀大腰圆的汉子要毁了。她知道双根做事钻死理儿，是啥事折腾着双根呢？她抓拿不准，但有一点是明确的，双根想弄钱开荒地。就他这样儿的能找钱来？贷款是没指望的。有时她想将存入城市银行的钱取出来给双根用，又怕露了馅儿，还怕这愣头青拿钱打了水漂。她正想着，看见兆田村长慢悠悠地进了院子。兆田村长一见九月，就怀有深意地一努嘴儿。她将兆田村长领到父亲的屋里。杨大疙瘩见到村长就诉屈，大村长，你可得给俺做主哇！这叫啥鸡巴年头，从村里到城里，人们应该更文明。这可好，闹半天培养了一个个鸡和贼！兆田村长知道老人是骂城里打工还乡的人。这时他看见九月的脸色难看，就纠正说，你老人家不能都骂着，你家九月不也从城里来的，谁不夸好哇？杨大疙瘩笑说，那是，俺不是骂自家人！九月这孩子更懂事啦！兆田村长说，俺在喇叭里广播几遍啦，谁再偷秋抓住送派出所，还要狠罚呢！杨大疙瘩心疼得直捶肋巴骨，连说俺家丢了不少庄稼哩！九月说，双根和九强每天护秋呢。兆田村长眼睛一亮，护秋好哇，那就让双根挨点累吧。随后他就说出晚上登门的来意。他说是来为乡里收划分土地款的。杨大疙瘩愈发一脸哭相了，这划分土地，还收俺们的款？俺地都丢了，还出这钱，又是向大户乱摊派吧？兆田村长说，上头这么招呼，俺是没法子！不论丢田户还是分田户都要出钱的。九月问，得多少？兆田村长说，按目前占有土地的百分比收，你们家得交三千多块钱。杨大疙瘩猛猛地咳嗽起来，这不是欺负人么！瞧瞧，村长咱掏句良心话，俺是劳动模范，啥时要过赖？要这划分土地款之前，你说收了多少杂费？计划生育费、地头税、教育费、农田设施维修费、村里待客费、铺路费，那些名目繁多的捐款还不算。谁吃得消哇？兆田村长点头，唉，深化农村改革，越改法越多，越改税越多。这问题俺都

向上反映过。有几个真正替咱百姓说话？就说那次乡里收铺路费
吧，说好各村收上钱就铺石渣路，这不，钱都交一年啦，大路还
是土啦咣叽的呢！杨大疙瘩作为重点户为铺路捐了两千块，他嘟
囔说，俺听说乡政府把修路款挪用啦，买汽车啦。没听百姓说么，
当官的一顿吃头牛，屁股底下坐栋楼。兆田村长叹道，这年月你
就见怪不怪吧，生气就一天也活不下去。俺这夹板子气也早受够
啦。杨大疙瘩将老烟袋收起来，又骂，咱可是地道的贫下中农，
苦大仇深。现如今改革开放，咱农民吃饱饭了，不管咱叫贫下中
农了，叫俺们村民，村长叫主任，听着咋那么别扭。土地政策变
来变去，还有鸡巴啥主人翁责任感啊！兆田村长不耐烦道，你别
放怨气啦，上级已经意识到承包田调整太勤，造成农民短期行为，
使土地恶性循环，这回重新划分之后，实行口粮田和承包田分离，
谁要外出打工，只分给口粮田，回乡也不给承包田啦。像你家再
分到的承包田要三十年不变！杨大疙瘩说，口粮田和承包田分开
好，不过，谁还信你这三十年不变？俺记得几年前你跟俺说十年
不变的，结果咋样？兆田村长板了脸说，你这老家伙不能像孩子
一样翻小肠呀！贾乡长说啦，道路是曲折的，前途是光明的。杨
大疙瘩撇着嘴说，快别提这贾乡长了，他那宝贝舅爷冯经理，去
年卖给俺的假农药，可把俺坑苦啦！减产四五成呢。九月听父亲
说冯经理，就凑过来说，找冯经理索赔。兆田村长说，九月别瞎
掺和，你也不是不认识冯经理，庄户人家惹得起他么？九月说不
就是有个乡长姐夫嘛！兆田村长说，贾乡长原先是县委书记的秘

书，上头也有人。这年头反正有点背景的，都鸡巴硬气。杨大疙瘩大骂，冯经理咋硬气，咱惹不起总还躲得起吧？前几天这狗日的又找俺啦，说他们金河贸易公司今年也收棉花。不是粮棉油统购统销么，他这也敢干？兆田村长说，他负责供销社的三产，可以打供销社的幌子呗！你答应啦？杨大疙瘩摇头，笑话，交给他算个啥？不交国家，俺这售粮大王是咋当的？况且今年政府也不打白条子啦。兆田村长朝九月眨眼睛，九月就说到她屋里坐坐。

兆田村长站起身又叮嘱收划分土地费的事。杨大疙瘩刚说完白条子，就想起去年乡里收大豆时给他一张整三千三百元的白条子；他从柜里翻出来，递给兆田村长说，这张白条子就还给乡里，对顶啦。兆田村长愣着看白条子。杨大疙瘩说那零头俺也不要啦。兆田村长黑了脸说，这不合适吧，歪锅对歪灶，一码顶一码。你这么对付俺，那秋后分地，可就三个菩萨烧两炷香，没你的份儿啦。杨大疙瘩一听分地，他就蔫下来，收回白条子，将话也拿了回来。兆田村长说准备准备钱，抬腿要往外走，杨大疙瘩忙说，别瞅俺是大户，其实是秋后的黄瓜棚空架子，双根他们结婚还没钱呢。兆田村长笑说，别跟俺哭穷，你有钱，九月也是财神奶奶呢。九月见兆田村长又该抓拿不住了，赶紧将兆田村长拽到自己屋里。

闻着九月屋里的香水味，兆田村长满脸的阴气就消散了。

九月为兆田村长倒水点烟，自从发生那件事以后，九月心里十分感激兆田村长。刚才父亲无意中骂还乡女人做鸡，又是兆田村长给遮过去了。这些天她为双根神不守舍的样子发愁，就想求兆田村长出主意。九月话一出嘴，兆田村长就夸奖双根说，你可别小瞧了双根这孩子，不窝囊，有理想，而且没私心。他跟俺说过想开荒地的事，俺跟他们组长们说，眼下村委会是逮住蛤蟆攥出尿，没钱！谁想开荒，各组想辙去，俺全力支持。九月笑着骂，没钱你支持个蛋哪。兆田村长说，这个鸡巴穷村，又回来这么多张嘴吃饭，你让俺咋办？俺就是浑身是铁能碾几个钉？九月眼睛亮亮地说，想致富的路子呀，古语说无商不富，村里得上企业。再说，开荒地也可以贷款干嘛！兆田村长上下打量着九月，你说话像吹糖人似的，你借俺俩钱吧。九月怯怯地说，俺在外没剩下钱。那次公安局又罚了那么多。

　　兆田村长嘿嘿笑，别诓你叔俺啦，你和孙艳都趁钱。他眨了眨眼睛，忽地想起什么来说，贷款开荒也是个法子。不过人家信用社也奸啦，咱村欠他们的八万块还没还呢。他们还贷给咱？要是你和孙艳帮忙，将私款存入乡信用社以存放贷还是有戏的。九月的心咚咚地往喉眼里跳，说俺和孙艳没那么多钱，但又说可以让城里朋友存款。兆田村长说，明睁眼露的事儿，你们怕露富俺也理解。一来二去，这些事就敲定了，九月叮嘱村长贷来款多给杨双根第二小组一些。兆田村长应着，又往九月身边凑了凑，九月闪一下身子很慌，移开目光看墙上的唢呐。兆田村长好像有心事，又不知咋开口。屋里一时很安静，屋外棚里老牛喷鼻声都能听到。待了一会儿，兆田村长也将目光投向墙头的唢呐。久久才问九月啥时闹大婚礼。九月说秋后婚礼也不想大闹啦。俺和双根

旅行结婚。兆田村长笑说，敢情也学城里人的洋玩意儿呢。九月
知道兆田村长心思跟这事儿不搭界，怕他动别的心思，就说双根
护秋该回来吃夜饭啦。兆田村长见九月拿话点他走，就又闷了一
阵儿，憋得额头淌汗了，就十分为难地说，九月呀，俺有事要求你，
不，是咱杨贵庄老少爷们求你办一件事。九月怯怯说，有啥事，
只要俺能办的就说。兆田村长的话在舌尖转了一圈儿也没张嘴。
九月催他几遍，兆田村长才骂骂咧咧说，还不是为这鸡巴土地。
眼下俺掐算着，地忒紧张，简直他妈没法分配。你不知道，冯经
理那狗东西占着咱村八百亩地，说是围给台商建厂，围了二年也
不给村里钱，俺要地他不给，就想求你帮忙啦。

　　九月愣了愣，眼白翻出个鄙夷说，让俺去找冯经理要地？俺
要了他能给？兆田村长说，行，只要你出马准行。那狗日的会给
地的，其实那小子没钱建厂，那个台商吃喝他一通蹽杆子了，他
守着这片地，也跟娘儿们守寡一样难受呢。九月问，既然这样，
他为啥还撑着？兆田村长说，这狗东西想再从咱村榨出点油来
呗！咱这穷村，可禁不住他折腾啦。九月很气愤，这臭老鼠能坏
一锅汤的。咱老百姓还是老实啊。不会告他个兔崽子！兆田村长
摇头说，这招儿万万使不得。九月呆坐着，一脸的晦气。兆田村
长说，俺这长辈人，实在说不出口哇，冯经理那小子看上你啦！
九月心里明镜似的，那天在村长家里打麻将，那小子就紧黏糊。
兆田村长说，那东西眼够贼，说孙艳长得太面，没你性感，说你
有倾国倾城的貌。说你就是咱杨贵庄的杨贵妃。九月一生气，在

城里时的脏词就上来了，就他那猪都不啃的地瓜脸，也想跟老娘打洞儿？兆田村长不明白"打洞儿"是啥意思，忙说冯经理不是想打你。九月知道自己走了嘴，脸颊一片火热，说，大叔，俺和孙艳是在城里有过前科，可俺们也不是随便让人作践的人。俺们回村，就是证明。兆田村长慌了，忙说自己不是那意思，大叔从没小看你和孙艳。大叔看得开，谁家锅底没点黑呢？有黑抹掉就是啦。九月心里很复杂，瞅了兆田村长一眼，耸动着肩膀哭泣起来。兆田村长慌慌地站起身，说大叔不为难你，你要不愿意咱就哪说哪了。他拔腿就要走，九月止住哭，喊住了他。九月不敢抬头，怕碰上她跟双根的照片。她喃喃地说，大叔，跟你老说心里话，俺既然回家了，就想当个好媳妇，当个好母亲，俺越发感到好人难当了。俺今天也不怪你，你老为村里奔波委实不易呢。兆田村长很感动，眼眶子抖抖地说不出话。静了一会儿，他才说，冯经理那王八犊子可会装人呢。是他找俺提的条件，俺都成啥人啦，哪像个村支书村长？都成皮条客啦。九月见兆田村长自责个没完，就抬起脸来说，大叔，为了夺回那八百亩地，虽说俺的处女膜恢复手术都做了，还是答应你这回。她多了个心眼，她知道孙艳回乡前花八百块钱做了处女膜恢复手术，她已将处女身子给了双根，就没这个必要了。但她怕村长将来还纠缠，只能这样唬他。兆田村长满脸喜气，你说那个手术多少钱？回头再做一回，花销村委会给你报销。九月说八百块，又说报销不报销没啥，但强调一点，请转告冯经理，俺只跟他睡一回，不拿他一分钱，只要他立马将地让出来。兆田村长高兴不起来了，心里很难受，只想着将来分地时多划给她家一些来报偿了。九月支棱着身子目送村长走了，扭头望天上的月牙儿，心里惦念着双根，更加觉得九月的日子很贱，也很沉重，想着想着眼睛就湿了。转天晚上，兆田村长笑呵呵地来叫九月打麻将，九月就明白是怎么回事。她让兆田村长先在父亲屋里等着，自己换好衣裳，将过去用剩的避孕套、药水和手纸等杂七杂八的东西塞进小挎包里，末了坐在镜子前化了化妆。以往会男人她都十分认真地化妆的。她不管面对的是怎样的男人，都希望自己以美好的形象出现，因为男人也付出了钱。这一次的付出和获得又是什么呢？九月从镜子里看到自己苍白的脸，还有一双忧郁的大眼睛。脸和眼睛很好看，真实而生动。看着看着，就被水浸湿成一片黑土地。印在平原上的脸不再苍白，变成红扑扑极鲜活的一张脸，分明是九月的秋风染就。

日子纯美如初。日子混账透顶。

九月离家的晚上，田野很安静，一层雾薄薄地弥漫着。杨双根和九强走累了，就坐在棉田与玉米地相交的田埂上歇息。杨双根仰脸看雾里的月牙儿。九强将马灯放在地头，照亮秋夜一大块地方。九强嚷着要与杨双根下棋。杨双根拿手指在地上画成方框，又摆好土疙瘩说，咱先讲妥喽，你要是输了，就将你家那群鸽子给你姐陪嫁。九强点头说，你输了呢？杨双根说，给你这管双筒猎枪。九强欣欣地拍手，然后拿玉米叶儿当棋子。半个钟头下来，九强就输了那群鸽子。杨双根懒得再玩下去了，斜靠着棉柴跺打盹儿。他让九强先回家休息，大秋假该结束了，九强得把作业赶写完准备上课。九强走出老远，杨双根还吼着，别忘了明天将鸽群赶过来，你姐就喜欢鸽子，特别喜欢白鸽子。鸽子使他产生对九月的许多联想，诱他进入了甜蜜的梦乡。棉柴垛很暖和，还有股子日头的气息。他感觉这里比铁桥底下睡觉舒服。秋虫鸣叫着，有几只野兔溜着柴垛钻来蹦去。他想睡一觉之后打两只兔子回去给父亲下酒，就迷糊着了。如果不是夜半被尿憋醒，杨双根是不会碰上这个尴尬局面的。他刚解开裤子，就听见柴垛后面有响动，扭头看见两个人影和一辆排子车。杨双根知道是偷棉柴的，就吼了一声，提着双筒猎枪奔过去。两人掉头就跑，杨双根几步就追上去，堵住了偷柴人。月光下他认出是村里小木匠云舟的媳妇田凤兰和女儿小玉。田凤兰见杨双根举着枪，吓得哆嗦着跪下求情。杨双根知道她们是瞧见九强刚回了家才敢来偷棉柴的。田凤兰一把鼻涕一把眼泪地说，云舟和你是同学，看在老同学的份上就饶过俺娘俩吧。云舟在城里学坏了，赌钱，赌光了就去找包工头要工钱，被人打病了。俺们回到乡里没有钱买过冬的煤，他又瘫着，俺娘俩就人穷志短啦。杨双根眼里闪着骇光，腮上的肉抽抽地抖了。他上去扶田凤兰和小玉站起来，没说话，就急着转到附近的棒子地里撒尿，他实在憋不住了。田凤兰好像看出什么，让小玉拖空排子车在路头等，自己整理头发，又拍拍身上的土，追着杨双根进了棒子地。她看见杨双根正系裤带，怯怯地凑过来，一把拖住杨双根说，双根，俺同意跟你来一回，只求你放过俺娘俩。

杨双根吓得说不出话来。田凤兰说完就松开杨双根，很麻利地解开裤子，撅着白白的屁股拱他。杨双根马上意识到她误解了，就闷闷地吼，臭娘儿们，快系好裤子，你把俺看成啥人啦。田凤兰乖乖系好裤子听候杨双根发落。杨双根将田凤兰领到棉柴垛，又喊小玉将排子车推过来，他帮着装了满满一车棉柴。杨双根说，拉回家用吧，不够，俺改天送一大车过去。别黑灯瞎火地来啦，一车棉柴丢了脸皮值么？田凤兰满口谢着就由泪蒙住了眼。杨双根问她是哪个村民小组的，田凤兰哽咽着，哪个组肯要俺们这累赘？村长让俺们待分配呢。杨双根笑说，就进俺们第二组吧，俺找村长说，往后有啥为难遭窄的就找俺双根。田凤兰母女谢了又谢拉着棉柴走了。第二天中午，杨双根又用牛车给她家送去两车棉柴。田凤兰同着瘸子云凸说，你瞧双根，在家种田不也混得挺好么？咱这外出打工，孩子上学误了，钱也没赚来，倒落这么个灾。说着就啜啜哭起来。杨双根听着心里受用，觉得自己行了，真的行了。心想，等俺卖了铁桥开了荒地，你们还会重新认识俺杨双根的。

　　九月走在街上，分辨不出投向她的各种目光是啥意思。她不愿去猜测，因为她刚干了一件自己都无法解释的事情。她早上从冯经理的汽车走到村口时，感觉很轻松。当她将那张八百亩的土地契约交给兆田村长时，心情就更好起来。过去在城里拿肉体换钱，时常感到一种罪恶的话，眼下就莫名地消除了这种不安。她要求兆田村长带她去那八百亩土地上看一看。兆田村长带她去了，她走在那片没有播种的土地上，看见了疯长的藤草，还有刚刚枯黄的酸枣棵、白虎菜和双喜花。她站在蓬蓬乱草间，不知往哪里下脚。酸枣棵里的倒刺紧紧地勾住她的裤脚，她慢慢蹲下身来摘掉酸枣藤，却看见一朵还没凋落的双喜花。白白的双喜花哩。九月轻轻将它掐下来捧回家里，插在镜框上。双喜花又小又普通，没几日就干巴了，险些被拾掇屋子的双根娘扔出去。九月就将干花夹在一本书里，一本从城里带回来的书。孙艳过来看九月，她不知道九月姐为啥心气那么平和，脸也灼灼放光了。这是在城里她从没有过的气色，孙艳问她用啥好化妆品啦。九月微笑着不吭声。孙艳问紧了。她说到家乡的田园里走走，就是咱还乡女人最好的化妆品。孙艳茫然不解，别诓人啦九月姐。九月想起一桩事来，就跟孙艳商量将城里存款挪回一部分，存入乡信用社，以存放贷为村里开荒。孙艳笑说，俺越来越发现九月姐像个村长啦。是不是跟双根哥在一起觉悟提高啦。九月骂，死丫头，说痛快话，愿意不愿意？孙艳沉了脸说，听俺爹说，咱乡太穷啦，存的款都支不出来。九月说，信用社不比农业合作基金会，是国家的，你爹说的是基金会。孙艳问，那利息咋样？九月笑说，鬼丫头够精的，利息跟城里一样。俺想呀咱那钱存哪儿都是存，不如帮咱村里办点实事，在这穷村里过，咱脸上也不光彩哩。咱村上都富了，就不用去城里打工受罪啦。俺们都要结婚了，生了孩子，有出息的，在外上大学做官；没出息呢，也有自己的土地。

九月说得孙艳挺伤感。孙艳说，别说啦，九月姐，俺听你的。

九月搂着孙艳很开心地笑起来。当天下午，九月和孙艳悄悄去城里移回了十万元存款。办妥存款，九月就告诉兆田村长，说她让城里朋友在咱乡信用社存入十万元，现将存折抵押贷款。兆田村长接过存折看了看，客主署名李宝柱，就哈哈笑起来。他逗九月说，啥时咱村请这个李宝柱喝酒哇？九月噘起嘴巴说，人家不知道是抵押贷款，你要给保密的。兆田村长说，好，不跟你逗啦，要是走漏一点风声，你拿俺是问！九月又叮嘱村长一遍，多给杨双根的第二小组拨些贷款。兆田村长满口应着。九月一走，冯经理的伏尔加汽车就堵在兆田村长家门口。冯经理急三火四地下车，进屋就嚷嚷承包开荒工程。兆田村长不知道冯经理从哪透来的消息，后来一想，他跟贾乡长汇报了，还跟贾乡长夸了一番九月。冯经理笑嘻嘻地说，俺能调来五辆大型抓车，保你满意，保质保量。兆田村长很恼冯经理，又不好闹僵，只是胡乱应付说，没钱开荒，眼下八字还没一撇呢。冯经理说，别唬俺啦，信用社的刘主任都告诉俺啦！别不够哥们儿，俺拿下工程，给你高回扣的。兆田村长瞪了冯经理一眼骂，混账，你知道贷款从哪儿来么？俺拿这昧良心钱，这张老脸真得割下喂狗吃啦！冯经理被骂愣了，哼了一声，悻悻地走了。兆田村长瞅着冯经理的影子，又嘟囔着骂一句啃骨头的狗。后来一静心，想想杨贵庄在乡里的处境，心里又鼓鼓涌涌不安生了。下午九月和杨双根一起看兆田村长。杨双根听九月说村里有钱开荒了，高兴得扭歪了脸。虽说不是他弄来的钱，可终归能开垦荒地，组里就不会闹地荒，家中的承包田也能保住。

这鸡巴桥委实不好卖，折腾来折腾去的，仍是空欢喜。这桥怕是远水不解近渴了，但他不死心，日子无尽，慢慢来吧。兆田村长说，咱乡里要在冬天大搞农田基本建设。各村都闹地荒，乡里号召咱多开荒地。双根哪，你们第二小组得带个好头，把流动锦旗夺到手。杨双根憨笑说，俺会拼一场的，俺早想好了，这蜜月得到北大洼上度过喽。九月瞪他，这傻样儿的。兆田村长就笑。杨双根说，得拿钱哩，这年头可不比"学大寨"那阵儿，旗杆一插就干活儿。开荒地可累，给打白条子没人干的。九月笑说，没有钱，也许就俺们这位缺心眼儿的傻干。兆田村长说，双根可不缺心眼，小伙子是大智若愚呢。九月也愿听别人夸双根，看着双根不再神神怪怪的，眼里便有了喜欢的人影儿。双根和九月一走，兆田村长就想起被他骂走的冯经理，忙着将冯经理呼过来，晚上在家里摆了一桌。冯经理喝酒就念叨九月，派人去她家里叫，那人回到村长家说，九月全家都在地里收秋。兆田村长看着天都黑黑的了，叹道，这阵是庄稼人最累的季节，这售粮大户本是不好当的。冯经理已经喝糊涂了，就没再追问九月为啥没来。

晚秋的日头还是很毒的，想熬干这平原的河流、庄稼的汁液和种田人的精血。

灿烂的日子照花了眼睛，身体和记忆被蒸烤着，一下子想不起是啥地方。动一下脖子就疼，又动一下，侧过脸搂住女人的身子，他腰又酸了。杨双根睁眼喝水，才知道是在炕头上睡觉。他发现九月睡得很香，他知道九月也累哗啦了，睡觉的姿势就很丑，两条白白的大腿都扭成了麻花。杨双根望着她露出薄被外面的白腿，一点心思都没有。好几天他都没挨她了，她也从不碰他。熬过这累人的秋天，日子就会轻闲起来。一想到分地和开荒，杨双根觉得自己不会有轻闲之日了。傍天亮儿，杨双根觉得九月软软的手在摸他，摸他最值钱的部位，他也没哼一哼动一动。父亲蹀跶蹀跶地走到窗前叫他们下田收秋。其实在这之前，父亲已经像地主周扒皮一样，将鸡笼里的鸡放出来打鸣。九月就是被鸡叫惊醒的。九月将杨双根喊起来，刚洗漱穿戴好，兆田村长就慌慌地喊九月。兆田村长说贷款开荒的事砸了。九月惊直了眼。兆田村长说着就将九月拉到屋外悄声告诉她，乡信用社真他妈不讲信用，原说好好的，可他们将咱新贷的款子顶以前的贷款了。就是说咱村欠他们八万，这回贷的十万，只能支出二万元开荒。这仨瓜俩枣的管蛋用？九月明白了，是信用社搞鬼呢。又一想，谁让咱村欠人家钱呢？这不争气的穷村呀，你还有救么？兆田村长见九月不语，心更慌乱，他只有向九月讨主意了。九月怕兆田村长破罐子破摔就说去乡里找信用社头头说情，早知这样，城里的存款还不往乡下转呢。九月和兆田村长急匆匆地走了。杨双根隔着墙头听见他们说话了，开荒贷款泡汤了。杨双根很泄气地愣了半天，骂，这鸡巴事儿，当官不难，发财不难，骗人不难，学坏不难，就他妈咱老百姓干点正事儿难！父亲杨大疙瘩说，走了九月，你还愣着嚼蛆？快下地做活儿。杨双根跟父亲说了实情。杨大疙瘩叹一声，说别指望啥新政策了，丢了地更省心。杨双根瞅着父亲枯树根似的蹲着，知道他说的不是心里话。丢了地，怕是他的魂儿也丢了，地里常有丢魂儿的啦。

人到了没指望的时候就异想天开。杨双根将最后一捆豆秧装上牛车，又扭头朝那架铁桥张望了很久。他又不甘心了。人在机遇面前不能装熊了，也许过了这村就没这个店了。他从牛车上跳下来，笨拙拙地爬上铁桥，掏出腰间的皮尺又量了一番，然后掐指数数，按上次与王秃子卖废铁价格算，这铁桥得值十四万，开荒满够用了。他赶着牛车拐了下道，忽然看见桥头有几个人影晃动，心里就更着急了。他想再找一回王秃子，如果王秃子不干，就让他给介绍一位。他压根就没指望收破烂的王秃子这块云彩撒尿。傍晚杨双根又去找王秃子。王秃子眨巴着圆眼想了想，说帮他找一位城里收废铁的，成事了就提点劳务费，不成也求杨双根别露他。杨双根骂他咋变得跟老娘儿们似的，就拽着他连夜赶到城里。城东红星轧钢厂厂长的兄弟韩少军开了个公司，专收各种废铁烂钢，为城东红星轧钢厂供货。杨双根由王秃子引荐，认识了韩少军总经理，韩少军穿一身高档服装，小头吹得很亮，说话时大哥大响个不停，接一阵儿电话，问一会儿铁桥。杨双根手里摆弄着韩少军的名片，看见太平洋贸易公司总经理几个字，他就感觉这回十有八成。韩少军听杨双根将铁桥的事说一遍，就又将王秃子叫到僻静处问，你狗日的别诓我，这铁桥真归这姓杨的小子管？王秃子说，桥在他们组的地面儿上，桥占地多年拖欠占地费，就拿废桥顶啦！瞅他对铁桥的上心劲儿，他看得比老婆都紧！

没错儿。韩少军又说，那得有煤矿或铁路的转让信，加盖业务专用章。这样我也他妈不放心，即使这阵儿没事儿，将来出啥闪失，不行。王秃子说，杨双根是为集体开荒卖桥，你怕啥？盖章也没问题的。韩老板咋变成老鼠胆儿啦？是不是金屋藏娇啦？韩少军瞪着王秃子骂，别他妈瞎逗咕，说正经的，我们公司不做，引荐给东北的，一伙倒废铁的朋友。咋样？过两天，我就让他们找你们看货交钱，不过，转让信得有哇，别让我坐蜡。你小子敢骗我，小心你的秃瓢儿。王秃子嘻嘻笑，俺叫你见杨双根了，这可是俺们那片的大老实人呐！他家是售粮大户，肥着哪！王秃子把情况跟杨双根一说就去找旅店了。杨双根半喜半忧，喜的是铁桥找着了婆家，忧的是转让信和业务章到哪儿去盖？矿务局和铁路分局都不承认是自己的桥。到了小旅店里住下，杨双根还为这事发愁。这时王秃子从外面领来个鸡，让杨双根痛快玩玩儿，杨双根头一回见这场面，怯怯地推脱说，俺有九月，俺跟九月就要举行婚礼啦，不能对不起她。王秃子一边伸手揉着小姐的胸脯儿一边说，就你这傻蛋，还为女人守节，还不知你那九月给你戴了几层绿帽子呢。杨双根怒了脸骂，你再他妈胡咧咧，揍你个秃驴！九月可不是那样的人。王秃子连连告饶说，好好，你眼不见为净更好！不过，你可记着，从城里打工回去的乡下姑娘，有几个还原装回去？嘿嘿嘿。杨双根骂你他妈狗嘴吐不出象牙。王秃子说，双根你去门口给俺看着点，俺可不客气啦。说着就拉小姐上床。小姐一扭身一撒娇说，你先给钱。王秃子笑着骂，臭婊子，俺是乡下人，你也是乡下人，咱都是公社好社员，优惠点么。小姐笑说，今年大米都涨到两块钱一斤啦，乡下人肥呢。杨双根看见王秃子和小姐推推搡搡的样子，觉得晦气，快快地走出房间。他怕公安局来人抓到王秃子罚款，也不敢避远。这王秃子玩鸡或罚款都得他支付。杨双根蹲到门口，听着王秃子屋里的响动。对面厕所吹过来的臭气，熏得他脑仁儿疼。后来又凉了，不知不觉就伤风了。王秃子又犯了没完没了的驴劲儿，挺到后半夜三点钟才放那小姐走了。杨双根坐在地上睡着了，梦里的他像是在护秋，周围是一片寂静的田野。田野里飞舞着无数妖冶的红蛾子。

三天后的一个下午，一场雷阵雨刚过。杨家门口的歪脖柳被雷劈落两股树杈。这歪脖柳是杨家祖传下来的古树。父亲和杨双根望着披散的老树发呆。树杈上筑巢多年的老鸹窝也连锅端了，树杈落下来的时候，还砸碎门楼的几块脊瓦。父亲指挥着家人收拾残局，嘟囔说，怕是咱杨家有妖了，这落地雷是专收妖魔鬼怪的。九月在一旁听着脸都白了。杨双根一边拽树杈一边说，爹，咱家都是本分人，哪有啥妖哇。母亲也说雷劈树杈的事常有的。杨双根发现九月脸色难看，仰脸就看见灰老鸹呱呱叫着，围着树冠划出弧线，叫声一直传到村子深处。杨双根说老鸹找不到家了，只好到外地打工去喽。多可怜的老鸹，村人都还乡了，这本是你的家，还得往外奔。杨双根独自乱想一气，就见王秃子的铁路大盖帽从墙头冒出来。王秃子怕杨大疙瘩骂他，就趴墙头上晃帽子。杨双根眼下十分崇拜王秃子，别看他吃喝嫖赌的，办事能力却不差。王秃子掘窟窿打洞从矿务局三产弄来了盖业务章的转让信，信是空白的，委托内容是杨双根添上去的。矿务局三产的一位副经理是王秃子的表兄，王秃子叮嘱杨双根说，俺可是一手托两家，那头章不是白盖的，得交人家公司一万元手续费。杨双根爽快地答应了。王秃子说他没告诉表兄桥的事。

杨双根理直气壮了，告诉他们也白搭，他们不承认有这座桥。这桥是俺们小组的，也是俺杨贵庄的，盖那戳子是给客人看的，省得狗咬狗一嘴毛。杨双根知道王秃子是给鼻子上脸的主儿，他是真想吃一嘴了，吃就吃吧，反正这全是无本生意，最终占了便宜的还是杨贵庄人。杨双根看见墙外的秃头就欢喜，放下手中的树杈，带着满脸的兴致跑出去。王秃子告诉他太平洋贸易公司的韩总经理的客人到啦。杨双根问，人呢？王秃子笑骂，你小子一努嘴儿，俺他妈跑断腿儿。这群东北老客在俺家避雨，中午搭了一顿饭，还让俺老婆陪他们玩麻将。都他妈一群色鬼，俺老婆的屁股蛋都让王八蛋掐肿啦。杨双根听着好笑，王秃子的老婆丑得闹心，还有掐她的？他听出王秃子是诓钱。杨双根说，只要拍板成交，亏不了你的。王秃子说俺老婆直接带客人去铁桥了。杨双根眼一亮，他们带钱没有？王秃子怀有深意地一努嘴儿说，带啦，你说能不带钱么？杨双根回屋带上皮尺和写满数据的小本子，就牵着牛去铁桥了。

雨水洗过的铁桥很好看，浮在上面的灰尘和蛛网被大雨冲掉了。躲雨的鸟们被来人吓飞了。杨双根站在桥上望天，天上竟有一弯彩虹。看远处的小村，小得像一段驼黄色的绳头。也许就是这段不起眼的绳头支撑着他，使他有了底气，很严肃地跟这群人讨价还价。客人当中领头的是个大胡子。他也拿出名片给杨双根看。杨双根发现大胡子的头衔实在，是辽宁的一家金属公司。他觉得这回是抱着猪头找到庙门了。大胡子围桥绕了三圈儿，大掌不停地揉着那几根毛说，如果我方负责拆桥，只能是十一万，不能再多啦。杨双根要价十四万是有理由的。他那小本子都算烂了。王秃子又凑上来，一手托两家，拿出十二万五千元的折中价儿，双方闷了一会儿就拍了板，然后在王秃子的驴背上签合同。大胡子从皮包里摸出红戳子盖上去。杨双根哆嗦着签了字，又扭头朝那驼黄色的绳头张望。望见那棵被雷击伤的老树，也望见轻轻浮动的炊烟了。他心里说，杨贵庄哩，俺这一番苦心终于有了报偿。爹哩九月哩，你们压根儿就不了解杨双根。想着想着鼻头就酸了。大胡子观察着杨双根的表情，怎么也看不懂他的心思。他先交给杨双根三万五千元现款做预付款，说四天后拆完桥交齐那款，并请求杨双根盯着拆桥作业。杨双根见王秃子凑过来吃蹭饭儿，就拿出一万五千元钱给他，说那一万是他表兄盖章的手续费。王秃子躲在桥下的草窠子里数钱，杨双根让他打条子。王秃子说咱俩谁跟谁，还用得着这个？杨双根冷了脸说，这他妈是公款，都弄完啦，俺要如数交给兆田村长。王秃子撇嘴说，你这傻蛋不留点？杨双根说那就看村长怎么奖赏啦。啥事都说破，这情分就浅了薄了。王秃子说，俺一上学就赶上学雷锋，今儿个才知道雷锋还活着，你让俺学学你吧。然后就讥笑。杨双根骂，玩你妈个蛋。王秃子说，有你小子后悔那天。你知道兆田村长么，他妈的是人窝子里滚出来的人精，钱交他，他敢胡吃海塞糟光的。杨双根倔倔地说，俺们村长不比你们村长，他会拿这钱开荒种地的。为了开荒，也够难为他和九月的了。王秃子附和说，也许吧，你们村穷。一般穷地方都出好干部。杨双根硬逼王秃子打了条子。王秃子声明说这可他妈不是交公粮的白条子，不会再兑现的啦。杨双根骂，美得你屁眼朝天。随后就冲着晚秋的田野笑起来。一连几天，杨双根都很快活，他在拆桥工地晃，心叹大胡子雇的这拨人够能干的，电割机的火花昼夜闪跳，很像荒野里溅落的星子。来往的行人称赞说，还是上级领导体恤咱农民，知道咱地少了，急着赶着给咱腾地方呢。杨双根听着从心底往外舒服，心里说没俺杨双根奔波，拆这桥还不知要拖到啥猴年马月呢。随后他看见一群看热闹的孩子，孩子们像兔子似的蹦来蹦去，还欣欣地拍手唱歌谣：乡巴佬看花轿，傻姑爷得不着……

烦恼来得不够顺理成章。杨双根在拆桥的最后两天顶不住了，父亲和九月以为他在桥头凑热闹，拉他回家装车送棉花。杨双根将王秃子派到拆装工地，自己跟家人庆丰收来了。杨家的棉花收成最好，风调雨顺，掐尖打杈及时，而且没有碰上假农药。父亲母亲笑着脸让九月唱支歌，一会儿又让杨双根吹阵子唢呐。杨双根没想到九月的歌唱得那么好，问她在城里打工是不是整天唱歌。九月说城里人都爱唱流行歌曲。杨双根说那屌歌软棉花似的，趴着屙屎没劲的。然后就鼓起腮帮子吹唢呐。他努力回想往年丰收吹唢呐的情形，但那些内容总是模糊不清。今年有九月陪伴，他可以完完全全地陶醉过去。他眯眼吹着，鼻头下一条清水鼻涕，一闪一闪亮着。唢呐声招引来那么多看热闹的村人。他们不是来听唢呐的，他们是望着那一排排的棉车愣神儿。九月数了数，整有八辆装满籽棉的马车。车是雇来的，棉花是自己的，将来哗哗响的票子也是自己的。村人的眼更红了，红得滴血的眼睛曾经被城市的风吹拂。杨大疙瘩坐在头车上，笑着朝路边的乡亲们作揖，作着作着就觉得不对劲儿了。村人的眼睛堆起仇恨，使杨大疙瘩想起一句古语，一家饱暖千家恨呢。想想本是杨家最后的风光，就蔫下来，觉得胸部阵阵发紧。九月是押的中间那套棉车。她望着长长的棉车队朝乡收棉站进发，觉得做大户是很过瘾的。当她望见那赤裸的原野，充满湿润甘甜的胸腔漾着波浪。她在想一个问题。那笔"以存放贷"的开荒款终究没能拿下来。兆田村长说只要将工程活儿给了冯经理，款就会下来，兴许是这狗东西做手脚了。九月的口封得死死的，宁可鸡飞蛋打也不给冯经理低头。她跟他低过一次头，她只跟男人低一回头，开始就是结束，这是九月的性格。兆田村长说看不透九月这孩子，再也看不透了。九月悠在棉垛上，天也跟着晃悠，如果拿自己银行里的脏钱开荒，还能叫它处女地么？这样的土地能打苗么？收获的棉花还是这样洁白么？这些问题使九月几乎泪下，甚至觉得有些不可思议了。杨双根押着最后一辆棉车。他与车把式轻松地说笑。丰收是乐事，他不理解父亲和九月为啥是这副样子。人无须看多深多远，只管眼皮底下的日子吧。快到乡收棉站的时候，他的心思跟这儿也不搭界了。桥！他能从这桥上走过去吗？他想是板上钉钉的事。交完棉花，他要给村人一个惊喜，然后跟兆田村长一起设计开荒方案。九月，你做梦也算计不到俺双根吧？爹哩，种田大户还是咱杨家的。可是脑顶上低低的云朵，压得他喘不上气来。头顶这方天，活像一块破尿布，说不定是啥时辰就会憋一场骚雨。

交棉途中，杨大疙瘩发现冯经理手下人拦车，让交到冯经理的第二收棉点上去。杨大疙瘩一听就知道冯经理打着公家的幌子赚自己的钱。全乡人都知道冯经理个人承包的公司。杨大疙瘩停住车，见九月和杨双根都奔过来，跟他们一商量，就合了老人的心意。他们一致拒绝将棉花交到第二收棉点上去。于是棉车队又缓缓行进了。到了乡第一收棉点，杨大疙瘩看见棉车的一蛇长阵渐渐松散。他跟棉农们打招呼。有些棉车掉头往外走，杨大疙瘩问，是不是又打白条子了？一个棉农说，今年倒是现钱，可他们把价压得太低。这上好的籽棉，竟给压三级棉！杨大疙瘩下车摸摸那人的棉花，骂道，这么好的棉花交三级？真他妈黑呀！从互助组到初级社，从生产队到包田到户，也没这么压价的。他瞅瞅自己的棉花也发慌了。杨大疙瘩又问掉头去哪儿交棉，那人说第二收棉点比这高一些，九月脑子快，她说怕是冯经理从中作梗了。杨大疙瘩骂，这他妈还有没有王法啦？粮棉油统购统销，为啥还要设第二收棉点儿？那人说第二收棉点也是供销社的。杨大疙瘩愤然道，也是挂羊头卖狗肉。他让九月和杨双根守着棉车，他穿过热闹的人群，到一里地外的第二收棉点转了转。这里的棉价比第一收棉点虽然高一些，仍不遂他心愿。他看见有些棉农托关系递条子塞红包，找质检员溜须，拿自己热面孔亲人家冷屁股，他很难受。另外他发现这里交棉的没有大户，都是零散的小车小包，后来碰上东刘庄的售粮大王吕建国。吕建国说他的棉花在乡里压低价，一生气星夜悄悄交到外乡去了，又说哪儿的风气都不正，总归比咱乡里强。唉，往年打白条子没这么压级，该见着钱了，又都他妈刁难咱！杨大疙瘩呆了半晌，叹说，那样会少受损失，可就当不上售棉大王啦。吕建国丧气地说，这鸡巴事儿，你还想名利双收？哪有刀切豆腐两面光的？杨大疙瘩说，年初粮棉油规划会上，咱可都是向乡政府表了决心的，作了保证的。吕建国骂，你跟政府作保证，谁跟你作保证？就说承包土地的事儿，村里打工的一还乡，原来的计划就全乱啦。杨大疙瘩问，你们村也重新承包么？吕建国说，村干部没明着跟俺说，看样子也使坏招子挤对俺，提高承包费让你自己种不下去，乖乖地将土地交出来。杨大疙瘩心想，看来难受的种田大户不只俺一家。他看吕建国七股八岔越说越离题儿，就快快地回到第一收棉点。他不想跟吕建国学，也不想将棉花送到第二收棉点，只盼着这里的验质员公正些。即使自家受些损失，也还得瘦狗屙硬屎强挺着。人生在世啥金贵？人活名儿鸟儿活声儿。这个售棉大王的称号还想当下去。他将意见跟杨双根和九月说了说，一家人就守着棉车等，中午了，他们与车把式们一同吃的盒饭，等到下午五点钟，才排到他们这里。杨大疙瘩率先抓着一团籽棉，同着质检员撕碎，围观的人都夸绒长好。验质员却毫不思索地写下三级。杨大疙瘩脸都白了，恨不得给验质员磕头了，这是地道的一级棉啊。哪怕你给二级俺也认啦。验质员说你别老汉卖瓜自卖自夸啦。杨双根和九月也上来说理，验质员说你们想吃人啊！再闹算你们干扰公务罪蹲局子。杨大疙瘩骂，你是瞎了眼，还是瞎了心？俺们种田的容易么？验质员和保安人员都上来说，你们不易也不能坑国家呀！杨双根和九月上去评理，被杨大疙瘩拦住了。杨大疙瘩脸相很苦，蹲在地上吸烟，愈发一脸哭腔地说，俺一家勤勤恳恳种地，老老实实做人，到头来成了坑害国家的人啦？他将手里的验质单撕碎，站起身牵着马车往回走。验质员说第二收棉点也不赖么。九月从这话里证实冯经理在这里安插自己人了。杨双根问父亲，难道咱就去求冯经理？杨大疙瘩倔倔地说，咱不坑国家啦，咱不当狗屁大王啦，咱去四远乡交棉。杨双根说那里保准不欺人么？俺听吕建国说那里公道。九月说，对，宁可交外乡也不跟姓冯的低头。杨大疙瘩带领棉车队在黄昏时分出发。走到黄沽村北的小饭店，杨大疙瘩招呼所有人吃饭，自己在暗处守着棉车。他吃气都吃饱了，也不想吃饭，从饭店拿了一瓶二锅头独自喝着。几口就干了一瓶酒，眼睛蒙眬起来。他喝酒不醉，醉了也不吐不倒。等人们都从饭店出来，他就爬上棉车想眯一会儿，他让杨双根多留神路上动静。他听说乡里收棉花外流，从各村脱离了不少干部，沿乡里各路口设卡，堵截去外乡交棉。听吕建国说夜里出乡没有问题。谁知他眼皮还没合上，前面的路就被人堵上了，几个胳膊戴袖套的家伙晃着手电嚷，停车停车。杨大疙瘩心头一紧，醉迷呵眼地溜下棉车。几个人过来说不能到外乡交棉，乡政府明文规定。杨大疙瘩雷公似的一脸怒容，咱乡里太黑啦，这都是逼的。那几个人不理他，说快回村，还要罚款的。还有人认识杨大疙瘩，说你这售粮大王的觉悟呢？杨大疙瘩用烟熏酒腌的粗哑嗓门说，你们让俺过去，别往死路上逼俺。那些人挺横，说你甭想过去。杨大疙瘩觉得一兜儿气冲头，脸古怪地扭皱着，蹲到地上抱头哭了，呜呜的，像个老妇人。杨双根和九月劝他，老人抢了抢胳膊，掏出打火机，点着了第一车棉花，嘴里骂俺的棉花是后娘养的，俺烧光个蛋的总可以吧？他又要烧第二车，被众人抱住了。车把式忙将马引开，人们七手八脚地扑火。火苗子在夜里格外显眼。截车的人呆住了。九月在家的温顺劲儿全然消尽，凶得像一只母老虎，骂杨大疙瘩老糊涂了，就是烧，也要拉到乡政府门口去烧。她指挥着牛往回赶。七车棉花和那辆烧焦的马车行进在乡路上。一路上都默默的，谁也没说话。棉车堵住乡政府门口的时候，已经是夜里九点多了。贾乡长不敢露头，派乡政府办公室齐主任来劝说。九月不依，杨大疙瘩更不依。九月嚷着要见贾乡长，是他的舅爷儿将俺逼到这份儿上。贾乡长刚刚从县里回来，不摸头脑，听说是杨贵庄售粮大户杨大疙瘩一家闹事，就打电话将兆田村长叫来。兆田村长也劝不回去，引来好多人围观。九月说有人看见贾乡长回来啦，躲着不见人。他再不出来，俺就带车去县政府门口闹。咱老百姓还有活路么？这些话传到楼上去，贾乡长坐不住了，将杨大疙瘩一家和兆田村长叫到办公室。贾乡长前前后后听九月一说，当下就将供销社主任和冯经理叫来，当场没鼻子没脸地骂一顿，谁他妈叫你们设两个收棉点的？谁叫你们压价压级？供销社主任上楼时顺便抓了一把棉花，在灯下看了看，说这棉花够一级的，这鸡巴验质员胡来，回头俺撤了他。冯经理刚进来时嘴巴硬，一见是九月，就蔫下来，悄悄捅九月，早知是你家的棉花就不会有这场了，你咋不直接找俺？九月没理他。贾乡长真的急了眼，咱们乡的棉花被挤到四远乡去，咱乡完不成收棉任务，县里怪罪下来，谁担得起这个责任？再说，老百姓辛辛苦苦种的棉花容易么？他说着责令供销社主任收棉，而且补偿那烧掉了的一车棉花。杨大疙瘩听着很解气，瞪了冯经理一眼才下楼招呼送棉花，杨双根也跟下来。贾乡长留兆田村长和九月多谈一会儿。他刚才从九月的怨气里看出点什么。他们谈了半天村里的事情。冯经理见杨双根父子走了，就赖在楼梯口等九月。九月和兆田村长下楼时，冯经理凑上来说拿汽车送他俩回村里。九月故意拿手捏兆田村长。兆田村长对冯经理说，你姐夫可是挺赏识九月的，说俺太老实挺不起门户来，想提拔九月做村长呢。冯经理问，那你老家伙就退位啦？兆田村长说，俺当支书，日后你小子在九月面前可得自重呢。冯经理凑在九月身后笑说，九月，你咋老躲着俺？俺可是真心对你好哇。俺没别的指望，你拿俺当你一个朋友准行吧？九月没说话，脸冷得像块冰坨子，怕是拿心拿血都暖不过来。

　　趁着早晨的弥天大雾，杨双根骑着自行车去田野里看铁桥。哪里还有铁桥？铁桥被拆掉了，两段土坎子中间是凹坑。坑沿儿只有零零散散的碎铁碴儿。一些无处藏身的鸟儿在那里乱飞。杨双根愣了愣，埋怨大胡子不打声招呼就吹灯拔蜡走了，拖欠的九万块钱还没给呢。杨双根气不打一处来，直接骑车去邻村找王秃子。王秃子大白天还偎在被窝里，屋里酒气熏天。王秃子见到杨双根就诉苦，大胡子他们真他妈损，在工地上往死里灌俺酒，喝得俺跟死狗似的。睁眼就不见人啦，铁架子都拉走啦。不是俺老婆去工地找俺，俺就他妈没命啦，回家就吐血。杨双根恨恨地说，大胡子也他妈太不够意思啦，咱们去找他。王秃子说先给沈阳拨电话，俺猜想他们也不会把废铁运回东北，很可能就地卖给关内的轧钢厂。说着他就按大胡子的名片拨了电话。金属回收公司的人说没有大胡子这个人。杨双根一听就慌了，当下腿一软，莫不是一个骗局？王秃子也骂韩少军给介绍这么一位不托底的买主。第二天，杨双根和王秃子去县城找韩少军。韩少军将他们俩骂回来了，韩少军说俺这做媒人的还管生孩子？俺后来就没见过大胡子。杨双根也不知这幕后的勾当，哀求韩少军给找找大胡子。韩少军说，听王秃子说你老婆九月长得不错，弄来陪俺一宿就帮这个忙。杨双根恨不得将韩少军的脸蛋子扇歪了，气呼呼地回了村。杨双根没心思进家，独自坐在铁桥遗址发呆，看看桥下的大坑，像个深潭一样吓人。他又看看手里的盖有红戳子的合同书，就觉心里一阵疼。他双手抱住头，胡乱地揪扯着自己的头发哭了。

　　哭了一会儿，杨双根觉得窝囊，就骂自己快省几滴猫尿吧。他擦着眼睛，泪珠被揉碎了，转眼也被很凉的秋风吹干了。他想人不能就这么完蛋，他想去乡派出所报案，用法律追回铁或是追回款。只能这样了。杨双根把想法跟王秃子一说，王秃子就反对说，他妈是麻秆打狼两害怕，吃了哑巴亏算啦。你一报案，万一追问铁桥的产权咋办？杨双根很硬气地说，矿务局和铁路分局都说没这桥，产权就是俺杨贵庄的。王秃子撇嘴说，就算他妈是杨贵庄的，你小子是庄里啥人？是村长还是支书？杨双根说俺带兆田村长一起报案。王秃子骂他蠢，简直蠢到家了。杨双根见王秃子阻拦，一时竟疑心他跟大胡子合伙糊弄自己。杨双根就更生气了，回村直奔兆田村长家里，见兆田村长不在，就揣着合同书只身去乡政府派出所报案了。乡派出所的人不摸底，值班人员看了杨双根的合同，并把详情记下来，说追查看看，一有消息就去村里通知你。杨双根说了好多感谢话就回村了。到了家里，杨双根想将那两万元钱和有些条子送到兆田村长那里去，都找出来了，又迟迟疑疑藏下了。他还指望乡派出所能找到大胡子那伙人，找回欠款。他的心里霎时就宽敞起来。

　　交完公粮就快入冬了。受冷气流的影响，一夜之间落了场大雪，原野便裹上了冬装，雪后的第一个上午，杨大疙瘩与村人一起聚到村委会门前开会。贾乡长来时，检查一下重新承包土地的事，又宣布九月给兆田村长当助理。没明说也是干村长的事。杨大疙瘩没有怎样高兴，他发现儿子杨双根沉着脸。这个小家庭各有各的心事。杨大疙瘩知道九月的升迁并不能使杨家留住土地，甚至还会更少。他知道九月和兆田村长操持开荒，但这也是远水不解近渴的。春天订下的大棚塑料，已经送货上门。杨大疙瘩只留下极少部分，然后就说尽好话将人家央告走了。随后他就走到田野上去了。雪停之后，天空仍然很晦暗，他没法说清楚这个初冬，田野上的人慢慢多起来。他们议论着哪块地好哪块地坏，脑里却是想象来年秋收的景象了。人们没有发现一个老人久久徘徊在原野，当风哭泣。似乎土地上发生的事在老人的脸上都显露出来。在那天的乡政府表彰会上，政府依然奖给杨大疙瘩售粮大王的锦旗，杨大疙瘩没有去开会，锦旗是九月领回来的。眼下这个家庭最活跃的就是九月了，与满面春风的九月相比，杨双根明显地委顿下去，整日唉声叹气像是丢了魂。杨大疙瘩猜想儿子的魂儿是丢在田野里的。他们家里供着菩萨，他和老伴儿面朝着龛里的那个面孔慈祥的观世音，缓缓跪下去，祈祷菩萨保佑他们的儿子。杨大疙瘩想到重新承包土地之后，将儿子的喜事办了。这个家庭是该拿喜气冲冲积了很久的晦气了。分地的前两天，杨大疙瘩将兆田村长和几个村支委请到家里吃饭喝酒。喝酒的时候，匣子播放一首歌，叫《九月九的酒》。杨大疙瘩说今儿的酒本该是九月九来喝的，只是收秋太忙啦。杨双根心事很重地说，这九月九的酒也怕是假酒，这年月连眼泪都鸡巴假了，何况这酒？兆田村长呵呵笑。九月边端菜边哼唱：思乡的人儿漂流在外头，走走走走走啊走……兆田村长骂，走马灯似的上城，走来走去的，竟他妈都走回家来啦！原先请都请不来，眼下打都打不走啦，真有意思哩。然后苦笑着举杯说，都回来也好哇，咱就喝了这杯九月九的酒！全桌人都笑了。喝完酒的傍晚，杨大疙瘩一下子病了两天，发高烧。到重新承包土地那天，杨大疙瘩强撑着去田里抓阄儿。他从来不曾像现在这样深刻地意识到，他硬硬朗朗出现的重要性。

尽管是一个晴日，地上还残存着积雪，踩上去咯吱咯吱响着。好多饥饿的麻雀在雪野里觅食。西北风扬着晶莹的雪粉，砸得杨大疙瘩总想闭眼睛。杨双根默默地跟着父亲。父子俩几乎同时发现自己家承包过的土地慢慢膨胀，被冻酥，像棉团一样蓬松地胀开。人们红着眼盯着这些土地。没有谁挨门吆喝，村人便很兴奋地拥到田野里来。杨大疙瘩觉得那气氛像三中全会以后的大包干儿。人们脸上的喜气依然不减当年。与这气氛格格不入的是杨大疙瘩垂头丧气的样子。杨双根开始为第二小组张罗抓阄儿。他悄悄走到父亲跟前说，爹，何必呢，高兴点儿吧，这地谁种不是种呢？杨大疙瘩狠狠地瞪了他一眼，直到兆田村长和九月都凑过来跟他打招呼，他的老脸才松活一些。他蹲在雪地里，吧嗒吧嗒地吸烟。一群孩子在人群里钻来钻去，拍着小手唱歌谣。杨大疙瘩几乎不认识这些孩子，孩子们大多是城里生的，模样很洋气。他们随父母还乡了，还拿城里人眼光唱童谣：乡巴佬看花轿，傻姑爷得不着……杨大疙瘩歪着脑袋瞅他们，庄稼佬不打腰，拿着鸡巴当辣椒。杨大疙瘩感到被嘲弄了，扭头臭口臭嘴地骂，婊子养的，不准你们糟蹋庄稼人！孩子们被老人的凶样吓跑了。已经闹闹嚷嚷地抓半天阄儿了，兆田村长几次喊杨大疙瘩过来抓阄了。杨大疙瘩泥塑木雕似的不动，烟锅早已熄了，可烟袋杆仍在嘴里叼着。杨双根走过来，有些焦急地说，爹快去抓阄儿哇，不然好地就没啦！杨大疙瘩还是没理他。杨双根说你不抓，俺可要下手啦。杨大疙瘩扭头凶儿子，你别给俺抓，剩下啥是啥！杨双根茫然地盯着父亲。这时候，在城里卖菜发了财的杨广田笑悠悠地走过来说，老叔哇，俺抓着原来承包的那块地了，真是天凑地巧的。这块地几年不荒，比先时还肥了，感谢老叔的料理呀！杨大疙瘩嗯嗯着点头。杨广田见杨大疙瘩绷着脸，就说俺在城里学会了管理大棚菜技术，你老有用得着俺的就叫一声。然后哼着歌子走了。杨大疙瘩心腔一热。他觉得杨广田还算有良心，还知道是俺将他的地养肥啦。是哩，几年来他往地里使了多少底粪呢，总算换回一句热肠子话。

　　西北风越刮越紧了。杨大疙瘩的老脸被冻得挤成一团。他看见九月了，九月举着小牌嚷着村人的名字。她长大了，长成挑梁拿事的能人了。她的脸蛋被风吹得红扑扑的，脖子上的红围巾被风一掀一掀，像一只在田野里扑棱着的大鸟。她支使得杨双根干这干那，杨双根只有被使唤的份儿了。杨双根瞅着父亲的样子很难受，也在自责，自责自己没能把铁桥卖成，没有为杨家赢来土地。看来追桥钱也没啥指望了。一切就像没有发生过一样。他在寻找适当时机，将剩下那点事跟兆田村长说清了。杨大疙瘩不动声色地瞅着村人来来往往，杨家剩下的承包地有结果了，有好有坏。杨大疙瘩听着儿子数叨那些地。还有九月娘家的地，以及五奶奶的地，仍由杨大疙瘩承包。杨大疙瘩闭上眼睛就能想到那几块地的方位和模样，因为那里还留着他和双根的气味儿，他的影子，捂了耳朵还能听到他留在地里的吆喝声，尽管这些地少得可怜。

过了一会儿，杨大疙瘩听到人群里有女人的哭泣声。他被女人哭得浑身发紧。杨双根告诉父亲，说那是小木匠云舟媳妇田凤兰在哭，她抓阄抓到一块很远很差的地。杨大疙瘩问，是不是被城里人打瘸了的那个云舟？杨双根说是，还说他们很可怜的。爹，咱们帮帮她吧。杨大疙瘩咳了一声，蹶跶蹶跶地走去了。他对田凤兰说，云舟媳妇，莫哭鼻子啦，你那块地咱两家换过来。田凤兰立马止住哭，这咋行？你家的地够少的啦，俺咋好意思雪上加霜呢？杨大疙瘩瞅了一眼双根说，你家是双根那组的，要不双根也得帮你种田。田凤兰泪流满面了，喃喃地说，还是咱乡下人情厚哩！俺代表云舟给你老磕头啦。说着就缓缓跪在雪地上了。

人都散尽了，雪野被人群踩黑了。杨大疙瘩还独自蹲在田野里。只有几只觅食的麻雀陪着他。杨大疙瘩竟忆着很早的往事，解放后搞土改分田地时，他和父亲分了地。那时他还是个孩子。这茫茫一片都曾是杨家人劳作过的田野。从今天开始，或许到有生之年，再也看不到昔日的景象了。就像没生过娃的女人做不得娘一样，他这售粮大王算是做到头了。杨大疙瘩忽然觉得脸上烫烫的，一摸，才知道有泪水流下来。

烈风扑打着杨大疙瘩昏花的眼睛。

　　婚礼就要到了日子。杨双根和九月婚礼的前一天，杨贵庄又落了一场大雪。一切都操办好了，只欠这场瑞雪。这天早上，九强将那群陪嫁姐姐的鸽子引过来。门口的残树枝上落满了白鸽子，分不清是鸽子还是雪。杨双根被鸽子的啼啭叫醒了，一睁眼，发现九月一双眼睛痴痴地看他。杨双根笑问她，不认识俺啦？九月将脸贴过来，很伤感地说，双根，俺做了一夜噩梦，梦里你背着行李外出打工去啦，一去就再也没回来。杨双根憨笑说，俺这鸡巴组长有啥好，又窝囊，你见俺不回来就再找一家哩。九月紧紧地抱紧杨双根，将自己的胸脯贴在杨双根胸脯上，讷讷说，俺不能没有你哩。杨双根笑说，梦打心头想，刚分了地，你自然梦着俺上城打工。九月的慌乱给杨双根带来桃红色的遐想。他趴到九月的身上去，九月这一次渐渐入境的，做得很真实。她那好看的鼻眼挤弄着，声音像夜鸟儿轻唱。杨双根仿佛觉得自己牵着那头老牛走在田野里。九月的脸渐渐化在平原里了。他牵着老牛走，越走越远，待回首最后看一眼小村时，小村竟被一团亮色的云遮蔽，像·段驼黄色的绳头。

　　吃过早饭，兆田村长到杨双根家里贺喜。贺过喜就跟九月商量开荒的事。九月将那笔存款直接提出来开荒。兆田村长感动得说不出话来。杨双根听说九月从城里引一笔资金过来，从心眼儿佩服。杨双根知道自己掺和不过去，就抄起笤帚扫院子里的积雪。扫完自家门前的，又去扫大街上的雪。鸽子们在他头顶上旋飞，间常能听到鸽哨。一群孩子在村巷里堆雪菩萨，雪地上留下他们奔跑的足印。杨双根站在雪菩萨前，歪着脑袋瞧着，发现菩萨很和善，很慈祥。这个时候，杨双根和孩子们一同扭头看村口，那里缓缓开来一辆警车。红灯警车没有鸣笛，到杨双根跟前就停下了。车门打开，走下一位很威严的警察，问杨双根村长家在哪儿。杨双根说现在村长正在俺家，然后憨厚地笑笑，就领着警察往他家走。杨双根边走边笑问，俺村有犯法的啦？警察点头走着。杨双根还骂了一句，俺村还有这样的家伙？看来从城里回来的人学坏啦。说说笑笑就进了院子。兆田村长迎出来问了问，警察出示逮捕证说，你们村有个叫杨双根的人吗？兆田村长愣起眼问，有哇，给你们引路的就是。杨双根脑袋轰地一响，就有冷冷的铁铐铐住手腕。杨双根伸着脖子喊，俺咋啦？俺没犯法哩！卖铁桥是为公家开荒，俺他妈还被骗了呢。兆田村长说，你们抓错人啦，俺这个村谁犯法俺都信，就是双根俺不信，有事好商量，放下人。警察并不理睬兆田村长，七手八脚地将杨双根推上了警车。杨双根舞着双手喊，九月救救俺哩。五奶奶看见这一切就瘫在雪地里号，俺村就双根这么一个好人哪。随后她就将刚刚堆好的雪菩萨抓碎了。

九月奔跑着追到村外，汽车就沿着村路消失了。她狂奔的时候，也滑去了许许多多哀戚的面容。唯有那一片原野跟着她游动、起伏，眨眼的工夫就牢牢地筑在那里了。她的身子慢慢软向大地，喉咙里挤出一阵短促的呜咽，这冤家，别人都还乡啦，你为啥走啦？然后就朝那个遥远的地方好一阵张望。

纷纷的雪，又在飘。

落雪的平原竟有了田园的味道。

爱情到处流传

/// 付秀莹

那时候，我们住在乡下。父亲在离家几十里的镇上教书。母亲带着我们兄妹两个，住在村子的最东头。这个村子，叫作芳村。芳村不大，也不过百十户人家。树却有很多，杨树，柳树，香椿树，刺槐，还有一种树，到现在我都不知道它的名字，叶子肥厚，长得极茂盛，树干上，常常有一种小虫子，长须，薄薄的翅子，伏在那里一动不动。待要悄悄把手伸过去的时候，小东西却忽然一张翅子，飞走了。

每个周末，父亲都回来。父亲骑着那辆破旧的自行车，在田间小路上疾驶。两旁，是庄稼地，青草蔓延，野花星星点点，开得恣意。阳光下，植物的气息在风中流荡。我立在村头，看着父亲的身影越来越近，内心里充满了欢喜。我知道，这是母亲的节日。

在芳村，父亲是一个特别的人。父亲有文化。他的气质，神情，谈吐，甚至他的微笑和沉默，都有一种与众不同的东西。这种东西把他同芳村的男人们区别开来，使得他的身上生出一种特别的吸引力。我猜想，芳村的女人们，都暗暗地喜欢他。也因此，在芳村，我的母亲，是一个很受人瞩目的人。女人们常常来我家串门，手里拿着活计，或者不拿。她们坐在院子里，说着话，东家长，西家短，不知道说到什么，就嘎嘎笑了。这是乡下女人特有的笑，爽朗，欢快，有那么一种微微的放肆在里面。为什么不呢，她们是妇人，历经了世事，她们什么都懂得。在芳村，妇人们，似乎有一种特权。她们可以说荤话，火辣辣的，直把男人们的脸都说红了。可以把某个男人捉住，褪了他的衣裤，出他的丑。经过了漫长的姑娘时代的屈抑和拘谨，如今，她们是要任性一回了。然而，我父亲是个例外。

微风吹过来，一片树叶掉在地上，闲闲的，起伏两下，也跑不到哪里去。我母亲坐在那里，一下一下地纳鞋底。线长长的，穿过鞋底子，发出哧啦哧啦的声响。对面的四婶子就笑了。拙老婆，纫长线。四婶子是在笑母亲的拙。怎么说呢，同四婶子比起来，母亲是拙了一些。四婶子是芳村有名的巧人儿，在女红方面，尤其出类。还有一条，四婶子人生得标致。丹凤眼，微微有点吊眼梢，看人的时候，眼风一飘，很媚的。尤其是，四婶子的身姿好，在街上走过，总有男人的眼睛追在后面，痴痴地看。在芳村，四婶子同母亲最要好。她常常来我们家，两个人坐在院子里，说话，说着说着，两个脑袋就挤在一处，声音低下来，低下来，忽然就听不见了。我蹲在树下，入迷地盯着蚂蚁阵，这些小东西，它们来来回回，忙忙碌碌。它们的世界里，都有些什么？我把一片树叶挡在一只蚂蚁面前，它们立刻乱了阵脚。这小小的树叶，我想，在它们眼里，一定无异于一座高山。那么，我的一口口水，在它们，简直就是一条汹涌的河流了吧。看着它们惊慌失措的样子，我咯咯地笑出了声。母亲诧异地朝这边看过来，妮妮，你在干什么——

在芳村，没有谁比我们家更关心星期了。在芳村，人们更关心初一和十五，二十四节气。星期日，是一件遥远的事，陌生而洋气。我记得，每个周末，不，应该是过了周三，家里的空气就不一样了。到底有什么不一样呢，我也说不好。正仿佛发酵的面，醺醺然，甜里面，带着一丝微酸，一点一点地，慢慢膨胀起来，让人有一种说不出的喜悦，还有隐隐的不安。母亲的脾气，是越发好了。她进进出出地忙碌，根本无暇顾及我们。我知道，这个时候，如果提一些小小的要求，母亲多半会一口答应。假如是犯了错，这个时候，母亲也总是宽宏的。至多，她高高地举起巴掌，然后，在我的屁股上轻轻落下来，也就笑了。到了周五，傍晚，母亲派我们去村口，她自己，则忙着做饭。通常，是手擀面。上马饺子下马面，在这件事上，母亲近乎偏执了。我忘了说了，在厨房，母亲很有一手。她能把简单的饭食料理得有声有色。在母亲的一生中，厨艺，是她可以炫耀的为数不多的几个资本之一。有时候，看着父亲一面吃着母亲的饭菜，一面赞不绝口，我不免想，学校里的食堂，一定是很糟糕。一周一回的牙祭，父亲同我们一样，想必也是期待已久的了。母亲坐在一旁，欹着身子，随时准备为父亲添饭。灯光在屋子里流淌，温暖，明亮，油炸花生米的香味在空气里弥漫，有一种肥沃繁华的气息。欢腾，跳跃，然而也安宁，也妥帖。多年以后，我依然记得那样的夜晚，那样的灯光，饭桌前，一家人静静地吃饭，父亲和母亲，一递一句地说着话。有时候什么也不说，只是沉默。院子里，风从树梢上掠过，簌簌响。小虫子在墙根底下，唧唧地鸣叫。一屋子的安宁。这是我们家的盛世，我忘不了。

芳村这个地方，怎么说呢，民风淳朴。人们在这里出生，长大，成熟，衰老，然后归于泥土。永世的悲欢，哀愁，微茫的喜悦，不多的欢娱，在一生的光阴里，那么漫长，又是那么短暂。然而，在这淳朴的民风里，却有一种很旷达的东西。我是说，这里的人们，他们没有文化，却看破了很多世事。这是真的。比如说，生死。村子里，谁家添了丁，谁家老了人，在人们眼里，仿佛庄稼的春天和秋天，发芽和收割，是再平常不过的事情。往往是，灵前，孝子们披麻戴孝，红肿着一双眼，接过旁人扔过来的烟，点燃，慢慢地吸上一口，容颜也就渐渐开了。悲伤倒还是悲伤的。哭灵的时候，声嘶力竭，数说着亡人在世的种种好处和不易，令围观的人都唏嘘了。然而，院子里，响器吹打起来了，悲凉的调子中，竟然也有几许欢喜。还有门口，戏台子上，咿咿呀呀唱着戏。才子佳人，花好月圆。峨冠博带，玉带蟒袍。大红的水袖舞起来，风流千古。人们喝彩了。孩子们在人群里跑来跑去，尖叫着。女人们在做饭，新盘的大灶还没有干透，湿气蒸腾上来，袅袅的，混合着饭菜的香味，令人感到莫名的欢腾。在这片土地上，在芳村，对于生与死都看得这么透彻，还有什么看不开的呢？然而，莫名其妙地，在芳村，就是这么矛盾。在男女之事上，人们似乎格外看重。他们的态度是，既开通，又保守。这真是一件颇费琢磨的事情。

父亲回来的夜晚，总有人来听房。听房的意思，就是听壁角。常常是一些辈分小的促狭鬼，在窗子下埋伏好了，专等着屋里的两个人忘形。在芳村，到处都流传着听来的段子，经了好事人的嘴巴，格外地香艳撩人。村子里，有哪对夫妻没被听过房？我的父亲，因为长年在外的缘故，周末回来，更是被关注的焦点。为了提防这些促狭鬼，母亲真是伤透了脑筋。父亲呢，则泰然得多了，听着母亲的唠叨，只是微笑。现在想来，那个时候，父亲不过三十多岁，正是一个男人一生中最好的年华，成熟，笃定，从容，既有血气，也有激情。还有，父亲的眼镜。在那个年代，在芳村，眼镜简直意味着文化，意味着另外一种可能。父亲的眼镜，它是一种标志，一种象征，它超越了芳村的日常生活，在俗世之外，熠熠生辉。我猜想，村子里的许多女人都对父亲的眼镜怀有别样的想象。多年以后，父亲步入老年，躺在藤椅上，微合着双眼养神。旁边，他的眼镜落寞地躺着。夕阳照在镜框上，一线流光，闪烁不已。我不知道，这个时候，父亲会想到什么。他是在回想他青枝碧叶般的年华吗？那些肉体的欢腾，那些尖叫，藏在身体的秘密角落里，一经点燃，就喷薄而出了。它们那么真切地存在过，让人慌乱，战栗。然而，都过去了。一片阳光从树叶的缝隙里漏下来，落在他的脸上，他微微蹙了蹙眉，用手遮住额角。

周末的午后，母亲坐在院子里，把簸箕端在膝头，费力地勾着头。天热，小米都生虫子。蝉在树上叫着，一声疾一声徐，刹那间，就吵成了一片。母亲专心捡着米，也不知想到了什么，就脸红了。她朝屋里张了张，父亲正拿着一本书在看，神态端正，心里就骂了一句，也就笑了。她顶喜欢看父亲这个样子。当年，也是因为父亲的文化，母亲才决然地要嫁给他。否则，单凭父亲的家境，怎么可能？算起来，母亲的娘家，祖上也是这一带有名的财主，只是到后来没落了，然而架子还在。根深蒂固的门户观念，一直延续到我姥姥这一代。在芳村，这个偏远的小村庄，似乎从来没有受过时代风潮的影响。它藏在华北平原的一隅，遗世独立。这是真的。母亲又侧头看了一眼父亲，心里就忽然跳了一下。她说，这天，真热。父亲把头略抬一抬，眼睛依然看着手里的书本，说，可不是，这天。母亲看了父亲一眼，也不知为什么，心头就起了一层薄薄的气恼。她闭了嘴，专心捡米。半响，听不见动静，父亲才把眼睛从书本里抬起来，看了一眼母亲的背影，知道是冷落了她，就凑过来，俯下身子，逗母亲说话。母亲只管奋着眼皮，低头捡米。父亲无法，就叫我。其时，我正和邻家的三三抓刀螂，听见父亲叫，就跑过来。父亲说，妮妮，你娘她叫你。我正待问，母亲就扑哧一声笑了，说妮妮，去喝点水，看这一脑门汗。然后回头横了父亲一眼，错错牙，你，我把你——很恨了。我从水缸子的上端慑慑懂懂地看着这一切，内心里充满了莫名的欢喜，还有颤动。多么好。我的父亲和母亲。多年以后，直到现在，我总是想起那样的午后。阳光、刀螂、蝉鸣，风轻轻掠过，挥汗如雨。这些，都与恩爱有关。

周末的时候，四婶子很少来我家。偶尔从门口经过，被我母亲叫住，稍稍立一下，说上两句，很快就过去了。看得出，此时，母亲很希望别人同她分享自己的幸福。母亲红晕满面，眼睛深处，水波荡漾，很柔软，也很动人。说着话，常常忽然就失了神。人们见了，辈分小的，就不禁开起了玩笑。母亲轻声抗辩着，越发红了脸。也有时候，四婶子偶尔来家里，同我母亲在院子里说话。我父亲在屋子里，静静地看书。我注意到，这个时候，他看得似乎格外专心。他盯着书本，盯着那一页，半晌，也不见翻动。我轻轻走过去，倒把他吓一跳。说妮妮，捣什么乱。

事情是什么时候开始发生变化的呢，我说不好。总之，后来记忆里，我的母亲总是独自垂泪。有时候，从外面疯回来，一进屋子，看见母亲满脸泪水，小小的心里，既吃惊，又困惑。母亲看到我，慌忙掩饰地转过身。也有时候，会一把把我揽在怀里，低声地啜泣不已。我伏在母亲的胸前，不知道究竟发生了什么。母亲的身体微微颤抖着，我能够感觉到，来自她内心深处的强烈的风暴，正在被她竭尽全力地抑住。我想问，却不知道该问些什么，如何开口。在我幼小而简单的心目中，母亲是无所不能的。她能干。这世上，没有什么能够难倒她。后来，我常常想，当年的母亲，一定知道了很多。她一直隐忍，沉默，她希望用自己的包容，唤回父亲的心。她装作什么都不知道。平日里，家里家外，她照常操持着一切。每个周末，她都会像往常一样，迎接父亲回来。对父亲，她只有比从前更好，温存，体贴，甚至卑屈，甚至谄媚。而且，一向不擅修饰的母亲，竟也渐渐开始了打扮。多年以后，我才发现，原来母亲的打扮是有参照的。当然，你一定猜到了，这个参照，就是四婶子。

怎么说呢，在芳村，四婶子是一个特别的人物。四婶子的特别，不仅仅在于她的标致。更重要的是，四婶子有风姿。这是真的。穿着家常的衣裳，一举手，一投足，就是有一种动人的风姿在里面。你相信吗？世上有这样一种女人，她们天生就迷人，她们为男人而生。她们是男人的地狱，她们是男人的天堂。直到后来，我常常想，父亲这样一个读书人，敏感，细腻，也多情，也浪漫，偏偏遇上四婶子这样的一个人物，什么样的故事是不可能的呢？我忘了说了，四叔，四婶子的男人，早在新婚不久就辞世了。据说是患了一种怪病。村子里的人都说，什么怪病。丑妻，近地，家中宝。这是老话。也有人说，桃花树下死，做鬼也风流。听的人就笑起来，很意味深长了。

关于父亲和四婶子，在芳村，有很多版本，流传至今。在人们眼里，这一对人儿，一个郎才，一个女貌，真是再相宜不过了。然而——人们叹息一声，就把话止住了。然而什么呢？人们摇摇头，又是一声叹息。我说过，芳村这个地方，对于男女之事，向来是自相矛盾的。保守的时候，恨不能唾沫星子把犯错的人淹死；开通的时候，怎么说呢，庄稼地里，河套的林子间，村南的土窑后面，在夜色的掩映下，有多少野鸳鸯在那里寻欢作乐？有时候，我想，父亲和四婶子，他们之间，或许真的热烈地爱过；也或许，一直到老，他们依然在爱着。我不愿意相信，当年，父亲只是偶一失足，犯了男人们常犯的毛病。当然，这一桩风流事惹恼了很多人。男人们，对我的父亲咬牙切齿；女人们，则恨不能把四婶子撕碎。她们跑到母亲面前，声声诅咒着，替母亲不平。在她们眼里，父亲是无辜的，是四婶子，这个狐狸精，勾引了父亲，坏了他的清名。母亲只是听着，也不说话，脸上淡淡的，始终看不出什么。

周末，父亲照常地回家。我和哥哥受母亲的委派，在村口迎他。夕阳在天边慢慢融化了，绯红的霞光一片热烈，简直就要燃烧起来了。远处的树啊庄稼啊都被染上一层薄薄的金红。远远地，有一个黑点渐渐移过来，越来越近，越来越近。是父亲。我们欢呼起来。暮色一点一点笼罩下来，黄昏降临了。我们跟在父亲身旁，雀跃着，回家。淡紫色的炊烟在树梢上缠绕，同向晚的天色融在一起，很快就模糊了。至今，我老是想起那样的场景：黄昏，我们同父亲回家；家里，有温暖的灯光，可口的饭菜，还有忙碌的母亲，她似乎从一开始就在那里，永远在等。

一家人静静地吃饭。父亲和母亲照常说说闲话；我和哥哥，为了什么争执起来，打着嘴仗，手里的筷子也成了兵器，说着说着就纠缠在一起。父亲呵斥着我们，骂我们不懂事。你们两个，能不能让你娘少操些心？我们都住了口，默默地吃饭。母亲却忽然扭过头去，我惊讶地发现，她的眼里，分明有泪光。父亲不说话。他的半边脸隐在灯影里，灯光跳跃，我看不清他的表情。那一天，晚上，我半夜里醒来，听见母亲低低的啜泣，压抑地，却汹涌，仿佛从很深的地方，一点点升上来。父亲也例外地没有了鼾声。夜色空明，我想挣扎着睁开眼睛，然而，一不小心，又一脚跌入夜和梦的深渊。我实在是太困了。

现在想来，那个时候，父亲和母亲，或许正在经历着一生当中最致命的一场危机。他们在人前若无其事，尤其是在我和哥哥面前，几乎从来没有流露过什么。然而，可以想象，在他们的内心深处，正在经受着怎样的海浪，潮汐，以及飓风。他们站在岁月的风口处，听任那些袭击降临，一次又一次。当然，平日里，他们也吃饭、睡觉。逢红白喜事，一起出礼。他们端正，平和，像天下大多数夫妇一样，昵近，亲厚，也淡然，也家常。一个眼神，一个手势，一句欲言又止的话，不待开口，全都心领神会了。人们见了，非常诧异了。当然，这里面，也有隐隐的失望和释然。因笑道，怎么样——我早说过的——

对这件事，母亲一直保持沉默。她没有像大多数女人一样，找上那个狐狸精的门，撒泼，示威，直唾到她的脸上，出尽胸中的那一口恶气。在家里，也没有跟父亲闹。母亲照常把家里家外收拾得清清爽爽，然后，把自己打扮整齐，等父亲回家。我记得，母亲甚至托人买了雪花膏。在那个年代，在芳村，雪花膏简直是天大的奢侈。一种精巧的小瓶子里，盛了如玉如脂的东西。我曾经趁母亲不注意，偷偷地尝试过，那一种香气，芬芳馥郁，令人想起所有跟美好有关的一切。后来，只要想到爱情，我总是想起多年前的那一种香气，穿越时光的尘埃，它扑面而来，让人莫名地心疼，黯然神伤。

四婶子，几乎再也不来我家串门了。不是万不得已，总是绕开我家的门口，宁愿多走一段冤枉路。有时候，在街上遇见，也是赶忙把眼睛转向别处，只作没有看见了。有一回，是个傍晚吧，我们几个孩子捉迷藏，绕来绕去，我看见一个麦秸垛。在乡间，到处都是这样的麦秸垛。麦秸垛已经被人掏走一块，留下一个窝，正可以容身。经了一天的日晒，麦秸垛散发出一种好闻的气息，夹杂着麦子的香味，热烈，干燥，暖烘烘的，把人紧紧包围。小伙伴的声音由远而近，看到了，早看到你了——妮妮——我躲在麦秸垛里，一颗心怦怦直跳，紧张，不安，还有模模糊糊的兴奋，我的心简直要蹦出来了。忽然，我听见一阵脚步声，很轻，但是很急。在麦秸垛前面停住了。我的心跳得更厉害了。一定是三三，他识破我了。可是，却迟迟没有动静。许久，一个女人说，天黑了。是四婶子！这个时候，四婶子是来抽麦秸吧？可不是，天都黑了。父亲！竟然是父亲！我记得，下午，母亲派父亲去姥姥家了。姥姥家在邻村。这个时候，父亲和四婶子，在这麦秸垛后面，他们要做什么呢？我支棱起耳朵，却再也听不见什么。沉默，沉默之外，还是沉默。然而，在这黏稠的沉默里，却分明有一种异样的东西，它潮湿，危险，也妩媚，也疯狂，像林间有毒的蘑菇，在雨夜里潜滋暗长。也不知过了多久，脚步声一前一后，渐渐地远了，远了，再也听不见了。我躲在麦秸垛里，一动不动，心头忽然涌上一种莫名的忧伤，还有迷茫。我不知道这是为什么。暮色越来越浓了，四下里一片寂静。一个孩子，她无知，懵懂，仿佛一只小兽，尘世的风霜还没有来得及在她身上留下痕迹。然而，在那一天，苍茫的暮色中，她却平生第一次，识破了一桩秘密。这是真的。父亲和四婶子，几乎是沉默的，可即便是片言只语，也能够使一些隐秘一泻千里。这是多么奇怪的事情。那一年，我只是个孩子，五岁。那一年，我什么都不懂。

想来，那一天，一定是个周末。我回到家的时候，夜色已经把芳村淹没了。屋子里，灯光明亮，一家人坐在桌前，桌上，是热腾腾的饭菜。看见我回来，父亲微笑了，说，来，吃饭了。母亲骂道，又去哪里疯了，看这一身的土。我坐在灯影里，静静地吃饭。父亲和母亲偶尔说上两句，哥哥呢，始终不怎么开口。我忘了说了，从小，哥哥就是一个寡言的人。然而，长大以后，也不知道从哪一天开始，他忽然就变了，变得——怎么说——甚而有些油嘴滑舌了。他风趣，灵活，会说很多俏皮话。跟他相熟的人，谁不知道他那张嘴呢？想想都觉得不可思议。在我的童年记忆里，哥哥一直是沉默的，我无论如何努力，都听不见他的声音。当然，我们总有吵架的时候，吵架的时候不算。父亲和母亲说着话，不知说到了什么，父亲先自笑起来。我疑惑地看了一眼他的脸，平静，坦然，笑的时候，眼角已经有了细细的鱼尾纹。英俊倒还是英俊的。也不知为什么，我忽然感觉到了父亲的不平常。他在掩饰。那些从容后面，全是惊慌。他微笑着，有些艰难，有些吃力——至少，我是这么认为的。他慢慢地喝了一口汤，强自镇定。母亲也笑着。她正把一筷子菜夹到父亲碗里。我停下来，看着父亲，忽然跑到他的身后，把一根麦秸屑从他的头发上择下来。父亲惊诧地看着饭桌上的麦秸屑，它无辜地躺在那里，细，而且小，简直微不足道。然而，我分明感觉到父亲刹那间的震颤。我是说，父亲的内心，剧烈地摇晃了一下。灯光也倏忽亮了，也只是一瞬间的事。那一根麦秸屑，衬了乌沉沉的饭桌，变得那么地触目。那一刻，似乎一切都昭然若揭了。母亲抬眼看了一下电灯，咕哝道，这电压，不稳。一只蛾子在灯前跌跌撞撞，显得既悲壮，也让人感到苍凉。

夏天过去了。秋天来了。秋天的乡村，到处都流荡着一股醉人的气息。庄稼成熟了，一片，又一片，红的是高粱，黄的是玉米、谷子，白的是棉花，这些缤纷的色彩，在大平原上尽情地铺展，一直铺到遥远的天边。还有花生，红薯，它们藏在泥土深处，蓄了一季的心思，早已经膨胀了身子，有些等不及了。芳村的人们都忙起来了。母亲更是脚不沾地。父亲的学校不放假，我们兄妹又帮不上忙。收秋，全凭了母亲一个人。那些日子，母亲简直要累疯了。她穿着干活的旧衣裳，满脸汗水，疲惫，邋遢，委顿。

然而，周末，父亲回家的时候，他看到的，却是另外一个母亲。母亲已经仔细洗了澡，头发湿漉漉的，还没有完全干透。米白的布衫，烟色裤子，浑身上下无一处不熨帖得体。她把饭菜端上来，笑盈盈的。转身的时候，就有一股雪花膏的香气淡淡地散开来，芬芳而馥郁。父亲看着她的背影，刹那间，就怔忡了。他在想什么？或许，他是想起了当年。那时候，他们还那么年轻。他最不能忘记的，是她那一头黑发，在颈后梳成两条辫子，乌溜溜的，又粗又长，一直垂到腰际。走起路来，一荡一荡，简直要把他的心都荡飞了。那一回，也是个秋天吧，他们在通往镇上的乡间小路上，一前一后地走。忽然，一只野兔从田野里跑出来，把她吓了一跳，那是他第一次拉她的手。玉米正吐缨子。青草的气息潮润润的，带着一股温凉。风很轻，拂上发烫的脸颊。这一晃，多少年了。母亲把一双筷子递过来，父亲默默接了，半晌，叹一口气。

一直到现在，我都无法明了，我的母亲，是如何独自走过了那一段艰难的岁月。那个年代，物质上，当然是贫乏的。她也曾经为了柴米而犯愁，忍受过旁人的轻侮。也尴尬过，带着两个年幼的儿女，捉襟见肘。然而，那个时候，她再想不到，物质上的贫乏，到底不能把人打倒。同精神上的磨难相比，它简直不值一提。那个时候，她再想不到，人生更大的不如意，还在后面，她还远远没有触及。这是真的。多年以后，母亲老了，坐在院子里，偶尔，抬头看一眼树巅，一片流云轻轻飘过去了，蝉在叫。忽然之间，就恍惚了，这还是多年前的蝉声吗？她也不知道，当年，自己怎

么会那么……那么什么呢，她抬手拢一拢头发，微笑了，非常难
为情了。父亲这个人，怎么说呢，自己的男人，她怎么不知道？
当年，那么多，那么多的磨难，她竟然都一一承受了。有时候想
起来，她自己都不免要惊讶。这惊讶里有得意，也有疼惜。当年，
她竟然去找那个女人——四婶子，主动同她交好。她若无其事地
叫她，同她说笑，约她一道赶集、下地。请她到家里来，在周末。
她和四婶子坐在一处，叽叽咕咕地说着女人间的体己话，忽然就
咔咔笑了。阳光从侧面照过来，给四婶子镀上了一层淡淡的光晕。
她脸颊上的绒毛微微颤动着，说话的时候，偶尔一摆头，眼波流转。

　　母亲从旁看着，心里感叹一声。难怪。现在想来，那个时候，
四婶子也不过刚满三十，也许，还不到。正仿佛清晨的花朵，经
历了夜雨的洗礼，纯净而娇娆，也成熟，也单白，也宁静，也恣意。
母亲入神地看着，不知道想到什么上去了，忽然就红了脸。这两
年，也可能，是有些委屈他了。然而——母亲在心里恨一声，自
己的男人，她怎么不知道？当然，也不止这些。她知道。她不识字。
可是，这怪不得她。在芳村，有几个女人识字？四婶子，也不过
是勉强能写写自己的名字罢了。然而——母亲在心里暗想——也
许，这都不是最重要的。阳光在院子里盛开，满眼辉煌，也有些
颓败。母亲坐在椅子上，隔着几十年的时光，静静打量着当年的
一切。她叹了一口气，然而也微笑了。她是想起了那一天，想起
了父亲。她小孩子一般，得意地微笑了，眼睛深处，却分明有东
西迅即无声地淌下来，她抬手擦一把，看一眼四周，自己也不好

意思了。

那一天，母亲和四婶子，在院子说话。父亲不出来，他在屋里看书，眼睛紧紧盯着书上的一行字。那些字密密麻麻，像蚂蚁，一点一点，细细地啃啮着他的心。院子里传来两个女人的轻笑，弄得他心神不宁。他的一只手握着书本，由于用力，都有些酸麻了。他盯着眼前的那一群蚂蚁，仿佛什么都没有看见，他看到虚空里去了。母亲在院子里叫他，扬着声，他这才猛然醒过神来，答应着，却不肯出去。母亲就派我叫，妮妮——父亲无法，慢吞吞地站起身，他来到院子里，从小井里提出水筲，把冰镇的西瓜拿出来抱着，去厨房。他从四婶子身旁走过，轻轻地咳一声，把容颜正一正，他在掩饰了。四婶子呢，她坐在那里，半低着头，一团线绕在她的两个膝头，她的一双手灵活地在空中绕来绕去，眼睛向卜，待看不看的。我母亲从旁看着这一切，微笑了。她把一牙瓜递过来，眼睛却看着父亲，问道，甜不甜，这瓜？父亲搭讪着走开去，心里恨得痒痒的。她这是故意——简直是——然而——父亲眼睛盯着书本，黯淡地笑了。

四婶子一辈子没有再嫁，也没有生养。我一直不敢确定，四婶子这么多年不肯再嫁，是不是为了父亲。在她漫长的一生中，尤其是，当她红颜褪尽，渐渐老去的时候，在无边的夜里，或者昏昏欲睡的午后，我不知道，她是否还会想起我的父亲，想起当年，那一个意气风发的青年，英俊，儒雅，还有些羞涩，如何见识了她的嫣然百媚。那些惊诧，狂喜，轻怜蜜爱，盟誓和泪水，人生的种种得意以及失意，如今，都不算什么了。

关于我的父亲和我的母亲，他们的婚姻，他们的爱情——如果还称得上的话，他们之间的种种纠葛，物质的，情感的，肉体的，精神的，他们之间的挣扎，对峙，相持，以及妥协，以及和解，其实，我并不比芳村的任何一棵庄稼知道得更多。我单知道，他们携了手，在那个年代，在漫长的岁月中，相互搀扶着，走过了许许多多的艰难困厄。也有悲伤，也有喜悦，也有琐碎的幸福，也有出其不意的击打。然而，都过去了。记得倒还是记得的，然而，大部分，差不多都已经忘记了。或许，他们是不愿意再去想了。他们的时代，早已经远去了。而今，是我们，他们的儿女的天下了。他们风风火火，来了又去。他们活得认真，没有半点敷衍。这很好。

院门开了，想必是孩子们回来了。他们在躺椅里欠一欠身，就又不动了。他们是懒得动了。

放牛记

/// 徐则臣

记忆很不可靠，现在我想在过往的时间里标出某事的起始点时，经常茫然，前头是省略号，后头还得是省略号，仿佛事情的确是无始无终。我现在就想不起我何时开始了放牛娃的生涯，又在哪一天彻底结束了这种生活。能想起来的就是一个囫囵的感觉，比如，我很小就羡慕那些吆喝牛马的孩子，觉得他们是豪放粗犷的英雄。他们身上有一种野的东西，而我只是个温顺的可怜虫，身上被家人强加了众多的文明和规矩。我总是衣裤整齐，指甲干净，不剃光头，站在他们身边像个走亲戚的陌生人。我不喜欢这些。我想和他们一样，只穿一条小裤衩，光着上身和脚，晒成黑铁蛋，坐在光溜溜的水牛背上挥舞自制的长鞭，雄赳赳气昂昂向野地里进发。能够大喊大叫，可以随地撒尿，无视课堂和作业，遇到仇人要打的架一个都不落下，轻易就能滚出来一身泥。我想当个野孩子，但是我既没有马也没有牛，没有牛马就没理由一个人往野地里跑，所以，很早我就怂恿父亲买一头牛。

我家的确需要一头牛。父亲是医生，农忙时经常搭不上手；祖父祖母年纪大了，体力活儿也帮不上忙；我和姐姐都小，还要念书；十亩田都要母亲一个人对付，运粮食时都没个帮手。父亲决定买牛，哪怕只用来拉车。草料我们不缺，每年稻草都烧不完；切草的铡刀也有，生产队分田单干那年我替家里抓阄，抓到的就是一口铡刀。

买牛的那天我记得，你能想象我的激动。那天下午，我和父亲去两里外的邻村牵牛，已经提前谈好了价，在邻村的中心路边，我头一次见到锯木厂，在一间大屋里，电锯冲开木料的声音在午后的热空气里格外尖厉，几乎能听见那声音在闪耀着银光。我停下来看阴影里的锯木厂，横七竖八堆满了木料，新鲜的木头味道和锯末一起飞溅出来。圆形的锯片发出冷峭的寒光，如此之大，过去一直困惑的问题终于有了答案，这样的电锯足以把无穷粗无穷长的木头都给切开。之前我总为大树担心，为木匠担心，那么粗的木头该如何才能锯成薄板啊。

那头牛离锯木厂不远。那个人家的屋子也很大，两头牛站在屋子的阴影里。一头庞大的老牛，某年牛棚遭了大火，后背上的皮被烧裂了，红中泛白，看上去像凌乱的刀口，有点吓人。那头小母牛还小，吃奶的时候还要哼哼唧唧，长得憨厚天真，我很喜欢。主人是个中年男人，说：回去调教半年，就能干活。他给小牛结了一个简单的辔头，缰绳递给我们，对着肉滚滚的牛屁股拍了一巴掌，我们就把牛牵出了门。现在我们成了牛主人。

小牛屁颠屁颠地跟着我们走，出了村才感觉不对，开始茫然地叫，表情如同迷途的小孩，但缰绳在我父亲手里，回不了头，只好一路侧着身子走，拧巴着被牵到我家。父亲提前给它盖好了牛棚，置了用钢筋水泥新铸的牛槽。这一路走得我兴奋又纠结，想牵不敢，只能偶尔抓抓父亲手边的缰绳头；偶尔偷袭似的摸它一下，摸完了赶紧撤，怕它踢。当然后来我知道，再没有比水牛更驯顺的动物了。

我经历了把一头小牛训练成壮劳力的全过程。换辔头，套车，驾辕，用声音和缰绳指挥行止，扎鼻眼，犁地，耙地。几年以后，我基本上成了老把式，可以一个人铡草、套车、驾辕，运送满满一年的粮食走在窄路上。我知道它回头看我是什么意思，知道它抬尾巴摇屁股是要拉屎还是撒尿。当然，这对我来说是副产品，我想说的还是放牛。

在大多数苦情戏的叙述中，放牛娃都是颗苦大仇深的种子，生活如此艰苦，童年如此惨痛，你看他整天放牛。很惭愧，我的革命觉悟比较低，人生的目标也不宏伟，我把放牛的生活看得相当美好：在当时，放牛部分地满足了我的少年英雄梦，让一个必须规整地生活的少年有了一个"旁逸斜出"的机会——必须承认，我们此生多少都有一些"反动"的念头，但大部分人最终还是按照路线图过了一辈子；就算现在，我具备了足够的反思与自省能力，我也不认为整天和一头牛走在野地里是件辛苦的事，相反，我以为那是我少年时代最快乐的生活之一。那是一个放松的、空旷的狂欢时代，虽然也不乏腹诽和厌倦。

　　因为放牛如同工作，不能想上班就上，不想上就扔了不管，但有时候你真想扔掉不管。放牛都在夏天，放了暑假我才有时间。三伏天的午后太阳高悬，蚂蚁都被晒蒙了，晕晕乎乎爬出的全是曲线；如果要去远处找水草丰茂的地方，那我就得早早地从午睡中爬起来，戴上草帽出门。牛蹄踏在焦黄的泥土上，腾起一团团的烟尘，整条路像铺了一层炒面。我直犯困，遇到树荫就不想再动，尤其经过河边，看着那些戏水的同伴，你真觉得放牛实在是个负担。出门早未必能回来早，牛边吃边拉，看着它的肚子总是瘪的你会很着急，你要赶着回来看电视，某个动画的或者武打的连续剧已经开始了。那时候有电视机的没几家，我要到隔条巷子的邻居家看，上百人聚在他们家院子里像看露天电影，去迟了站的地方都难找。但我还得等它慢悠悠地吃，直到它开始把精力放到苍蝇和牛虻身上，蹄子、尾巴都忙起来时，那差不多饱了，可以打道回府。让人烦的还有一个，大雨天。这不是放牛的好时候，但牛出不去你得出去，割草，干不干活你都得让它每天吃饱；家里自也备了干草，只是大夏天的芳草萋萋，你不让它吃新鲜的，不人道也不牛道。还是得穿雨衣戴斗笠挎篮子割草去。漫天雨雾，汤汤水水的野地里就你一个人，蹲在草丛里形同消失，像我这种动不动就悲观的人，常常会觉得自己被这个世界遗弃了，那感觉也不太好。

不过这样的时候毕竟少,英雄主义的少年时代总体上是乐观向上的——放牛的确是件好玩的事。野地自由,有一种无所事事的、透明的自然与放松。放牛通常是集体行动,几个放牛娃排成队伍往村外走,大家都坐在牛背上,屁股底下垫条麻袋。水牛走起来浑身都在动,骑牛更像坐轿子。后面的人打前面的牛屁股,一个跟着一个跑起来,六七头牛,都在撅着屁股跑,那队伍看起来很壮观。牛一跑,大肚子就呼扇呼扇地抖,活像巨大的金鱼鳃在鼓鼓瘪瘪地呼吸。如果你是新手,最好抓住缰绳,夹紧两腿,能抱住牛脖子更好,否则你会觉得是坐在一个跳动的地球仪上,随时可能掉下去。有天黄昏,牧童晚归,我骑在牛背上慢悠悠地往家走,有人对着牛屁股猛地一巴掌,受了惊的牛撅起屁股就跑,我手里还抱着自己做的一根竹笛在专心地找音,连缰绳都没抓,牛一屁股把我送到了右前方的水沟里,半个脑袋扎进了淤泥。水牛极少有如此激烈的行为。我家养过的几头牛中,最激烈者就是第一头,也只有一次,那会儿它刚来我家不久。

刚离开母亲,它整天哼唧,再好的草也是吃几口就抬起头四下看,像无助的孩子似的发呆走神。那个黄昏我们从野地往回走,突然它就狂奔起来,缰绳缠在我手上,拖着我也跟着跑。很难想象一头水牛能跑那么快。很快,我就脚步踉跄,接着摔倒,我不想放开缰绳,在地上被拖了好几米,胳膊膝盖都磨破了,然后我松开了缰绳。那时候我刚放牛不久,担心它跑丢了,爬起来揉着伤痛跟在后面追。它一直跑，在两里路外的地方停下来。我追上它时，它正围着一头母牛转圈子，东嗅嗅西闻闻，圈子越转越慢，最后停下来，伸长脖子对着虚空的远方悲哀地叫起来。母牛的主人跟我说：找错妈了。远远地，它以为两里外的母牛是它妈。认错妈的事还有几次，但都很温和，见到体态雍容的母牛就凑上去，闻着味儿不对，也就自觉地站到一边，哼几声聊以自慰。这几次之后，它就不再找妈妈，不知道是彻底绝望了还是情感自立了。

我向往牧童生活，显然是把这事理想化了。比如，我和所有的人一样，想象牧童要在牛背上吹笛子。的确，很多放牛娃在牛背上吹笛子，因为方便，因为有大把的时间需要挥霍，因为你要用另外一种可靠的声音来消磨漫长的寂寞。笛子大概是所有乐器里最贫下中农化的，不讲究，找截竹子挖出几个眼，不吹时随手可以别在腰里，也好学，盯紧了那几个眼就行。不像钢琴、小提琴（这两样在我放牛的时候都没见过真身），高雅、啰唆，反正我缺少背负小提琴放牛的想象力；就算唢呐，这最民间和朴素的乐器，拿在一个放牛娃手里也奢侈了，价钱高不说，喇叭头太大，哨子也过于娇气，一不小心弄裂了，那声音出来还不如不出。三十年来，我笛子吹得最好的就是和牛在一起的时候。后来我离家出门念书，巨大的课业压力让我整个暑假都得抱着书本，牛还在而牧童歇业了，笛子我几乎再没摸过，现在可能连音都找不到了。那时候我在牛背上吹，牛吃草时我躺在野地里吹，那声音没准很像一回事。

如果真要找一点和别的放牛伙伴的不同，可能就是我放牛时经常带本书——课本或者小说。很多武侠小说都是在坟地里看的。乱坟岗子里草好，把缰绳缠到牛角上让它们自己吃去，我们找个形状合适的坟堆，铺上麻袋就着坟势躺下来，跷起二郎腿。想睡觉的睡觉，想唱歌的唱歌，想发呆的发呆，我想看书，从兜里拽出一本武侠小说来。清风徐来，头顶有松树遮阴，天上流云飞动，此时看武侠，几等于尘嚣坐忘，那一个白衣飘飘的侠义世界美不胜收——大虚乃是大实，大无中有大有。

父亲对此很不满意，这么好的时光怎么能看武侠书呢，挑好的看，古诗文。我带到野地里的就变成《唐诗三百首》《千家诗》等书，也有祖父订阅的《中国老年》上的一些父亲认为好的旧体诗。那时候记忆力好，背书从来不是问题，现在差不多全就着稀饭喝下肚了，能记起来的也多半上句不接下句。在长文里，唯一还能全文背诵的，只有《岳阳楼记》。因为父亲觉得这文章好，他也能哗啦哗啦背出一大串来。

但事情就是这样，一旦成了任务，再好玩的也会无趣，放牛时背书成了对我的折磨。随后我牵牛出门，希望口袋里空空荡荡，放牛就是放牛。可是，放牛没法只是放牛，我还想骑马。关于放牛时骑马，我在一个叫《奔马》的短篇小说里写过。在那个小说里，放牛的是我，骑了马的那个"黄豆芽"其实也是我。因为牛比马慢，因为马比牛高大、漂亮、洋气，放马的同伴总觉得跟咱们不是一个阶级，一高兴就不带我们玩，一不高兴也不带我们玩。

因为跑得快，他们可以去找最好的草吃；哪个地方有个风吹草动，他们打马就去了，等我们的牛哼哧哼哧赶到，热闹已经结束，他们趾高气扬地高踞马背回来了。他们可以去偷西瓜、桑葚，看瓜看果的人永远不可能追上。最关键的是，他们可以到公路上和汽车赛跑。不需要马鞍，他们的屁股像长在马背上一样牢靠，风鼓荡起马鬃和他们扣子掉光了的褂子，传说中英雄的造型，要多拉风有多拉风。我们骑在土得掉渣的牛背上，只能流口水。

　　作为一个骑马爱好者，我想尽办法和他们换马骑。也许，一个牧童的英雄梦不仅在于你和一头牛走进空旷的野地，还在于你有机会从牛背上转移到马背上。事实上，在几年的牧童生涯中，我骑马没超过十次，我是说以那种接近英雄的造型端坐马上，我没法感到自己很拉风。和牛相比，马让我恐惧，可能是因为有一次我坐在邻居家的马背上，还没准备好它就四蹄生风，在打麦场上跨越一个矮草垛时，它前腿着地时把我扔到了地上，两个大蹄子贴着我的肋骨跳过去。稍有差池，我亲爱的肋骨、肚皮和内脏不知道会以怎样暴烈的形式平摊在这个世界上。现在想来，我还觉得后脑勺和肚皮上同时凉风飕飕。

　　如果非要给我的放牛生涯找一个遗憾，那就是没有痛快地在马背上当一回"英雄"。我猜所有的放牛娃可能都希望在马背上实现自己的"英雄梦"，因为牛跟马如此接近，区别又如此巨大。除此"英雄"，我以为放牛给了我一个几近完美的少年时代，放松，自由，融入在野地里，跟自然和大地曾经如此贴近。我在放牛时没能让自已成为一个野孩子，或者说没能成为我希望的那样的野孩子，不知道这个结果是好还是坏。往事总在回忆时被赋予意义，在放牛这个经历上，我更愿意就事论事，返回到当年的心境里，看一看当时的悲欢和忧乐。

念书日久，离家越远，再也当不上放牛娃了。记不得哪一年，假期回家，牛棚里只剩下那个水泥牛槽，我很喜欢的那头牛卧在槽边死去了。再一个假期回家，牛棚也不在了，母亲说，牛槽送人了。

我家不再养牛。

小李还乡

/// 石一枫

一

　　早就听说小李要回来，乔薇却还是有始料未及的感觉。那天她在学校上完最后一堂课，正在收拾课本，就听见袁兔兔在对同学们吹牛。袁兔兔的长相人如其名，他很矮很胖，偏又长了一对硕大的门牙，抿着嘴也藏不住，再加上两只乌光锃亮的豆眼，像极了一只圆滚滚的兔子。因为学习成绩和体育成绩都不好，这孩子平时总受别人欺负，被欺负完了就找乔薇来告状，让她去给主持公道。然而现在，袁兔兔可有了话语权，他的豆眼撑大了一圈儿，两颗门牙在小肉嘴里钻进钻出，正在描述他的小舅。看我小舅给我买的耐克鞋，深圳的；看我小舅给我买的西铁城手表，香港的。小舅跟我妈说，深圳的早饭可以吃到中午十二点，那叫早茶；小舅还跟我妈说，深圳的房子贵也贵不过香港，深圳论米卖，香港论尺卖，一尺就要几万块的，因此那边的人就算有钱，房子也大不到哪儿去，他去香港的一个老板家里玩，坐在客厅沙发里，伸伸脚就能踢到电视了……

袁兔兔是小李的外甥。不过在乔薇的记忆中，他们家过去和小李的联系并不紧密。事实上，自从袁兔兔的妈嫁给了县城里的农药公司采购员，对寡母和弟弟就是唯恐避之不及的了，每年春节都是从初一到十五全在婆家过，娘家这边仅仅托人捎来两只鸡、一条腊肉就算了事。而那鸡和腊肉，几乎是小李母子一年到头最荤的几顿饭了。

回忆到这儿，乔薇却不愿再往下想了，她有些害怕被带进过往的时光中去。她迅速绕开学生们，到车棚开了自行车锁，想要赶紧回家。还没骗腿上车，就听见袁兔兔隔着窗户对自己喊：

"乔老师再见！"

他的声音很洪亮，像鼓号队的喇叭，这就让她感到有几分故意的成分在里面了。他这么一喊，其他学生也纷纷扭头："乔老师再见！"

乔薇只好对那些小脑袋们说再见，蹬上车就走。骑到校门口，她径直从看门老头儿的面前飘了过去。在以往，她是对"出校入校要下车"这个规定最以身作则的。

中心小学的新址选在了离镇上几公里远的半山腰，因此乔薇每天下班回家，要走一段崎岖的山路。柏油路两旁是看惯了的一片苍翠，不时有飞鸟从她肩膀上方惊起。因为是下山路，家里又有一堆事儿等着，这条路她从来是走得很快的，然而今天却有意无意地放慢了，屡屡在拐弯处捏住闸，看似在望山景，实际却是发呆。风在身旁鼓动，让她的头发与衬衫下摆轻轻晃动，但却并不凉快，脸上身上不知不觉出了一层汗。

虽然走走停停，但也无法拖延预料中的场景发生。当她骑车进了镇子，就听见商店与卫生院门口的闲人正在议论纷纷。不用说，话题就是小李了。经过镇上最大的"湘村情"酒家时，就看见门前停了两辆车，一大一小。大的是辆十几座的丰田面包，小的是辆黑色的奥迪。此时还没到饭点，已经有一群满嘴油光的男人从屋里出来。他们打开丰田面包的后备箱，从里面搬出一人多高的大卷毡布来；一个头目样子的男人打开奥迪车门，从里面拿出一张单子，又拿出手机，向什么人汇报什么事情。

这群人里却没有小李。乔薇默默地扫了他们一眼，赶紧低头走开，从巷子拐进了自家的小院。一边开门，她一边又觉得自己可笑：小李没来呀，她慌什么。还有，假如小李来了，她究竟是希望，还是不希望小李看见自己呢？

乔薇的胡思乱想随即被打断。母亲正在一楼查对这两个月的医院单据，二楼则传来父亲的呻吟。当了半辈子语文老师，半辈子小学校长，父亲的呻吟也浸染了文气和古风，听起来一波三折，所用的感叹词也仿佛不是"哎哟，哎哟"，而是"嗟夫，嗟夫"的，如同过去给学生们朗读"唐宋八大家"。这音调把一幢二层小楼烘托得更加凄凉败落了。曾经这里可是镇上最显赫的住宅之一呢。乔薇和母亲对视一眼，见母亲没话，她也没话，径直到厨房去烧饭了。父亲下周又要透析，照例是要熬几天粳米粥喝，此外中药也不能停，煎药的小炉子刚好坏掉了，吃完饭得到街上买一只新的。

做完饭，乔薇和母亲对坐吃了两口，仿佛没怎么动筷子就都饱了。父亲的饭则是用托盘端到二楼的卧室里去。这几天，他的脚踝和大腿肿得下不了地，脖子几乎和脑袋一边儿粗了。好歹把一顿饭糊弄过去，乔薇就从客厅的五斗橱里拿钱，想到杂货店去。然而拉开抽屉，发现里面只剩了几张零票。

这时母亲才说话："又空了。"这说的是放钱的抽屉。

乔薇说："我下个礼拜发工资。"

母亲说："我下午跑过医院，医生说，往后透析就要加到一周一次了。"

乔薇茫然地点头，一把把零钱攥在手里，看起来简直像要逃跑。而母亲话一开头，就停不下了：

"三个人都挣钱，却填不满一个窟窿。"

"听说许多城市透析是能报销的，这个政策为什么还不在我们这里执行。"

"要是当初不听陈老师的怂恿就好了，那二十万不进股市，可以在镇上开一家商店，我一个人完全照应得来。可是你爸不听，现在好了，全套住了……"

过去母亲说这些话，乔薇总会宽慰她几句，然而今天却只感到口干、疲惫，开一开嗓子的力气都没有。当她拢好头发要出门时，母亲忽然又唤住她：

"乔薇……"

这一声叫得郑重而意蕴深长，仿佛要和她谈一件很不好谈的事情。乔薇身子不由一颤，回过头来凝视母亲。但母亲却已经低下头去，继续查对账单了。在那一瞬间，乔薇甚至以为自己幻听了。

正是巷子里的街坊出来纳凉的时间，乔薇出了门，分明能感到气氛不一般。人人带着紧张和好奇，似乎正在经历什么大事件。再往自家院子东边的空地一看，刚才那两辆车就停在过去小李家的两间小瓦房门前。房门已被打开，工人们小心翼翼地将屋里的家具器皿搬出来。那些东西都是乔薇过去看熟了的：小李老娘的木床、陪嫁箱子、他家漆面斑驳的饭桌、补过两回的米缸……它们被搬运到在几十米外的榕树下，码放得错落有致。又有人将早准备好的毡布罩了上去，一层不够，直盖了三层，之后再用钢丝扎牢。看那仔细的架势，仿佛收拾的不是破烂家具，而是什么易碎的精细物件，甚至是有历史价值的文物，一定要做到绝对的防风、防雨、防紫外线才行。

屋里搬空了，又是那个工人头目拿出手机，向不知何方神圣汇报工作："……已经转移好了，我嘱咐他们小心，一定保存完整。明天一早就可以测量地势……设计图是您早就首肯过的，下个月就可以动工了。李总放心，占谁家的地，补偿款都是要先谈好的。不留后患，不找麻烦。"

　　这人一手拿手机，一手叉着腰的姿态非常豪壮，加上声音洪亮，底气充足，这通电话就不完全是私人汇报，倒像是对镇上居民的郑重宣告了。男女老少瞪大了眼，捕捉着有可能与自己发生关系的信息。听到"动工"时，人群里浮动起一声"哦——"，再说到"李总"，"哦"就变成了感慨的"唉——"，又到了"占地"和"补偿款"，却鸦雀无声了。众人的眼睛随着工头的眼睛，顺着小李家老屋的外延在周围打转，将邻家的房屋看了个遍，同时脑海里默默地测量、规划、估计、盘算起来。

　　只有乔薇想的不是这项从天而降的工程。她的目光追随夕阳的最后一缕余晖，顺着敞开的窗子，往小李家的老屋深入进去，再深入进去。她看到了大片脱落的墙皮和挂着蛛网的房梁，仿佛还闻到了屋里弥布着的尘土味儿和霉味儿。这味道带着一种怀旧的气息，让她的念头再也遏制不住，一条线地往旧时光里穿回去。她想起了小李走的那天晚上，自己从自家院墙里翻出来，扶着他瘦削而坚实的肩膀跳到地上。当时两人就站在这片空地，好不容易见了面，却又谁也不看谁。男的抬头望天上的月光，女的低头看地上的月光，月光都是银白如锦缎，天上地下却大不相同。这一番独处，仿佛是为了让两人适应从此以后的分别。

　　静默良久，小李就说："那我走了。"

　　当时的乔薇对小李说："你走——好。"

　　此时的乔薇鼻子一酸，几乎涌出眼泪来。

二

俩人好上又分开的事儿，大约发生在七年以前。其间的过程很常见，是许多人都曾经历过的。最开始，他们都在县一中上学，是寄宿制。来自同一个镇子，又是房前屋后的邻居，总会互相关照些。乔薇长得清清秀秀的，小李刚好也清秀，乔薇的成绩中等偏上，小李比她还要好一点。天长日久处下来，眉眼间便带了不比常人的亲昵，外人看来也分明是一对青梅竹马。

中学的时候有高考的压力，老师又像防贼一样盯着，自然不敢太公开。而上了大学就自由了，两人考上的又是省城里的同一所师范院校。上那所学校，对乔薇而言有女承父业的意思；对于小李，则是因为可以减免学费，还有生活补贴，否则以他的分数，应该可以考到北京或者上海的大学的。如今回想，他们正经八百谈恋爱的日子，只有大一大二的那两年。恋爱的过程，也是寻常学生情侣的标准动作：一起吃饭，一起散步，一起去图书馆，周末去礼堂看一场电影，谁病了另一个人就去照料……因为已经熟识了十多年，男孩女孩都没有表现得太兴奋，当然也不会因为性子不合而吵架。就像一部拿过龙上好油的自行车，蹬上去就能骑，平平稳稳的很熨帖。要不是每晚把乔薇送到宿舍楼下，小李会轻轻拥抱她一下，借机耳鬓厮磨个两秒钟，很多人都会把他们当作一对表兄妹呢。

在记忆里，小李的性格格外地温和。他不言不语的，一个男孩儿，脸上总挂着腼腆的笑，两个人在一起，常是乔薇在说话，他耐心地听。他不但听，而且能记住，比如一个月前乔薇说江心公园的桃花要开了，下个月，他就从饭盆里省出两张门票钱，带她去看桃花；再比如乔薇说过一次她不喜欢闻炒菜的油烟味儿，以后每次去食堂吃午饭，他都会先占好一个靠窗通风的位置等她。可见他对乔薇的话是多么认真呀。有几次，乔薇故意对小李耍脾气，明知道自己不讲理还非要把不讲理坚持到底，小李也平平静静地依着她，连受了委屈的表情也不往脸上摆，最后弄得乔薇倒先不好意思了。在一个人的时候，乔薇时常会总结性地想一想两人的关系，她觉得在大学里能谈上一场和睦的恋爱，真是挺幸运的——没看别人都是五天一大吵，三天一小吵，甚至要闹到自杀的地步吗？而这份和睦，多半是小李的功劳。

和小李谈恋爱的事情，乔薇没有告诉她父母。是有镇上的人到省城办事，在江边桥头看见他俩手拉手地闲逛，这才把消息传了回去。那时乔薇的父亲刚被委任为中心小学的校长，正在负责校舍建设的事情，两栋教学楼一个操场的工程，都得由他全盘操持。人有了事儿也有了权，状态就很风风火火，白天要接待县里的视察领导，晚上又要被建筑公司的人强拉去赴宴洽谈，忙得不可开交，也不再牢骚"百无一用是书生"了。他觉得自己的用处可大了。因此得知女儿恋爱之后，乔校长最初是一副不太上心的样子，只是打了个电话，让乔薇"把握好"，别耽误学习。

乔薇答复父亲："您放心。"

这时她还以为和小李的事情就此顺顺当当了呢，直到那年暑假回家，才发现远非如此。当时她刚一进巷子，还以为走错了路：原先的三间平房不见了，一栋贴着瓷砖的二层小楼赫然拔了起来。小楼的样式和当地其他有钱人家的宅子大同小异，只是门口贴了乔校长亲手写的对联，便有了"诗书传家"的意味。早就听说家里筹备盖房，只是没想到盖得那么快，估计是那些建筑公司在兴建小学之余，就顺手把校长家的工程效劳了。乔薇脸上挂着喜气四处张望，本以为父母会先向她介绍新家的装修和设施，没想到父亲的第一句话却是：

"上来，谈谈你的个人生活。"

如今和父亲谈话，需要爬两段楼梯，才能进到他专门的书房兼会客室。这个铺垫更使谈话平添了几分郑重。在沙发上坐好，仰视着大班椅上的父亲以及父亲身后那套胡桃木书柜，乔薇的心没来由地沉了下去，随之脖子也僵了。

乔校长的意见很简单：不同意。然而毕竟是教育工作者，他知道强硬地压服女儿，也许会适得其反。于是他迂回隐晦地启发乔薇：人的一生很漫长，今天看起来割舍不掉的情感，放在以后回想，多半是意气用事的结果；然而一旦为了意气用事打断了设计好的生活轨迹，那么将来多半会后悔；你觉得他这也好那也好，那些都是在无事一身轻的状态下看出的"好"，如果陷入烦琐、庸常的生活里，你还会觉得他好吗？天长日久，他还会对你那么好吗？如果不好了，这个人总得剩下一些别的可取之处吧，他有吗？

至于不同意的原因，也很简单：小李家穷。仍然很符合教育工作者的身份，乔校长把"穷"也有条有理地分了等级，概括出"一般性的穷"和"不一般的穷"。他叹了口气说，要是一般性的穷，那也罢了，顶多是自己受罪，可是小李家的情况，真是在穷里都要垫底，是还要连累别人的穷。他爸是在鞭炮厂的仓库里点火盆取暖被炸死的，打那以后，他们家借过多少外债呢？恐怕自己都数不清。就这样，厂里的损失还没有赔偿干净呢。哪年春节没有人堵在门口要账？街坊四邻都看习惯了，恨不得听不到小李家门口哭天抢地一番，都不算过年了。他姐姐自从嫁出去，就和娘家断了联系，这是在干什么呢？在躲穷啊。人都有自己的日子，谁甘愿永远被拖累下去？

说到这里，乔校长脸上有些尴尬。他大概认为自己讲得有些过分了，不太符合一个读书人尤其是读过几年古书的人应有的姿态了。于是他话锋一转，又把立场"拗"了回来：我之所以持这个态度，可不是嫌贫爱富，而是爱女心切啊。为了爱女心切，我宁可被指责为嫌贫爱富。现在咱们家里是什么态势，你也看到了吧，蒸蒸日上啊，而我对你的期望比蒸蒸日上还要绚丽，最好有一飞冲天的效果。你的学业不应该只念一个本科就结束，将来工作的地方也不应该是在这个镇上、县里、市里。听说如今出国留学在大城市的年轻人里已经很普及了，你也可以往那个方向努力一下嘛。费用不必担心，家里已经开始筹备了，基本不成问题。从这个角度想一想未来，再想一想眼下……做父母的苦心你懂了吧？

乔校长当语文老师的时候就是好口才，干了一段时间的领导，更是把自己培养成了演讲高手。对女儿的这一番教导，他说得入情入理，甚至可以说是贴心贴肺。最后，简直是神来之笔一般，他的口吻忽然转入了凄然和无奈：

"小李这孩子，我也算是对得起他的了。从小学到中学，我个人出钱给他垫付过多少回书本费了？他考上大学那一年，他们家亲戚都没表示，还是我这个启蒙老师给他掏了路费……这些事情我都没告诉过你。"

说到这个份儿上，乔薇心里再疼，也不得不站在父母的角度考虑问题了。她当时没答复，父母也不再施压，允许她"再考虑两天"。然而此后乔薇再出门去，就感到背后盯了两双眼睛，他们分明是提防她又去找小李。这时乔薇便会隐隐生出一丝愧疚来，觉得对不起父亲给她设计的美好的未来，也对不起这个焕然一新的家。这个职位和这栋房子，都是父亲苦熬了半辈子才熬出来的啊。

于是乔薇和小李见面的次数就少了。刚开始，小李那边并没有什么反应，一来因为他假期都要去县里找零活儿干，赚几个钱贴补家里，二来两人本来就不习惯在老家公开地出双入对。夏天转眼过去了大半，山林深处吹过来的夜风带了半分秋意，那种异样的感觉才在他们之间生长出来。小李想找机会和乔薇说点儿什么，乔薇却不是闷在家里，就是到别处去走亲戚，再不就干脆陪乔校长出门应酬。屡次三番躲躲闪闪，再傻的人也能察觉到点儿什么了。这时小李心里也发了狠，索性反过来把乔薇给搁下了。有几次乔薇自己忍耐不住，晚上转到小李家门口站上一会儿，小李却装作看不见她了。

乔薇没有想到小李那么一个温厚的人，骨子里却是这般硬气。从事态上讲，两人其实已经获得了就此断开的契机，但郁积在心底的伤感却越来越浓厚，简直到了不可遏制的地步。乔薇开始大白天地发呆、恍惚，脸色憔悴，夜里也不知做了个什么梦，就一个人哭醒了，可是想要回忆那个梦，偏又空空如也的无迹可寻。并且，在家里的日子还是好挨的，毕竟有一扇大门和一对门神似的父母给她挡着，乔薇更害怕回了学校之后。到那时候就必须直接面对小李了，而她又该怎么面对小李？

恰巧在这时候，又横插进来一档子大事。小李的妈去世了。据说是一天晚上下雨，她举着伞去迎干活儿回来的儿子，在石板路上滑了一跤，就脑溢血了。等到小李回来，看见母亲横在路边的水泊里，赶紧奔卫生院喊来医生时，人已经凉透了。镇上的人都感叹这妇人命苦，一辈子没过过两天好日子，又感叹寡母一亡，李家就算彻底散了。办丧事的钱还是乔校长出面，从镇政府支取了一部分，又牵头联络几户殷实人家，共同补上了余下的缺口，总算把过场走得像模像样。出殡那天，小李久未露面的姐姐也回来了，却抱着儿子缩在丈夫身后，和披麻戴孝的弟弟保持着距离，明摆着不把自己当家里人。充作灵堂的南屋门口，站着几个满脸愁苦的男人，他们既不进门吊唁也不和亲属讲话，只是你一根我一根地抽着烟。众人知道这些都是债主，生怕落得个人死债销的结局，便要在今天讨一个说法。在亲戚和冤家的围绕之下，小李垂手立在母亲牌位一旁，看起来孤单极了。而乔薇跟在父母身后，只觉得他离自己非常之远，直远到隔了几重山、一片海。她隔山隔海地望着小李，又心惊胆战，害怕他从山海那边对自己投来一瞥。还好小李始终机械地肃立、答礼，就连乔薇去给他妈鞠躬时，眼睛仍然扎在地面上。这让乔薇吁了一口气又提了一口气。

作为镇上热心公益的头面人物，又是小李的启蒙恩师，乔校长率领家人留到最后才走。当宾客渐渐散去，堂前只剩下几个跃跃欲试的债主时，乔薇看见父亲沉吟一下，缓缓地向小李走过去。他拍了拍小李的肩膀，将这个年轻人引入了偏房。两人就在那里低声说话。乔薇等在外面，从虚掩的门里望着父亲的一边肩膀，还有小李半条胳膊。她已经料到两个男人在谈论什么。因为和自己相关，只觉得整个儿身子都在运劲，腿绷得紧紧的，膝盖不住发抖。不一会儿，她又看到父亲的半边肩膀动了动，一条手臂在门缝里现身，捏着一个信封往小李的手里塞。小李的手没做阻挡，僵硬地接了。这时，乔薇的心里便涌上一股怅然和释然混杂的感觉来。

于是便有了小李离乡时，乔薇去送他的那一幕。当夜，两人除了事务性的交代，再也没说别的，就连一句珍重惜别的话也没有讲。小李告诉乔薇，他已将老宅抵给了债主们，仍然是不够还账的，但也只能等他在外面挣到了钱再说。乔薇父亲给的三千块钱，是他南下广东的盘缠和本金。他忘不了乔校长的恩情。乔薇提议，她返校后可以去向老师解释情况，争取为他申请保留学籍一到两年的政策。小李则说不必了。

小李转身上路以后，乔薇在树下望着他的背影消失在夜色中。行色匆匆，薄薄的纸片一般的身体轮廓，被风一吹就彻底不见。此后，乔薇却仍然没有回家。她独自在镇上踱了两圈，又走了出去，到山路旁坐了不知多久。她想找个地方哭一场，但是意识到随处都可以哭的时候，眼泪却干涸不见了。凄凉之中竟又生出几分没趣，只听得到狗们东一声西一声地闲叫。等到精神彻底疲惫了，她才往家走去。这时天边已经浸出一层湿淋淋的白亮，再过一会儿，鸡都叫了。乔薇想：小李赶上夜车了吧。

回到家里，看见父母已经起来，或许是根本没睡。他们正在说话，看见女儿就住了口。乔校长凝视乔薇几秒钟，干咳一声上了楼。乔薇低了低头，不好解释什么，径自往房间里走去。这时母亲跟了上来，话里带着恼怒：

"不是就在镇里吗？后来又去哪儿了？"

乔薇说："又到公路边上……不远的，没上山。"

母亲说："你一个人去的？"

乔薇没说话。

母亲的声音陡然压低，脸上带了莫大的警惕："除了送他……你们没干别的什么吧？我本来想把你叫回来的，是你爸不让。他怕邻居听见。"

　　听到这话，乔薇心里咯噔一声，像是有一根簧断了，牵引得双肩一震，身子差点儿塌下去。时至此刻，她对父母的怨念才一览无余地泛了上来，恣肆横流。她的脸也冷了，一派凛然，横了母亲一眼，砰地关上了自己的房门。然后，整夜不见踪影的眼泪也探出了头，但是这眼泪的意味已经不一样了。

三

　　乔薇自认为是一个逆来顺受的人，而在这种性格的反作用之下，她对生活的心理反应也变得迟钝了。当她意识到自己受了伤害时，一起受伤害的小李却已经天各一方，一年、两年不闻音信。家里人都认为那件事情"翻过篇儿"去了，然而只有乔薇知道，自己正在承受绵延不绝的创痛。在情感方面，她甚至觉得自己类似于一只史前的巨型动物，食草恐龙什么的——因为神经传输缓慢，反应总是慢半拍，决心抵抗天敌的时候，已经被咬得体无完肤了。

　　这些年来，她只要独自发呆，脑子里都会填满后悔，还有惭愧。怎么当初父母让她和小李断，她就真断了呢？竟然连反驳的意愿也没有。后悔和惭愧在她心里发酵变质，形成了一种说不清道不明的古怪态度：失落、孤僻，还有近乎破罐子破摔的自我惩罚。以前她的话就不多，后来愈发沉默寡言，给人的感觉，一天到晚除了吃饭嘴就没张开过。以前她也挺勤奋的，后来却对什么事情都心不在焉。这导致乔校长对她的殷切期望落了空。大学毕业时各科成绩只是勉强及格，别说北京上海的高校了，就连本校的研究生都没考上。出国留学更是连申请都没申请，乔薇的解释是"错过日子了"。那年的就业形势又格外严峻，在招聘会上碰了几回壁，还没到头破血流的地步，她自己却先泄了气，最后终于回到镇上，到父亲一手建起的中心小学当了一名英文教师。领着她报到的时候，父亲的神色是怅然的，而乔薇却生出一丝快意来。

温顺并且迟钝的人，还有一个相生相伴的特点，就是会在某件事情上格外执拗。教了两年书，亲戚朋友开始给她介绍对象。那些男青年的条件，在本地都算相当杰出的了，有新提拔的副乡长，还有县里厂子的供销科长。然而乔薇不是不见，就是一见面便给人家甩脸子，仿佛生下来就跟男人有什么仇。几个回合下来，她落下了脾气古怪的名声，保媒拉纤的也不再登门了。父母着了急，乔校长揣测女儿的心思，认为她是不甘心在小地方窝一辈子，便拉下老脸，拜托自己那些在大城市工作的得意门生，问问人家有什么合适的资源。照片寄过去，还真有一见钟情的。有个武汉大企业的年轻工程师也不知是犯了相思病还是心血来潮，居然开着一辆雪铁龙，千里迢迢地过来相亲。这人祖籍东北，三十出头，长得仪表堂堂，而且说话开门见山，非常直爽。他向乔校长保证，如果乔薇愿意跟他，结婚之后不用担心工作的问题，可以享受"杰出人才"家属的待遇，调进厂子里的附属小学继续当老师。可是这么大的一番诚意，不要说获得乔薇的青睐了，她就连看也不正眼看人家一眼。父母留工程师吃饭，她干脆躲到学校里去。这就近乎无礼了，乔校长夫妇尴尬得要命，除了一个劲儿地给客人夹菜，再也说不出什么。工程师嘴里塞着油汪汪的土鸡土鸭，摇头苦笑道：

　　"权当自驾旅游一趟了吧。"

　　就这么拖到乔薇二十八岁，已经成了名副其实的老姑娘。而这时，她的婚事就不再是家里的主题了。坏事一窝蜂地涌了上来：离退休还有三年，乔校长忽然查出了尿毒症；股市大跌，家里的二十万曾经变成过五十万，一转眼却连五万也不剩了。病人是个无底洞，一点积蓄却又填进了另一个无底洞，如今的局面，只能靠乔薇一个人撑着。她倒是处变不惊，上班讲课，下班尽孝，辛苦是辛苦，但也一切井井有条。都说女大不中留，留来留去成冤家，可是乔家的女儿却是家里的恩人。父母那边早从埋怨变成了感激与愧疚。乔薇自己却是庆幸的：要是当初考学考走了，或者嫁人嫁走了，家里这个样子可怎么办呢？多亏留了下来。但她又会再往前多想一步：自己是怎么就留了下来呢？是因为小李吗？此刻她已经不再纠缠于谁是谁非，谁对得起谁谁对不起谁了，她只是在蓦然回首的时候感到惊叹：自己竟然"守"住了七年。七年啊，可是当初也没人让她"守"呀。小李走时，她记得他们算是清清白白地断了呀。

　　而现在，小李又回来了。

　　小李回乡的阵势，就像山间夏季的雷阵雨。山雨未来风满楼，人还没有露面，四处八方都传来他的风声。据说他人还在深圳，就已经把款子一一打到了过去债主们的账上，不仅连本带利如数还清，而且为了赎回自家老宅，还另添了几万块钱的"保管费"。大家都知道那两间房当初是抵给鞭炮厂的，厂子里还不情不愿，觉得亏了，如今效益不好濒临倒闭，得靠小李的这笔钱才能结清上半年拖欠的工资。接着，又听说小李人已经回到了县里，之所以耽搁住了，是因为县领导把他当成了重要的投资商，正在一个宴请接着一个宴请地"做工作"。然后又传来了消息，说小李联络了一批深圳和香港的老板，准备合股在老家开设一间大型陶瓷制品厂，眼下正在马不停蹄地到处考察。

这个小李，真是今非昔比了。而对于小李是怎么发的迹，一时间各有各的说法。什么贵人相助，什么走通了上层路线，什么混黑道拿命搏来了第一桶金，每个版本都够得上一出传奇故事。不过大致的情节还是雷同的：他到深圳去打工，干的是装修这一行，刚开始也很苦，但因为肯干又有心计，不久就拉了一队人马，开起了自己的公司；在这个节骨眼上，恰逢其时地来了几个大单，从此就一发不可收拾了。而小李的厉害之处还在于有眼力，赌性大。装修干出了起色，他立刻转型，用全部资本盘下了一家陶瓷厂，给大品牌的卫生洁具做代工，又是三两年过去，摇身一变，就真成了大老板了。

袁兔兔那边吹得更具体也更邪乎，对同学们说他小舅的厂子有上千人，每天早晨集合点名唱《感恩的心》，声势比校运动会可大多了。还说有一次小舅在深圳喝多了开车，前面有辆"本田"走得太慢，他一发脾气把"悍马"的油门踩到底，将对方的三厢车撞成了两厢，然后从窗户里甩出一叠钱：修车去，别挡道。而小舅没结婚没孩子，因此最疼的就是他了，不出两年，他袁兔兔就要去深圳，去香港，去国外了；他要跟在小舅的身边，将来继承小舅的事业。乡下孩子眼皮子浅，几个同学对袁兔兔的远大前程信以为真，立刻巴结上来，表示"以后就跟兔哥混了"。袁兔兔竟然从受气包变成了孩子王，带着一伙手下今天欺负这个明天欺负那个，闹得沸反盈天的。乔薇看不过去，本来要管管这孩子，但是每次想说，却又每次都开不了口。她知道这是中间横了个小李的缘故，她隐隐地怕自己和他过去的事情被扯出来，更害怕直接面对今天的小李。他是应该大变样了吧，他变成什么样了？

该来的事情绝对不会因为害怕而拖延。到了这个星期五的中午，校长忽然找到乔薇，让她下午不用上课了，带着同住在一个镇上的学生一起到从县里过来的公路边集合，有重要任务。乔薇猜到是什么事，心里一紧，条件反射地问能不能让别人去。

现任校长以前一直是她父亲的手下，被铁面无私地压了那么些年，因此现在对乔薇就更加铁面无私。他瞪了瞪眼："就你家近，你让谁去？"

没有办法，乔薇只好带了袁兔兔他们十几个人，前往镇上水泥路与县上柏油路的交会口。他们连饭也没吃，赶到地方却发现另一些人早已候着了，是镇长率领着的大多数"班子"成员。镇政府那辆"江淮"面包车横在路中间，两边的后视镜上还各挂了一朵红花，不是以前表彰会用剩下的，而是簇新的，正在迎风猎猎抖动。两支队伍会师，也不搭话，只是默默地继续等待。一直干站到下午两点多钟，孩子们饿得哼哼成一片，镇长那边才接到一个电话，说客人又被下到县里来调研的市委副书记临时接见，这时刚在县一级领导的陪同下启程上路。一干人抱怨"上面"行程有变，为什么不早点打个招呼，学生们更是四仰八叉地坐到地上。只有乔薇仍在尘土里伫立，脸皮发僵，嘴唇干枯得丧失感觉，仿佛结了一层角质的壳儿。

好在这个镇子离县里很近，只要上了路，说到也就到了。正午的太阳刚往西滑了小小一截，几辆汽车组成的队伍便缓缓出现在柏油路上。镇长把香烟往地上一扔，招呼起来："到了到了。"两个工作人员随即从面包车里扛出一挂本地特产的十万响挂鞭来，就在路口摊开点燃，如同一条躁动不已的红蛇。硝烟弥漫中，学生们也不能闲着，他们在袁兔兔的带领下拉着手，雀跃着，用电视里庆典上的少年儿童们的表情高呼：

"欢迎欢迎，热烈欢迎。"

那车队便在这浩大的声势中刹住，每辆车上都下来一两个人。前面的是副县长和县政府办的几个领导，后面就是小李和他带来的投资商了。镇领导自然迎上去热情握手，而这时袁兔兔又唱了一出好戏，他从学生们的行列里一骑突出，直冲向人群正中那个穿黑西装的年轻男人，拦腰抱住大哭起来：

　　"小舅，你可算回来啦！"

　　乔薇的脑子里这时才有了点儿意识，她的第一反应是纳闷：小李离家已经七年，他走时袁兔兔才刚三四岁，再加上他姐姐和娘家几乎断绝了来往，这孩子又是怎么一眼认出"小舅"来的呢？又一想，大概袁兔兔他妈给他认过照片了吧。提前做好功课，保证了这一哭的准确性。

　　袁兔兔果然成了众人眼中的焦点，并将主客两方之间的气氛陡然拉近。一个白发苍苍，穿着一件夏威夷花衬衫的老者俨然归国华侨，用拖着长声的港式普通话感慨："血浓于水啦。"然后从手包里掏出一只红包塞到袁兔兔手里。小李倒有点尴尬，连声说"肖公太客气"。

　　这时乔薇才凝神静气，时隔七年之后第一次打量小李。她惊异于自己明知道几米开外那男人是他，却无法把他和当初的小李对上号了。或者说，乔薇发现自己根本记不清小李的眉眼容貌了。她为了一个面目不清的人，把自己变成了一个心如寒潭的老姑娘。她也只好在单方面的凝望中重新认识小李：他好像没胖也没瘦，背却仿佛比当初驼了，脸型依然是清秀的，只是氲氲着一团黑不黑红不红的颜色，典型的饮酒过度，睡眠不足。

　　一群人握手复握手，寒暄复寒暄，在太阳底下站了半个钟头才向镇里进发。也不知道谁说了句坐了一天都坐累了，正好在空气清新的地方散个步，所有的汽车就都没了用处，只好在后面远远地跟着。小李已经拿出了半个主人的做派，陪着肖公和副县长走在前面，袁兔兔仍摽在他的胳膊上。他们经过学生组成的欢迎队伍时，乔薇下意识地歪过头，眼瞥向别处，而在一歪一瞥之间，她分明察觉到小李已经朝自己望过来了。小李的眼神短暂，如同蜻蜓飞过时翅膀扇出的一缕微光，却将她钉在地上，学生们呼啦啦都走了才想起来迈腿。

此后的一路上，乔薇始终落在最后，脑子里浑浑噩噩的。前面鼎沸的人声统统涌进耳朵，却分辨不出说的是什么。她还感到镇上人的目光从街边、门洞、窗子里铺天盖地地投射过来，按说看的不是她，但也让她步步心惊。按照程序，这一行人大概要先去镇政府听取当地领导"介绍情况"，如果资方感兴趣，就可以初步探讨投资建厂的意向了；有话没话也得消磨到傍晚时分，然后去镇招待所的内部食堂赴宴。后面那些场合当然是轮不到她一个小学老师参加的，总算她稍微清醒了些，来到拐向自家院子的巷口，就停住了脚。然而也怪了，当乔薇原地站定，整整那一群人仿佛都被她拽住了，也拖泥带水地停下。人群的核心处再次发出叽叽喳喳的声响，然后有几个人分开旁人，稳步朝她走来。

领头的又是小李，而他离着乔薇还有几丈远，镇上的一个工作人员已经先跑过来，一扯乔薇的胳膊："突然说要先去你家，快回去准备一下吧。"

"去我家？"乔薇机械地重复。

"没错，去看你爸……看乔校长。"

自从乔校长的病情转入稳定期，家里便几乎没来过客人，仅仅是学校的工会逢年过节走一走程序罢了。工作人员裹挟着乔薇进门，三言两语对她母亲解释了状况，同时一个劲儿地环顾着屋里"咳、咳"，仿佛在谴责乔家的脏乱与潦草。没过片刻，人群就填满了一楼客厅，几乎每个人都在伸长了脖子喊乔校长，那架势简直像乔校长被谁故意藏匿起来一样。乔薇的母亲总算稳住情绪，上前递了几句话，就见小李面色凝重，半低着头噔噔噔地往二楼奔去。

　　等到乔薇到厨房凑出几只茶杯，拿竹编的托盘送上去，就看见父亲的卧室里再现了电视新闻里常见的一幕——"亲切关怀""传递温暖"之类的。乔校长半卧着，不知是因为激动还是刚刚被硬扶起来，胸腔里好像扯着一只风箱呼呼作喘，小李在人们的簇拥下半躬着腰，两手紧紧握住乔校长肿胀得像河边花岗岩似的手。两人眼里盈盈发亮，不消说，那都是千言万语道不尽的感慨喽。

　　小李说："校长，我不对，一直也没回来看您。"

　　乔校长说："小李，你出息了。"

　　小李说："您什么时候病了的？"

　　乔校长说："你出息了，小李。"

　　前言不搭后语地对了两句话，小李就直起身来，对大家诉说起乔校长对自己的栽培与帮助来：从上小学时给他垫付书本费，到他母亲死后挑头操办丧事，一直讲到离家时塞给他的三千块钱。他格外强调，那三千块钱让他迈出了在深圳发展的第一步，当时他连工作都找不着，如果没有那笔钱，恐怕就要住不起房子吃不上饭了。而如果他冻死饿死了，也就没有今天这个衣锦还乡的小李了。小李说这话的时候语调悲伤，眼泪几乎夺眶而出，随行有一位市里日报的记者，不失时机地掏出相机咔嚓咔嚓，抓拍了一张演都演不出来的感人作品。

众人自然唏嘘不已，那位肖公又用港味普通话进行了一句精辟的总结："师恩似海啦。"

只有乔薇仍然出离于眼前的氛围。此时她总算敢于直视着小李了，却又总猜想对方的那一番感恩之词，其实话里有话。尤其是说到三千块钱的时候，她只觉得小李的眼睛分明又向自己这里投来一瞥。那目光并不具备他语调和言辞里的温度，它分明是冷的，简直可以称得上是寒光了。那么他也是怀着怨念的吗——就像自己这么多年来一样？这个想法电光石火，极其尖锐地在乔薇的灵魂里刺了一下，让她在疼痛的同时又像有什么东西陡然苏醒了。

围绕着乔校长的对话还在继续，县里的领导随口问到了治病的费用问题。副镇长适时地为乔家铺垫了几句话：教育口的经费从来就很紧张，乔校长得的又是不在医保范围内的重病，透析和大部分药品都要靠自费，困难程度可想而知。进而，他又把话题引到乔薇的身上，说她是个孝女，为了父亲的病一直没有嫁人，至今待字闺中呢。这明显就是临场发挥了，俨然是唯恐相关的人不够高尚，玷污了一个美好的故事。其实镇上的人谁又不知道呢，乔薇在父亲病倒之前就已经是个老姑娘了。而说到乔薇，小李反而像没听见似的，根本不往她这边看一眼了。他只是耐心地等待众人安静下来，然后开口，缓缓地宣布：

"校长的费用我包了。"

热烈的掌声随即响起，记者又捧出个本子奋笔疾书，场面登时被烘托到了高潮。乔校长自然是哽咽了，乔薇母亲也不知说什么好，一个劲儿地拿袖口抹眼泪。乔薇身边那个工作人员用力地拍着她的肩膀："你看，你看，你真应该感谢李总。"而乔薇呢，她的确是感动的，但感动的对象却是终于有望熬出头来的困苦，而不是某个具体的人。对于小李，她陷进了一种难以言尽又难以言明的复杂情愫里：这么说他终究是大度的，或者说，他清楚地掂量出了"恩"与"怨"各自的分量。比起乔校长的浩大施恩和他的浩大感恩，和乔薇之间那段戛然而止的儿女私情又算得了什么呢？但无论如何，她乔薇可是实实在在的七年未嫁啊，那一点儿怨念要是如此轻易便能够烟消云散，这七年又算是什么呢？算她犯傻吗？

脑子里满是胡想，嘴里便什么也说不出来了。当乔校长夫妇的发言致谢结束，众人又等着她这个孝女表示点儿什么时，乔薇只是发愣，呆看着小李的脸默不作声。又是一个干部打圆场："这姑娘都高兴傻了。"

"对，傻了。"乔薇附和道。

四

小李那一行人的考察只持续了两个半天。他们在镇招待所住了一夜，次日中午就坐车匆匆回了县里。用他本人的话说，家乡的一山一水都是记熟了的，再怎么看山也还是那山，水也还是那水。可他不用看，那个肖公和其他客商就不需要看吗？这分明就是对本地投资建厂的前景并不看好了。镇上的干部不免感到失望，但同时也无话可说。在周围的几个乡镇中，本地的工业基础和投资环境是最薄弱的，这主要是山区占了大半面积的原因。也正因为如此，镇上的企业才这么多年只有一个半死不活的鞭炮厂。你指望人家为家乡美言，家乡也得值得美言呀。

然而　个星期还没过去，重磅消息就传了回来：在小李的坚持下，陶瓷厂的选址已经初步决定，恰恰就在本镇。他的理由是基础薄弱才有施展的空间，正如同一张白纸好作画。接下来的步骤，就是商议投资办厂的具体条款了。小李那边对土地的胃口很大，坚持要镇里关掉东头河边的鞭炮厂，将厂址一并归入陶瓷厂，再把那附近的人家统统迁到西头不靠水的山地上去。这就涉及了拆房占地和百十号人的就业问题，再说鞭炮厂是镇里出资兴建的，几十年的产业，你一句话就要关停，这也太武断了。同时，镇上的居民们一方面盼着外人来投资，另一方面因为兹事体大，便也心存着少一虑不如多一虑的谨慎了。他们担心小李等人像一阵风似的说来就来，将来也有可能像一阵风似的说走就走。本镇虽然经济上不富裕，但是有个优点是依山傍水景致美观，有几栋两三百年的古宅院保留如初，外面的人来了都说这儿像个世外桃源。假如居民们的担心不幸成真，厂子的机器、流水线搬家容易，却留下一个烂摊子，又把维护了几代人的镇子拆了个七零八落，大家找谁说理去？

　　两边这一僵持，却忙坏了县里的干部。尤其是主管经济的副县长，他先去找镇领导谈，说机遇难得。镇领导平日里尽见着吃吃喝喝的，关键时刻却很硬气，说你们当头儿的迟早要调走，我们基层干部可是本地人挪不了窝儿，所以这事儿要么不出纰漏，出了纰漏就得被戳一辈子脊梁骨；再说对那些投资商有疑虑的不只是我，还有大多数居民，民意难违。副县长又去找小李，小李也很作难，说投资的还没来就担心人家要走，这看起来是对外人不信任，说到底还不是对本地没有信心嘛！镇上的人却通过领导回过话去，说他们还真是没信心，越是没信心就越得做好最坏的准备；再说你小李当初不就走了吗，也没见你扎根在这个镇上啊。

　　当年的小李是被穷逼走的，没想到却成了遭人质疑的话柄。就连领导都替他叫屈，副县长拍了桌子，说镇上的人鼠目寸光，又臭又硬。但这种事情还真需要基层的配合不可。本地人性格倔强，古代盛产侠义之士，近代出过好几批不同阵营的革命者，这几年还有抱着煤气罐子冲击政府办公楼的极端案件，大力弹压怕会压出乱子来。好在投资商那边也不着急，索性就在县宾馆常驻下来了，肖公每天带着几个同伴穿山过河，"看看祖国的大好河山啦"。小李也优哉游哉地走亲串友，他摆了三天的流水席，只要认识的人进去就能吃，吃饱喝足还能领一条"芙蓉王"香烟。袁兔兔家更不必说，全套的进口电器都换上了，小李还许诺厂子一开起来，姐夫立时就任采购部部长。对于这样一个弟弟，他姐姐把前十几年丁点儿不露的亲情一并掏了出来，二十四小时照顾小李的饮食起居就不说了，一次谈到他这么大岁数还没娶亲，竟然号啕大哭起来，从爹喊到娘，仿佛考妣又丧了一遍似的。

乔薇家里却有另一层焦虑。那张小李作为"著名企业家"和乔校长亲切握手的照片已经登上了市里日报二版的显著位置，底下还配着一系列他如何自学成才、少小离家、难忘师恩、报效乡里的感人励志故事。就连乔校长也沾了光，被称为"默默奉献的教育工作者"。报纸取回家，先在乔校长的病榻前放了三天，然后又被乔薇母亲小心地压在茶几的玻璃板底下了。原本略显模糊的人脸被门口倾泻进来的阳光一照，竟然变得清晰，就连照片上乔校长肿胀的手臂都发起亮来。

与之伴随的是母亲的絮叨："他说看病全包了，不能是场面话说说就算的吧？"

"会不会这一阵子忙着洽谈，就顾不上你爸这桩事了？"

"可别把建厂的事和你爸的事混在一起了，厂子建不建的，病总得看呀。"

"他从小就是个仁义孩子，而且实在……对吧？"

"医院那边又催了。"

乔薇一回到家，耳朵里塞的除了父亲在楼上的吟哦，就是母亲这些翻来覆去的话了。她怀疑母亲是专门说给她听的。那笔钱当然是雪中送炭，然而给不给是人家的事儿，什么时候给更是人家的事儿，自己嘀咕又有什么用呢？难不成母亲是示意她去问问小李？这么一想，乔薇反倒狠了心不接话了。小李回来，他和她并没有说上一句话，他只是不清不楚地扫了她两眼罢了，并不比看别人更多。

就这么耗了两天，一天乔薇正在做晚饭，母亲轻手轻脚地来到她身后。她本来预备好继续听嘀咕，谁知母亲却开口叫她名字了。

"乔薇……"

"有事？"

"不如你去问问吧。"

"问什么？"乔薇当然知道问什么了。

因此母亲也就省却了"问"的内容，而是又添了一句补充："是你爸说让你去的。"

"你们为什么不去？他还可以托从教委调到县政府的熟人……"乔薇抢白似的说。

母亲简短地说："你爸觉得我们出面，人家反而会再拖，也许还会反悔的。"

乔薇心里咯噔一下。到底是读书人，想得细，想得多，也格外容易心虚。然而他们心虚，她就不心虚吗？她还感到他们全家的灵魂上都有一道疤痢，本以为天长日久已经愈合，但是今天这个光芒万丈的小李一出现，就把疤瘌重新照得毫厘毕现了。乔薇忽然感到一种难以名状的耻辱，再一次咬紧了牙关不开口。

母亲的口吻却突然硬气了起来，声音也大了，仿佛在跟谁辩论："你们原来的事，我们的确亏待过他不假……可是也要想一想，你爸爸在别处又有哪点对他不好了？他们家的亲戚哪个给他交过学费？哪个为他家出头操持过丧事？虽然没做成女婿，可是也跟半个儿差不多了……"

话还没说完，乔薇已经摔了一个碗。随着那记碎裂声，厨房里总算归复了平静，只有锅里的青菜豆腐汤还在没着没落地冒着泡。母亲仿佛这才想起，乔薇是个二十八岁还没结婚的老姑娘，而老姑娘是有资格脾气古怪的。她把后面的话生憋了回去，上前帮助乔薇盛饭端菜，先拨出一份米给楼上的乔校长送去。

母亲才一离开，乔薇就快步出了自家院子。

正是吃晚饭的钟点，巷子外面的街上飘扬着油烟的味道，来往的闲人并不多。然而乔薇却像暴露在众目睽睽的审视下一般，只想找个地方躲起来。她根本不知道应该去哪儿，只是低头耸肩大步走着，不一会儿便出了镇子，踏上了通往学校的那条山路。天色也恰好黑了下来，小镇的灯火花团锦簇地在身后亮着。她孤身一人往山上走去。

从家里到学校，骑自行车的话也要二十多分钟，凭着两腿走起来就算是远路了。乔薇把全部心思放在走路上，耳边只听见呼呼作响，竟然仿佛御风而行。她没吃饭也不觉得饿，不知过了多久来到中心小学门口，身上微微出了一层汗。看门的老头儿看见她，迎出来问：

"乔老师，你有什么东西忘了带吗？"

乔薇随口编道："我来备课。"

老头儿费解地摇了摇头，给她打开校门。而乔薇既然进来了，索性就真的备起课来。小学英语，这是一个苹果那是一条鱼，需要专程准备才怪，但她想的是有事情做总强过没事情做。她翻开书本，像小学生一样琅琅读起来，那些字正腔圆的、无意义重复的句子假如被别的老师听见，恐怕会认为她得了神经病。乔薇并不否认自己此刻得了神经病，但她是用神经病的方式治好了神经病，半本书读下来，她的心情不知不觉地平稳下来，进入了自我封闭的宁静状态。办公室的窗中一灯如豆，远远望过来也一定是安详恬淡的景象。看门的老头儿过来轻轻敲了敲门，提醒她已经晚上十点多了。

乔薇长舒了口气，关灯出门，往校外走去。老头儿心好，追上来递给她一只手电。虽然是夜路，但是因为走惯了，心里也不感到恐惧。乔薇晃悠着手电，追逐草丛上方飞起的萤火虫，不时又将光柱移向天空，看它像柄无限长但却全无重量的剑，插入厚重的黑暗的腹地。她忽然想起过去有人对她说过，假如别的星球上也有人的话，手电的光将会被他们捕捉到，从而发现地球上的同类——只不过很可能是几千几万年后的事情了，因为光在宇宙中要走几千几万年。这话是谁说的？当然是小李了。高考前夕一次上晚自习的时候，乔薇肚子疼起来，他曾经一手攥着手电，一手攥着她的腕子把她送回了家。

如今的乔薇独身夜行。她终于进了镇子，却仍然不想回家。乡下人睡得早，此时整条街道差不多都是黑的了，她在自家院口站了半分钟，抬头看了看乔校长卧室亮着的灯光，转身又朝院子后面绕了过去。那个方向是小李家的老宅，自从小李离家，就几年如一日地黑灯瞎火，她浑浑噩噩地走了过去，在两间平房之间的空地站着出神。

又过了一会儿，才听见旁边有人咳嗽了一声。乔薇打开手电照过去，正是小李，光柱再一挪，进而显现出一辆汽车的轮廓来。他一定早就坐在那里了，像她一样无声无息。而令乔薇感到诧异的是，自己在这种情形下见到小李，竟然并不吃惊。几乎像是俩人早已约好了一般。

乔薇说："你也在这儿？"

小李说："也在。"

"来干吗？"

"看看。你呢？"

"也看看。"

小李接着拍了拍身下的青石板，乔薇就关了手电坐过去，两人并肩，在一切都影影绰绰的黑暗里"看看"。话自然也是要说的。刚开始是一些必要的交代，小李说他在县里和人周旋得头疼，就偷偷开车跑了出来，想在自家门口静一静，乔薇说她刚从学校回来，也想静一静，然后感慨道：

"真是好久没见了。"

小李说："你也没变样。"

乔薇说："你变了不少。"

"变成什么样了？变好了还是变坏了？"小李用戏谑的口气问她。而记得在过去，小李是不会这么说话的。

乔薇回答说："说不好。"

小李就哈哈大笑，中气充足，声音直传到街面上去了。这么大的动静让乔薇蓦然紧张，但好在他随后的说话声就变得格外低了。他没问她自己走后这七年的生活，她也没问他在深圳的那些日子。他们触景生情，围绕着身后的老宅，回忆起更加久远的往事来。那时乔薇才刚五六岁，常穿了一件拖到膝盖上去的花背心，捧了碗油盐饭在空地上吃。她很怕街对过篾匠家养的那只大鹅，鹅也欺软怕硬，每每奔过来和她抢食。到了这时，小李就会拖着鼻涕，挥舞着一只塑料拖鞋保护她。两人还去河边的泥地挖螺蛳，去山脚下看鸟啄蚂蚱。乡下的孩子不娇贵，无论家境好坏基本上都是放养，因此整个童年，乔薇都是伴着小李野过来的。两人你一段我一段，一人讲完一件事情，另一个往往进行补充或反驳，说对方记错了。一股悲凉的气氛像雾一样，随着追忆里的似水流年蔓延，他们便不时用哈哈大笑将悲凉驱散，拨云见日地捍卫着往昔的单纯和明亮。沧海桑田，乔薇和小李独处的时候，却仍然是放松的、快乐的。她也诧异于小李的神色举止像个孩子，也许他骨子里还是当初的那个小李。

时间早已过了午夜，夜露沾衣，乔薇冷得皮肤绷紧。她自然也想到了父母求她问小李的事，然而小李既然绝口不提，她也无从开口。那么自己在这里做什么呢？陪一个年轻的富翁怀念过去吗？她还纳闷，自己和小李的过去几乎是重合的，怎么他变成了那样，她却变成了这样呢？

乔薇的疑惑和小李的讲述同时被一阵昂扬的铃声打断。小李掏出手机来接了个电话，然后说：

"市里的王主任打牌输了两万多，我得过去帮他收场。"

一瞬之间，小李就变了一个人，回到一切就事论事的高度理智中去了。他仿佛在一秒钟之内长大了二十多岁。乔薇便先站起来，无声地打了个寒颤，看着小李起身开车门，发动汽车。

这番偶遇就这么结束了吧。然而汽车缓缓移动了没几步路，车窗忽然摇了下来。小李探出头来：

"你还会再来这儿看看吧？"

乔薇没答话。

五

自此以后，夜里到小李家的老宅相会，就成了两人的习惯。这个习惯并不回回如愿，有时乔薇在那扇破败的门前空等一个小时，小李也不出现，她就知道他又被某个重要的酒局或牌局绊住了。还有时乔校长忽然难受得挨不住，她和母亲跑上跑下地照料时，便听见后院墙外汽车开走的声音。然而总有凑上的时候。当乔薇拿手电往老宅的屋檐下一晃，小李便会照例咳嗽一声，拍拍那块充作长凳的青石板。

坐下之后，除了聊天也没事可做。两人的聊天仍以回忆为主题，沿着时间的轨迹，从撒尿和泥的童年伸展到小学、初中、高中……而越往后，就越变成了小李一个人倾诉，乔薇几乎无话可讲。这大概是因为乔薇的成长历程是按部就班、近乎于浑浑噩噩的，她的一切都在父亲乔校长的安排下完成，只要将父亲的要求一一贯彻即可。这样的人生只能叫总结稿，编不成故事。小李的回忆就要庞杂和深远得多，并且像一辆不断上货的火车，层层加码，越往后越沉重。在几个夜晚，他依次回忆了父亲在鞭炮厂被炸死，母亲扯着他们一对姐弟挨家挨户地去找亲戚借债，还讲到了他其实在念高中的时候就无心上学了，如果不是母亲生前的嘱托和乔校长的勉励，大概连高考都不会去参加的吧。有许多事情乔薇以前只是粗略的旁观者，顶多扮演着最先安慰小李的那个角色，大部分细节尤其是小李的心理活动，她这才第一次听说。而从不知多久以前开始，小李的心里就发下了翻身的宏愿，甚而说是一个毒誓也未尝不可：假如有"那一天"，他要在原地风风光光地重建老宅，不为了住，只为了充当纪念馆的作用，摆放母亲当初陪嫁过来的那些旧家具，他还要关停鞭炮厂，实在不行就买了它，总之不能让它再存在下去，这是为父亲"报仇"的意思。

"那一天"眼瞅着就要来了。

　　乔薇仿佛今天才知道"生活"二字对于小李而言的意义。那是屈辱之下的挣扎，不断被剥夺又拼了命地去攫取的厮杀。这样的小李前往深圳后，无论做什么都是无所畏惧和理直气壮的吧。她在沉默地倾听的同时，继续犹豫着要不要提醒小李尽快兑现出钱给父亲看病的诺言，好让焦虑中的父母安下心来。她还既盼着又害怕小李终于会追溯起他们之间的感情来，而小李一直避而不谈，想必是打算用一个晚上专程回忆。

　　还有，乔薇至今也搞不清楚，小李为什么会不厌其烦地专程从县里赶回来，避着旁人跟自己见面。她也不清楚现在的自己之于现在的小李是一个什么样的角色。除了说话，他没对她做过任何举动，就连看也并非专注地凝视，而是仿佛把她这个唯一的听众抽象成了语言词句的接收终端。他只热衷于倾诉，她也只好倾听。

　　但是，如果小李所需要的只是一双耳朵，干吗非要找她呢？

　　夜晚回忆涌动，白天的事情也在进展。镇、县两级政府与投资商经历了几轮谈判后，突然爆出一个人们意想不到的、与建厂没有关系的消息来。

　　谈判原先之所以卡壳，在于镇上的人们担心小李等人的投资来了却留不长久，祸害一阵就走。换句话，假如能给一代人、两代人提供颠扑不破、旱涝保收的铁饭碗，那么就算"祸害"也是值得的了。大家毕竟要吃饭，要就业嘛。镇上几个说得算的统一思想，鼓动群众，坚决反对领导为了短期政绩草率决策："咱们得有远见，既然要卖，就得卖得一劳永逸。"

他们又提出了两条具体要求：在本镇打造"华中陶瓷之乡"可以，但是一要保证承租土地达到三十年以上，并且要一次性付清租金，由镇政府专项用于改善居民生活，二要承诺佣工优先解决本镇人口。这两条要求写成了书面文字，支持的居民人人按手印。本来还要拉乔校长这个过去的头面人物出来声援，但见他卧病不问世事已久，也就罢了。最后，他们把红花朵朵的请愿书拍在镇长办公桌上，让他去向县里和资方转达。

小李和肖公那些人就真犯了难。他们对县领导吐苦水，说原以为镇上的人只想多争取些征地方面的补偿，没想到居然提出了这样苛刻的要求。第二条优先佣工也就罢了，第一条实在难以接受。办厂租地，租期五年的也有，十年的也有，长远之计的二十年以上也有，但无论租多少年，租金都是一年一付。如果一次性支付三十年，相当于厂子还没兴建，就将大部分资金都占用消耗了。活钱变成了死钱，这是经商大忌。投资商内部也闹起了分化，肖公当着领导的面，指着小李鼻子，用香港腔说出了四字成语：

"罪魁祸首啦。"

意思是小李把他招呼到老家投资，但是来了却搞不定事情，反而把大家拖入了进退维谷的泥潭之中。然后又感叹总算知道小李做生意为什么厉害了，原来都是跟家乡人学的。小李满脸委屈，拍着沙发扶手对肖公叫唤："原来想的是有财大家发，我怎么知道他们不按规矩出牌，搞起了运动，连领导也被要挟了？"

这就是责备领导没有威望和手腕，连老百姓的主也做不了了。

压力最后又回到了县领导身上，因为每年的招商引资是有定额的，完不成定额，只怕位置都坐不稳。肖公那边又宣称要到离省城更近的那个县去考察一下，那边的经济发展得早，地租虽然贵一些，但想必人也没那么死性，谈判起来会更顺畅些。领导急得团团转，连说本地人虽然刁蛮，但也不是不讲理，继续做工作，一定做得通。肖公表示，等你们做通了工作，都不知道哪年哪月了，他这把老骨头，又有多少时间可以耽误？最后县领导一咬牙，决定把镇上的居民代表和投资商叫到一起，大家面对面谈一次，谈成最好，不成拉倒。

谈判那天来的人很多，几乎快把县宾馆的会议大厅坐满了。会场的布置也打破了往日的规矩，领导们不再并排坐在主席台中间，而是退居到第一排的听众席上，把位置让给了投资商和镇上居民的带头人。两边各摆一张长桌，平等对垒，倒像是电视上的"对方辩友"。以前决议什么事情，哪有今天这样大鸣大放大民主？镇上人觉得自己这一闹，闹出了尊严，首先就气势充足起来。又仗着团结力量大，上面的代表一口咬定那两条要求，每铿锵有力地说一句，都伴随着下面山呼海啸的附和。投资商这方面由肖公出面，他操着港腔，把做生意的流程、惯例、风险掰开了揉碎了讲给大家听，又分析了好几个类似的投资案例，看起来像一只苦口婆心的老鸟儿：

"退一步海阔天空啦。"

但居民们根本不管他那一套。什么公司法合同法，他们不懂也根本不想搞懂。他们只知道眼下投资商想在本地建厂是求着他们，既然这样，就要满足他们的胃口，如若不然就请走人，反正这块地方穷也穷惯了，一时富不起来也不着急。好不容易召集起来的谈判会，看起来仍然没效果，肖公回头看了看身旁的小李等人，苦笑着摇了摇头，台下的领导也把脑袋耷拉下去。

这时候小李就站起来了。他没有对着摆在桌面上的麦克风发言，而是抖了抖衣襟走到主席台正中的空地上，面对着全镇的居民。他开口，说的不是港腔，不是普通话，而是抑扬顿挫、不时诡异地拐一个弯儿的本地方言。乡音一出，全场肃静。小李诚恳地请大家听他说几句，而这"大家"不是生意伙伴更不是生意对手，却是从小把他看到大的叔叔伯伯，阿姨婶娘。

小李也没有再提投资建厂的事情，而是说起了他小时候，一件事一件事地历数起家里如何之穷来。炒菜猪油只敢放半勺，老娘生病抓不起药只能忍着，每个春节都是在债主的谩骂中度过的。这一切是因为什么？并不是他小李一家的命不好，归根结底还得怪故乡穷。故乡穷，父亲才只好到鞭炮厂去干那么危险的活计，故乡穷，儿子才会放下念了一半的大学远走他乡。但他小李不敢恨故乡，因为如果没有以乔校长为首的故乡好心人的救助，他也许连活到今天都难。并且他想感谢故乡人，感谢故乡人就得消灭故乡穷。

西服革履的小李勾勒出了一个面黄肌瘦父母双亡的小李，说得台下的人眼圈儿不由得一红。对于其他投资商而言，来这块土地上建厂是为了赚钱，对于小李可不全是。看来他是真想造福家乡啊。又有人甚至觉得对不起小李，把小李也看成唯利是图的商人之一，这不是把自家人往门外轰了吗？

小李继续又说，乡亲们的顾虑他是理解的。假如他本人没有离乡出去闯荡，遇到一批外人来镇上办厂一样也会像大家一样放心不下。但是请想一想，这一次来的可不全是外人，还有他小李呢。他在合股里是占了相当大的比例的，而且厂子办起来之后会亲自出任总经理，一年里有大半年要留在镇上抓经营抓生产，只要有他在，投资商们想要折腾够了就拍拍屁股走人，想必也没那么容易；而他现在要做的，还是恳请大家体谅建厂过程中的难处，遵循经济规律，不要一口咬定三十年的租金。那样高昂的条件别说他们这些人了，就是李嘉诚曾宪梓也未必会答应，而长此以往镇上永远没有像样的产业，难道大家愿意守着一个鞭炮厂和上面有限的拨款过日子吗？

说到这儿，会场里就鼓动起长时间的回响，却不是异口同声，而是各执一词。总结起来大致有两种态度，一种是被小李说动了，认为经济毕竟还得发展，家门口有个大厂子，将来也就不用出门打工了，而小李从小就是个老实厚道的孩子，应该不会让大家吃亏；另一种则是仍存疑虑，说小李一口一个故乡人，可他都出去多少年了？公司在深圳存款在深圳房子也买在深圳，能不能真像他所说的那样把大家当乡亲，谁又能打保票？

下面一乱，台上的居民代表也坐不住了，他们索性跑下去东一个西一个，分头听取大家的意见。镇上的人现场开起了小会，领导和投资商们就眼巴巴地看着他们，小李却仍站在主席台中央，如同一棵栽错了地方的树。又过了好久，居民代表们才回到长桌后面，交头接耳片刻，便有个年长些的咳嗽一声，挥舞手臂压住全场的杂声，然后劈头一句话问向小李：“这么说，你是还把自己当作镇上人喽？”

这分明是审问的口气，而潜台词也是很清楚的：他们不信任外人，但如果是“镇上人”，办厂的事情就有得商量了。

小李笑笑说：“那当然。”

“出去那么久了还是？”

小李说：“大家恐怕也看到了，我正在重修家里的房子，想盖三层楼，一层还和原来一样的摆设……为的是纪念我爹妈。房子盖好，我又算在镇上有个家了。”

发问的居民代表却摇摇头：“那不算数。以前镇上出去过几个干部，还有在省里坐上职位的，他们也盖房，还修坟，可还不是几年露不了一面，还不是任由着他们的老婆把找到城里的亲戚挡在门外？你在深圳也有家，你得证明你真的还是镇上人。”

那么，对于父母双亡漂泊在外的小李来说，他什么才算“真的还是”镇上人呢？连祖宅祖坟都不能当作证明，身份证和户口本上的号码恐怕就更作不了数。再对比一下小李刚才那番肺腑之言，居民们的态度就近乎故意为难人了。都说这地方的人性子刁蛮，又臭又硬，看来还真是不假。他们那种非我族类其心必异的心思，就连土生土长的乡邻也不放过。县领导和肖公等人对视一眼，两下摇头叹息，眼见是彻底泄了气了。

谁想小李却神色不变，不急不缓，不高不低地吐出一番话来："我在深圳没家。没有娶妻生子的地方都不叫家，我常年未娶，为的就是回来讨一位本乡姑娘，以后生了孩子留在镇上。老婆孩子在这里，我就算不得不在外面奔波，心里也是安生的。"

此言一出，全场的人都愣了。

"这是我回来时存着的私心，也是我娘的遗愿。"见没人搭话，小李自顾自地说了下去，口吻就近乎呓语了，"建厂成不成倒在其次，这件事却一定得办，因为对于我来说，那样才叫回家。"

六

乔薇在月色下等小李。以往她等他，琢磨的是小李会不会来，今天却踌躇于该不该再这么等下去了。

她已经知道了小李当众宣布回乡娶亲，并用这条消息挽救了面临破裂的谈判。居民们虽然仍对建厂的事情有着疑虑，但内部早已不是铁板一块。外面什么千娇百媚的女人没有，他小李又早已腰缠万贯，干什么巴巴儿地回老家找老婆呢？这就是不忘本，是思乡情切，同时也可以理解为他建厂造福家乡的诚意。本地人脾气虽然硬，但也懂得将心比心，人家已经真挚到了托付终身的地步，再步步紧逼，那就不仁义了。而一旦出现了分化，对于县镇两级干部来说就有机可乘了，他们抓紧时间主动出击，分头去做那几个说得算的以及将来最有可能涉及拆迁问题的人家的工作，建厂的事情居然进入逐步推进的轨道了。

镇上人的心思却又被另一个悬念所吸引着，那就是小李回乡娶妻，要娶的是什么人呢？男欢女爱说起来是小事，但却比经国大事更有文章，更耐人寻味，大家这些天一门心思和投资商斗，和政府斗，斗也斗累了，刚好闲下来看这出戏。

今天不是一百年前，谁家的姑娘都不能今天下帖子明天就上轿，总得有点儿感情基础。那么小李会不会已经有了目标，而那个女孩儿又是和他有着旧情的？有人立刻把注意力的焦点锁定在了乔薇身上。乔、李两家住得近在咫尺，虽然过去家境地位悬殊，但是两个孩子可是从小玩儿到大的，说文雅点儿，是青梅竹马的关系。听关系近的人透露，乔薇和小李上大学的时候，就在省城被发现过卿卿我我地轧马路呢，尽管乔校长一口否认他们在谈恋爱，可谁知道是不是掩人耳目？况且小李走后乔薇七年未嫁，这也是很能说明问题的。但是这个猜测很快又被另一些人推翻。持反对意见者的证据是小李回乡之后的表现。假如他现在还对乔薇有意，那么为什么从来没见他到乔家、学校去找过她呢？唯一一次登门还是冲着恩师乔校长去的，而且并未看出对乔薇有过一丝一毫的热络。再说得恶毒一点，乔薇的岁数摆在那儿，转过年去就要三十了吧？一个清汤寡水的老姑娘了。而男人尤其是成功的男人找对象，哪个不挑嫩的？小李就算当初真和乔薇谈过恋爱，今天怕也不会把她往心上放了，而乔薇假如是为小李守了七年，那可真是傻透了。

是巧合也不是巧合，坚持把乔薇首先排除在候选名单以外的，大多数都是有女孩儿的人家，而且那些女孩儿正是如花似玉的好年纪。既然小李没有明确表示属意于谁，他们自然是有义务向他举荐的。不出三天，十里八乡有过保媒拉纤经验的女人都被动员了起来，有些居然提前收了好几家的辛苦钱。一时间竟是选妃的阵势了。又有刻薄话说，这简直跟肉联厂收猪差不多，亮出告示标明价格，只等一只只肥猪自动上门过秤。当然，挑老婆和收猪还是有区别的，收猪多多益善，老婆再怎么有钱也只能娶一个；并且猪的肥瘦秤说了算，人却可以自己掂量斤两，省去自取其辱的尴尬。在相互之间的比较和估量中，那些条件差些的女孩儿便纷纷知难而退，剩下了几个格外出挑的，不是长得非常漂亮，就是号称琴棋书画样样精通，还有刚考上大学，可以为后代提供智力保障的。这里面最被看好的，就是镇长的侄女倪晓莉了，那姑娘才二十二，在镇里做出纳。她长得像省电视台的一个主持人，而且在广东那边上过几年会计学校，谈吐见识比乡下女孩儿洋气得多。最关键的当然还是门第上的优势了，自古官不离商，商不离官，小李娶了镇长的侄女，还怕陶瓷厂建不起来？镇长做了小李的叔丈人，还怕将来吃吃喝喝没地方报账去？

镇长最近的状态果然明显有了转变。以前他是夹在居民和投资商中间和稀泥，街坊四邻的意见还是要听的，现在却放出话来，要对故意阻碍建厂的刁民"该上手段就上手段"。他还常常没下班就坐上车往县里跑，在宾馆里和小李吃同席、牌同桌、浴同池，推心置腹得俨然是亲戚了。至于倪晓莉，也早就在镇长的安排下和小李单独见过面，还拿了见面礼呢，是一部三星手机和一条铂金项链。

这些事情在别人那里是花边新闻，乔薇听了却一阵眩晕。小李夜里偷偷潜回来和她见面，镇上至今没人发现，否则还不知道会传成什么样呢。为了避人耳目，小李这两次也不开着车子进来了，而是把车停在镇子外的路口，再贴着墙根悄悄地溜进来，真像电影里那些男女幽会的情景一样。但一想"幽会"两个字，乔薇的迷惘中又渗出一丝冤屈来。一夜复一夜，他们到底干什么了？连手也没有碰一下。

小李到底是怎么一个打算？她被裹进他的事情里，又算是一个什么角色？乔薇咬了咬牙，决心问清楚。

天上一轮明月，月光泼洒在空地和青石板上像水银泻地一般。银光忽然被人搅动，小李轻手轻脚地坐在她身旁了。

"来多久了？"

"没来多久。"

"月亮够亮。"

"乡下空气好。"

"上大学的时候，有一次学生会组织去野营，记得也是这样的月亮。"

小李轻车熟路地进入了回忆，照例是他说她听。每当进入这个状态，乔薇都会沉浸在一种既舒缓又懵懂的心境里，仿佛目睹时间在眼前流过，而她置身于时间之上，是不受世事的羁绊的。这也是她任由小李用言语牵引着自己的原因，她知道有些话一旦说开，眼下的心境便会烟消云散了。乔薇同时还惊异于小李的记忆力为什么这么好，对于过去的事情，他追溯得条理清晰，许多细节她都忘了，他却一点一滴全都记得。

难道七年来，小李是在时时温习的吗？

然而既然人生有限，回忆也终归要抵达尽头。这天晚上，小李先用一多半时间讲述了他们在大学期间那场单纯温暖的恋爱，然后便说到了两人分手的事情。小李告诉乔薇，她父亲当初是和他谈过两人的事情的，并且不在别的时候，就在小李母亲的葬礼上。好男儿志在四方，乔校长鼓励小李出去闯荡，并且直言不讳地告诉他，乔薇将来必然会去北京、去国外的，两人从此就不是一条路上的人了。这是命，小李得认。正是这样的刺激，才促使他大学都没上完就去深圳了吧，而那三千块钱的意味也就一语双关了，既是老师资助学生的盘缠，又是拆散一对情侣的"分手费"。

讲到这里，小李的口气却仍然是平静的、绵密的，好像当初事情发生时，他的心情也并未有过一丝一毫的激荡。这口气令乔薇感到残酷，同时惭愧也冷冰冰地蔓延上来，把近日来那一点活络的心思掐死了。小李的没有表态就是表态，他就是要用心平气和毫无倾向的讲述，让乔薇自己看清他们全家是多么势利、伪善，并且目光短浅。假如是这样，那么他的目的达到了，当他终于沉默下来，乔薇就无声地哭了。她的眼泪顺着脸颊汩汩而下，把从耳朵后面垂过来的一缕头发都打湿了，冰凉地贴在脸上。

"我对不起你。"乔薇说完这句，起身就走。

小李竟然飞快地捉住了她的手腕。这是七年多以来两人第一次皮肉接触，乔薇像被电打了一样。她更没有想到，小李随后便像影子一样贴了上来，附着在自己的躯干上，将她紧紧地抱住了。

乔薇只感到喘不过气来，心狂跳，同时听见小李的声音："我不是这个意思。"

"那你是什么意思？"

"我只是怕把过去都给忘了。"小李说，"我还怕自己变了一个人。"

也就是说，小李的意思是把"过去"和"现在"续上，他不想变成和她毫无关系的人？这个念头一闪，乔薇全身震颤。那是没有预料的狂喜，和更加泛滥的惭愧冲撞的结果。

于是乔薇嘴里的话近乎胡言乱语："让我走。"

小李则更加用力地挤压着乔薇，他呼出的热气让她后颈那一块的皮肉发烫："你留下，我们还是……"

情急之下，乔薇抓起拢在自己胸前的小李的手，狠狠地咬了一口。小李痛得身体一僵，不由自主地松开她。她挣脱到两步开外的距离，满头大汗地蓦然转身，在月光下看去像被冷水浇了。等到喘息平静，她的姿态显得出奇地端庄，简直像油画里的少女一般冰清玉洁。

"我们还是什么？"乔薇问，眼角突然一弯。

在她似笑非笑的注视下，小李的眼里闪过一丝惶然，同时竟然也有一丝惭愧。他受尽磨难苦尽甘来衣锦还乡，他惭愧什么？乔薇忽然懂得了这份惭愧的意味，本想不说，但却忍不住，便像揭疮疤一样问了出来：

"在晚上，我们还是玩伴、同学、过去那种男女朋友——总之是分享记忆的人，对吗？"

小李点点头，喉结从下到上滚动了一圈。

"可到了白天，我还是我，你却是经理老板，是镇长没过门的侄女婿了。"

小李不置可否。

乔薇仿佛得意于自己变得伶牙俐齿："你看，小李，你早就变了一个人了。"

小李的脸没有任何变化，但是两个肩膀却塌了下去，背在不知不觉间也佝偻了。肢体也是有表情的，它印证了乔薇的一语中的，也让小李那份被戳穿了的欲念一览无余。情势转变之快让乔薇心里一阵悸动，同时却使她感到了莫大的满足：无论是七年前还是七年后，她面对小李时都是处于优势地位的，她的一句话或者一个表态能够深刻地影响他的心情。只不过七年前是她亏心，七年后亏心的就是小李了，总之他们之间必须有一个要辜负另一个。更加令乔薇始料未及的，是她那份古怪的满足在一瞬间发酵，酝酿出了说不清道不明的复杂感受，那里面包括了自怨自艾、对小李的怜悯、放任自流的冲动和熊熊燃烧的渴求，最后又凝结为一种自我惩罚的决心。的确，乔薇是需要被报复和被惩罚的，只有如此，小李还乡这件事情才带有命中注定的公道色彩。他七年前就应该对乔薇始乱终弃，可惜耽误了，因此她必须在今天偿还给他。

小李已经插着兜，默默无声地向路灯昏暗的街道上走去了。这次轮到他没有料到，乔薇敏捷地跟上两步，胳膊勾住了他的胳膊。在月光下，她的声音也变得轻佻甚至放荡了。

"没看出我也变了一个人了吗？"乔薇凑近他的耳朵，"敢不敢带我回去？"

一路上再没言语。他们依傍着走出镇子，小李在路旁的废弃房屋后面取了车，开回县宾馆。那一夜自然是忙乱不堪的。小李在外面无疑经历过不少女人，然而面对乔薇，还得由她来纵容他甚至指导他。事情完了，他的一声叹息不知是心满意足还是怅然若失，而迷迷糊糊地闭了眼再睁眼，已经是第二天清晨了。稀薄的阳光从没来得及合紧的窗帘缝里透进来，乔薇看也没看身边的小李，她瞪着眼睛望着天花板，心里觉得踏实，好像一切尘埃落定。

外面的走廊里开始响起人声，是县里和镇里的接待人员等候客人去吃早餐。乔薇也翻起身来，不紧不慢地穿衣服。小李一把抓住她的腕子，而这一次便只有就事论事的意味了。

乔薇一甩手就挣脱了他，口气是例行公事："你说给我爸看病，那钱能不能快点拿出来？家里快撑不下去了。"

小李半张着嘴愣了几秒："我的现金都被占用了，建厂的事情投入太大。"

"答应人的事情可不能反悔。"

"我去肖公那里拆借一下……"

"给我个准话。"

"他跟我绑在一起，十几二十万总不至于驳面子——也就五六天吧。"

"我等着。"

说话间，乔薇已经穿好了衣服，脸也不洗一把，只等着出门。小李是无论如何也不希望她被旁人看见的吧，而她既然等着用人家的钱，总得顾着人家的脸。他们像被堵在屋里的野鸳鸯一样凝息屏气，只等外面的人声散去。有人敲小李的门，小李回答还没睡醒，早餐就不吃了。又过了几分钟，肖公的港腔响起，被一群人簇拥着朝宾馆大堂走去。

乔薇立刻开门，一个猛子扎出门外，从走廊里的侧门进到贵宾楼前的小花园，然后再从那里兜出去。晨风裹着薄雾，给她的脸庞覆盖了一层熠熠闪烁的水光，她的脚步则越来越快，使她的耳边都响起风声了。此刻的乔薇艳如红莲疾如矢。

这天学校没课，她赶上了县城始发的早班车，径直回了家，进门正撞见母亲在厨房煮米粉。一夜没回家的事情自然逃不过去，乔薇却并不慌张，到桌旁给自己倒了杯水。母亲却也没说什么，按部就班地给楼上的乔校长送上一碗去，下来后和女儿相对而坐，吃早饭。文文静静地把米粉吃了，又侧耳听了听楼上乔校长渐渐响起的吟哦，母亲这才开腔：

"问他了？"

乔薇知道连坦白也是多此一举的了，母亲也许连她前些天溜出门做什么，都是心里有数的。屋里毕竟就三口人，还有一个躺在床上，剩下的两个谁瞒得过谁呀？

于是乔薇说："问了。"

"他怎么说？"

"十几二十万总有的，也就五六天吧。"

母亲默然点头，心里掐着指头："省着点用，也够看两年病了。"

乔薇接上话头："也就应个急吧，以后还得自己想办法。"

"这叫什么话？"母亲忽然激愤起来，迅速又压低了声音说，"你没再问他点儿别的？"

"问什么？"乔薇饶有兴致地平视母亲。

"你们的事呀……当初错过了又不是永远错过了，只要他心里还有你，别人想插也插不进来的……"

乔薇哼了一声，把碗放在桌上。她终于再也压抑不住心头那团恶意，冷笑着对母亲说："三千块钱把我买回来，还附带二十万利息——赚得够多了，知足吧。"

这话说完，乔薇沉浸在一片释然之感中。她成功地转嫁了七年来如影随形有口难言的惭愧，并且认为那些过往终于可以翻过篇儿了。该受辱的在劫难逃，该快乐的如愿以偿，多么公平的世道，简直是童叟无欺。从此以后，有一半儿乔薇就被埋在小李家老宅门前的青石板下了，另一半儿才好把日子继续过下去。她起身去刷碗的时候，只觉得脚步轻松了不少，好像灵魂的重量的确减轻了。

然而才过了两天，乔薇就发现自己想得太简单了。周末的两天她都没出门，窝在家里做饭看书，还心血来潮地翻出一本大学时用过的许国璋英语来，检阅曾经背过的那些复杂拗口的单词。周一早上，乔薇照常骑自行车前往学校，才推着车走进车棚，就看见袁兔兔正站在她惯常存车的地方东张西望。她还没想好是迎上去还是躲开，那孩子已经看见了她，龇着两颗大板牙气喘吁吁地跑过来。

"你又没写作业？"乔薇问他。

袁兔兔却一脸郑重，低声说："跟您说个事。"然后揪着乔薇的车把，把她引到车棚角落没人的地方。

乔薇隐隐有点不自在，刚想问到底什么事，袁兔兔仰着脸回过头来，就是一派亲昵的讨好了。他的嗓子仍然很低，童声被挤压得变形了，俨然是密谋者的口吻：

"我妈支持您。我也是。"

"支持我什么？"

"我小舅——呀。"袁兔兔说，"那个倪晓莉我第一个不喜欢，她心眼儿坏，爱拿竹签子扎小孩儿屁股，我小时候在她家墙外撒了泡尿，就被她扎过。她到县城买东西的时候，跟我妈也吵过架。我妈说她在广东的时候不正经，男朋友谈了一大把，还打过胎……"

乔薇登时烦乱起来，她不知道自己为什么会被人和倪晓莉扯到一起。随后她才反应过来，自己和小李的事情是被他姐姐知道了，而这意味着别人也会知道。

她的冷汗冒出来，忙不迭地打断袁兔兔："回去上你的课。"

袁兔兔则心照不宣地对她挤了挤眼，一溜烟地跑了。乔薇恍惚着锁了车，进了办公室，不由自主地留意起其他老师对她的反应来。那些人果然是带着异样的，或者当着面不看她背后却打量她，或者猛然打个哈哈后半句却不说了。一天也没人跟乔薇说一句完整的话。学校毕竟是斯文地方，众人只能把兴趣隐藏在观望中。

这天放了学，乔薇匆匆往家赶。还没回到镇上，就看见路口立着一车一人。车是一辆电动自行车，人正是镇长的侄女倪晓莉。因为年纪相差着几岁，又一个在学校一个在政府，所以乔薇和这女孩并不熟，只在印象里记得她打扮得很时髦，说起话来盛气凌人。而今天毫无疑问，倪晓莉是冲着自己来的。乔薇离着路口还有十来米远，就看见她吊梢着一对眉毛，眼里几乎要喷出火来，俨然立马横刀。

乔薇只觉得心慌，竟然下意识地拧了下车把，顺着一条岔出去的小道骑了过去。这就是落荒而逃的姿态了，倪晓莉立刻跨上车跟了上来。两人一前一后，在土路上颠簸着往大片的油菜地里追逐过去。正是油菜花将盛未盛之际，四周的原野里星星点点地闪耀着艳黄的光泽。乔薇毕竟是用两腿蹬着车，耐力不如倪晓莉的人电并用，再加上路面泥泞，过了一会儿就支持不住了。她只好停下来，遥望着田地尽头的镇子。好在距离是够远了。

倪晓莉咣当一声把车甩在地上，迎风啐了一口，叉腰，开始骂人。不要脸。骚货。婊子。吃回头草的烂货。方才乔薇还不知道应该怎么面对她，而现在倒也有了点无所谓的劲头。反正姑娘家嘴再脏也不过如此，她怕的是倪晓莉心平气和地和她讲理。风里氤氲着浓郁的泥土味儿和若有若无的花香，乔薇就绷着腰板，面无表情地承受骚货和婊子的头衔。从倪晓莉前言不搭后语的谩骂中，她才知道正是那天早上出了纰漏。镇上的两个工作人员把肖公送到餐厅，又折回来找小李，刚好看见乔薇从他房间里快步出来。这事儿当天就在镇上传开了，恐怕就连乔薇的母亲也听说了，只有乔薇还在掩耳盗铃。镇长感到奇耻大辱，今天一早就去找小李严正交涉，倪晓莉则和叔叔兵分两路，专找乔薇算账。

"反正你别想得逞。"倪晓莉总算骂够了，说出一番就事论事的话来，"当年嫌他穷不跟他，现在他阔了又臭不要脸地回来抢，如意算盘打得也太美了吧。可你也不掂量掂量自己有几斤几两，他要你有什么用？毁了我这桩亲，他的厂子还想不想在镇上开下去了？你犯贱，他可不会犯傻。"

最后再次总结道："所以你就是个让人白睡的烂货。"

倪晓莉说完又啐了一口，这才气哼哼地扶起车来走了。乔薇仍旧孑立着一动不动，只感到风从衣缝里灌进来，贴着皮肤游走，仿佛把自己剥光了。既然事情败露了出来，那么她认为刚才遭受的那番唾骂罪有应得，而她应该考虑的，恐怕还是以后的事。小李那边对镇长一家会是怎样一个表态，乔薇已经不想替他操心，反正结果早就是注定了的；活了快三十年，她居然这才真心实意地替自己打算起来，并且有了当家作主的感觉。刚才她望着田野尽头的镇子只觉得恐惧，感到那是一个充满了人言可畏的黑洞，会转瞬把自己吞没进去。而现在，镇子在她眼里忽然缥缈了，缥缈得像游子梦里的那个故乡的剪影。此刻的乔薇，忽然体会到了当初小李远走时的心情。

七

广州的天空是支离破碎的。立交桥从半新的楼宇之间伸展出来，相互交汇又旋即分叉，站在地面上抬头望去，让人分辨不出玻璃水泥和白云烈日哪一个更高远些。好处是下雨天几乎不用带伞，绕过几根支撑立交桥的水泥柱子，乔薇就可以从学校走回住处了。

她来到这里的时候，根本没想到自己能够住得长久。刚开始是在一家小公司当文员，粤语完全听不懂，普通话也带着一股塑料味儿，因此总被本地的同事笑话。后来却被老板发现她的英语是个长项，和外国客户洽谈，全公司只有她能够自如地交流。于是转做了翻译，过一阵子又提了海外部的副经理，工资涨了，住

处也从集体宿舍换成了自己租的小两居。两年之后赶上欧美金融
危机，加工生意越来越不好做，老板索性把公司盘出去，全家移
民到了加拿大。走之前老板娘念着乔薇给她儿子做过家教的好处，
专门将她介绍到一所少儿英语学校当老师。乔薇又干起了在家乡
时的老本行，钱却挣得不在一个档次上，城里的孩子也比乡下的
好管得多，从此一晃又是两年。这时的乔薇已经习惯于把陌生人
一律称为"靓仔"或"靓女"，嘴里寡淡的时候不再跑出去买"老
干妈"辣酱而是到烧腊店切半斤叉烧，也热衷于周末到白云山公
园去看红嘴鸥和杂交的孔雀。她爱上了看港版杂志，第一时间知
道了梁朝伟和刘嘉玲终成眷属以及霍启刚总算娶了郭晶晶。她心
里像电视剧里的知心大姐一样感叹道：人呐，风风雨雨走过来真
不容易。

当初她从中心小学辞职的第二天，就到县里买了张票挤上了
火车。没几天，小李和倪晓莉的订婚仪式在县宾馆里举行，又过
了不到一个月，建厂租地的事情总算定了下来，镇长和他没过门
的侄女婿签了合同。

小李许诺给乔校长医药费果然兑现，总共二十万。简直像是
按照存折上的数字去活一样，乔校长的身体每况愈下，一年多以
后钱花完了，他也适时地咽了气。葬礼办得很清淡，乔薇在灵堂
里长跪了半日，几乎不与人说话，事情一结束就悄然离开。母亲
在家里独居也没有意思，索性到广州来投奔乔薇。不免又聊起镇
上的事，小李的陶瓷厂居然一直没有开工建设，他人也几乎不在

镇上露面了，而是带着倪晓莉长住在深圳。那个共同投资的肖公更是不见踪影。镇上的人慌了神，几次三番派人去深圳，催投资方履行协议，小李他们却表示租地和建厂是两码事，地先租下来，厂子什么时候建就不是当地政府能过问的了。镇里这才发觉订合同的时候出了疏忽，却又不知道对方葫芦里卖的是什么药。哪有把地占下来什么都不做的？每年的地租却都一分不少地按时汇过来，难道投资方存心拿这钱打水漂玩吗？镇长打着去看侄女的名义又去了两趟深圳，却只在一套公寓里见到了成天窝在沙发上看电视的倪晓莉，小李在哪儿连她也不知道。

再往后，乔薇给了母亲一些钱，盘下了少儿英语学校对面的一个小卖部。母亲白天出摊晚上去街心公园跳集体舞，老了老了却把自己改造成了一个广州人。两人相依为命，谁也没再提议回去看看。反正家里已经没有亲人，剩下的只有供邻居嚼舌头根子的陈年丑事。从此竟然和家乡彻底断了音信。母亲结识了不少牌桌上的朋友，眼下忙活的是给乔薇介绍对象，她一再强调乔薇已经三十三了。

这个周末又逼她去见一个萝岗区的中学老师，那人四十出头了，离婚还有个孩子，优点是在城里有套房子。乔薇在一家茶餐厅和男人见了面，彼此兴趣都不大，便说家里有事，起身告辞。刚走出来，经过餐厅开向街面的落地窗，她猛然在挂满烧鹅乳猪的明档旁看见了一个人。那女人穿一件浓艳的丝绸衬衫，头发烫得像某种名贵的犬类，吊梢眼上插着两排坚挺的假睫毛，但仍能认出是倪晓莉。倪晓莉夹着一支香烟，正跟桌对面的一个男人高声谈笑。那么他是小李吗？乔薇不自觉地挪了两步，让男人的脸从半扇乳猪的遮挡下露出来，看到的却是一张油光肥腻的脸，头顶半秃，岁数比小李大了十来岁。而就在她吁了口气的同时，倪晓莉却也看见了她，一把抓起坤包，欢呼雀跃地奔出来。

他乡遇故人，乔薇还在尴尬，倪晓莉却表现出十二分的热络，仿佛当年那一场破口大骂根本没发生过。她问乔薇现在在广州"发展"吗？乔薇说在这里上班。她又扫了眼乔薇的衣着，说你还在当老师？乔薇说还算是吧。倪晓莉就啧啧几声，说你真行，在哪里都是教育工作者。

然后倪晓莉一拍脑袋，硬要请乔薇去做美容。乔薇自然说算了吧，倪晓莉却一把拽住她的胳膊："我有卡。"

乔薇指指茶餐厅的落地窗："那么那位……"

"让老王八蛋自己玩儿去，谁有工夫陪他扯淡。"倪晓莉干脆地说。

两人躺在美容床上，脸上敷满了加勒比海底下挖出来的泥巴，乔薇总算渐渐适应了倪晓莉那种没心没肺的、傻大姐般的待人方式。她想，以前怎么没发现，这姑娘其实还挺可爱的。她还想，自己如果也是那种笑能笑得歇斯底里骂能骂得狗血淋头的性格，日子会过得快活得多吧。倪晓莉问完乔薇的现状，就开始喋喋不休地介绍自己。她说她现在也出来"创业"了，深圳广州两头跑。公司暂时还没开，暂时挂靠在别人手底下，但是靠着朋友多，不少"大佬"格外照顾她，生意也做成了几单。比如美容院用的这种海底泥，就是她推广的产品之一。

乔薇却诧异倪晓莉还用自己挣钱花："你何必出来受这种辛苦。"

"否则吃谁的去呀。"

"小李不是……"乔薇说了半句，自己先停住了。

"那个王八蛋就别提了。"倪晓莉脸上的淤泥旋开一个大大的孔穴，随即往里塞进去一支烟，"他算是把我给祸害惨了。什么他妈的在外面发了财回来投资造福家乡？鬼扯……结婚以后我才知道，这家伙混了七八年，不光钱没挣到，还欠了一屁股的债，在深圳让人追得东躲西藏的，每年得搬好几次家，还有人放出话来要把他砍了扔到海里去呢。我叔叔他们也是蠢货，居然信了他那些天花乱坠的屁话，后来又托了好多人才弄清楚，原来建陶瓷厂都是假的，那些人是挖了个坑专等着镇政府往里跳呢。主谋正是那个姓肖的香港老家伙——其实也就是买了个香港身份，最早是惠州的农民——小李欠着他的钱，他就逼着小李出头，让他回老家疏通关系，先骗镇里的干部，再骗镇上的老百姓，帮他用便宜得要命的价格把地拿下来……当然啦，小李这种小混混也就是在低层次里糊弄一下，要想搞定这件事情，归根结底还得靠老肖去走上层路线，给那些当官的真金白银的好处。老肖给小李把债务免了，好像此外还给了他二十万块钱的辛苦费，不过这钱我根本没见到，估计是拿到别处填亏空了。就为了这点好处，他他妈的还真卖力气，在台上对着百十号人又是忆苦思甜又是诅咒发誓的，连回老家娶媳妇这种噱头都编得出来。我后来就对他说，你可真是他妈的影帝啊，把镇上的土包子耍得团团转，还把镇长的侄女给哄上了床。然而娶回来也得养啊，把我往深圳的出租屋里一扔，他就又跑出去躲债了，刚开始听说去上海了，后来又有人说他去了越南……总之是人影都不见了。这让我怎么办？家也没脸回，出去做鸡吗？幸亏我自己脑袋灵，没有他也饿不死，不就是北方人说的空手套白狼吗，他会我也会……"

"他根本就没打算回去办厂吗……"乔薇恍惚着重复问道。

"没跟你说他没钱吗，没钱办个屁厂。那事情从一开始就是骗人的。"倪晓莉恶狠狠地答道，说出"屁"字的时候气势很足，嘴唇之间如同爆破，把嘴角的海底泥都捎带着崩出去两滴。接着她又告诉乔薇，事情到这一步并不算完，再往下还有更让人瞠目结舌的进展呢，而这就是从来不和镇上联系的乔薇所不知道的了。大概两年前，本来已经陷入停顿的建厂事宜终于重新启动，但执行的却不是原班人马，而是一个说话更像鸟叫的福建人，姓肖的把地转包给了他。福建人办的却是染料厂，一打听才知道属于重污染企业，在沿海就已经被勒令关停了的。镇上的人当然不干，又闹起来，可是人家拿着白纸黑字的合同，扬言打官司也不怕，又说不建厂也行，镇政府得赔给他一笔天文数字的钱。商人从来就和官员有勾连，县里处理起这事的时候，也完全站在福建人一边，态度也比当初那次强硬得多，要求镇里这次无论如何要配合资方把厂子办起来，"抓住腾飞机遇"。下狠手拘留了几个闹得最凶的领头人物后，染料厂的一期工程便仓促完工了，刚一投产，本地人立刻发现了环境的变化：河面上漂浮着五颜六色闪闪发亮的油彩，河水臭气熏天，鱼虾死了个干净，连人也不敢在河边逗留；再往后，村里的老人孩子纷纷得了怪病，胳膊腿上长满了大包，一抓就鲜血淋漓。小国寡民了几百年的故园，转眼间就变成了有毒的臭水坑。而染料厂的建设计划还没有停，一期上马后又紧锣密鼓地筹建二期、三期工程……镇上有点头脑的人这才醒过了味儿，原来老肖那伙人干的就是这种营生，他们打着动听的幌子拿下土地，然后包给那些肯出高价的重污染企业，一转手就是几千万。但相比于恨老肖，人们更恨的还是小李。老肖是外人，小李却是帮着外人坑害自己的家乡人，这是什么品性？比狗还不如了。如今大家路过小李家那修葺了一半的老宅，人人都要狠狠地啐上一口咒骂几句，简直如同在岳王庙门前见到了秦桧的铜像……

"连我也给捎带上了，我一回去就有人隔着院墙往窗户上扔砖头。他们还传我也拿了多少多少钱，其实冤枉啊。现在镇上稍微有点办法的人都在想尽办法往外跑，反正事情已经这样了，到哪儿都比守着那家厂子等死强……我也懒得再跟那些人辩解了，只想着能多挣点些钱，赶紧把我爹妈接到深圳去……"躺在美容床上，倪晓莉越讲越出神，到这时已经像喃喃地说着梦话。但她又像想起来什么似的，扭过头来盯着乔薇：

"当初你在小李身上也是没少下功夫的吧，对不对？"

乔薇不知道该怎么回答才好。

倪晓莉的一张泥脸下，却浮现出诡异的苦笑来："我还担心他被你抢走了呢，你们是初恋情人嘛……"

那四个字听得乔薇魂飞魄散。她默默无声地直视着倪晓莉，眼神却散焦了，飘渺了，仿佛穿越了千山万水和荏苒光阴，回到了多年以前小李还是原来那个小李的时候。小李和她在屋前玩耍，小李陪她从学校走回家，小李在月夜里背井离乡。那些场景历历在目，一草一木都还清清楚楚，可是小李那个人的脸庞，乔薇已经不记得长得是什么样子了。

长篇存目

从维熙《北国草》

梁晓声《人世间》

张　洁《沉重的翅膀》《无字》

史铁生《务虚笔记》

铁　凝《玫瑰门》《笨花》《大浴女》

刘　恒《苍河白日梦》《狗日的粮食》

郑万隆《响水湾》

朱晓平《大栅栏》

王　蒙《这边风景》

关仁山《麦河》《日头》《天高地厚》

付秀莹《陌上》《他乡》

徐则臣《耶路撒冷》

李　浩《镜子里的父亲》

后　记

　　《百年乡愁：中国乡土小说经典大系》是张丽军教授作为首席专家的 2021 年度国家社科基金重大项目"百年中国乡土文学与农村建设运动关系研究"的资料选编成果。项目团队核心成员田振华、李君君等参与了全过程选编工作，张娟、沈萍、彭嘉凝、陈嘉慧、姚若凡、胡跃、林雪柔、徐晓文、宣庭祯等参与了编校工作，在此对他们的辛勤劳动表示感谢！

　　在具体编撰过程中，本套"大系"还得到了张炜、韩少功、周燕芬、王春林、何平、孔会侠、苏北、育邦、刘玉栋、刘青、乔叶、朱山坡、项静等作家与学者的大力支持与帮助，在此深深致谢！

　　需要特别说明的是，因为选入本套"大系"的作品跨越百年之久，在文字、标点等方面，我们在充分尊重作家初版本的基础上，依据现代语言文字规范统一做了修订。

编　者

2023 年 7 月 4 日